Sherlock 셜록 홈즈
Holmes
베스트 **10**

셜록 홈즈 베스트 10

초판 1쇄 인쇄 2015년 1월 20일
초판 1쇄 발행 2015년 1월 26일

지 은 이 아서 코난 도일
편   역 박지원
펴 낸 이 노은희
펴 낸 곳 상상더하기

출판등록 2004년 12월 16일 제2004-000288호
주   소 서울시 마포구 서교동 440-3, 미주빌딩 2층
전   화 02. 334. 7048
팩   스 02. 334. 7049
전자우편 yscneh@hanmail.net

ISBN   979-11-85462-06-6 03840

값 13,000원

Sherlock 셜록 홈즈
Holmes
베스트 **10**

아서 코난 도일 | 박지원 편저

상상더하기

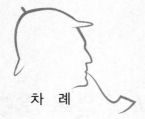

차 례

Sherlock
Holmes

보헤미아의 스캔들

A Scandal in Bohemia

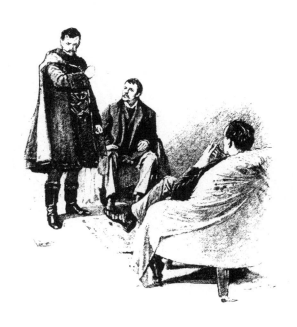

보헤미아의 스캔들
A Scandal in Bohemia

············· 그 여자는 언제나 '그 여성'이었다. 홈즈가 그 밖에 다른 표현으로 부르는 것을 들은 적이 없다. 홈즈의 눈에 비친 그 여자는 세상에 있는 다른 모든 여성의 광채를 빼앗아 가진 듯, 모두를 압도하는 듯했다. 그렇다고 그가 아이린 애들러에게 사랑에 가까운 감정을 품고 있는 것은 아니다. 온갖 감정, 그 가운데에서도 특히 사랑이라는 감정은 냉정하고 예리하며 놀랄 만큼 균형이 잡힌 그의 정신으로서는 번거로운 감정이었다. 그는 지금껏 세상에서 볼 수 없었던 완벽한 추리와 관찰의 귀재이다. 따라서 그가 사랑에 빠졌다는 건 말도 안 되는 일이다. 그는 인간의 달콤한 애정 따위에 대해서는 항상 비웃음과 비

아냥거림을 섞어서 말했다. 복잡하고, 미묘하고, 조화롭게 훈련된 그에게 사랑 같은 감정의 침입은 혼란의 씨앗이고 탄탄했던 정신체계의 신뢰를 잃는 것이다. 이런 남자에게 만일 강렬한 정서가 생긴다면 그것은 민감한 기계에 들어간 모래알과 같을 것이다. 또한 고성능 돋보기에 생긴 균열보다도 더 큰 착오와 분란을 일으킬 것이다. 그러나 홈즈에게도 여자는 있었다. 그 여자는 정체를 알 수 없는 수상한 여자로서 사람들의 기억에 남아 있는, 지금은 저 세상으로 간 아이린 애들러다.

나는 요즈음 홈즈와 거의 만나지 않았다. 나의 결혼이 우리 둘 사이를 빠르게 떼어놓은 것이다. 나는 더없이 행복하다. 처음으로 한 가정의 가장이 된 사람이면 누구나 그렇듯이 가정을 중심으로 모든 일에 흥미를 느끼게 된다. 나 역시 그것에 모든 관심을 빼앗기고 있었다. 한편, 홈즈는 완전히 탈속한 마음이 되어 사람들과 교제를 꺼리고, 여전히 베이커 가에 살고 있었는데, 산더미 같은 고서 속에 파묻혀서 많은 날들을 코카인과 공명심에 탐닉해 있었다. 마약에 취해 꿈속을 헤매기도 하고, 때로는 그만이 지닌 날카로운 천성으로 정력적인 모습을 보이며 일하기도 했다. 즉 여전히 범죄연구에 몰두했는데 헤아릴 수도 없는 재능과 놀라운 관찰력을 구사해, 경찰이 손을 든 사건의 실마리를 찾아내고 그 수수께끼를 해결했다. 나도 가끔 그의 활약을 어렴풋하게나마 들었다. 예를 들면 트레포프 살인사건으로 오데사에 초청을 받아 갔다느니, 트린코말리의 앳킨슨 형제의 기괴한 참극을 해결했다느니, 네덜란드 왕실이 의뢰한 사건을 멋지게 해결했다느니 하는 이야기들이다. 그러나 이런 활약은 신문 독자라면 다 알고 있는 것으로, 나는 과거의 친구이고 함께 일을 해 온 그에 대해 그 이상의 것은 거의 모르고 있었다.

1888년 3월 20일 밤, 나는(본업인 의사 노릇을 다시 시작했다) 왕진을 하고 돌아가는 길에 우연히 베이커 가를 지나게 되었다. 나의 연애 시절이며《주홍색 연구》사건의 비참했던 일 등 잊으려야 잊을 수 없는 기억의 출입구 앞에 당도했을 때, 홈즈를 다시 만나 그가 요즘 그 천재적 능력을 어떻게 활용하고 있는지 알고 싶었다. 그의 방에는 환하게 불이 켜져 있었다. 내가 올려다보는 잠깐 동안에도 그의 후리후리한 그림자가 두 번이나 창문 커튼에 어른거렸다. 그는 고개를 숙이고 뒷짐을 진 채 방 안을 서성거리고 있었다. 그의 기분이나 버릇 따위를 모두 알고 있기 때문에 자세와 움직임만 보아도 충분했다. 그는 또다시 일하고 있다. 마약으로 몽롱해진 상태에서 벗어나 새로운 사건을 해결하느라고 열중해 있는 것이다. 나는 벨을 울렸다. 그리고 잠시 후 전에는 나와 공동소유였던 그 방에 안내되었다.

그는 감정을 과장해서 표현하는 남자가 아니다. 언제나 그렇다. 그러나 나의 방문을 기뻐하는 것만은 알 수 있었다. 인사말도 하지 않고 부드러운 눈빛으로 쳐다보더니 안락의자에 앉으라고 손짓했다. 이어서 담배 상자를 던져주었고, 또 술 상자와 탄산수를 만드는 장치가 어디에 있는지 손가락으로 가리켰다. 그리고 불 앞에 서더니 홈즈는 그 이상하도록 꿰뚫어보는 것 같은 표정으로 나를 살펴보았다.

"결혼생활이 꽤나 만족스러운 모양이군, 왓슨. 전에 만났을 때보다 7파운드 반은 더 살이 찐 것 같아."

"7파운드야."

내가 대답했다.

"그래? 보기엔 더 찐 것 같은데. 7파운드라고 하지만 분명 더 될 거야. 다시 개업을 했지? 그런 소문은 듣지 못했지만."

"어떻게 알았어?"

"당연히 추리를 했지. 그뿐인 줄 알아? 얼마 전에 비를 많이 맞았고 자네 집에는 몹시 솜씨 없고 조심성 없는 가정부가 있다는 것도 알아."

"이봐. 자네한텐 못 당하겠어. 만약 자네가 몇 세기 전에 태어났다면 틀림없이 마법사로서 화형을 당했을 거야. 사실 목요일에 시골 길을 걷다가 비를 흠뻑 맞고 돌아왔어. 그러나 옷도 갈아입었는데 어떻게 그런 추리를 했지? 그리고 가정부 메리제인에게는 두 손 들었어. 아내도 고개를 저으면서 곧 내보내야겠다고 하더군. 그런데 어떻게 그런 것까지 알았어?"

그는 혼자 쿡쿡 웃으며 길고 부드러운 손을 비볐다.

　"아주 간단해. 자네의 왼쪽 구두 안쪽을 보니 난롯불이 닿는 부분에 나란히 여섯 개의 상처가 나 있더군. 이건 분명히 구두 바닥 가장자리에 달라붙은 흙을 거칠게 긁어내려다 생긴 거야. 이것으로 두 개의 추리가 가능하지. 하나는 자네가 날씨가 몹시 궂은 날에 외출했다는 것, 또 다른 하나는 자네 집 가정부는 구두에 흠을 내는 아주 조심성 없는 런던 토박이의 대표적 표본이라는 거지. 그리고 자네가 개업을 했다는 점은 단박에 알 수 있었어. 한 신사가 이오도포름 냄새를 풍기며 방에 들어왔는데 그의 왼손 집게손가락에는 질산은 때문에 생긴 검은 얼룩이 있고, 바로 여기에 청진기가 들어 있습니다, 하고 가르쳐 주듯 검은 실크모자 한쪽이 불룩 부풀어 있어. 그런데도 그 신사가 의사라고 간파하지 못한다면 내 머리는 엉망으로 나빠졌다는 증거지."

　나는 홈즈가 대수롭지 않게 추리의 경로를 설명하는 걸 듣고 웃음을 터트렸다.

　"자네 설명을 들으면 언제나 어처구니없도록 간단해서 나도 그 정도는 문제없을 것만 같아. 하지만 추리의 과정을 듣기까지는 자네가 이끌어내는 결론이 아리송하기만 해서 언제나 어리둥절하고 말지. 이래 봬도 내 눈은 자네만큼 좋다고 자부하지만."

　"그건 그렇겠지."

　그는 담배에 불을 붙이고 안락의자에 몸을 내던지듯 앉으면서 말했다.

"자네는 보기만 할 뿐 관찰하지 않아. 보는 것과 관찰하는 것은 완전히 다르지. 예를 들면 자네도 현관에서 이 방으로 올라오는 계단을 여러 번 보았겠지?"

"가끔 보았지."

"몇 번이나 보았나?"

"수백 번은 보았을 거야."

"그렇다면 계단은 모두 몇 개지?"

"몇 계단이냐고? 글쎄, 그건 모르겠는데."

"그것 봐. 관찰하지 않았기 때문이야. 하지만 보고는 있었겠지. 내가 말하고 싶은 게 바로 그거야. 잘 들어. 계단은 모두 열일곱 개야. 나는 보는 것과 동시에 관찰하기 때문에 알 수 있지. 말이 나왔으니 말인데 자네는 지금까지 나의 간단한 사건들에 흥미를 느껴왔고, 또 별것 아닌 내 경험들을 기록해오기도 했으니 이것에도 틀림없이 흥미가 있을 거야."

그는 테이블 위에 펼쳐져 있던 핑크색 편지지 한 장을 내게 주었다.

"조금 전에 배달된 거야. 소리 내 읽어봐."

편지에는 날짜도 적혀 있지 않았고 보낸 사람의 이름도 주소도 없었다.

오늘 저녁 8시 15분. 중요한 문제로 의논드리고 싶어 하는 사람이 찾아갈 겁니다. 최근 당신이 유럽의 한 왕실을 위해 하신 일은, 당신에게라면 엄청나게 중대한 사건까지 마음 놓고 맡길 수 있겠다는 확신을 주었습니다. 당신에 대해서는 여러 방면으로 들어왔습니다. 제발 그 시간에 댁에 계셔주시고, 또한 제가 마스크를 하고 있어도 너그러이 이해해주십시오.

"정말 이상하군. 자네는 어떻게 생각해?"

내가 물었다.

"아직은 단서가 없어. 단서가 없는 것을 추측하는 건 큰 잘못이야. 사실에 맞는 이론을 찾는 대신, 이론에 맞도록 무의식중에 사실을 왜곡하게 되지. 하지만 이 편지만 생각해볼까? 자네는 이 편지에서 어떤 것을 추측하나?"

나는 필적과 종이의 질을 주의 깊게 살펴보았다.

"이 편지를 쓴 사람은 꽤 부자 같아."

나는 되도록 홈즈의 추리법을 흉내 내어 말했다.

"이런 고급 종이라면 한 묶음에 반 크라운 이상 줘야 해. 아주 질기고 단단한 종이지."

"아주… 라는 표현은 그럴듯하군. 이건 영국 종이가 아냐. 불빛에 비추어 봐."

홈즈가 말했다.

그가 시키는 대로 해보니, 대문자 E에 소문자 g, 다음은 대문자

P, 그리고 대문자 G에 또 소문자 t가 종이 바탕에 깔려 있었다.

"어떻게 생각해?"

홈즈가 물었다.

"틀림없이 종이회사 이름일 거야. 아니, 그 머리글자일까?"

"그렇지 않아. Gt는 독일어의 게젤샤프트Gesellschft의 약자로 회사라는 뜻이야. 이건 정해진 약자 형식으로 영어의 Co에 해당해. P는 물론 독일어로 종이를 뜻하는 Papier의 앞글자야. 그러면 이번에는 Eg인데… 잠깐 대륙 지명사전을 찾아볼까?"

그는 책장에서 두꺼운 갈색 책을 꺼냈다.

"이글로Eglow, 이글로니츠Eglonitz… 아, 여기 있군. 이그리아 Egria. 여기는 '독일어를 사용하는 보헤미아의 지방 도시로, 칼스배드에서 가까움. 발렌시타인이 죽은 곳으로, 또 유리공장과 제지공장이 많은 곳으로 알려짐' 하하! 어때, 뭔가 느껴져?"

홈즈는 눈을 빛내며 어떠냐는 듯이 담배연기를 뿜어냈다.

"그럼 보헤미아에서 만든 종이로군."

내가 말했다.

"맞아. 그리고 이 편지를 쓴 남자는 독일인이야. 문장이 이상하다는 것을 알겠지? '당신에 대해서는 여러 방면으로 들어왔습니다This account of you we have from all quarters received.' 프랑스 사람이나 러시아 사람은 결코 이렇게 쓰지 않아. 동사를 이렇게 뒤에 갖고 오는 것은 독일 사람이야. 이제 남은 건, 이 보헤미아 종이를 사용하고 얼굴을 보여 주고 싶지 않은 독일 사람이 무엇을 원하느냐 하는 문제뿐이지. 그러나 본인이 직접 올 것 같으니 우리의 의문도 곧 해결되겠지."

이때 딱딱한 말발굽 소리와 마차 바퀴가 도로 경계석에 닿아 삐걱거리는 소리가 분명하게 들려왔다. 이어 벨 소리가 요란하게 울렸다. 홈즈는 휘파람을 불었다.

"쌍두마차 소리야. 틀림없어."

그는 창문으로 바깥을 내다보았다.

"두 마리가 끄는 훌륭한 소형 사륜마차인데 말도 훌륭하군. 한 마리에 150기니는 하겠어. 왓슨, 이번 사건은 재미가 없어도 금액은 꽤 쏠쏠하겠는걸."

"나는 가는 게 좋겠지?"

"천만에. 자네가 옆에 없으면 허전하니까 그대로 있어. 이 사건은 재미있을 것 같아. 놓치면 후회해."

"하지만 의뢰인이……."

"신경 쓰지 마. 자네 도움이 필요할지도 몰라. 그렇게 되면 의뢰인에게도 고마운 일이지. 자, 왔어. 자네는 그 의자에 앉아서 주의 깊게 살펴봐."

느리고 무거운 발소리가 계단을 올라와 복도를 걸어왔다. 그리고 곧 문 앞에서 멎었다. 이어서 크고 오만하게 문을 두드리는 소리가 났다.

"네."

홈즈가 대답했다.

들어온 사람은 키가 6피트 6인치에 헤라클레스같이 건장한 남자였다. 복장은 잉글랜드에서라면 악취미라는 평을 들을 만큼 화려하고 사치스러웠다. 더블 코트의 소매와 젖힌 깃에는 아스트라한새끼 양 가죽을 폭넓게 붙였고, 어깨를 덮은 소매 없는 짙은 감색 망토에는 불타는 것 같은 진홍빛 비단 안감을 사용했으며, 불길처럼 빛나는 커다란 녹주석 브로치로 깃을 고정시켰다. 무릎 아래까지 오는 장화 상단에는 푹신푹신한 갈색 모피가 보여, 전체적인 옷차림에서 느껴지는 야단스러운 사치를 더욱 완전하게 마무리 짓고 있었다. 한 손에는 챙이 넓은 모자를 들었고 광대뼈까지 가리는 검은 마스크를 쓰고 있었다. 방금 들어올 때 매만져 고친 듯 남자는 아직도 마스크에 손을 대고 있었다. 드러난 얼굴의 반쪽으로 두껍게 쳐진 입술이 보였고, 턱은 길게 쭉 뻗어 있어 고집스러울 정도로 의지가 강한 인상을 풍겼다.

"편지는 받았습니까?"

그의 굵고 걸걸한 음성에 심하게 독일식 억양이 묻어나 있었다.

"방문을 미리 알렸습니다만."

누구에게 이야기해야 좋은지 모르겠다는 듯 우리를 번갈아 보았다.

"앉으세요."

홈즈가 말했다.

"이쪽은 함께 일하는 왓슨 의사인데 사건해결에 도움을 주고 있습니다. 실례입니다만 당신은 누구십니까?"

"폰 크람 백작이라고 부르시오. 보헤미아의 귀족입니다. 방금 말씀하신 친구분은 중대한 일을 의논하는 상대로서 충분한 신의와 사려를 갖고 계시겠지요? 그렇지 않다면 당신에게만 이야기하고 싶습니다."

그 말에 나는 곧 일어나 나가려고 했으나 홈즈에게 손목을 잡혀 다시 자리에 앉았다.

"이 친구와 합석하지 않으면 듣지 않겠습니다. 나에게 얘기할 수 있는 것은 무엇이든 이 친구에게도 할 수 있습니다."

백작은 넓은 어깨를 으쓱했다.

"그럼 먼저 2년 동안은 절대로 발설하지 않겠다고 약속해주셨으면 합니다. 2년이 지나면 아무 문제도 없겠지만 지금이라면 얘기가 다릅니다. 과장을 섞지 않고 말해도, 유럽의 역사를 움직일 만큼 큰 문제입니다."

"약속합니다."

홈즈가 말했다.

"나도 약속합니다."

"그리고 부득이 마스크를 쓴 것을 이해해주십시오."

이상한 그 손님은 말을 이었다.

"이것은 나에게 이 용건을 의뢰한 고귀하신 분의 요구사항에 따른 것입니다. 사실 조금 전에 밝힌 이름도 본명이 아닙니다."

"알고 있습니다."

홈즈가 차갑게 대답했다.

"상황이 아주 미묘해서 어떤 수단을 써서라도 소문이 퍼져 나가는 걸 막고 싶습니다. 유럽의 한 왕실의 명예에 상처를 줄 수 있기 때문입니다. 자세히 말하면 보헤미아의 2대에 걸친 왕실, 오름슈타인 가와 관련된 문제입니다."

"그것도 알고 있습니다."

홈즈는 중얼거리듯 대답하고는 의자에 몸을 파묻고 눈을 감았다.

유럽에서 제일 명석한 이론가이자 정열적인 사립탐정이라는 말을 듣고 찾아왔는데, 이렇게 나른한 듯이 축 늘어진 자세를 보이자 손님은 분명히 어처구니가 없는 모양이었다. 홈스는 천천히 눈을 뜨고 이 덩치 큰 의뢰인을 답답한 듯이 보았다.

"황송한 부탁이지만 폐하께서 자신의 사건을 직접 들려주신다면 저도 열정적으로 도와드릴 수 있습니다."

손님은 의자에서 벌떡 일어서더니 마음의 동요를 억누를 수 없는지 방 안을 서성거렸다. 그러고는 어쩔 수 없다는 듯이 얼굴의 마스크를 벗어 바닥에 던졌다.

"맞소!"

손님은 소리쳤다.

"나는 왕이오. 그대에게까지 왜 숨기려고 했는지 모르겠군."

"그렇습니다. 숨기실 필요 없습니다."

홈즈가 조용히 말했다.

"폐하께서 말씀을 꺼내시기 전부터 저는 그 상대가 보헤미아의 국왕 카셀 파르슈타인 대공, 빌헬름 고츠라이히 지기스몬트 폰 오름슈타인 폐하라고 알고 있었습니다."

"그러나 내 이런 행동을 그대들이 이해할지 걱정이오."

묘령의 손님은 원래의 자리로 돌아가 희고 넓은 이마에 손을 얹으면서 말했다.

"제발 이해했으면 좋겠소. 나는 이와 같은 문제를 처리하는 데는 익숙하지 않소. 그러나 사건이 매우 미묘해서 대리인에게 그 사정을 털어놓고 처리를 명하면 앞으로 그에게 약점을 잡힐 염려가 있소. 그래서 당신에게 직접 상의하려고 신분을 감추고 여기에 온 것이오."

"자, 그럼 이제 말씀하세요."

홈즈가 말했다.

"간단히 설명하면 다음과 같소. 5년 전에 바르샤바에 오래 머물렀던 일이 있었는데 그때 아이린 애들러라는 여자와 알게 되었소. 이 여자의 소문은 당신도 들어서 알 것이오."

"왓슨, 미안하지만 색인을 찾아줘."

홈즈가 중얼거렸다. 그는 오랜 세월에 걸쳐 여러 종류의 인물이나 사물에 대해 요점을 기록한 메모를 만들고 있어서, 어떤 인물이든 즉시 그 자리에서 조사할 수 있었다. 그 여자의 약력은 유태교의 랍비와 심해어에 대해 학술 논문을 쓴 해군 중령의 약력 사이에서 쉽게 찾아낼 수 있었다.

"보여 줘."

홈즈가 말했다.

"음! 1858년, 미국 뉴저지 주 출생. 라 스칼라의 콘트랄토 가수. 바르샤바 임페리얼 오페라의 프리마 돈나. 은퇴 후 런던에 거주… 음, 알겠어. 그럼 폐하는 이 젊은 여성과 알게 되었고, 나중에 화근이 될 편지를 보내셨는데 지금 그것을 되찾고 싶은 겁니까?"

"그렇소. 그런데 어떻게 그걸……."

"비밀 결혼을 하셨습니까?"

"아니오."

"법적으로 유효한 서류나 증서 같은 것이 있습니까?"

"아니오."

"그렇다면 폐하의 마음을 이해할 수 없군요. 이 젊은 여성이 협박이나 다른 어떤 목적으로 폐하의 편지를 제시해도, 폐하의 글이라는 것을 증명할 수는 없습니다."

"필적이 증거가 되오."

"필적은 흉내 낼 수 있습니다."

"내 전용 편지지를 사용했소."

"전용 편지지는 도둑맞을 수도 있습니다."

"나의 봉인을 찍었소."

"그것도 위조가 가능합니다."

"사진을 갖고 있소."

"돈을 주고 사면 됩니다."

"아니, 함께 찍은 사진이오."

"아! 그건 안 됩니다. 폐하께서는 정말 경솔한 행동을 하셨습니다."

"내 정신이 아니었소. 미친 짓이었소."

"정말 돌이킬 수 없는 짓을 저지르셨군요."

"나는 당시 왕세자였소. 어려서 철이 없었소. 이제 나이 서른이요."

"그것은 반드시 찾아야 합니다."

"손을 써보았으나 실패했소."

"돈을 내고 사는 겁니다."

"아니오, 상대는 팔지 않소."

"그럼, 훔치는 것은?"

"이미 다섯 번이나 시도했소. 도둑을 고용해 온 집안을 샅샅이 뒤진 것이 두 번, 그리고 한 번은 여행 중에 그 여자의 소지품을 탈취해보았고, 또 길에 잠복시킨 적도 두 번이나 있소. 그러나 모두 실패였소."

"흔적이 없었습니까?"

"전혀 없었소."

홈즈는 웃었다.

"약간 흥미 있는 사건입니다."

"본인인 나는 매우 심각하오."

보헤미아 왕은 홈즈의 말이 언짢은 듯 반박했다.

"그렇군요. 그런데 여자는 사진을 갖고 무엇을 할 계획입니까?"

"나를 파멸시킬 속셈이오."

"어떤 방법으로?"

"나는 머지않아 결혼하오."

"알고 있습니다."

"상대는 스칸디나비아 국왕의 둘째 딸 크로틸드 로스만 폰 색스 메닝겐 공주요. 그 왕실의 가풍이 엄하다는 것은 그대도 알고 있을 것이오. 공주도 보통 사람과는 다르게 마음이 아주 예민해서, 만일 나의 품행에 오점이 있다면 이 혼담은 깨지고 말 것이오."

"아이린 애들러의 계획은?"

"그쪽 왕실에 사진을 보내겠다고 협박하고 있소. 그 정도의 일은 하고도 남소. 그런 여자요. 그대는 모르겠지만 그 여자는 강철 같은 정신을 갖고 있소. 얼굴은 그 어떤 여자보다도 아름답지만 마음은 그 어떤 억센 남자에게도 뒤지지 않을 정도로 강인하오. 내가 다른 여자와 결혼하는 것을 방해하기 위해서라면 수단과 방법을 가리지 않을 것이오. 정말 그렇소."

"아직 사진을 보내지 않은 것은 확실합니까?"

"확실하오."

"어떻게 알죠?"

"약혼을 공표하는 날 보내겠다고 말했소. 발표는 다음 월요일이오."

"아, 그럼 3일 여유가 있군요."

홈즈는 하품을 했다.

"저도 즉시 조사해야 할 중요한 문제가 한두 가지 있으니 그것은 천만다행입니다. 폐하께서는 런던에 당분간 머물러 계시겠지요?"

"그럴 생각이오. 크람 백작이란 이름으로 랭엄 호텔에 묵고 있소."

"그럼 일의 진행 상황을 편지로 보고하지요."

"꼭 그렇게 해주시오. 걱정이 되어 견딜 수 없소."

"비용은?"

"백지 수표를 맡기겠소."

"정말입니까?"

"그 사진을 되찾기 위해서라면 왕국의 일부를 주어도 좋소."

"그럼 당장 쓸 비용은?"

왕은 망토 속에서 묵직한 세무 가죽 주머니를 꺼내어 테이블 위에 놓았다.

"여기에 금화로 300파운드와 지폐 700파운드가 들어 있소."

홈즈는 수첩 종이에 영수증을 써서 왕에게 주었다.

"여자의 주소를 알고 계십니까?"

"세인트존스 우드의 서펜타인 애비뉴에 있는 브라이오니 로지."

홈즈는 그대로 받아썼다.

"사진은 캐비닛 사이즈입니까?"

"그렇소."

"폐하 이젠 돌아가십시오. 곧 좋은 소식을 보낼 수 있으리라 생각합니다."

보헤미아 왕의 마차 소리가 길 저쪽으로 멀어지는 걸 들으며 그는 덧붙였다.

"왓슨, 내일 3시에 이곳으로 와주면 고맙겠어. 이 문제를 자네와 의논하고 싶어."

다음 날 정각 3시에 베이커 가를 방문했으나 홈즈는 아직 돌아오지 않았다. 허드슨 부인에게 물으니 아침 8시에 나가서 지금까지 돌아오지 않았다고 했다. 그가 아무리 늦게 돌아와도 끝까지 기다릴 생각으로 난로 옆에 앉았다. 나는 이 사건에 관한 그의 조사에 이미 깊은 관심을 갖고 있었다. 이번 사건이 지난 번 내가 발표한 두 범죄 사건처럼 음산하고 기괴한 양상을 띠지는 않았으나, 이야기 자체가 재밌었고 또 의뢰인의 신분이 높은 것만으로도 이색적이었기 때문이다. 이런 흥미를 끄는 요소뿐만 아니라, 홈즈가 이 사건의 정체를 정확히 파악하고 예리하고 시원스럽게 추리해나가는 것을 보면 그의 추리 방법을 배울 수 있었다. 또한 기민하고 교묘한 수단으로 문제의 핵심을 짚어내는 홈즈를 뒤좇고 싶어 견딜 수 없었다. 언제나 홈즈가 성공하는 경우만 보아왔기 때문에 언젠가 한 번쯤 실패할 수 있을 거라고는 도저히 생각할 수 없었다.

시곗바늘이 4시에 가까워지자 문이 열리며 마부가 술 취한 걸음으로 들어왔다. 헝클어진 머리에 턱수염을 기른 채 불그스레한 얼굴은 술기운으로 더욱 붉어져 있었고 복장은 지저분하기 짝이 없었다. 지금까지 나는 친구가 아무리 교묘하게 변장을 해도 금세 그를 알아볼 수 있다고 믿어왔었다. 하지만 이 마부가 홈즈인 것을 알기까지는 세 번이나 그의 모습을 자세히 확인해야 했다. 홈즈는 고개를 끄떡이더니 침실로 들어갔고, 5분쯤 지나자 여느 때처럼 말끔한 트위드 신사복 차림으로 나타났다. 홈즈는 두 손을 주머니에 넣고 불 앞에 두 다리를 뻗고 앉더니, 실컷 웃었다.

"아, 정말!"

홈즈는 숨을 가다듬느라 헉헉거리다가 다시 깔깔거리며 웃더니 마침내 의자 위에 축 늘어졌다.

"왜 그래?"

"너무 재미있어 도저히 웃음을 참을 수 없어. 내가 오전에 무엇을 하고 왔는지 자네는 상상도 못할 거야. 마지막에 내가 뭘 했을 것 같아?"

"잘 모르겠지만, 아마도 아이린 애들러가 사는 집과 그녀의 습관을 잘 관찰하고 왔겠지."

"물론 처음엔 그랬지. 그런데 그 뒤가 걸작이야. 어쨌든 들어봐. 나는 오늘 아침 여덟 시 조금 지나 일자리 없는 마부로 변장을 하고 집을 나갔어. 마부들 사이의 우정과 동료의식은 정말 놀라울 정도여서 그들 속에 섞여 들어가면 알고 싶은 건 얼마든지 다 들을 수 있지. 브라이오니 로지는 금세 찾았어. 뒤에 정원이 있는 아담하고 멋진 저택이었고 도로를 향해 건물이 나와 있었어. 입구에는 처브 자물쇠가 달려 있더군. 현관 오른쪽에는 장식물이 붙어 있는 크고 훌륭한 거실이 있는데 바닥까지 닿을 만큼 커다란 창문이 있었어. 그 창문엔 아이들이라도 열 수 있을 것 같은 영국식 작은 자물쇠가 달려 있을 뿐이었어. 뒤쪽에는 이렇다 할 별난 곳이 없었고 마차 차고 가까이에 복도의 창문이 있었어. 나는 집 주위를 돌아보고 모든 각도에서 자세히 살펴보았지만 눈에 보인 것은 이 정도뿐이었지. 그런 뒤 큰길을 어슬렁거리며 살펴보니 뒷마당의 담을 끼고 예상했던 대로 오솔길에 마차 차고가 있더군. 마부가 말을 손질하고 있어서 나는 그것을 도와주고, 사례로 2펜스와 맥주 한 잔 그리고 담배를 두 대 얻어 피웠을 뿐 아니라 아이린 애들러에 대한 정보도 많이 수집했어. 하긴 그것을 알아내기 위해 아무런 흥미도 없는 이웃 사람들의 소문까지 대여섯 가지나 들었지.”

“아이린 애들러에 대해 어떤 것을 알아냈어?”

“그 부근에 사는 남자들은 하나같이 그 여자 때문에 정신이 나가 있는 것 같았어. 이 세상에 그보다 더 아름다운 여성은 없다고 서펜타인 가의 마부들은 이구동성이더군. 가끔 음악회에서 노래를 부를 뿐 조용히 살고 있는데, 매일 5시에 마차로 나가 정각 7시에 저녁 식사를 하러 돌아온다는 거야. 공연이 없는 시간에 외출하는 일은 거의 없대. 그 집에 드나드는 남자는 한 명인데 자주 찾아오는 모양이야. 이름은 가드프리 노튼이고 변호사협회에 소속돼 있어. 마부를 친구로 만드는 게 얼마나 편리한지 알았어. 그들은 여러 번 서펜타인 가에서 그를 마차에 태웠대. 그래서 그에 대해서라면 자세히 알고 있었지. 나는 그들의 얘기를 모두 들은 다음, 다시 브라이오니 로지 쪽으로 돌아가 부근을 서성거리면서 작전계획을 짰어. 가드프리 노튼이 이번 사건에 깊이 관련돼 있는 게 틀림없어. 변호사라고 하니 어쩐지 자꾸 그런 예감이 들어. 애들러와 어떤 관계인가? 자주 찾아오는 것은 무슨 이유에선가? 그 여자는 그에게 변호를 의뢰하고 있는가, 단순한 친구인가, 아니면 애인인가? …만일 그 여자의 변호사라면 애들러는 그 사진을 그에게 맡겨 놓았을 가능성이 있어. 친구나 애인이라 해도 그럴 가능성을 배제할 수는 없어. 이 문제에 대한 대답에 따라서, 브라이오니 로지에서 조사를 계속해야 하느냐 아니면 변호사협회의 그 남자 사무실로 주의를 돌려야 하느냐가 결정되지. 이 미묘한 문제 때문에 조사범위도 동시에 넓어진 셈이야. 설명이 길어서 따분했는지 모르지만 어쨌든 상황을 잘 이해하기 위해서는 자네도 내가 만난 어려운 난관들을 알아 둘 필요가 있어."

"아니, 조금도 따분하지 않았어."

내가 대답했다.

"아무튼 어떻게 해야 할지 미처 결정하지 못하고 있는데, 이륜마차가 브라이오니 로지 앞에 멎고 그 안에서 신사가 내렸어. 검은 피부에 매부리코, 콧수염과 어지간히 멋을 부린 차림새… 말할 것도 없이 그 남자라고 생각했지. 몹시 서두르는 듯 마부에게 기다리라고 소리치고는 문을 연 하녀를 떠밀다시피 하고 안으로 들어갔어. 그의 태도로 봐서 그 집 내부를 훤히 알고 있는 것 같았어. 그가 집 안에 머무른 시간은 30분 정도였는데 거실을 걸어 다니면서 손을 흔들고 열심히 이야기하는 모습이 가끔 창문으로 엿보였어. 하지만 여자가 어디 앉아 있는지는 전혀 보이지 않았어. 얼마 후 남자는 들어올 때보다 더욱 허둥거리며 밖으로 나왔어. 마차에 올라타면서 주머니에서 금시계를 꺼내 들여다보더군. '전 속력으로 달리게'하고 그가 외쳤지. 또, '도중에 리젠트 가의 그로스 앤 핸키 상점에 들르고, 거기서 다시 옛 지웨어 가의 세인트 모니카 성당으로 가게. 20분에 갈 수 있다면 반 기니를 팁으로 주지'하고 덧붙였어.

마차는 떠났어. 그때 마차를 쫓아갈까 망설이는데 옆 골목에서 멋진 사륜마차가 나왔어. 마부는 의복의 단추를 반밖에 채우지 않았고 넥타이도 귀밑 쪽으로 쏠려 있었으며, 마구의 끈도 쇠고리에 변변히 걸려 있지 않았어. 이 마차가 현관 앞에 멎기가 무섭게 여자는 집에서 나와 급히 올라탔어. 그때 그 여자를 언뜻 보았지. 확실히 남자들이 목숨을 걸 정도로 아름답더군.

'존, 세인트 모니카 성당으로 가요' 여자가 말했어. '20분 안에 가면 반 소블린을 팁으로 주겠어요'라고도 덧붙였지. 왓슨, 이렇게 좋은 기회는 다시없을 거야. 다른 마차를 불러 따라갈까 아니면 사륜마차 뒤에 매달려서 갈까 망설이는데 마침 마차가 한 대 왔어. 마부는 허술한 내 모습을 보고 망설이는 눈치였는데 그가 거절하기 전에 올라탔지. 그리고 '세인트 모니카 성당까지 갑시다' 하고 소리쳤어. '20분 안에 가면 반 소블린 팁으로 주지' 12시 25분 전이었어. 그곳에서 어떤 일이 일어나는지는 물론 짐작했지.

마부는 속력을 내어 달렸어. 그렇게 빠른 마차를 타본 건 처음이었지만 그래도 앞서 간 두 마차를 따라붙지는 못했어. 내가 도착했을 때는 이륜마차와 사륜마차가 성당 현관 앞에 서 있었고 말의 몸에서는 김이 나고 있었지. 나는 마부에게 돈을 내고 급히 성당 안으로 들어갔어. 성당 안에는 그 두 사람과 하얀 제복을 입은 신부뿐이었는데 신부는 두 사람에게 무언가 말하는 것 같았어. 나는 성당에 놀러 들어간 한가로운 사람인 양옆의 복도를 어슬렁거렸지. 그러자 놀랍게도 제단 앞의 세 사람이 일제히 나를 돌아보았고 가드프리 노튼이 아주 빠른 걸음으로 나에게 달려와 말했어.

'다행이군!' 그가 소리쳤어. '당신이라도 좋아. 자, 이리 와요! 빨리!'

'네? 뭐라고요?' 나는 영문을 모르니 이렇게 물을 수밖에.

'자, 오세요. 3분이면 충분해요. 당신이 없으면 법적 절차가 이루어지지 않아.'

나는 거의 끌려가다시피 해서 제단 위까지 갔어. 그리고 거기서 그들이 일러주는 말을 여러 번 나직하게 말한 뒤 나와 전혀 관계없는 것을 서약하기도 했어. 즉, 나는 아이린 애들러와 가드프리 노튼의 결혼 증인이 된 거야. 식은 곧 끝났어. 신랑은 나에게 감사의 말을 했고, 신부는 생글생글 웃으며 나를 보더군.

이렇게 우스꽝스러운 일을 겪어 보기는 정말 난생처음이야. 아까 그 생각을 하고 배꼽이 빠지도록 웃은 거야. 결혼허가증에 무언가 불만스러운 점이 있어서, 어떤 형식이든 입회인이 없으면 식을 올릴 수 없다고 신부가 거절했던 모양이야. 그때 다행히 내가 나타났고, 노튼은 자기 들러리를 찾으러 큰길까지 달려 나가지 않아도 됐던 거지. 신부가 소블린 금화 한 개를 사례로 주었는데, 난 이 사건을 기념하기 위해 그걸 시곗줄에 매달고 다닐 생각이야."

"이야기가 이상하게 진행되는군. 그래서 어떻게 됐어?"

"나는 우리의 계획이 중대한 위기에 직면했다는 것을 알았어. 신혼부부는 즉시 여행을 떠날지도 모르니 말이야. 그래서 빨리 적당한 수단을 써야 한다고 생각했어. 그런데 두 사람은 성당 앞에서 헤어져, 남자는 변호사협회로 여자는 브라이오니 로지로 각자 돌아갔지. 그 여자는 헤어질 때 '5시에 마차로 공원드라이브를 할 거예요'하고 말했어. 그것뿐이야. 아무튼 두 사람이 각기 다른 방향으로 떠나서 나는 준비를 하러 돌아온 거야."

"뭐를 준비해?"

"콜드비프와 맥주 한 잔."

그는 벨을 울렸다.

"바빠서 먹는 것도 잊었지만 오늘 밤은 더 바빠질 것 같아. 왓슨, 도움이 필요해."

"뭐든 말만 해!"

"법률에 저촉되는 일이라도?"

"상관없어."

"체포될지도 몰라."

"목적이 좋은 일이라면 괜찮아."

"그 점은 조금도 염려 마."

"그렇다면 더 말할 것도 없지."

"그래, 틀림없이 도와줄 거라고 믿었어."

"근데 뭘 도와야 하지?"

"터너 부인이 식탁을 다 차려 놓으면 그때 이야기하지."

그는 부인이 준비해준 간단한 식사를 들면서 말을 이었다.

"자, 시간이 많지 않으니까 먹으면서 이야기할게. 벌써 5시야.
두 시간 후엔 현장에 출동해야 해. 아이린 애들러 아니 노튼 부
인은 7시에 드라이브에서 돌아올 거야. 우리는 그 여자를 만날
수 있도록 그전에 브라이오니 로지에 도착해 있어야 돼."

"그리고?"

"다음 일은 나에게 맡겨. 어떤 결과가 나올지 이미 계획이 서
있어. 하나 말해둘 게 있는데, 어떤 일이 있어도 자네는 나서지
마. 알겠지?"

"방관자가 되라는 거야?"

"그래. 자네는 아무 일도 하면 안 돼. 조금 불쾌한 사건이 일

어나도 그것에 구애되어서는 안 돼. 그 사건을 이용해 나는 집 안으로 들어갈 거야. 그런 뒤 사오 분쯤 지나면 거실 창문이 열릴 테니, 자네는 그 사이에 창문 바로 옆에서 대기하고 있어."

"알았어."

"나를 계속 보고 있어야 해."

"좋아."

"그리고 내가⋯ 이렇게 손을 들면 내가 준 물건을 방 안에 던지고 '불이야!'하고 소리쳐. 알았지?"

"알았어."

"사실 이건 무서운 물건이 아냐."

그는 주머니에서 시가처럼 생긴 긴 통을 꺼냈다.

"배관공이 사용하는 발연통인데 자연 발화가 되도록 양 끝에 뇌관이 장치되어 있어. 자네 임무는 이것을 던지는 것뿐이야. '불이야'하고 한마디 외치면 그다음은 구경꾼들이 알아서 떠들 거야. 그런다음 곧장 큰길 끝까지 가서 기다려. 그러면 십 분쯤 후에 내가 그곳으로 가겠어. 이만큼 설명했으니 다 알았겠지?"

"처음에는 방관자가 되고 그다음에는 창가에 가서 자네를 지켜본다. 자네가 신호를 하면 이 물건을 집 안에 던지고 '불이야' 소리친 다음, 큰길 끝에서 자네를 기다린다. 이렇게 되는 것 아닌가?"

"맞아."

"그럼 안심하고 맡겨."

"정말 훌륭해. 시간이 없으니 이제부터 할 일을 준비해야겠어."

그는 침실로 들어갔는데, 5분도 지나지 않아서 상냥하고 마음씨 착한 신부가 되어 나타났다. 폭이 넓은 검은 모자에 더부룩한 바지, 하얀 넥타이. 거기다 친절한 미소를 띠고 온화한 눈빛으로 다정하게 사람을 바라보는 그의 눈빛은 명배우 존 헤어가 아니고서는 흉내 낼 수조차 없을 것이다. 홈즈는 의상 하나만 바꾸는 것이 아니었다. 새로운 역할에 맞추어서 표정과 태도는 물론 마음까지 달라 보이게 했다. 그가 범죄연구가가 되었기 때문에 과학계는 명석한 이론가를 잃었고, 연극계 역시 훌륭한 배우를 얻지 못했다.

우리가 베이커 가를 나선 것은 6시 15분이 지나서였는데 예정보다 10분 일찍 서펜타인 가에 도착했다. 홈즈와 나는 이미 땅거미가 내린 브라이오니 로지 앞을 어슬렁거리며 여주인이 돌아오기를 기다리고 있었다. 그러다 보니 불이 켜지기 시작했다. 브라이오니 로지는 홈즈의 간단한 설명을 들으며 내가 상상했던 그대로였지만 주위는 생각했던 것만큼 한적하지 않았다. 아니, 한적한 지역의 좁은 길치고는 이상하도록 활기에 넘쳤다. 거리 모퉁이에서는 옷차림이 허술한 남자 몇 명이 담배를 피우면서 얘기를 하고 있었고, 숫돌을 돌려 가위를 가는 사람도 있었고, 두 근위병은 아이 보는 여자를 희롱하고 있었다. 또한 시가를 입에 물고 큰길을 서성거리고 있는 말쑥한 차림의 젊은이들도 있었다.

우리는 얼마간 말없이 집 앞을 어슬렁댔다.

"이봐."

그때 홈즈가 말을 걸어왔다.

"이 결혼 덕분에 사건이 오히려 간단해졌어. 그 사진이 두 날을 가진 칼이 되었지. 우리의 의뢰인이 결혼할 공주에게 그 사진을 보이고 싶지 않듯이, 이 여자도 가드프리 노튼에게 그 사진을 보이고 싶지 않을 게 분명해. 그런데 문제는… 어디에 사진을 감추었느냐 하는 거야."

"대체 어디일까?"

"설마 몸에 지니고 다니지는 않겠지. 캐비닛 사이즈라고 하니 너무 커서 옷에는 감추지 못할 거야. 왕이 사람을 숨겨 놓았다가 몸을 뒤지게 할지도 모른다는 것쯤은 그 여자도 알아. 이미 두 번씩이나 그 꼴을 당했으니까. 따라서 몸에는 지니지 않았다고 생각해."

"그럼 어디에?"

"은행이나 변호사? 물론 가능성은 어디에나 있어. 하지만 왠지 나는 그 어느 쪽도 아닌 것 같아. 대체로 여자들은 비밀주의라서 자기 손으로 감추는 것을 좋아해. 남에게 맡기지 않았을 거야. 그 여자가 갖고 있다면 일단 안심은 되지만, 만일 은행이나 변호사 수중에 들어갔다면 뒤로 손을 쓰거나 정치적 압력을 가할지도 몰라. 하지만 그 여자는 이삼일 안으로 그것을 이용할 속셈이야. 그러니 사진은 필요할 때 즉시 꺼낼 수 있는 장소에 있겠지. 틀림없이 집 안에 두었을 거야."

"하지만 도둑을 가장해 이미 두 번이나 집 안을 수색했어."

"흥, 그 변변치 않은 친구들의 수색?"

"그럼 자네는 어떻게 찾을 거야?"

"찾지 않아."

"그럼 다른 방법이 있어?"

"그 여자 스스로 장소를 밝히게 하는 거야."

"스스로 밝힐 리가 없어."

"밝히지 않을 수 없을 거야. 마차 소리가 들리는군. 그 여자의 마차야. 자, 아까 내가 한 말을 잊지 말고 꼭 그대로 해."

그의 말대로 큰길 모퉁이를 돌아오는 마차의 불빛이 보였다. 예쁜 소형 사륜마차는 브라이오니 로지 입구에서 멎었다. 마차가 멎자 길모퉁이에 있던 부랑자 하나가 문을 열어주고 동전을 얻으려고 달려왔다. 그러나 같은 목적으로 달려온 다른 부랑자한테 떠밀렸다. 곧 치열한 싸움이 벌어졌는데, 그때 근위병 두 사람이 한쪽 편을 들자 이번에는 가위를 갈던 사람이 반대쪽을 편들었다. 곧 소란은 더욱 커졌다. 욕설이 오가고 주먹질이 일어났다. 마차에서 내린 여자는 주먹과 지팡이를 사납게 휘두르는 남자들의 치열한 싸움 속에 휘말렸다. 홈즈는 그 여자를 보호하려고 난투 속으로 뛰어갔다. 그러나 옆에까지 달려간 홈즈는 갑자기 비명을 지르며 쓰러졌다. 그의 얼굴엔 피가 흐르고 있었다. 두 근위병은 그것을 보고 어딘가로 사라졌고, 부랑자들도 반대 방향으로 달려 도망갔다. 그때까지 싸움에 끼어들지 않고 구경만 하던 말쑥한 차림의 청년들이 우르르 달려오더니, 부인을 구하고 부상자의 상처를 돌보기 시작했다.

아이린 애들러는-나는 결혼 전의 이름으로 부른다-서둘러 돌계단을 올라갔다. 그러나 맨 위 계단에서 현관 불빛에 그 아름다운 자태를 나타내며 멈추어 서더니, 조금 전의 그 난장판을 돌아보았다.

"그분은 많이 다쳤나요?"

여자가 물었다.

"죽었습니다."

몇 사람의 목소리가 대답했다.

"아냐, 아직 숨은 붙어 있어."

다른 남자가 소리쳤다.

"그러나 병원까지 갈 여유는 없을 것 같아."

"용감한 남자였어요."

여자가 말했다.

"이 사람이 아니었으면 부인은 지갑과 시계를 빼앗겼을 겁니다. 그놈들은 강도였어요. 큰일 날 뻔했어요."

그때 홈즈를 바라보던 청년 하나가 소리쳤다.

"어, 숨을 쉬고 있어!"

그러자 또 다른 청년 하나가 소리쳤다.

"이대로 길 위에 뉘어놓을 수는 없어. 부인, 댁으로 옮기면 안될까요?"

"좋아요. 거실에 옮겨 놓으세요. 소파가 있으니까요. 자, 이리로."

홈즈가 소란 속에서 천천히 브라이오니 로지로 운반되어 거실에 눕혀지는 것을, 나는 창가의 정해진 장소에서 지켜보았다. 방 안에는 램프가 켜져 있었고, 커튼이 내려져 있지 않아서 소파에 누워 있는 홈즈를 볼 수 있었다. 그때 홈즈는 자기가 한 연기에 대해 양심의 가책을 받고 있었는지 어떤지 모르지만, 나는 우리의 음모에 말려든 아름다운 여성을 보고, 또 그녀가 부상자를 더없이 다정하고 친절하게 보살피는 것을 보고, 왠지 지금까지 한 번도 느껴 보지 못했던 강렬한 죄책감에 사로잡혔다. 하지만 그렇다고 내가 맡은 역할을 포기한다면 그건 홈즈에게 몹시 비열한 배신을 하는 것과 같다. 나는 마음을 독하게 먹고 긴 외투에서 발연통을 꺼냈다. 이것은 여자를 해치기 위함이 아니다, 그 여자가 다른 사람을 해치는 것을 미연에 방지하려는 수단일 뿐이다, 하고 나는 자신에게 말했다.

홈즈가 소파 위에 일어나 숨이 답답한 듯 가슴을 쓸어내렸다. 그러자 하녀가 달려와서 창문을 활짝 열었다. 그와 동시에 홈즈가 손을 올리는 것이 보였다. 그 신호를 확인하고 곧장 나는 발연통을 방 안에 던지고 "불이야!" 하고 소리쳤다. 내 입에서 그 외침이 나오자마자 신사도, 마부도, 하인도, 하녀도-그들의 신분에 상관없이-그 근처에 있던 사람들은 모두 합창하듯, "불이야!" 하고 악을 썼다. 연기가 방 안에 자욱하게 퍼지는가 싶더니 소용돌이를 치면서 창문으로 흘러나왔다. 연기 속에서 뛰어다니는 사람들이 보였으나 조금 있으니 홈즈의 목소리가 들렸다.

"불이 아닙니다, 누가 거짓말을 한 것입니다."

그는 이렇게 사람들을 진정시키고 있었다.

나는 와글와글 떠드는 사람들 틈에서 빠져나와 거리의 모퉁이로 몸을 감췄다. 10분쯤이 지나 홈즈가 내 손을 잡아끌어 소동이 일어난 현장에서 멀리 떠날 수 있었다. 그제야 나는 겨우 마음을 놓았다. 홈즈는 몇 분 동안 아무 말도 없이 빠르게 걷다가 에지웨어 가로 향한 조용한 골목으로 이끌었다.

"잘했어, 왓슨. 나무랄 데 없었어. 모든 것이 뜻대로 됐어."

"사진을 찾았어?"

"감춘 장소를 알았어."

"어떻게?"

"내가 말한 대로 그 여자가 가르쳐 주었어."

"나는 대체 어떻게 된 건지 모르겠는걸."

"자네에게 숨길 생각은 없어."

홈즈는 웃으면서 설명했다.

"일은 아주 간단했어. 길거리에 있던 사람들이 우리와 한패란 것은 자네도 눈치챘을 거야. 하룻밤 계약으로 고용한 사람들이 었지."

"그런 줄 알았어."

"싸움이 벌어졌을 때, 나는 손바닥에 빨간색 물감을 녹여 놓고 있었어. 소동 속에 뛰어들어 쓰러진 다음 그 손으로 얼굴을 문질러 불쌍한 구경꾼 흉내를 낸 거지. 낡은 수법이야."

"대강 알고 있었어."

"그러고는 집 안으로 운반되었지. 그 여자도 거절할 수 없었던 거야. 그때 그 방법 말고 또 무슨 방법이 있겠어? 여자는 내가 수상하다고 느낀 거실에 나를 옮겨 놓았어. 사진은 거실이 아니면 침실에 있을 거라고 짐작한 나는 그 사진이 어디에 있는지 확인하고 싶었어. 소파에 눕혀지고 나서 숨이 답답한 듯 가슴을 쓸어내리자 하인들은 창문을 열어주었고, 드디어 자네의 도움을 받게 된 거지."

"그게 어떻게 도움이 된 거지?"

"크게 도움이 되었지. 여자는 집에 불이 난 것을 알면 제일 먼저 가장 소중한 것이 있는 곳으로 뛰어가기 마련이야. 이것은 여자들의 어찌할 수 없는 본능이거든. 나는 그 점을 종종 사건 수사에 이용했지. 달링튼 바꿔치기 사건에서도, 앤즈워스 성

(城) 사건에서도 써먹었어. 부인이라면 아기를 보호하려 하고, 미혼 여성은 보석상자로 뛰어가곤 해. 그런데 오늘의 이 여성은 달랐어. 그 여성에게 가장 소중한 물건은 아마도 우리가 찾고 있는 사진일 거야. 그래서 그 여자가 맨 먼저 그것을 감추어둔 곳으로 달려갈 것이라 생각했지. 자네가 '불이야!' 하고 소리친 것은 박진감이 있었어. 게다가 연기가 솟아오르고 사람들이 떠들어대면 아무리 침착한 여자라도 당황하게 되지. 그 아름다운 여성도 곧장 반응을 보였어. 그 사진은 오른쪽 종 끈의 바로 위, 벽의 널빤지 뒤의 오목한 곳에 감추어두었더군. 그 여자가 반사적으로 그곳으로 가서 사진을 반쯤 꺼내는 것을 나는 확인했어. 그런 뒤 내가, '불이 아니다, 누가 거짓말을 한 거다'하고 소리치니까 그 여자는 다시 사진을 제자리에 넣고 발연통을 흘깃 보더니 밖으로 뛰어나갔어. 그리고 다시 그 방에 나타나지 않았지. 나는 일어서서 어물쩍 그 자리에서 빠져나왔어. 사진을 지금 갖고 나갈까 어쩔까 잠시 생각했는데, 방에 들어온 마부가 어찌나 나를 집요하게 보고 있던지 뒤로 미루는 게 안전하다고 생각했어. 너무 서두르면 일을 그르칠 수도 있으니까."

"앞으로 어떻게 할 거야?"

"조사는 끝난 거나 마찬가지야. 내일 폐하와 함께 그 여자를 방문해야지. 자네도 괜찮다면 함께 가자고. 처음엔 우리도 거실에 안내되어 기다리겠지만 그 여자가 왔을 때는 사진과 함께 우린 사라지고 없을 거야. 폐하도 자신이 직접 사진을 찾으면 매우 만족하겠지."

"몇 시에 방문하지?"

"아침 8시. 여자가 아직 일어나기 전이라야 자유롭게 일할 수 있어. 결혼 후에 어쩌면 그 여자의 생활 패턴이 바뀌었을 수 있으니 되도록 서둘 필요가 있어. 폐하에게 전보를 쳐야겠군."

베이커 가까지 돌아가 입구 앞에 서서 홈즈가 열쇠를 찾고 있는데 지나가던 사람이 말을 걸었다.

"셜록 홈즈 씨, 안녕하세요?"

말을 건 사람은 빠른 걸음으로 멀어져 있었다. 그때 길에는 행인이 몇 명 있었는데 말을 건 사람은 저만치 떨어진 곳의 긴 외투를 입은 날씬한 젊은이 같았다.

"저 목소리… 들은 적이 있어."

홈즈는 가로등이 켜진 어스름한 길을 보면서 말했다.

"누구지?"

그는 고개를 갸우뚱했다.

나는 그날 밤 베이커 가에서 잤다. 그리고 이튿날 아침 토스트와 커피로 간단히 식사를 하고 있는데 보헤미아 왕이 방에 뛰어들어왔다.

"벌써 찾았소?"

왕은 셜록 홈즈의 어깨를 움켜쥐고 뚫어질 듯이 얼굴을 들여다보면서 소리쳤다.

"아직 찾지 못했습니다."

"찾을 수 있겠지요?"

"그렇습니다."

"그럼 떠납시다. 나는 잠시도 가만히 있을 수 없소."

"마차를 부르겠습니다."

"아니오, 나의 브로엄 마차를 대기시켜 놓았소."

"그것참 다행입니다."

우리는 아래층으로 내려가 브라이오니 로지로 향했다.

"아이린 애들러는 결혼했습니다."

홈즈가 말했다.

"결혼? 언제?"

"어제입니다."

"상대는?"

"노튼이라는 영국인 변호사입니다."

"아이린은 그를 사랑하지 않을 거요."

"저는 그 여자가 사랑하기를 바랍니다."

"어째서 그걸 바라오?"

"그렇다면 앞으로 폐하를 협박하지 않을 것이라 생각하기 때문입니다. 그 여자가 남편을 사랑한다면 폐하에게는 이미 애정이 없을 겁니다. 폐하에게 애정이 없으면 폐하가 어떤 일을 하든 방해하지 않을 것입니다."

"그건 맞는 얘기요. 그렇지만… 아, 그 여자가 나와 신분이 비슷하기만 하다면 얼마나 훌륭한 왕비가 되었을까!"

왕은 침울하게 입을 다물고 서펜타인 애비뉴에 닿을 때까지 아무 말이 없었다.

브라이오니 로지의 문은 열려 있었고 돌계단 위에 나이 든 여자가 서 있었다. 그 여자는 우리가 브로엄 마차에서 내리는 것을 비웃는 시선으로 지켜보고 있었다.

"셜록 홈즈 씨?"

여자가 물었다.

"맞습니다."

홈즈는 뜻밖이라는 듯이 약간 당황해서 여자를 보았다.

"역시! 당신이 올 거라고 부인이 말씀하셨습니다. 부인은 남편과 함께 오늘 아침 5시 15분 기차로 채링크로스 역에서 대륙으로 출발하셨습니다."

"뭐라고?"

셜록 홈즈는 놀라움과 분함으로 뒷걸음을 쳤다.

"그 사람은 잉글랜드를 떠났습니까?"

"다시는 돌아오지 않을 겁니다."

"그러면 편지는?"

왕이 짓눌린 음성으로 물었다.

"모든 것이 사라졌군."

"조사해봐야겠어!"

홈즈는 여자를 밀치고 거실로 뛰어들었고, 왕과 나도 그 뒤를 따랐다. 가구가 방 안에 어지럽게 흩어져 있었다. 떨어져 나간 선반과 열려 있는 서랍은 아이린이 출발하기 전에 얼마나 급히 서둘렀는지를 말해주었다. 홈즈는 종 끈이 있는 곳으로 달려가 작은 미닫이를 열고 손을 넣더니 사진 한 장과 편지를 꺼냈다. 사진은 야회복 차림의 아이린 애들러를 찍은 것이고 편지 봉투에는 '이곳에 방문하신 셜록 홈즈 씨에게'라고 쓰여 있었다. 홈즈가 급히 봉투를 뜯었고, 우리의 시선은 모두 그 편지에 집중되었다. 날짜는 어젯밤 12시로 되어 있었다.

셜록 홈즈 씨. 멋진 솜씨였습니다. 나는 완전히 속았어요. "불이야" 소리를 들은 뒤에도 나는 전혀 눈치채지 못했습니다. 하지만 그 후 내가 너무 어수룩했다는 것을 깨닫고 생각해보았습니다. 폐하가 누군가에게 도움을 요청한다면 당신에게 할 거라며, 몇 달 전에 당신을 경계하라는 주의를 받은 적이 있었습니다. 그리고 당신의 집 주소까지 알려주었지요. 그랬는데도 내 스스로 당신이 궁금히 여기는 것을 밝혀버리고 말았습니다. 수상하다는 생각이 들긴 했지만, 그토록 친절하고 다정한 신부님이 나쁘게 생각되지는 않았습니다. 하지만 아시다시피 나도 한때는 여배우를 지망한 적이 있습니다. 남자로 변장하는 것쯤은 식은 죽 먹기입니다. 지금까지도 가끔 그 방법을 이용했으니까요. 그래서 마부 존에게 당신을 감시하라고 하고, 위층에 올라가 남자 옷으로 갈아입고 내려오니 당신은 이미 길을 나섰더군요.

나는 곧장 당신을 미행하여 당신의 집 앞까지 갔습니다. 그리고 비로소 내가 그 유명한 셜록 홈즈의 관심 받는 대상이 되어 있다는 것을 확인했습니다. 실례인 줄 알지만 인사를 하고, 남편을 만나러 변호사협회로 갔습니다.

이렇게 무서운 분이 노리고 있는 한 도망치는 것이 최선이라고 우리는 생각했습니다. 사진에 대해서는 부디 안심하시라고 당신의 의뢰인에게 전해주세요. 나는 지금 더 좋은 분을 만나 사랑하고 사랑받고 있으니까요. 폐하는 옛날에 잠깐 향락의 대상으로 삼았던 여자의 방해 행위를 더 이상 염려 마시고 원하시는 대로 행동하시면 됩니다. 그 사진을 나는 몸을 지키는 무기로서 지니고 있겠습니다. 앞으로 폐하께서 저를 위협하신다 해도 그 사진이 있는 한 나는 안심할 수 있습니다. 그리고 나의 사진 한 장을 남겨둡니다. 폐하가 원하신다면 드리세요.

그럼, 안녕히 계십시오. 진심으로 존경하는 셜록 홈즈 씨.

아이린 노튼, 애들러

"아, 정말 훌륭한 여자다. 정말 훌륭한 여자야."

세 사람이 편지를 다 읽고 나자 보헤미아 왕이 감격하여 외쳤다.

"내가 생각한 대로 지혜롭고 의지가 굳은 여자야. 틀림없이 훌륭한 왕비가 되었을 텐데! 나와 신분의 차이만 나지 않았다면, 정말 슬픈 일이다."

"제가 보는 바로도 이 분은 폐하고는 전혀 어울리지 않습니다."

홈즈가 차갑게 말했다.

"의뢰하신 일을 보다 만족스럽게 처리하지 못한 것은 유감으로 생각합니다."

"아니, 천만에!"

왕이 말했다.

"이 결말에 나는 만족하고 있소. 나는 그 여자가 약속을 지키리라 믿고 있소. 사진은 이미 불태운 것이나 마찬가지요."

"그 말씀을 들으니 마음이 놓입니다."

"당신에게는 뭐라고 감사의 말을 해야 좋을지 모를 만큼 신세를 졌소. 이 보답을 어떻게 해야 좋을지 말하시오. 이 반지를……."

보헤미아 왕은 뱀처럼 생긴 에메랄드 반지를 빼어 그것을 손바닥에 얹어 내밀었다.

"폐하께서는 이보다 더 귀중한 물건을 가지고 계십니다. 제게 사례하길 원하신다면…….”

홈즈가 말했다.

“기탄없이 말하시오.”

“이 사진입니다.”

“아이린의 사진을!”

왕은 놀란 눈으로 홈즈를 바라보았다.

“좋소. 그대가 원한다면.”

“고맙습니다. 그럼, 폐하와의 일은 이것으로 끝난 것 같습니다. 진심으로 행운을 빌겠습니다.”

홈즈는 머리를 숙이고는 보헤미아 왕이 청하는 악수의 손도 보지 못한 채 몸을 돌려 나를 데리고 자기 방으로 돌아갔다.

이상이 보헤미아 왕국을 위협한 꺼림칙한 사건이며, 셜록 홈즈의 깊은 계략도 한 여성의 지혜 앞에서 빛을 잃고만 이야기의 결말이다. 그는 전에는 여자의 위트를 곧잘 비웃었는데 최근에 나는 그런 경멸의 말을 들은 적이 없다. 그리고 아이린에 대해서나 그 여자의 사진에 대한 이야기가 나올 때면 그는 언제나 ‘그 여성’이란 경칭을 사용했다.

붉은 머리 연맹

The Red Headed League

붉은 머리 연맹
The Red Headed League

············ 작년 어느 가을날, 셜록 홈즈를 방문했을 때
홈즈는 혈색 좋은 얼굴에 타는 것 같은 붉은 머리를 가진 아주
건강해 보이는 신사와 열심히 이야기하는 중이었다. 실례했다
고 사과를 하면서 돌아서려 하자, 홈즈는 갑자기 내 팔을 잡아
방 안으로 끌어들이고 문을 닫았다.

"왓슨, 마침 잘 왔어."

홈즈가 기분 좋게 말했다.

"자네가 손님과 상담 중인 줄 알았어."

"상담 중이야. 아주 중요한 이야기를 하고 있었어."

"그럼 나는 옆방에서 기다릴게."

"그러지 않아도 돼. 윌슨 씨, 이 친구는 지금까지 내가 해결한 많은 사건들에 나의 동료도 되고 협력자도 되어 준 사람입니다. 그러므로 당신의 문제에도 크게 활약하리라 생각합니다."

그 건장한 신사는 의자에서 엉거주춤 일어나더니, 두꺼운 눈두덩 밑의 작은 눈을 의심스러운 듯이 반짝이면서 가볍게 나에게 고개를 끄덕였다.

"소파에 앉아."

홈즈는 나에게 말하고 자기도 의자에 편히 앉아 양손의 손가락을 깍지 꼈다. 이것은 그가 무언가 생각할 게 있을 때 흔히 하는 자세다.

"왓슨. 자네도 나처럼 반복되는 따분한 일상생활이나 평범한 이야기보다는 기이한 사건들에 더 관심이 크지? 그렇기에 나의 많은 사건을 기록으로 간직하고, 또 그것들을 책으로까지 엮는 게 아니겠어. 그런 걸 보면 자네의 관심이 어느 정도인지 알 수 있어."

"자네가 다루는 사건은 재미있어."

내가 말했다.

"언젠가 말했지. 자네도 기억할 거야. 메리 서덜랜드가 갖고 온 그다지 복잡하지 않은 사건에 손을 대기 직전이었지. '색다른 감명이라든가 특별한 사건을 경험하고 싶다면 우리는 그것을 생활에서 찾아야 한다. 평범한 일상이야말로 항상 어떤 상상력의 산물보다 더 분방하고 더 기이하기 때문이다'라고 말한 적이 있었지?"

"난 그 의견에는 찬성할 수 없다고 했어."

"그랬지, 왓슨. 하지만 결국 자네는 고집을 꺾고 내 의견에 찬성하게 될 거야. 왜냐하면 자네의 논거가 사실의 압력에 의해 깨지고, 내 의견이 옳다고 인정할 때까지 자네 눈앞에 실제의 예를 산더미 같이 쌓아놓을 테니까. 그런데 오늘 아침 제이베스 윌슨 씨가 이렇게 친절하게 찾아와 어떤 이야기를 들려주었어. 지금까지 들은 바로는 근래에 없던 기괴한 이야기야. 전에도 자네에게 말했던 적이 있지만, 이상하고 특이한 사건은 중대한 범죄보다는 오히려 작은 범죄에 관련되어 있는 경우가 많아. 간혹 범죄가 있었는지조차 의심스럽게 여겨지는 곳에 숨어 있는 경우도 있지. 여기 찾아오신 윌슨 씨의 사건도 마찬가지야. 지금까지 들은 바로는 범죄가 있는지 없는지 아직 단언하긴 어렵지만 사건치고는 아주 특이해. 윌슨 씨, 실례지만 처음부터 다시 한 번 이야기해주시겠습니까? 왓슨은 첫 부분을 듣지 못했고, 나 역시 이야기가 특이해서 사건의 사소한 점까지 다시 자세히 듣고 싶군요. 대개의 경우 사건의 경과를 일부만 들어도 나머지는 지금까지의 경험에 비추어 짐작할 수 있습니다. 하지만 이번 사건은 어느 대목도 유추할 수 있는 선례가 없습니다."

그 뚱뚱한 의뢰인은 약간 우쭐해서 가슴을 펴더니 코트 안주머니에서 더럽고 구깃구깃해진 신문을 꺼냈다. 그러더니 그것을 무릎에 올려놓고 구겨진 주름을 펴면서 광고란을 들여다보았다. 그동안 나는 이 신사를 자세히 관찰했는데, 친구가 늘 하는 방법대로 복장과 태도에서 무언가를 알아내려고 노력했다.

그러나 관찰로 파악한 것은 별로 없었다. 그저 평범하고 비만해서 둔한 느낌이 드는 잉글랜드 상인이라는 인상뿐이었다. 약간 더부룩한 회색 바둑무늬 바지에 결코 깨끗하다고는 할 수 없는 검은 프록코트를 입고 앞 단추는 풀어놓은 채 있었다. 옅은 갈색 조끼에 굵은 놋쇠 빛 앨버트 시곗줄을 감았고, 구멍이 나 있는 그 끝에는 네모난 금속장식을 매달아 놓았다. 옆의 의자에는 닳아빠진 실크 모자와 퇴색한 갈색 외투가 있었는데, 그것의 옷깃에 붙인 벨벳은 주름투성이가 되어 있었다. 아무리 보아도 눈에 들어오는 것은 타는 듯한 붉은 머리와 여전히 뭔가 못마땅한 듯 불만스러운 표정뿐이었다.

셜록 홈즈의 빠른 시선이 나에게 쏠렸다. 그리고 의문스러워하는 나의 눈길과 마주치자 그는 곧 미소를 짓고 머리를 흔들었다.

"이분은 옛날에 노동에 종사한 적이 있고, 코담배를 애용하고, 프리메이슨 회원이고, 중국에 다녀온 적이 있고, 요즘에는 글씨를 많이 썼다는 것까지는 알고 있어. 하지만 그 이상은 모르겠어."

제이베스 윌슨은 이 말을 듣고 깜짝 놀라 의자에서 벌떡 일어났다. 그는 한쪽 손가락으로 신문을 누른 채 홈즈를 빤히 바라보았다.

"도대체 그걸 어떻게 아셨습니까, 홈즈 씨? 예를 든다면 내가 노동에 종사했다는 것 말입니다. 사실 그랬습니다. 나는 배 목수부터 시작했으니까요."

"당신의 손입니다. 오른손이 왼손보다 훨씬 크군요. 당신은 오른손을 주로 쓰는 일을 했어요. 그래서 근육이 발달한 겁니다."

"아, 그럼 코담배는? 프리메이슨 회원은?"

"그것을 자세하게 설명하는 것은 현명한 당신에게 실례되는 일이라 생각합니다. 당신은 프리메이슨의 엄격한 서열 규칙을 위반하고 호弧와 컴퍼스로 된 가슴장식 핀을 달고 있으니 말입니다."

"아, 그렇군요. 깜박 잊고 있었습니다. 그러나 글씨를 썼다는 것은?"

"오른쪽 소맷자락이 5인치쯤 아주 반질반질하고, 왼쪽 팔꿈치 그러니까 책상에 닿는 부분이 다른 천으로 겹쳐 꿰매져 있는데 그것이 뭘 말하는 표시겠습니까?"

"알겠어요. 그럼 중국에 갔었다는 것은요?"

"오른손 손목 바로 위에 물고기 문신이 있는데 그건 중국에서나 볼 수 있는 것입니다. 한때 문신 연구를 한 적이 있습니다. 그래서 많지는 않지만 그 방면의 문헌에 기여한 바도 있는데 그와 같이 물고기 비늘을 아름다운 핑크색으로 물들이는 기술은 중국에만 있습니다. 그리고 시곗줄에 매달려 있는 중국 동전을 보면 대답은 더욱 간단히 나옵니다."

제이베스 윌슨은 크게 웃었다.

"정말 놀랍습니다. 처음에는 굉장한 기술인 줄 알았는데 알고 보니 별것 아니군요."

"왓슨, 설명을 한 것이 오히려 잘못이군."

홈즈가 말했다.

"모르는 것이 위대해 보인다'라는 말도 있는데, 이렇게 정직하게 털어놓기만 하면 별 볼 일 없는 얄팍한 내 명성마저도 그나마 오래가지 못하고 사라지겠어. 그렇지? 윌슨 씨, 광고는 찾았습니까?"

"네, 여기 있습니다."

그는 굵고 붉은 손가락으로 광고란 중앙을 가리켰다.

"여깁니다. 이것이 사건의 원인이 되었습니다. 직접 읽어보세요."

나는 신문을 받아들고 읽었다. 광고는 다음과 같았다.

붉은 머리 연맹에 알림

미국 펜실베이니아 주 레바논의 *故* 이제키아 홉킨스 씨의 뜻에 따라, 명목이 있는 봉사에 대해 주 4파운드를 지급받을 권리를 갖는다. 연맹원에 결원이 하나 생겼음. 몸과 마음이 건강한 21세 이상의 붉은 머리 소유자는 응모 자격 있음. 월요일, 11시, 플리트 가 포프스 코트 7, 연맹 사무소의 던컨 로스 앞으로 직접 신청 바람.

"도대체 이게 뭐지?"

나는 이 기괴한 광고를 두 번 읽고 나서 소리쳤다.

홈즈는 킬킬거리며 기분이 좋을 때면 늘 하는 버릇대로 의자에 앉은 채 몸을 흔들었다.

"이건 흔한 이야기가 아냐. 윌슨 씨, 되도록 자세하게 당신의 사정과 가정상태, 그리고 이 광고가 당신의 신상에 끼친 영향에 대해 이야기하세요. 왓슨, 자네는 그 신문 이름과 발행일을 메모해."

"1890년 4월 27일. 모닝 크로니클. 꼭 두 달 전이야."

"좋아, 그럼 윌슨 씨."

"홈즈 씨. 아까도 말했지만,"

제이베스 윌슨은 이마의 땀을 닦았다.

"나는 도시의 중심부인 코벅 스퀘어에서 작은 전당포를 하고 있습니다. 장사를 한다고는 하지만 전문적인 장삿속도 없고 게다가 요즘은 불경기여서 그날 벌어 그날 먹는 형편입니다. 전에는 그래도 종업원을 둘씩이나 데리고 있었는데 지금은 한 사람뿐입니다. 그 한 사람의 급료도 버거운 벌이를 하고 있습니다만 다행히 그 사람이, 급료는 다른 곳 반만 받아도 좋으니 일만 배우도록 해 달라고 해서…….”

“그 기특한 젊은이의 이름은 뭡니까?”

홈즈가 물었다.

“빈센트 스폴딩입니다만 젊지는 않습니다. 나이는 짐작을 못 하겠어요. 어쨌든 홈즈 씨, 그렇게 훌륭한 직원을 찾기란 흔치 않을 겁니다. 마음만 먹는다면 더 좋은 자리도 얻을 수 있고 급료도 내가 주는 액수의 배는 더 받을 수 있을 겁니다. 그러나 본인이 내 가게 일에 만족한다면 구태여 그의 등을 떠밀 필요는 없지요.”

“옳은 말입니다. 평균 이하의 급료로 직원을 고용하게 되었으니 당신은 행운아입니다. 요즘은 사람을 고용하는 것도 쉽지 않으니까요. 이 신문광고 못지않게 그 사람도 특이한 데가 있군요.”

“사실 그에게도 나쁜 버릇은 있습니다. 그렇게 사진에 미친 사람이 세상에 또 있을까요. 진지하게 근무해야 할 때도 카메라를 들고 나와 찍어대는 겁니다. 그러고 나서는 토끼가 굴속으로 들어가듯 지하실에 들어가 현상을 합니다. 그것이 그 친구의 결점이지요. 그러나 나쁜 사람은 아닙니다. 전반적으로 봐서는 일을 잘하니까요."

"지금도 당신 전당포에 있습니까?"

"있습니다. 그 친구와 간단한 집안일을 거드는 열네 살 소녀, 이 세 사람이 함께 있습니다. 아내는 일찍 죽었고 달리 가족도 없으니까요. 잘 살지는 못하지만 그럭저럭 끼니 걱정은 하지 않고 빚을 갚을 정도는 됩니다. 그런 나를 골탕먹인 것은 바로 이 광고입니다. 꼭 두 달 전이군요. 스폴딩이 이 신문을 들고 전당포에 와서 이상한 푸념을 늘어놓더라고요.

'사장님, 나도 머리색이 붉으면 얼마나 좋을까요?'

그래서 제가 왜 그런 생각을 하는지 물었습니다.

'붉은 머리 연맹에 또 결원이 생겼거든요. 그곳에 가입만 하면 누구든지 한밑천 잡을 수 있다고 하잖아요. 제가 들은 바로 연맹에서는, 자격을 가진 사람이 얼마 없는 까닭에 결원이 많아 관리인이 돈을 처분하는 데 애를 먹고 있는 형편이랍니다. 나도 붉은 머리라면 꼭 응모했을 겁니다.'

'대체 그게 뭔데?'

내가 물었습니다.

홈즈 씨, 나는 온종일 집 안에만 있습니다. 하는 일이 밖으로 나도는 것이 아니고 집에서 손님을 받는 것이니까요. 나는 몇 주일 집을 나가지 않을 때도 있습니다. 그렇기 때문에 세상 돌아가는 소식이 어두워서 별것 아닌 뉴스에도 귀를 기울이곤 합니다.

'사장님, 아직 붉은 머리 연맹의 이야기를 모르세요?'

스폴딩은 눈을 크게 뜨고 물었습니다.

'못 들었어.'

'이상하군요. 완전한 조건을 갖추신 분이 그걸 모르다니.'

'거기 들어가면 좋은 일이 생기나?'

'물론이죠. 1년에 200파운드밖에 안 되지만 하는 일이 간단해 본업에 지장이 없어요.'

이 말을 듣고 나는 귀가 솔깃해져서 마음이 움직였습니다. 장사도 시원치 않은 때에 1년에 2백 파운드나 부수입이 생긴다니 마음이 움직이지 않을 수 있습니까.

'그 얘기를 자세히 해주게.'

내가 말하자 직원은 광고를 보여주었습니다.

'사장님이 직접 읽으시면 아실 테지만 연맹에 자리 하나가 비었대요. 자세한 건 여기로 문의하면 돼요. 내가 들은 바로는 미국의 백만장자 이제키아 홉킨스가 이 연맹을 만들었다더군요. 이 사람은 굉장히 붉은 머리를 갖고 있었는데, 그러다 보니 붉은 머리에 대해 깊은 동정심을 갖게 되었답니다. 그래서 그는 유산 관리인에게 큰 재산을 맡기며, 거기서 나오는 이자로 자기처럼 붉은 머리 남자에게 간단한 일을 시키며 돈을 주라고 유언을 남겼답니다. 소문에 의하면 하는 일은 아주 간단한데 급료는 어김없이 나온다는 거예요.'

'하지만 연맹에 가입을 원하는 붉은 머리가 몇만 명은 될 게 아닌가.'

'사장님이 생각하시는 것만큼 많지 않아요. 왜냐하면 응모자는 런던에 사는 사람이어야 하고 어른이어야 하니까요. 이 미국인에게 런던은 젊은 시절 출세의 발판이 되었기 때문에 이 그리운 도시에 은혜를 갚고 싶다는 겁니다. 그리고 붉은 머리라고는 했지만 색이 좀 흐리거나 검은색이 들어간 붉은 것은 안 되고, 정말 불타는 것처럼 반짝이는 붉은 머리라야만 됩니다. 사장님은 그곳에 얼굴을 내미는 것만으로도 합격이 되실 거예요. 돈이 몇 푼 안 된다면 몰라도 1년에 200파운드 이상이나 되잖아요. 떨어져도 밑져야 본전이니까요.'

보시는 바와 같이 내 머리는 이렇게 붉어서 이런 경쟁이라면 누구한테도 지지 않을 자신이 있습니다. 빈센트 스폴딩은 연맹에 대해 아는 게 많은 것 같아서 도움이 될지도 모른다고 생각하고 그날은 일찍 전당포 문을 닫고 함께 가자고 했지요. 그도 가게를 일찍 닫는다니까 아주 좋아했어요. 우리는 문을 닫고 광고에 나와 있는 주소로 찾아갔습니다.

그런데 홈즈 씨, 그런 광경은 두 번 다시 볼 수 없을 겁니다.

북쪽에서 남쪽에서, 동쪽에서 서쪽에서, 머리카락에 붉은빛이 있는 사람이면 모두 광고를 보고 중심부로 모여들었지 뭡니까. 플리트 가는 붉은 머리의 인파로 숨이 막힐 것 같았고 포프스 코트는 마치 오렌지 장수의 수레와 같았습니다. 단 한 번 낸 광고에 이렇게 많은 사람들이 모였으니 기가 막힐 노릇이지요. 딸기색, 레몬색, 오렌지색, 벽돌색, 적갈색, 진흙색… 아무튼 온갖 붉은 류의 머리가 총집합했더군요. 하지만 스폴딩도 말했지만 정말 타는 것 같은 붉은 머리는 그리 많지 않았어요. 이 많은 사람들이 차례를 기다리느라 줄 서 있는 것을 보았을 때, 만일 나 혼자였다면 기가 죽어 그냥 돌아갔을 겁니다. 하지만 스폴딩이 나를 잡아끌었지요. 그때 어떻게 했는지 확실히 기억나지 않지만 줄지어 있는 사람들을 밀치고 당기고 떠밀고 하면서 인파 속을 헤치며 우리는 연맹사무실이 있는 계단 앞까지 갔습니다. 거의 스폴딩에게 끌려간 것이지요. 계단에는 희망을 안고 올라가는 사람과 실망감에 기운이 빠져 내려오는 사람들로 두 개의 줄이 이루어져 있었어요. 우리는 요령 있게 그 줄 속에 끼어들어 마침내 사무실 안으로 들어갔지요."

"재미있는 경험이었군요."

의뢰인이 잠시 말을 중단하고 한 줌의 코담배를 맡으며 기억을 되살리고 있을 때 홈즈가 말했다.

"정말 재미있습니다. 계속하세요."

"사무실 안에는 나무의자 두 개와 소나무로 만든 테이블이 덩그러니 놓여 있었습니다. 그리고 테이블 맞은편에 나보다 더 붉은 머리털을 가진 작은 남자가 앉아 있었어요. 그는 응모자가 한 명씩 들어올 때마다 판에 박은 듯 두세 마디 말을 건네며 그를 낙제시킬 결점을 찾고 있었어요. 이런 형편이라면 통과되기는 어려울 것 같았지요. 그런데 내 차례가 되었을 때, 그 작은 남자는 지금까지 다른 응모자를 대할 때와는 전혀 다른 태도로 아주 상냥해져서 우리를 맞았습니다. 그러더니 밀담을 할 수 있도록 입구의 문까지 닫았지요.

'제이베스 윌슨 씨입니다.'

스폴딩이 나를 소개했지요.

'연맹에 가입하고 싶어서 왔습니다.'

'훌륭하신 적임자군요. 이분은 우리가 요구하는 모든 조건을 갖추셨어요. 지금까지 이렇게 훌륭한 머리색을 본 적이 없습니다.'

그러더니 남자는 한 걸음 뒤로 물러서서 고개를 기울이고는 내가 쑥스러워할 정도로 내 머리를 말끄러미 바라보았습니다. 그리고 성큼성큼 다가와서 내 손을 잡고 축하한다며 큰 소리로 말했습니다.

'이 머리라면 문제없습니다. 그러나 만일을 위해 한 가지 시험을 하겠습니다. 실례지만,'

그는 두 손으로 내 머리를 움켜잡고 힘껏 잡아당겼어요. 얼마나 아팠는지 나는 비명을 질렀지요.

'눈물이 나왔군요.'

그는 손을 놓으며 말했습니다.

'과연 나무랄 데 없습니다. 우리는 그렇게 할 수밖에 없습니다. 왜냐하면 지금까지 가발이 두 번, 염색이 한 번. 이렇게 속았거든요. 구둣방의 납을 사용하는 사람도 있더군요. 그런 예를 말하자면 끝이 없습니다. 정말 생각하면 인간에 대한 환멸만 쌓입니다.'

그 남자는 창가로 가서 합격자가 결정되었다고 크게 소리쳤지요. 그러자 창문 밑에서는 한동안 낙담한 사람들의 웅성거림이 들리더니 이윽고 제각기 흩어졌습니다. 그제야 붉은 머리의 사람은 나와 그 관리인만 남았습니다.

'던컨 로스입니다.'

그 남자는 자기소개를 했어요.

'나도 우리의 거룩한 은인이 남기고 간 기금에서 연금을 받고 있습니다. 그런데 윌슨 씨, 결혼했나요? 가족은?'

나는 가족이 없다고 말했지요.

그러자 갑자기 그 남자의 안색이 변하더군요.

'난처하군!'

그가 심각하게 말했어요.

'사실 우리 연맹의 기금은 붉은 머리의 사람을 보호하는 것 뿐 아니라 자손의 번영을 도모하기 위해 있습니다. 당신이 독신이라니 정말 유감입니다.'

홈즈 씨, 이 말을 듣고 나는 결국은 떨어졌다고 생각해서 실망했지요. 그런데 상대는 이삼 분 생각하는 듯하더니 괜찮겠다고 했어요.

'다른 사람이라면 이 결점이 어쩔 수 없는 결격사유가 되지만 당신처럼 훌륭한 붉은 머리를 갖고 계신 분에게는 우리들도 양보하지 않을 수 없군요. 그럼, 언제부터 우리 일을 하시겠습니까?'

'그게 좀 곤란하거든요. 나는 가게가 있어서요.'

내가 말했지요.

'아, 그런 건 상관없어요. 사장님. 내가 대신하면 되잖아요.'

빈센트 스폴딩이 옆에서 말했어요. 그래서 내가 물었습니다.

'근무시간은 어떻게 됩니까?'

'10시부터 2시까지입니다.'

그런데 홈즈 씨, 전당포는 대개 초저녁 장사인데 특히 급여일 전날인 목요일과 금요일이 바쁩니다. 10시부터 2시 사이라면 영업에 아무런 지장이 없지요. 게다가 스폴딩은 착한 사람이라 가게를 맡겨도 안심이고요.

'그렇다면 좋습니다. 그런데 급료는 얼마입니까?'

내가 물었지요.

'1주일에 4파운드입니다.'

'하는 일은요?'

'말이 일이지 별것 아닙니다.'

'너무 막연해서 감이 잡히지 않는군요.'

'근무시간에는 사무실에, 적어도 이 건물 안에 있어야 합니다. 만일 장소를 이탈하면 당신은 영원히 이 지위를 잃게 됩니다. 유언장에 그렇게 명기되어 있어요. 근무시간 중 한 걸음이라도 밖에 나가면 규칙위반이 됩니다.'

'하루에 4시간이니까 외출할 일은 없겠지요.'

내가 말했지요.

'어떤 이유도 용납되지 않습니다. 병이 나도, 급한 일이 있어도, 기타 어떤 급한 이유도 안 됩니다.'

던컨 로스 씨는 저에게 단단히 일러두었습니다.

'사무실에 있느냐 파면되느냐, 둘 중의 하나입니다.'

'할 일은?'

'대영백과사전을 옮겨 쓰는 겁니다. 저기 책장에 1권이 있습니다. 잉크와 펜과 압지는 본인이 갖고 와야 합니다만 이 테이블과 의자는 사용해도 좋습니다. 내일 오시겠습니까?'

'물론이죠.'

내가 대답했지요.

'그럼, 제이베스 윌슨 씨. 오늘은 이만 돌아가십시오. 아무나 얻을 수 없는 이 지위를 얻게 되신 행운을 진심으로 축하드립니다.'

로스 씨는 고개 숙여 인사하고 나를 배웅했어요. 나는 스폴딩과 함께 집으로 돌아왔는데 무슨 말을 해야 좋을지, 또 무엇을 해야 좋을지 모를 만큼 나의 행운을 기뻐했지요.

그리고 온종일 그날 아침에 있었던 일만 생각했는데 밤이 되자 다시 맥이 풀렸습니다. 어떤 목적으로 이런 짓을 하는지는 몰라도 어쨌든 장난이 아니면 사기라는 생각이 들었기 때문입니다. 도대체 이런 유언을 할 사람이 있을까… 대영백과사전을 베끼는 따위의 어린애 장난 같은 일에 누가 그 많은 돈을 내놓는단 말인가… 나는 도저히 믿을 수 없었지요. 빈센트 스폴딩은 옆에서 나에게 용기를 주려고 애를 썼지만 내가 잠자리에 들었을 때는 완전히 체념한 뒤였습니다. 그러나 다음 날 아침이 되자 어쨌든 가보자는 마음이 들었지요. 그래서 작은 잉크병과 거위 깃털 펜과 풀스캡 페이퍼를 일곱 장 구입해서 포프스 코트에 갔습니다.

깜짝 놀랐지요. 아니 기뻤습니다. 모든 게 어제 이야기와 같았거든요. 그곳엔 책상이 놓여 있었고, 던컨 로스 씨는 내가 일을 시작하는 걸 확인하러 와 있었습니다. 그리고 나에게 A 항목부터 베끼라고 하며 나갔는데, 그 뒤에도 내 근무상태를 보기 위해 가끔 들어와 보고는 했습니다. 2시가 되자 그만 가도 좋다면서 내가 쓴 종이를 보고 친절하게 칭찬했고, 내가 나오자 문에 자물쇠를 채웠습니다.

그날 후부터 매일 같은 일을 되풀이했지요. 그리고 토요일이 되자 관리인 로스 씨가 와서 1주일 급료로 소블린 금화 네 개를 주었습니다. 그다음 주도 그다음 주도 그러했습니다. 나는 매일 아침 10시에 출근해서 2시에 돌아옵니다. 던컨 로스 씨는 나중엔 아침에 한 번밖에 얼굴을 내밀지 않더니 얼마쯤 지나니까 아예 나타나지도 않았어요. 하지만 언제 나타날지 모르니 나는 사무실에서 한 걸음도 나가지 않았지요. 생각해보세요. 일은 쉽고 급료는 많으니 해고당할 서툰 짓을 할 수 있겠어요?

이렇게 8주가 지나갔습니다. 나는 Abbots, Archery, Armour, Architecture, Attica의 순서로 열심히 써가면서 조금만 더 쓰면 B로 들어가게 된다고 신이 나 있었습니다. 풀스캡 페이퍼 값으로도 적지 않은 돈이 나갔습니다. 내가 쓴 종이로 선반 하나가 가득 찼습니다. 그때입니다. 갑자기 일이 끝나고 말았습니다."

"끝나다니요?"

"그렇습니다. 그것도 오늘 아침에 말입니다. 보통 때와 같이 10시에 출근해보니 문은 닫혀 있고 자물쇠가 채워져 있었는데, 문 가운데에 네모난 작은 종이가 핀으로 꽂혀 있었습니다. 이것이 그것입니다. 직접 읽어보세요."

월슨은 편지지 크기의 하얀 판지를 내밀었다. 거기에는 다음과 같은 글이 있었다.

붉은 머리 연맹을 해산합니다.
1890년 10월 9일

홈즈와 나는 이 쌀쌀맞은 성명서와 그 뒤에 도사리고 있는 월슨의 화난 표정을 물끄러미 보다가 이런저런 추리를 해봐야 한다는 것도 잊고, 무엇보다도 이 사건의 우스꽝스러움으로 그만 폭소를 터뜨리고 말았다.

"뭐가 그렇게 우습죠?"

의뢰인은 불빛 같은 머리털 언저리까지 시뻘게졌다.

"웃기만 할 뿐 아무것도 할 수 없다면 나는 다른 곳으로 가보겠소."

"진정하세요."

홈즈는 반쯤 일어났다가 다시 앉으며 큰 소리로 말했다.

"이런 사건은 절대로 놓치지 않겠습니다. 정말 진기하고 재미있는 사건입니다. 그러나 실례라는 건 알지만 조금 우습기도 합니다. 이 종이가 문에 붙어 있는 것을 보고 당신은 어떻게 했습니까?"

"깜짝 놀랐지요. 어떻게 해야 좋을지 몰라 그 건물에 있는 다른 사무실에 이리저리 물어보고 다녔는데, 그것에 대해 알고 있는 사람은 한 명도 없었어요. 마지막으로 1층에 살고 있는 회계사인 집주인에게 가서 붉은 머리 연맹은 어떻게 되었느냐고 물었더니, 그런 연맹 이야기는 들어본 일조차 없다고 대답하더군요. 그래서 던컨 로스 씨는 어떤 인물이냐고 물었습니다. 그러자 그런 이름도 처음 듣는다고 하더군요.

'4호실 남자예요.'

'4호실? 그렇다면 머리가 붉은 사람 말이군요.'

'네.'

'그 사람은 윌리엄 모리스 변호사입니다. 새 사무실을 마련하는 동안 임시로 그 방을 쓰고 있었지요. 그런데 어제 이사했는데요.'

'어디로 가면 만날 수 있습니까?'

'이사 간 사무실로 가보는 게 좋겠군요. 주소는 알고 있어요. 음, 세인트 폴 사원 근처에 있는 킹 에드워드 가 17입니다.'

홈즈 씨, 나는 곧 킹 에드워드 가에 가 보았습니다. 그런데 가서 보니 의족이나 의수를 만드는 공장이 있을 뿐이고, 윌리엄 모리스나 던컨 로스라는 이름은 들어본 일조차 없다는 대답이었습니다."

"흠, 그래서요?"

"삭스 코벅 스퀘어의 집으로 돌아가 스폴딩과 의논했지요.

그러나 그는 도움이 되지 않았어요. '사장님, 기다리고 있으면 편지가 올 겁니다'하는 말뿐이었어요. 하지만 지금까지의 일이 허사가 되려는 판인데 그냥 우두커니 있을 수는 없는 일 아니겠습니까. 그러다 의논할 상대가 없는 딱한 사람들을 친절하게 도와준다던 당신의 소문이 떠올라 곧장 이곳으로 달려온 겁니다."

"잘하셨습니다. 당신의 사건은 아주 보기 드문 케이스입니다. 나는 기꺼이 이 사건을 맡고 싶습니다. 말씀을 듣고 보니 이건 뜻밖의 중대한 결과가 될지도 모르겠습니다."

"그렇습니다. 중대합니다. 나는 1주에 4파운드 벌이를 날렸으니까요."

"아니, 당신 개인으로서 이 기괴한 연맹에 항의할 이유는 없을 것 같군요. 뿐만 아니라, 내가 보기에 대영백과사전의 A항목에 대해 당신은 상세한 지식을 얻었을 테고, 지금까지 30파운드 정도의 돈까지 벌었을 겁니다. 당신은 연맹과 관계한 이후 한 푼의 손해도 보지 않았어요."

"그건 그렇습니다. 하지만 나는 그것들을 조사해서 정체를 밝히고, 그것이 장난이었다면 어떤 목적이 있었는지 알고 싶습니다. 게다가 장난치고는 돈을 너무 썼어요. 무려 32파운드나 썼으니까요."

"그런 점에 대해서는 우리가 노력해서 조사해 드리죠. 그전에 월슨 씨, 몇 가지 물어보겠습니다. 처음에 당신에게 그 광고를 보여준 종업원은 언제부터 근무했습니까?"

"그런 일이 있기 한 달 전부터입니다."

"어떻게 왔습니까?"

"광고를 냈더니 찾아왔더군요."

"광고에 응모한 사람은 그 친구 한 명뿐이었습니까?"

"아뇨, 열두 명쯤 됩니다."

"왜 그 사람을 채용했습니까?"

"싹싹하기도 하고 또 급료를 조금만 받겠다고 했으니까요."

"급료의 반만 받겠다고 했죠?"

"그렇습니다."

"빈세트 스폴딩은 어떻게 생겼습니까?"

"작지만 단단한 체구에 절도가 있으며, 나이는 서른이 좀 넘은 것 같은데 얼굴에 수염이 없습니다. 이마에는 산으로 화상을 입은 하얀 흉터가 있어요."

홈즈는 어지간히 흥분한 듯, 자세를 고쳐 앉았다.

"그럴 줄 알았습니다. 그 남자의 귀에 귀고리 구멍이 있는 걸 보셨습니까?"

"보았습니다. 어릴 때 집시가 뚫어준 구멍이라고 하더군요."

"음."

홈즈는 신음하듯 숨을 내쉬고는 다시 깊은 생각에 잠겼다.

"그 남자는 지금도 전당포에 있습니까?"

"네. 내가 나올 때 있었으니까요."

"당신이 없을 때도 장사를 열심히 합니까?"

"장사랄 것도 없지요. 오전에는 거의 할 일이 없으니까요."

"잘 알았습니다. 윌슨 씨, 지금 같아서는 며칠 안으로 해결이 될 것 같군요. 오늘은 토요일이니까 월요일까지는 일의 전말을 밝혀 드리겠습니다."

"왓슨! 이 사건을 어떻게 생각해?"

손님이 나간 뒤 홈즈가 물었다.

"전혀 모르겠어. 정말 기괴한 사건이야."

"일반적으로 사건이 수수께끼 같을수록 그 성질은 단순해. 평범한 얼굴이 기억하기 더 어렵듯이 평범하고 특징이 없는 사건일수록 까다로운 법이지. 그러나 이 사건은 빨리 처리하여야 해."

"어떻게 처리하지?"

"담배. 우선 파이프를 세 번 피울 시간이 필요해. 50분 정도는 말을 걸지 마."

홈즈는 의자 위에서 몸을 구부려 앙상한 무릎을 매부리코 앞까지 들어 올리더니 사기로 된 검은 색 파이프를 괴조의 부리처럼 입에다 물고는 눈을 감았다. 이윽고 홈즈가 잠이 든 줄 알고 나도 곁에서 꾸벅꾸벅 얕은 잠에 빠지기 시작했는데 그때 갑자기 그는 문제 해결의 열쇠를 얻은 듯이 의자에서 일어나더니 파이프를 벽난로 위에 얹어놓았다.

"오후부터 세인트 제임스 홀에서 사라사테의 연주가 있어. 왓슨, 진료소가 바쁘지 않으면 같이 갈까?"

"오늘은 한가해. 내 직업은 별로 시간에 쫓기지 않으니까."

"그럼 모자를 쓰고 와. 처음엔 시내에 들러서 갈 테니. 어디에서 점심을 먹지. 프로그램을 보니 독일 곡이 많은 것 같더군. 나는 이탈리아나 프랑스 것보다 독일 것이 더 좋아. 독일 음악은 사색적이야. 나는 지금 조용히 사색을 하고 싶어. 자, 가세."

우리는 올더스게이트까지는 지하철을 타고 갔다. 거기서 내려 조금 더 걸으니, 오늘 아침에 우리가 들은 기괴한 이야기의 현장인 코벅 스퀘어에 닿았다. 그곳은 좁고 너절하고 쓸쓸한 거리였다. 퇴색한 2층 벽돌집들이 울타리처럼 에워싸고 작은 공터를 내려다보고 있는데, 그 울타리 안에는 잡초처럼 자란 잔디와 퇴색한 월계수 몇 그루가 서 있었다. 그것들은 자신을 더럽히고 있는 독한 공기에 대항하여 싸움이라도 하는 듯 초라한 모습으로 서 있었다. 그리고 길모퉁이 집에는 전당포 표지인 금도금한 구슬 세 개와 갈색 바탕에 흰 글씨로 '제이베스 월슨'이라 쓴 간판이 붙어 있었다. 그래서 그곳이 그 붉은 머리를 가진 의뢰인의 전당포인 것을 알았다. 홈즈는 그 앞에 서서 고개를 한쪽으로 숙이고 눈을 가늘게 뜬 채로 사방을 주의 깊게 둘러보았다. 그러고 나서 큰길을 천천히 걷다가 다시 그 모퉁이로 돌아와 주위의 집들을 날카롭게 관찰했다. 마지막에 전당포 앞으로 돌아와 포장도로의 돌을 지팡이로 두세 번 힘껏 두드려 보더니, 문으로 다가가 노크를 했다. 그러자 곧 문이 열리면서 말끔히 면도를 한 젊은이가 재빠른 몸짓으로 나타났다.

"어서 오세요."

젊은이가 밝게 인사했다.

"고맙소. 스트랜드 가로 가려면 어떻게 가야 하죠?"

"세 번째 모퉁이에서 오른쪽으로 돌고, 거기 네 번째에서 모퉁이에서 왼쪽으로 돌아가세요."

종업원은 시원스럽게 대답하고 문을 닫았다.

"아주 싹싹해. 내 생각에 저 녀석은 런던에서 네 번째로 눈치 빠른 놈이야. 대담무쌍한 점에서는 세 번째 아래로는 내려가지 않아. 저 녀석에 대해서는 나도 조금 알아."

"틀림없이, 윌슨의 종업원은 붉은 머리 연맹의 이상한 사건과 깊은 관계가 있어. 이제 알겠어. 자네가 일부러 길을 물어본 것은 그의 얼굴을 확인하고 싶어서였지?"

내가 말했다.

"얼굴을 보고 싶었던 게 아냐."

"그럼 뭐야?"

"바지 무릎이야."

"뭔가 봤어?"

"예상했던 대로."

"왜 도로를 두드렸어?"

"왓슨, 지금은 얘기를 할 때가 아니라 살피고 관찰할 때야. 우리는 적지에 잠입한 스파이지. 삭스 코벅 스퀘어에 대해서는 대강 알았어. 이번에는 뒷길을 조사하지."

뒷골목 거리인 삭스 코벅 스퀘어에서 모퉁이를 하나 돌아서 나온 길은, 그림의 안팎만큼이나 차이가 있었다.

그곳은 시내의 교통을 북부와 서부로 유도하는 대동맥과 같은 곳이다. 두 줄기로 흐르는 많은 승객과 화물, 드나드는 마차들로 교통 체증이 일었고, 인도는 인도대로 오가는 사람의 물결로 검어지고 있었다. 아름다운 상점과 훌륭한 사무실이 처마를 잇대고 있는 광경을 보고 있자니 여기가 방금 우리가 다녀온 그 우중충하고 너절한 거리와 등을 맞대고 있는 곳인가 싶은 기분이 들었다.

"자, 이 거리의 건물 배치 순서를 잘 기억해둬. 내 취미는 런던에 대해 정확한 지식을 갖는 거야. 어디 보자, 모티머 상점, 담배 가게, 신문판매소, 시티 앤 서버밴 은행 코벅 지점, 채식

레스토랑, 맥파렌 마차제조 창고라. 이것으로 이 구획은 끝나고 다음으로 이어지는군. 왓슨, 우리 일은 끝났으니 이번에는 기분이나 풀러 갈까. 샌드위치에다 커피 한 잔 마시고 바이올린의 나라로 가는 거야. 그곳은 섬세하고 감미로운 연주로 가득할 뿐 붉은 머리 손님에게 붙들려 기이한 질문에 시달릴 걱정은 하지 않아도 돼."

홈즈는 열렬한 음악애호가다. 그 자신이 능숙한 연주 실력을 갖고 있을 뿐 아니라 뛰어난 작곡가이기도 하다. 그날 오후 내내 그는 공연장 맨 앞자리에 앉아 음악의 멜로디에 맞추어서 길고 가느다란 손가락을 느긋하게 움직이고 있었다. 커다란 행복에 잠긴 그의 조용한 미소나 꿈꾸는 듯 나른해 보이는 눈은 철저하게 훈련된 경찰견만큼 예리하기가 칼날 같은 탐정 홈즈에게는 어울리지 않았다. 홈즈라는 특별한 개성 속에서는 두 종류의 성질이 번갈아 우열을 다투고 있는데, 내가 보기에 그의 극단적인 엄격함이나 민첩함은 이따금 그의 정신에 충만해 있는 시적, 명상적 기분에 대한 반동으로 생각된다. 그는 이러한 감정의 진동 때문에 극단적인 이완에서 싫증을 모르는 정열의 덩어리로 변했다. 나는 잘 알지만 며칠씩이나 안락의자에 맥없이 기대앉아 즉흥곡을 만들거나 오래된 서적을 읽거나 하고 있을 때야말로 그는 진정 두려운 남자가 된다. 그러는 동안 갑자기 새로운 활력이 솟아올라 그 멋진 추리력이 마치 직감이라 해도 좋을 정도로 작용해서, 익숙하지 못한 사람에게는 그가 인간 이상의 지능을 갖고 있는 게 아닌가 하는 의심을 품게까지 하기 때문이다. 그날 오후 나는 세인트 제임스 홀에서 음악의 포로가 된 홈즈를 보며, 그가 눈독을 들이는 놈들에게 바야흐로 크나큰 위기가 닥칠 것임을 느꼈다.

"왓슨, 집으로 갈 거지?"

"응, 그럴 거야."

"나는 잠시 할 일이 있어. 코벅 스퀘어의 사건은 심각해."

"왜 심각하지?"

"엄청난 범죄를 꾸미는 놈이 있어. 그러나 그것을 막을 수 있는 시간 여유는 충분해. 그렇게 확실할 만한 근거가 있어. 하지만 오늘이 토요일이기 때문에 문제가 약간 복잡해질 수도 있어. 오늘 밤 자네의 도움이 필요할지도 몰라."

"몇 시에?"

"10시쯤."

"10시에 베이커 가로 갈게."

"좋아. 왓슨, 위험할지도 모르니까 군용 권총을 가져 와."

홈즈는 손을 흔들면서 몸을 빙글 돌리더니 금세 군중 속으로 자취를 감추었다.

내가 남들보다 둔하다고는 결코 생각하지 않지만 셜록 홈즈를 상대하고 있으면 언제나 나의 어리석음 때문에 환멸을 느낀

다. 이번 일만 하더라도 나는 그와 함께 이야기를 들었고 같은 것을 보았다. 하지만 그가 하는 말로 짐작건대 이미 지금까지의 사건 경과뿐만 아니라 앞으로 일어날 일까지 분명하게 내다보는 것 같다. 반대로 나는 사건의 전모가 지금까지도 아리송하기만 하고 수수께끼인 채로 남아 있다.

마차로 켄싱턴의 집으로 돌아가던 도중, 나는 붉은 머리 남자가 들려준 대영백과사전을 베껴 쓴 이상한 이야기에서부터 삭스 코벅 스퀘어로 조사하러 간 것, 헤어질 때 홈즈가 한 불길한 말에 이르기까지 모든 것을 다시 생각해보았다. 오늘 밤의 모험은 무엇을 의미하며 왜 권총을 준비해야 할까? 어디로 가서 무엇을 하려는 걸까? 홈즈가 암시한 바로는 그 전당포의 멀쩡하게 생긴 종업원은 범죄자로 흉악한 음모를 꾸미는 것 같다. 그러나 나는 조금도 이 수수께끼의 해답에 가까워지지 않았다. 결국, 밤이 되어 만사가 분명해질 때까지 잊기로 했다.

나는 9시 15분에 집을 나와, 파크를 지나고 옥스퍼드 가를 통과해 베이커 가로 갔다. 홈즈의 집 현관 앞에는 이륜마차 두 대가 기다리고 있었다. 내가 복도에 들어가자 위층에서 말소리가 들려왔다. 방에 들어가자 홈즈는 두 남자와 뭔가 진지하게 이야기하고 있었는데 한 사람은 전부터 알고 있는 스코틀랜드 야드의 피터 존스이고, 또 한 사람은 마른 몸에 키가 크며 침울

한 인상을 가진 사내였다. 그는 반짝거리는 실크 모자를 들고 거북스러울 만큼 고급스런 프록코트를 입고 있었다.

"아, 이제 다 모였군."

홈즈가 말하면서 재킷 단추를 채우고 선반에서 수렵용 채찍을 내렸다.

"왓슨, 스코틀랜드 야드의 존스를 알지? 이분은 메리웨더 씨, 오늘 밤 모험에 참가하시네."

"왓슨 씨, 서로 힘을 모아 잘해 봅시다."

존스가 거만하게 말했다.

"홈즈 씨는 짐승을 몰아 가두는 솜씨가 뛰어나죠. 남은 일은 잘 훈련된 개가 꼼짝 못하는 짐승을 물어오듯 조수 노릇만 하면 됩니다."

"잡아보니까 기러기 한 마리였다는 결과나 되지 않았으면 좋겠군요."

메리웨더가 무뚝뚝하게 말했다.

"안심하고 홈즈 씨를 믿어도 좋습니다. 이분에게는 그 누구도 생각지 못하는 독특한 방법이 있습니다. 양해를 구하고 말씀드린다면, 홈즈 씨는 다소 이론적이어서 공상에 쏠리는 면이 없지 않지만 훌륭한 재능을 가진 탐정인 것만은 틀림없습니다. 한두 가지 예를 들어 증명한다면, 숄토 살인사건이나 아그라 보물사건 같은 것에서 해당 경찰보다도 더 정확히 진상을 파악했다 해도 과언이 아니지요."

"오, 존스 씨. 당신이 그렇게 말씀하신다면 틀림없겠죠."

오늘 처음 만난 메리웨더는 존스의 말에 곧 동의했다.

"그러나 나는 브리지를 못하게 되어서 유감입니다. 토요일 밤에 브리지를 하지 않는 것은 27년 만에 처음입니다."

"어쨌든 두고 보세요."

홈즈가 말했다.

"오늘 밤에 있을 당신의 승부는 지금까지의 승부와는 달라서 많은 돈이 걸려 있습니다. 게다가 아슬아슬한 도박이지요. 메리웨더 씨, 당신이 건 돈은 3만 파운드입니다. 존스, 자네는 오랫동안 추적해온 범인을 체포하게 될 거야."

"존 클레이는 살인, 절도, 화폐위조, 위조화폐 사용 등을 한 범죄자입니다. 메리웨더 씨, 놈은 아직 새파란 나이가 무색하게 온갖 범죄의 전문가이죠. 나는 런던의 모든 악당 중에서도 제일 먼저 이놈에게 수갑을 채우고 싶습니다. 존 클레이는 무시무시한 놈입니다. 할아버지는 왕실 혈통의 공작이고, 이튼과 옥스퍼드 대학까지 다녔습니다. 손재주가 있고 머리도 좋아 그의 범행 장소에는 언제나 흔적만 있을 뿐 그의 소재를 파악할 만한 단서는 전혀 찾을 수 없어요. 지난주에 스코틀랜드에서 절도를 했는가 하면 이번 주에는 콘월에서 고아원 건설을 미끼로 돈을 모으고 다닙니다. 나도 오랫동안 뒤쫓아 다녔지만 아직 얼굴조차 본 일이 없어요."

"오늘 밤에야말로 자네에게 소개할 수 있을 거야. 존 클레이와는 나도 한두 번 관련된 적이 있어. 자네 말처럼 그는 확실히 이 분야에서는 최고야. 벌써 열 시가 넘었군. 출발을 서둘러야겠어. 두 분은 앞쪽 마차에 타세요. 나는 왓슨과 함께 뒤차에 타겠소."

마차에 오르자 홈즈는 말없이 의자 깊숙이 기대앉아, 그날 오후 음악회에서 들었던 곡을 흥얼거렸다. 우리는 가스등이 비치는 미궁과 같은 거리를 한참이나 달려 패링던 가로 나갔다.

"거의 다 왔어. 앞차에 있는 메리웨더는 은행 중역인데 이 사건과 직접적인 관계가 있어. 존스도 이 일에 참여하는 것이 좋다고 생각했어. 경찰관으로서의 능력은 신통치 않지만 나쁜 친구는 아냐. 게다가 커다란 장점이 하나 있지. 용감하기로는 불독 못지않아서 한 번 붙잡았다 하면 바닷가재처럼 결코 놓치는 일이 없지. 자, 다 왔어. 앞차의 두 사람이 기다리고 있겠군."

그곳은 오늘 아침에 우리가 왔던 번화한 큰길이었다. 마차를 돌려보내고 우리는 메리웨더의 안내로 좁은 골목을 지나 그가 열어 준 문 안으로 들어갔다. 내부에는 짧은 복도가 있고 끝에 튼튼하게 만든 철문이 있었다. 철문을 열고 나선형 돌계단을 내려가자 막다른 곳에는 엄중한 울타리가 있었다. 메리웨더는 그곳에 멈추어 서서 랜턴을 켰다. 그는 우리를 이끌고 흙냄새가 풍기는 캄캄한 통로를 지나 세 번째 문을 연 뒤, 지하실 같기도 하고 동굴 같기도 한 방에 들어갔다. 그 방의 벽 가에는 나무상자와 커다란 상자가 길게 쌓여 있었다.

"위에서 습격받을 염려는 없군요."

홈즈는 랜턴을 높이 치켜들어 주위를 둘러보면서 말했다.

"밑에서 와도 끄떡없습니다."

메리웨더는 대답하고 지팡이로 바닥에 깔려 있는 돌을 두드렸다.

"어, 왠지 소리가 허전한걸."

그는 놀라는 얼굴이 되었다.

"조용히 하세요. 당신은 벌써 우리의 원정에 상당한 피해를 주고 있습니다. 미안하지만 방해가 되지 않게 저 상자에 앉으세요."

메리웨더는 시무룩해져서 상자 위에 걸터앉았다. 자존심이 상한 듯 못마땅한 표정이었다. 홈즈는 바닥에 무릎을 꿇고 돌과 돌 사이의 틈새를 랜턴을 비추면서 돋보기로 자세히 살피기 시작했다. 그런데 불과 이삼 초로 만족했는지 그는 일어서서 돋보기를 주머니에 넣었다.

"적어도 한 시간 여유는 있어요. 그 사람 좋은 전당포 주인이 잠들기까지 악당들은 아무 일도 하지 못할 테니까요. 그러나 잠이 들면 즉시 일을 시작할 겁니다. 작업을 빨리하면 할수록 그만큼 도주 시간을 벌지요. 왓슨, 여기는 자네도 이미 상상했겠지만 런던에서 손꼽히는 큰 은행의 지점 지하실이야. 메리웨더 씨는 이사니까 런던 제일의 대담무쌍한 악당이 지금 왜 이 지하실에 눈독을 들이는지 설명해줄 거야."

"프랑스 금화 때문입니다. 그걸 노릴지도 모른다는 예감이 몇 번인가 들었습니다."

"프랑스 금화를 말입니까?"

"그렇습니다. 우리는 몇 달 전에 자본금을 늘리려고 프랑스 은행으로부터 나폴레옹 금화 3만 매를 차입했습니다. 그런데 그 금화가 봉함도 뜯지 않은 채 지금 이 지하실에 잠자고 있다고 소문이 났지요. 내가 앉아 있는 상자 속에는 납 호일로 싼 나폴레옹 금화가 한 상자에 2,000매씩 들어 있습니다. 이만한 금화 보유량은 일개 지점으로서는 흔치 않은 일인데 중역들도 이 문제로 골치를 앓고 있습니다."

"당연합니다. 자, 우리도 미리 작전을 짜둡시다. 한 시간 안에 사건이 클라이맥스에 다다를 겁니다. 메리웨더 씨, 그때까지는 이 랜턴에 덮개를 씌워두어야 합니다."

"어둠 속에 앉아 있는 겁니까?"

"하는 수 없습니다. 나는 카드 한 벌을 주머니에 갖고 왔어요. 마침 우리는 두 사람씩 한 조가 되어 있으니 당신이 좋아하는 브리지를 오늘 밤에도 할 수 있지 않을까 생각했지요. 그러나 적들의 음모가 꽤 많이 진행된 것 같아 불을 켜면 위험합니다. 먼저 우리의 위치를 정해둡시다. 보통 대담한 놈들이 아니에요. 우리가 미리 잠복하고 있지만 각별히 조심하지 않으면 다칩니다. 나는 이 상자 뒤에 숨어 있을 테니 당신은 그쪽에 숨으세요. 내가 놈들에게 랜턴을 비추면 재빨리 뛰어나가세요. 왓슨, 만일 놈들이 권총을 쏘면 뒷일은 생각 말고 쏴."

나는 권총의 공이 쇠를 세워 몸을 숨기고 있는 나무상자 위에 놓았다. 홈즈는 랜턴에 덮개를 씌워 주위를 캄캄하게 했다. 나는 지금까지 그토록 깊은 암흑은 본 적이 없다. 금속이 달아오를 때 나는 냄새가, 우리들 바로 코앞에 등불이 있고 유사시에는 그것이 즉시 빛을 낼 준비가 됐다고 알리고 있었다. 강한 기대와 불안 때문에 신경이 날카로워져서 갑자기 캄캄해진 동굴의 차고 눅눅한 공기 속에 무언가 답답하고 위압적인 것이 숨어 있는 것 같은 느낌이 들었다.

"도망갈 길은 한 곳뿐입니다. 건물 안을 지나 삭스 코벅 스퀘어로 나가는 길뿐이지요. 존스, 부탁한 대로 수배했겠지?"

"정문에 경사와 순경 둘을 잠복시켜 놓았소."

"그럼 구멍을 완전히 막은 셈이군. 이제 조용히 기다리기만 하면 됩니다."

정말이지 긴 기다림이었다. 나중에 홈즈와 이야기를 해보고 알았지만 그때 흘러간 시간은 1시간 15분에 불과했다. 그러나 나는 이미 밤이 지나고 아침 해가 뜰만큼의 시간이 흐른 것만 같았다. 최대한 움직이는 걸 억제하느라 손발이 저려오고 막대기처럼 감각이 없어졌다. 그러나 극도로 긴장한 탓에 청각이 아주 날카로워진 상태여서, 네 사람의 조용한 숨소리뿐 아니라, 덩치가 큰 존스가 깊고 무겁게 들이마시는 소리와 은행 중역의 한숨 소리 같은 가냘픈 숨소리까지도 분간해서 들을 수 있었다.

나는 지하실 바닥과 직선을 이루고 있는 상자 뒤에 숨어 있었다. 갑자기 빛 한줄기가 들어왔다. 처음에는 돌바닥 위에 도깨비불같이 반짝거리는 정도였다. 그러나 그것은 차츰 크게 뻗어 나와 노란 빛줄기가 되었다. 다시 아무런 기척도 없이 바닥에 틈새가 생기는 듯하더니 거기서 여자 손 같은 하얀 손이 나타나 빛이 미치는 좁은 범위의 한복판을 더듬거렸다. 1분 아니면 그보다 몇 초 더 지났으리라. 손가락을 꿈틀거리면서 그 손은 바닥 위로 더 많이 솟아올랐다. 그러더니 갑자기 그 손이 사라지고 돌바닥의 틈새를 나타내는 푸르스름한 광채만 남았다. 주위는 다시 원래의 암흑으로 돌아왔다.

그러나 손이 사라진 것은 잠깐뿐이고 이윽고 물체가 부서지는 요란한 소리가 나면서 커다란 흰 돌 하나가 젖혀지더니, 뻥 뚫린 네모난 구멍에서 랜턴 불빛이 들어왔다. 그러더니 그 구멍으로 이목구비가 번듯한 젊은 얼굴이 떠올라 주위를 날카롭게 둘러보았다. 이어 구멍의 양쪽을 붙들어 어깨까지 올라왔고, 다시 허리 그리고 한쪽 무릎을 구멍 가장자리에 걸쳤다. 다음 순간, 마침내 구멍 밖으로 완전히 올라와서 아래의 동료를 끌어올렸다. 그도 먼저 남자처럼 몸매가 작고 날씬하며 얼굴이 창백했다. 붉은 머리는 헝클어져 있었다.

"괜찮아. 끌과 가방은 갖고 왔겠지. 어, 안 되겠어. 아치, 뛰어내려. 빨리하지 않으면 교수대에 매달리게 돼."

그때 셜록 홈즈가 뛰어나가 수상한 남자의 덜미를 잡았다. 또 한 놈은 구멍으로 뛰어들었으나 존스에게 윗옷 자락을 움켜잡혀 옷이 찢어지는 소리가 났다. 권총의 총신이 반짝 빛났으나 홈즈의 채찍이 세차게 손목을 때리자 권총은 덜컥하고 돌바닥에 떨어졌다.

"헛수고야. 존 클레이. 이젠 도망갈 구멍이 없어."

홈즈가 온화한 목소리로 말했다.

"그런 것 같군. 그러나 동료는 도망쳤어. 코트 조각만 남기고."

상대는 침착하게 말했다.

"경관들이 문밖에서 기다리고 있어."

"오, 꽤 치밀하게 손을 썼군. 칭찬해주지."

"우리야말로 당신에게 감탄하고 있어."

홈즈가 말했다.

"당신의 붉은 머리 연맹은 기발하고 효과적인 착상이었어."

"같은 패거리도 곧 만나게 될 거야."

존스가 말했다.

"구멍에 떨어지는 것은 나보다 더 잘하는 것 같군. 수갑을 채우게 손을 내."

"불결한 손으로 만지지 마."

수갑을 채우자 범인이 말했다.

"네놈은 모르겠지만 내 혈관에는 왕실의 피가 흐르고 있어. 그러니 나에게 말을 할 때는 '전하'라든가 '황공하옵니다'하고 높여 말하라고."

"알았어."

존스는 눈을 크게 뜨고 킬킬 웃으면서 말했다.

"황공하옵니다만 마차도 마련되었으니 전하께서는 계단을 올라가시면 경찰까지 안내를……."

"좋아."

존 클레이는 침착한 태도로 말했다. 그리고 우리 세 사람에게 가볍게 고개를 끄덕이고는 형사의 호위를 받으며 조용히 걸어나갔다.

"홈즈 씨, 저희 은행은 당신에게 어떻게 감사해야 할지 또 무엇으로 보답해야 좋을지 모르겠습니다. 당신은 전대미문의 대담하기 짝이 없는 은행 강도계획을 멋지게 탐지해서 그들을 일

망타진했습니다."

메리웨더가 말했다.

"나는 존 클레이에게 한두 가지 갚아야 할 빚이 있었습니다. 이번 사건 때문에 돈을 조금 썼는데 그 돈을 은행에서 갚아주실 것으로 생각합니다. 그러나 그 밖의 것은 여러 가지 점에서 정말 귀한 경험이었고, 또 붉은 머리 연맹이라는 기발한 이야기까지 들었으니 이미 보수는 충분히 받은 셈입니다."

"왓슨,"

홈즈는 새벽 무렵 베이커 가의 집에서 위스키 소다를 마시며 설명했다.

"처음부터 분명히 알고 있었던 것은 붉은 머리 연맹의 기묘한 광고나 대영백과사전을 베끼게 한 목적이, 그리 영리하지 못한 전당포 주인을 매일 몇 시간씩 점포에서 끌어내기 위한 목적이 분명하다는 것이었어. 그 외에는 어떤 것도 있을 수 없었지. 그 수단이 정말 야단스럽기는 했지만 실제로 그만 한 방법은 생각해내기 쉽지 않아. 물론 머리가 좋은 존 클레이가 공범의 머리카락색을 보고 떠올린 아이디어였을 거야. 일주일에 4파운드가 전당포 주인을 유인해 내는 데 들어갔지만, 몇천 파운드라는 도박판에 그 정도는 아무것도 아니지. 그래서 악당 중 한 사람이 광고를 내고, 또 한 사람은 임시로 사무실을 빌리고, 그리고 또 한 사람은 윌슨을 응모하도록 꼬드겨 매일 오전마다 전당포를 비우게 하는 데 성공했지. 나는 종업원이 보통 급료의 반만 받기로 하고 왔다는 이야기를 들었을 때부터 그 자리를 꼭 얻어야 할 분명한 이유가 있다는 것을 알았어."

"하지만 그 분명한 이유를 어떻게 알았지?"

"전당포에 여자가 있으면 시시한 불륜 정도로 추측했겠지. 그러나 그건 아니었어. 또한 장사 규모가 작은 만큼 전당포에는 이렇게 신중하게 책략을 꾸미거나 급료의 반을 걸 만큼 가치 있는 물건이 없어. 그렇다면 문제는 전당포 밖이라고 생각할 수밖에. 그럼 대체 그것이 무엇일까. 나는 문득 그 종업원이 사진을 좋아해서 툭하면 지하실에 내려가 현상을 한다는 말이 떠올랐어. 지하실이야! 그곳에야말로 이 얽히고설킨 문제를 푸는 실마리의 한쪽 끝이 있지. 그래서 나는 그 수상한 종업원에게 질문했는데 내 상대가 런던에서 으뜸가는 침착하고 대담한 악당임을 알았어. 존 클레이는 지하실에서 무언가 음모를 꾸미고 있어. 몇 달을 계속 매일 몇 시간씩 그 일에 몰두하고 있어. 무엇일까, 여기서 또 한 번 생각했지. 어딘가 다른 곳으로 터널을 뚫고 있다고밖에는 해석할 길이 없었어.

자네와 함께 현장을 보러 갔을 때 나는 여기까지는 이미 추리했어. 그때 내가 갑자기 지팡이로 인도를 두드려서 자네를 놀라게 했지? 터널이 전당포 앞쪽으로 뚫리고 있는지 아니면 뒤쪽으로 뚫리고 있는지 확인하고 싶었어. 앞쪽은 아니었어. 그래서 나는 벨을 울렸는데, 내가 바랐던 대로 종업원이 나오더군. 나는 그와 전에 두세 번 작은 싸움을 한 적이 있지만, 서로 얼굴을 마주 대한 적은 없었어. 그때도 얼굴은 거의 쳐다보지 않았지. 알고 싶은 것은 무릎이야. 자네도 그의 무릎이 많이 닳았고 주름지고 더러워져 있다는 것을 알았을 거야. 며칠씩 굴을 팠다는 증거지. 이제 남은 것은 단 하나, 그들이 무슨 목적으로 굴을 파느냐? 나는 거리 모퉁이를 돌아가 보고, 시티 앤 서버밴 은행이 전당포와 등을 맞대고 있다는 것을 발견하고 문제를 해결했다고 생각했어. 음악회 뒤 자네는 마차로 돌아갔지만 나는 스코틀랜드 야드에 들렀다가 은행의 중역을 방문했어. 그리고 자네가 본 대로의 결과가 된 거야."

"그들이 오늘 밤에 일한다는 것은 어떻게 알았어?"

"그들이 붉은 머리 연맹의 사무실을 닫았을 때 즉, 그때가 제이베스 윌슨이 전당포에 있어도 방해가 안 된다는 신호였을 거야. 바꾸어 말하면 터널이 완성된 거야. 그러니 한시라도 빨리 일을 끝내고 싶었겠지. 발견될 염려도 있고, 금화를 다른 곳으로 옮길 수도 있으니까. 또 토요일이 가장 유리하다는 점은 도망치는 데 이틀의 여유가 있다는 거야. 이런 까닭으로 나는 오늘 밤에 틀림없이 그들이 결행할 것이라고 단정했어."

"멋진 추리야. 길고 긴 추리의 실이 처음부터 끝까지 정확하게 이어져 있어."

나는 진심으로 감탄했다.

"덕분에 심심풀이를 했어."

홈즈는 하품을 했다.

"아, 또 그것이 엄습해 와! 내 일생은 평범한 단조로움에서
도망치려는 끊임없는 노력의 연속이야. 가끔 이런 조촐한 사건
이 있기 때문에 다소 숨통이 트이지만."

"자네는 인류의 은인이야."

내 말에 홈즈는 어깨를 으쓱했다.

"그런지도 모르지만 구스타프 프로벨이 조르쥬 상드에게 써
보낸 말이 있네. 인간은 허무하고 예술이야말로 완전하다."

푸른 루비

The Adventure of the Blue Carbuncle

푸른 루비
The Adventure of the Blue Carbuncle

크리스마스가 지나고 이틀째 되는 날 아침, 축하 인사를 전하기 위해 방문했을 때 내 친구 셜록 홈즈는 보라색 가운을 입고 소파에 기대앉아 오른손이 닿는 곳에 파이프 걸이를 당겨 놓고 있었다. 바로 옆에는 지금까지 읽은 신문들이 수북이 쌓여 있었다. 소파 옆에는 나무의자가 있는데, 의자 등받이 모서리에는 손때 묻고 낡아 볼품없어진 펠트 모자가 걸려 있었다. 의자 위에 돋보기와 핀셋이 있는 것으로 보아 그 모자는 분명 검사하기 위해 그곳에 걸어둔 것 같았다.

"일하는 중인가? 방해한 것 같군."

내가 말했다.

"천만에. 연구결과에 대해 의논할 상대가 와서 기쁜걸."

홈즈는 낡은 모자를 가리켰다.

"이건 대단한 사건은 아니지만 이런 것도 조사해보면 흥미가 생기고 배울 만한 게 있지."

나는 친구가 애용하는 안락의자에 앉아 활활 타오르는 난롯불에 손을 내밀었다. 강한 추위가 찾아와 유리창에 성에가 두껍게 낀 날이다.

"어느 집에나 있음 직한 이 모자에 무서운 비밀이 숨겨 있는 모양이군. 자네는 이 모자를 단서로 미스터리를 풀어서 어떤 범죄를 해결하겠다는 말이군."

"그게 아냐. 범죄와 관계없어. 몇 평방마일밖에 안 되는 땅에 400만 명이 북적대면서 살고 있으니, 기묘한 사건이 끊이지 않는 것도 무리가 아니지. 이것도 그중 하나야. 이렇게 많은 사람이 한곳에 밀집해서 서로의 행동에 영향을 주면 어떤 일이라도 일어날 수 있어. 그래서 범죄와 관계없어도 정말 기괴한 사건이 많이 생기는 거야. 우리도 지금까지 그런 사건들을 다루어왔어."

"그래. 내가 최근에 노트에 기록한 여섯 사건 중에서도 절반은 범죄와 전혀 관련 없었으니까."

"맞아. 자네가 말하는 것은 아이린 애들러에게서 사진을 찾으려던 사건, 메리 서덜랜드의 기묘한 사건, 입술이 비뚤어진 남자의 사건이지. 그래, 이번의 작은 사건도 분명히 범죄와 관계없어. 자네 피터슨을 알지?"

"알아."

"이 모자는 그가 갖고 왔어."

"그의 모자야?"

"아니, 주워온 거야. 주인은 몰라. 왓슨, 이것을 단순히 낡은 모자가 아닌 하나의 지능적 해결이 필요한 문제로 생각해봐. 먼저 이 모자가 어떻게 여기로 오게 되었는지 이야기하지. 이 모자는 크리스마스날 아침에 살이 토실토실하게 찐 거위 한 마리와 함께 이곳으로 왔어. 거위는 피터슨의 집에서 요리가 되었겠지. 이유는 다음과 같아.

나는 말없이 홈즈의 말에 귀 기울였다.

"피터슨은 자네도 알다시피 정직하고 착한 사람이지. 크리스마스날 새벽 4시경, 그는 어디선가 얌전히 놀다가 집으로 돌아가는 길에 토트넘 코트를 지나게 되었어. 그런데 가스등 불빛에, 하얀 거위를 어깨에 멘 키 큰 남자가 비틀걸음으로 걷고 있는 거야. 굿지 가의 모퉁이에 이르렀을 때 술 취한 남자가 건달 몇 명과 싸움이 붙었어. 건달 한 명이 남자의 모자를 쳐서 모자가 땅에 떨어졌지. 남자는 지팡이를 휘둘러 몸을 지키려고 했는데, 그 순간 등 뒤의 쇼윈도를 깨고 말았어.

피터슨은 이 낯선 남자를 구하려고 뛰어갔지. 남자는 유리를 깬 것을 알고는 깜짝 놀랐다가 마침 경관 비슷한 제복을 입은 사람이 달려오는 것을 보고 거위를 팽개치고는 토트넘 코트 거리의 뒤쪽 미로 같이 이어진 좁은 골목으로 도망갔어.

건달들도 피터슨을 보고 모두 흩어져서 피터슨은 혼자 싸움터를 점령한 꼴이 되었고, 이 낡은 모자와 크리스마스 용으로는 나무랄 데 없는 거위까지 전리품으로 얻었어."

"물론 주인에게 돌려줬겠지."

"아니. 그 점이 문제야. 분명히 '헨리 베이커 부인에게'라고 쓴 작은 카드가 거위 왼발에 매어져 있었고, 모자 안쪽에도 H. B.라는 머리글자가 있었어. 그러나 런던에는 베이커라는 사람이 몇천 명이 있고, 헨리 베이커도 몇백 명은 될 거야. 그 많은 사람 중에서 주인을 찾아내 분실물을 돌려주기란 쉬운 일이 아냐."

"그렇겠군, 피터슨은 어떻게 했어?"

"그는 내가 아무리 사소한 사건에라도 흥미를 갖고 있다는 걸 알기 때문에, 크리스마스 아침에 모자와 거위를 갖고 이곳으로 왔지. 거위는 오늘 아침까지 이곳에 있었지만 상당히 추워진다고 하니 어서 먹어치우는 편이 좋을 것 같았어. 그래서 그걸 주운 피터슨이 거위의 사명을 완수시키고자 가져갔고, 크리스마스 요리를 먹지 못한 그 낯선 신사의 모자는 지금 내가 보관하고 있어."

"신문광고도 나지 않았어?"

"안 났어."

"그럼, 어디 사는 누군지 알 길이 없군."

"추리로 짐작할 뿐이지."

"이 모자로?"

"그래."

"농담하지 마. 이런 낡은 모자로 대체 뭘 알 수 있어?"

"여기에 돋보기가 있고 자네는 내 방법을 알고 있어. 자네라면 이 모자를 썼던 신사의 특징에 대해 어떤 추리를 할 수 있겠나?"

나는 그 낡은 모자를 들고 약간 막막한 심정으로 이리저리 살펴보았다. 흔히 볼 수 있는 검은 펠트 모자인데 오래 사용해서 몹시 낡아 있었다. 또 부드럽지도 않았다. 안감은 붉은 실크인데 완전히 빛이 바래 있었다. 제조회사의 이름은 없지만 홈즈가 말한 바와 같이 한쪽에 H. B. 라는 머리글자가 새겨져 있었다. 챙에는 고정 끈을 꿰는 구멍이 있지만 고무줄은 없었다. 그 밖에 금이 가고, 먼지가 많이 끼어 있고, 몇 군데 얼룩이 있다는 것이 특징이었다. 또한 그 퇴색한 부분에 잉크를 칠해 숨기려고 한 흔적도 보였다.

"아무것도 모르겠어."

나는 홈즈에게 모자를 돌려주었다.

"왓슨, 모를 리 없어. 자네는 모두 봤잖아. 다만 본 것을 추리하지 않을 뿐이야. 너무 조심스러워서 추리하지 못하는 거지."

"그렇다면 자네는 이 모자에서 어떤 것을 추리했나?"

홈즈는 모자를 들고 그만의 독특한 관조적인 눈길로 자세히 보았다.

"모자가 너무 낡아서 잘 모르지만, 그래도 두세 가지 점에서 명확한 추론을 할 수 있지. 그 밖에도 거의 확실하다고 할 수 있는 추측을 몇 개 할 수 있어. 우선 언뜻 보아도 알 수 있듯이, 이 모자의 주인은 아주 지성이 뛰어난 남자로 이삼 년 전까지는 꽤 부유했었지만 지금은 상황이 어려워. 예전에는 생각이 깊었지만 지금은 그렇지 못하고, 도의심도 떨어지기 시작했어. 그것과 상황이 어려운 것을 생각해보면, 어떤 나쁜 습관 이를테면 술버릇이라도 생긴 모양이야. 아내가 그를 사랑하지 않게 된 명백한 사실도 더불어 설명할 수 있어."

"홈즈, 적당히 해!"

"그래도 아직 조금은 자존심이 남아 있어. 그는 앉아서 하는 일을 해서 좀처럼 외출하지 않아. 완전한 운동부족이지. 중년으로 흰머리가 있어. 이삼일 전에 이발했고 라임향 헤어크림을 바르고 있어. 이 모자에서 확실히 추리할 수 있는 사실은 이런 거야. 그리고 이 남자의 집에는 가스가 들어오지 않는 것도 확실해."

"농담이겠지, 홈즈."

"농담이 아니야. 이렇게나 자세히 결론을 내렸는데도 아직 이유를 모르겠어?"

"확실히 내 머리는 좋지 않아. 하지만 누구라도 자네가 말한 걸 이해할 수는 없어. 예를 들면 이 남자의 지성이 뛰어나다는 것을 어떻게 알지?"

홈즈는 대답 대신 모자를 자기의 머리에 슬쩍 얹었다. 그것은 이마까지 덮고 콧등까지 내려왔다.

"용적의 문제야. 이렇게 머리가 큰 남자라면 알맹이도 상당할 거야."

"그렇다면 상황이 어렵다는 것은?"

"이 모자는 3년 전에 샀어. 챙이 넓고 앞이 이렇게 말려 있는 것을 보면 알아. 당시 이런 모자가 유행이었거든. 이것은 고급품이야. 리본은 무늬가 있는 비단이고 안감도 고급이야. 3년 전에 이런 고급 모자를 샀고 그 이후로는 모자를 사지 않으니 내리막길에 들어선 것이 분명해."

"듣고 보니 그럴듯하군. 그러나 생각이 깊다느니, 도의심이 떨어지기 시작했다느니 하는 것은?"

셜록 홈즈는 웃으면서 손가락으로 고정 끈을 꿰는 작은 고리를 건드렸다.

"생각이 깊다는 것은 이거야. 이건 처음부터 달려 있던 것이 아니었어. 이 남자가 살 때 모자가 바람에 날리지 않도록 단 거니까 꽤 생각이 깊다고 추측했지. 그러나 이렇게 끈이 끊어졌는데도 다시 달지 않은 것을 보면, 최근에는 자포자기가 되었고 의지도 약해졌다는 확실한 증거야. 하지만 잉크를 칠해서 모자의 얼룩을 감추려 한 걸 보면, 자존심까지 완전히 없어졌다고 생각하기는 어려워."

"그럴듯한 설명이군."

"중년 남자이고 흰머리가 있고 최근에 이발을 했으며 라임 향 헤어크림을 사용하고 있다는 점에 대해서는, 안감 아래를 잘 살펴보면 알 수 있지. 돋보기로 보면, 이발소의 가위로 곱게 다듬은 짧은 머리카락이 무수히 있어. 게다가 끈적끈적하고 라임이 함유된 크림 특유의 냄새가 나. 그리고 이 먼지는, 자세히 보면 길에서 묻은 거친 회색 모래먼지가 아니라 집 안에 있는 미세한 갈색 먼지라는 걸 알 수 있어. 그렇다면 이 모자는 온종일 거의 집 안에만 걸어두었다는 거야. 그리고 안쪽 얼룩에 대해서인데, 이 남자는 땀을 많이 흘리는 체질인데다가 평소 몸을 단련하지 않은 상태라고 할 수 있어."

"그러나 아내… 자네는 이 모자 주인의 부인이 애정이 식었다고 했어."

"이 모자는 벌써 몇 주 동안 솔질을 하지 않았어. 만일 자네의 모자에 1주일분의 먼지가 쌓여 있고 부인이 그런 상태로 자네를 외출시켰다면, 가엾게도 자네 역시 부인의 미움을 받기 시작했다는 증거야."

"하지만 이 남자는 독신일지도 몰라."

"아니. 이 남자는 화해하기 위해 아내에게 거위를 선물하려고 했어. 거위 다리에 카드가 달려 있었다고 말한 걸 기억하지?"

"자네는 모르는 게 없군. 그러나 이 집에 가스가 들어오지 않는다고 추측한 근거는 뭐야?"

"동물기름의 얼룩도 한둘이라면 우연히 묻었다고 생각할 수 있지만 이렇게 다섯 군데가 넘으면 늘 동물기름 양초의 신세를 지는 남자… 밤에 한 손에는 모자를, 다른 한 손에는 촛농이 떨어지는 촛불을 들고서 계단을 오르는 남자라고 보아도 틀리지 않을 거야. 어쨌든 가스관에서 촛농은 떨어지지 않으니까, 그렇지?"

"과연 멋진 솜씨야."

나는 웃으며 말했다.

"하지만 자네가 말한 것처럼, 범죄와 관계가 없고 피해가 거위 한 마리뿐이라면, 자네의 그 훌륭한 추리도 결국은 에너지만 낭비한 것 아닌가?"

셜록 홈즈가 대답하려고 할 때, 문이 활짝 열리면서 놀란 듯 붉게 상기된 모습으로 피터슨이 뛰어들어왔다.

"거위가! 홈즈 선생님, 거위가!"

"왜 그래? 죽은 거위가 살아나 주방 창문으로 날아가기라도 했나?"

홈즈는 소파에서 몸을 돌려 흥분한 남자의 얼굴을 관찰했다.

"이걸 보세요! 집사람이 거위 식도에서 발견했어요."

그는 손을 내밀었다. 그 손바닥 위에는 푸른 돌이 눈부시게 빛나고 있었다. 크기는 콩보다 조금 작았지만 그 영롱한 반짝임은 우묵하고 어두운 손바닥 위에서 전광처럼 빛났다.

셜록 홈즈는 휘파람을 불고는 앉은 자세를 바꾸었다.

"피터슨, 보물을 발견했군. 이게 뭔지 알겠지?"

"다이아몬드입니다. 값비싼 보석이죠. 유리가 퍼티처럼 잘리니까요."

"보통 보석이 아냐. 문제의 보석이지."

"모카 백작부인의 푸른 루비 아닌가?"

"맞아. 요즘 매일같이 〈타임즈〉 광고에 나와서 실물을 보지 않아도 그 크기와 모양이 저절로 머리에 떠오를 정도야. 둘도 없는 명품으로 그 가치는 아무도 몰라. 상금 1,000파운드는 이 보석 가격의 20분의 1도 안 되는 액수야."

"1,000파운드?"

피터슨은 의자에 털썩 앉으면서 번갈아 우리를 보았다.

"그것이 상금이야. 그리고 이 보석에는 깊은 사연이 있어. 백작부인은 이것을 찾기 위해서라면 재산의 반이라도 내놓을걸."

"코스모폴리턴 호텔에서 분실했다고 했나?"

"그래. 12월 22일이었으니 꼭 5일 전이야. 배관공 존 호너가 부인의 보석상자에서 훔쳤다는 혐의로 체포됐어. 더구나 그에게는 불리한 증거까지 나와 사건은 지금 순회재판에 회부되어 있어. 여기에도 그 기사가 나왔을 텐데."

홈즈는 날짜를 보면서 신문을 뒤져 그 가운데서 한 장을 찾아내었다. 그는 신문의 구겨진 주름을 편 다음 반으로 접어 다음과 같은 기사를 읽었다.

코스모폴리턴 호텔 보석 도난사건

배관공 존 호너(26세)는 이달 22일, 모카 백작부인의 보석상자에서 푸른 루비로 알려진 값비싼 보석을 훔친 혐의로 체포되었다. 호텔 매니저 제임스 라이더의 증언에 의하면, 부인 방에 있는 난로의 두 번째 쇠 살대가 떨어져 있어 그것을 납땜하기 위해 당일 날 그는 호너를 백작부인의 드레싱 룸으로 데리고 갔다. 그는 볼일이 있어서 잠시 방에서 나갔다. 돌아와 보니 호너는 보이지 않았고 옷장이 열려 있었다. 나중에 밝혀지기로, 화장대 위에는 평소 부인이 보석상자로 사용해왔다는 작은 모로코가죽 상자가 텅 빈 채 놓여 있었다. 라이더는 즉시 이 일을 신고하고 오후에 호너는 체포되었다. 그러나 보석은 갖고 있지 않았고 또한 그의 방에 숨긴 흔적도 없었다. 방에 들어온 순간 라이더는 당황하여 큰 소리를 질렀는데, 그 소리를 듣고 백작부인의 하녀 캐서린 쿠색이 방으로 달려왔다. 그때의 실내 상황은 라이더가 진술한 그대로였다고 그녀는 증언했다. 또한 B구역 경찰서의 브랫스트리트 경감의 증언에 의하면, 호너는 체포될 때 격렬하게 저항하면서 보석도난에 대해 자기는 아무것도 모른다고 항변했다고 한다. 하지만 그에게 절도전과가 있다는 사실이 드러나 혐의는 더욱 굳어졌고, 치안판사는 즉결재판을 거부하고 이 사건을 순회재판에 회부했다. 조사받는 동안 몹시 흥분한 호너는 조사가 끝남과 동시에 정신을 잃고 쓰러져 법정 밖으로 실려 나갔다.

"흠! 경찰재판소에 관한 기사는 이것뿐이야."

홈즈는 신문을 던지고 생각에 잠기면서 말했다.

"지금 우리가 해결해야 할 문제는, 도난당한 보석상자에서 시작해서 토트넘 코트에 있었던 거위의 식도에 이르기까지 사건이 어떻게 연결되어 있느냐를 알아내는 거야. 왓슨, 우리의 별것 아닌 추리가 갑자기 범죄와 깊은 관계를 맺어가는군. 여기에 보석이 있어. 이것은 거위 식도에서 나왔어. 그리고 그 거위는 헨리 베이커라는, 이 더러운 모자를 쓰고 또한 아까 자네가 싫증이 나도록 들은 그런 특징이 있는 남자가 갖고 온 거야. 그러므로 우선 그를 찾아서 그가 이 사건에 사소하게라도 어떤 역할을 했는지 확인해야 해. 그러려면 먼저 가장 간단한 방법부터 실천에 옮겨볼 필요가 있어. 석간에 광고를 내야 해. 실패한다면 그때 다른 방법을 생각하고."

"어떤 내용으로?"

"연필과 종이를 준비해. 잘 들어. '굿지 가에서 거위와 검은 펠트 모자 습득. 헨리 베이커 씨는 오늘 오후 6시 30분에 베이커 가 221B로 찾으러 오시오.' 간단명료하지."

"응. 그러나 본인이 이 광고를 볼까?"

"볼 거야. 신문에 신경을 쓰고 있을 테니까. 가난한 사람에게는 상당한 손해지. 재수 없게 유리창을 깨고 피터슨이 나타나는 바람에 황급히 도망가기는 했지만, 지금쯤은 당황해서 거위까지 버리고 온 것을 몹시 후회하겠지. 그리고 또한 이렇게 이름까지 밝혀 놓으면, 친지들이 귀띔을 해주어서라도 볼 수 있어. 피터슨, 빨리 광고취급소에 가서 이것을 석간에 나오도록 해줘."

"어떤 신문에 내는 겁니까?"

"음, 글로브. 스타. 팰멜. 세인트 제임스 가제트. 이브닝 뉴스. 스탠더드. 에코, 그 밖에 자네가 알고 있는 모든 신문에 내."

"알았습니다. 이 보석은?"

"아, 그건 내가 보관하지. 수고했어. 피터슨, 집에 돌아갈 때 거위를 한 마리 사다 줘. 습득한 거위를 자네 집에서 먹는 중이니까, 다른 거위라도 주인에게 돌려줘야지."

피터슨이 나가자 홈즈는 보석을 들고 불빛에 비춰 보았다.

"훌륭해. 멋지게 반짝이는군. 범죄의 핵심이 되고 초점이 될 만도 해. 좋은 보석은 모두 그래. 악마가 즐겨 먹이로 사용하지. 이게 보다 더 크고 오래된 보석이었다면 피비린내나는 사건이 그 커팅 수만큼은 일어날 거야. 이 돌은 발견된 지 20년이 되지 않았어. 중국의 남쪽 아모니 강기슭에서 채굴되었는데, 이 보석이 유명해진 이유는 색이 루비처럼 빨갛지 않고 파랗기 때문이야. 게다가 여러 점에서 루비의 특징을 그대로 갖추고 있기도 하지. 발견된 지 얼마 안 되는데도 이미 뒤숭숭한 역사가 있어. 살인이 두 번, 황산을 끼얹은 사건이 한 번, 자살 한 번, 그리고 절도 몇 번. 모두 이 40그레인의 탄소결정 때문에 일어난 거야. 이렇게 예쁜 장난감이 사람을 감옥이나 교수대로 보내다니. 자, 이것을 금고에 넣고 백작부인에게 편지로 알려야지."

"호너는 죄가 없을까?"

"글쎄, 아직 뭐라고 말할 수 없어."

"그렇다면 헨리 베이커는 사건에 관계가 있을까?"

"헨리 베이커는 자기가 갖고 있는 거위가 금으로 된 새보다 더 값진 새라는 걸 모르고 있었으니, 범죄와 관련이 없는 것 같아. 광고를 보고 본인이 찾아온다면 그 점은 아주 간단한 테스트로 밝혀낼 수 있어."

"그렇다면 그때까지 우두커니 기다리고 있어야 해?"

"그렇지."

"그럼 나는 잠깐 왕진하고 오지. 이렇게 복잡한 사건은 결과가 궁금하니 저녁때 다시 올게."

"기다리지. 그런데 7시는 식사시간이야. 아마 도요새 요리가 나올걸. 그렇군. 이런 사건도 있고 하니 허드슨 부인에게 도요새의 모이주머니를 잘 살펴보라고 할까?"

환자를 보느라고 시간이 걸려서 내가 베이커 가에 돌아간 것은 6시 30분이 조금 지나서였다. 홈즈의 집에 도착하니, 챙이 없는 스코틀랜드 모자를 쓴 키 큰 남자가 현관의 유리에서 새어나오는 반원형 불빛 속에 서 있는 것이 보였다. 남자는 외투의 단추를 턱밑까지 채우고 있었다. 내가 그의 옆까지 갔을 때, 홈즈는 현관문을 열고 우리를 자신의 방으로 안내했다.

"헨리 베이커 씨죠? 자, 난로 옆으로 오세요. 추운 밤이로군요. 당신의 얼굴을 보니 여름은 괜찮지만 겨울에는 약하신 것 같네요. 왓슨, 알맞게 왔군. 베이커 씨, 여기 모자가 있는데 당신 것입니까?"

"그렇습니다. 분명히 내 모자입니다."

그는 몸집이 매우 크고 등이 굽은 사내였는데, 머리가 크고 얼굴의 폭이 넓어 지적인 분위기를 풍겼으나, 끝이 뾰족하고 흰털이 섞인 갈색 턱수염이 있는 아래턱은 튀어나와 있었다.

코끝과 두 뺨이 약간 붉으며 내미는 손이 가늘게 떨리는 것으로 보아 홈즈가 말한 것처럼 술버릇이 분명했다. 그는 빛바랜 검은 프록코트의 깃을 세우고 앞 단추를 모두 잠그고 있었다. 가느다란 손목이 나와 있는 옷소매는 칼라도 커프스도 없었다. 한 마디 한 마디 신중하고 나직한 목소리로 침착하게 말하는 것을 보면 교육도 받고 교양도 있는 남자가 분명했다. 하지만 알 수 없는 운명의 손에 희롱당해 추락해버린 것 같았다.

"이것을 어제부터 맡아 갖고 있습니다."

홈즈가 말했다.

"당신이 먼저 광고를 내리라 생각했거든요. 왜 광고를 내지 않았는지 이유를 설명할 수 있습니까?"

손님은 약간 겸연쩍은 듯이 웃었다.

"옛날과 달리 돈이 궁해요. 게다가 모자와 거위는 내게 덤벼들었던 그 건달들이 갖고 간 줄로만 알았지요. 그래서 찾을 가망도 없는데 쓸데없이 광고를 내어 헛돈을 쓸 필요가 없다고 생각했습니다."

"당연한 말입니다. 그런데 거위는… 하는 수 없이 먹었습니다."

"먹었다고요?"

손님은 흥분한 나머지 의자에서 반쯤 일어섰다.

"그렇습니다. 먹지 않으면 그야말로 모두 헛수고만 하는 꼴이 되니까요. 그러나 저 찬장에 다른 거위가 있습니다. 무게도 비슷하고 고기도 훨씬 연할 것입니다. 그러니 대신 저걸 갖고 가시면 안 될까요?"

"오, 좋고 말고요. 좋습니다."

베이커는 마음이 놓였다는 듯이 한숨을 내쉬었다.

"당신의 거위는 깃털이며 다리며 모이주머니 따위는 아직 남아 있습니다. 서운하시다면 저거라도……."

상대방은 그런 싱거운 소리가 어디 있냐는 듯이 웃음을 터뜨렸다.

"지난 크리스마스날의 기념품이 될지는 모르지만 지금은 죽고 없는 친구의 유해를 어디다 쓰겠습니까? 그보다 감사히 호의를 받아들여 저 찬장에 있는 훌륭한 거위를 얻어가도록 하겠습니다."

셜록 홈즈는 내게 날카로운 시선을 보내며 어깨를 으쓱했다.

"그럼 이 모자와 거위를 갖고 가세요. 그런데 먼저 거위를 어디서 샀는지 가르쳐주세요. 나는 거위를 좋아합니다. 그런데 저 거위는 아무 곳에서나 살 수 있는 거위가 아니더군요."

"어렵지 않지요. 내 친구 중에 박물관에서 가까운 술집 알파인에 자주 드나드는 사람이 네다섯 명 있어요. 우리는 낮에는 박물관에서 근무합니다. 알파인의 주인 윈디게이트가 올해 거위클럽을 만들었는데, 매주 몇 펜스씩 돈을 적립하고 크리스마스에 거위를 한 마리씩을 타는 것입니다. 나는 꼬박꼬박 회비를 낸 덕분에 거위를 탈 수 있었죠. 어쨌거나 모자를 찾아주셔서 정말 고맙습니다. 지금 쓰고 온 스코틀랜드 모자는 내 나이에 어울리지 않고 품위를 높여주지도 않아 속이 상했었습니다."

그는 우스꽝스러울 정도로 점잔을 빼며 우리에게 공손히 인사하고 성큼성큼 돌아갔다. 손님을 보내고 홈즈는 문을 닫았다.

"헨리 베이커는 이것으로 끝이야. 그는 사건과 관계가 없어. 자네, 배고파?"

"아니, 별로."

"그럼 저녁 식사는 야식을 먹을 때까지 보류하기로 하고 열기가 식기 전에 이 사건의 실마리를 더듬어보자고!"

"좋아."

몹시 추운 밤이어서 우리는 긴 외투를 걸치고 목도리까지 둘렀다. 밤하늘에는 구름 한 조각 없이 별들만이 차갑게 빛났고, 오가는 사람들의 호흡이 하얀 연기가 되어 모두 권총을 발사하는 것처럼 보였다. 우리는 얼어붙은 길을 뚜벅뚜벅 크게 발소리를 울리며 걸었다. 병원 거리인 윔폴 가, 할리 가를 빠져나와 위그모어 가를 지나 옥스퍼드 가로 나갔다. 그리고 15분 후에는 브룸스버리의 알파인에 도착했는데, 그곳은 홀번으로 통하는 거리 모퉁이에 위치한 선술집이었다. 홈즈는 가게에 들어서더니 안쪽에 있는 작은 방에 자리를 정하고는, 하얀 앞치마를 두른 얼굴이 붉은 주인에게 맥주 두 잔을 주문했다.

"이 집 맥주가 그 거위만큼이나 고급이라면 정말 훌륭하겠는데."

"거위라고요?"

남자는 놀라는 것 같았다.

"그렇소. 30분 전에 헨리 베이커 씨와 이야기했어요. 그는 이곳 거위클럽의 회원이죠?"

"아, 알겠어요. 그러나 손님, 그 거위는 우리 가게의 물건이 아닙니다."

"아니라고요? 그럼 어디서 구입했나요?"

"코벤트 가든의 세일즈맨한테서 두 다스를 구입했어요."

"그랬었군. 그곳 가게라면 나도 몇 군데 알고 있는데, 어떤 가게죠?"

"브레킨리지가 하는 가게요."

"그 사람은 몰라요. 어쨌든 자, 당신의 건강과 이 가게의 번영을 위해 건배!"

추운 바깥으로 나오자 홈즈는 외투 단추를 채우면서 말했다.

"이번에는 브레킨리지야. 왓슨, 이 사건의 한쪽 끝에는 지극

히 평범한 거위 한 마리가 걸려 있지만, 다른 한쪽 끝에는 우리
가 무죄를 입증해주지 않으면 징역 7년의 중형에 처해질 남자
의 운명이 걸려 있어. 어쩌면 그의 유죄를 확증하는 결과가 될
지도 모르지만 어쨌든 우리는 묘한 우연으로 경찰이 놓친 수사
의 실마리를 잡고 있어. 이것을 끝까지 추적해야지. 자, 남쪽으
로! 빠른 걸음으로 출발!"

홀번을 가로질러 엔델 가를 지나 꼬불꼬불한 빈민가를 통과
해서 코벤트 가든 마켓으로 나갔다. 커다란 가게에 브레킨리지
의 간판이 붙어 있었는데, 날카로운 외모에 턱수염을 예쁘게
기른, 어쩐지 경마를 좋아할 것처럼 보이는 주인이 소년과 함
께 덧문을 닫는 중이었다.

"안녕하시오, 날이 꽤나 춥군요."

홈즈가 말했다.

주인은 고개를 끄덕이며 의심스러운 눈초리로 홈즈를 보았다.

"거위는 다 팔렸군요."

홈즈는 아무것도 없는 대리석 판매대를 손으로 가리켰다.

"내일 아침이면 500마리라도 준비할 수 있습니다."

"하는 수 없군."

"저 가스등이 켜 있는 가게에 가면 몇 마리는 있을 겁니다."

"하지만 당신 가게의 물건이 좋다는 얘기를 들었거든요."

"그래요? 어디서요?"

"알파인 주인한테서."

"그렇군요. 그곳에 두 다스 배달했으니까요."

"좋은 거위였는데, 어디서 구입했죠?"

뜻밖에도 가게 주인은 이 질문에 몹시 화를 냈다. 그는 고개를 번쩍 들고는 허리에 두 손을 짚고 소리쳤다.

"이봐요, 손님. 용건이 뭔지 분명히 말하세요."

"분명하게 말했지 않소. 당신이 알파인에 도매한 거위를 어디서 구입했는지, 그걸 알고 싶은 거요."

"흥, 그것은 말할 수 없소. 당장 돌아가시오!"

"왜 이래요? 별것도 아닌 일을 갖고 화내는 이유를 알 수 없군요."

"별것도 아닌 일이라고? 당신도 누가 이렇게 물으면 화가 안 날 것 같소? 맘에 드는 상품을 사고 정당하게 돈을 지불하면 그것으로 거래는 끝이야. 그것을 젠장 '거위는 어디서 났지?' '어디에 팔았어?' '얼마에 팔았지?' 하는 식으로 파고드니 그 수다를 남이 들으면 거위는 우리 집밖에는 없는 줄 알겠소."

"나보다 먼저 거위에 대해 물어보러 온 사람들과 전혀 관계가 없소. 만일 당신이 가르쳐주지 않는다면 내기가 깨질 뿐이오. 나는 식용 조류에 대해 내기하는 것을 좋아하거든. 요전에 먹은 거위도 시골에서 기른 맛이 났기 때문에 5파운드를 걸고 내기를 했단 말이오."

"흥, 그렇다면 당신은 5파운드 뺏겼소. 그 거위는 도시에서 기른 것이오."

가게 주인이 소리쳤다.

"설마."

"틀림없소."

"아니, 그렇지 않을 거야."

"코흘리개 시절부터 거위를 다루어 온 나보다 당신이 거위에 대해 더 잘 안다는 거요? 알파인에 보낸 거위는 모두 도시에서 기른 거요."

"아무리 그래도 내 주장에는 변함없어."

"그럼 나와 내기하겠소?"

"보나 마나 당신은 손해를 볼 뿐이오. 그러나 당신의 고집을 꺾는 의미에서 1파운드만 걸어보겠소."

"빌, 장부를 갖고 와."

가게 주인은 약삭빠른 미소를 지었다.

키 작은 소년이 얇고 작은 장부와 표지가 검게 때 묻은 장부를 갖고 왔다. 그러고선 천장에 매단 램프 밑에 나란히 놓았다.

"오늘 장사를 끝내는가 싶었는데 가게 문을 닫는 순간에 또 한 마리 날아들었군. 자, 보세요, 자신만만한 손님. 이 작은 장부를 말이오."

"흥, 그 작은 장부가 어떻다는 거요."

"우리 가게에 물건을 납품하는 농장의 일람표요, 알겠어요? 이 페이지에 쓰여 있는 것이 시골에서 우리에게 납품한 곳인데, 이름 다음에 적힌 숫자는 큰 장부의 페이지요. 거길 찾으면 자세히 나와 있소. 그럼 이번에는 이쪽 페이지의 빨간 잉크로 쓴 글씨를 보시오. 이것은 우리 집에 납품한 사람의 명부요. 그 세 번째 이름을 읽어보시구려. 분명 도시지명이지요."

"옥숏 부인, 브릭스턴 로드 117-249."

홈즈가 읽었다.

"맞소. 이번에는 249페이지를 들춰보시오."

홈즈는 시키는 대로 페이지를 들추었다.

"이거군. 옥숏 부인, 브릭스턴 로드 117. 계란, 가금 구입처."

"그럼 손님, 마지막 기입은 어떻게 되어 있습니까?"

"12월 22일, 거위 24마리, 7실링 6펜스."

"그것 보시오. 그 밑에 뭐라고 쓰여 있소?"

"알파인의 윈디게이트에게 12실링에 판매."

"이래도 할 말이 있습니까?"

홈즈는 몹시 분한 표정을 지었다. 주머니에서 소블린 금화한 개를 꺼내 판매대 위에 던지고, 말하는 것조차 약이 오른다는 듯이 몸을 돌렸다. 그리고 점포에서 몇 야드 떨어진 가스등밑에서 걸음을 멈추었다. 홈즈는 이내 그 특유의, 소리를 내지않는 제스처로 아주 우스워 죽겠다는 듯 배를 잡고 깔깔댔다.

"턱수염을 그렇게 기르고 경마신문을 꺼내는 남자에겐 어떤 내기를 걸든 이기는 게 뻔해. 내기가 아니었다면 그 앞에 100파운드를 쌓아놓았대도 이렇게 자세히 가르쳐주지 않았을 거야. 그 친구, 내 돈을 따먹는 것이 기분 좋아서 모두 지껄였어. 왓슨. 이쯤 되면 수사도 막바지에 접어든 것 같은걸? 이제 남은 문제는 지금부터 옥솟 부인을 찾아가느냐 아니면 내일로 미루느냐를 결정하는 일이야. 그 퉁명스런 가게주인의 말을 분석해 보면 이 사건에 신경을 쓰는 사람이 또 있는 것 같으니, 가능하면……."

홈즈의 말이 갑자기 중단된 것은 방금 전 그 가게에서 고함치듯 욕지거리를 늘어놓는 소리가 들렸기 때문이다. 돌아보니 램프 불빛 아래 생쥐 같은 얼굴의 한 작은 남자가 서 있고, 주인 브레킨리지는 입구에 버티고 서서 굽실거리는 상대를 향해 사납게 삿대질하고 있었다.

"당신도 거위도 이제는 넌더리가 나오. 이놈 저놈 할 것 없이 모두 지옥에나 떨어져! 한 마디만 더 시시껄렁한 말을 씨부렁거리면 개를 끌고 와 물어뜯게 할 테야. 옥솟 부인을 데리고 와. 그 부인이라면 가르쳐주겠어. 그러나 당신은 아무 관계도 없어. 당신이 그 거위를 팔았어? 팔았냐고!"

"아니오. 그중에 내 거위가 한 마리 섞여 있어서……."

작은 남자는 울음 섞인 목소리로 호소했다.

"흥, 그렇다면 옥슛 부인에게 그렇게 말해요."

"그렇게 했지요. 그랬더니 댁으로 찾아가라고 하지 않습니까……."

"그런 걸 내가 알게 뭐야. 프루시아 왕한테나 가서 물어봐. 나는 이제 넌더리가 난다구. 썩 꺼져!"

가게 주인이 맹렬한 기세로 으르렁대자 작은 남자는 몸을 돌려 어둠 속으로 도망쳤다.

"이젠 브릭스턴 로드까지 가지 않아도 될 것 같군. 자, 가서 저 남자에게 조금 더 알아볼까."

사람들은 아직도 불이 켜져 있는 가게 앞을 서성거리고 있었다. 홈즈는 그 사이를 성큼성큼 빠져나가 곧 그 작은 남자한테로 다가갔다. 그리고 어깨에 손을 얹었다. 남자는 움찔 놀라며 돌아보았는데 해쓱한 얼굴에 핏기 잃은 모습이 가스등 불빛으로도 보였다.

"누구죠. 왜 이러십니까?"

그는 떨리는 소리로 물었다.

"실례입니다만, 방금 당신이 거위 장수와 주고받는 이야기를 우연히 들었습니다. 어쩌면 도움이 될지도 모르겠군요."

홈즈가 말했다.

"당신은 누구입니까? 내 용무를 어떻게 알았습니까?"

"나는 셜록 홈즈입니다. 남들이 모르는 일을 아는 것이 바로 내 직업이죠."

"내 사정을 알아요?"

"실례지만 다 알고 있습니다. 당신이 찾는 것은 브릭스턴 로드의 옥슛 부인이 브레킨리지라는 세일즈맨에게 팔았다가 거기서 다시 알파인의 주인 윈디케이트에게 팔렸고, 그다음엔 거위클럽 회원에게 넘어간 거위의 행방이지요? 그 클럽에는 헨리 베이커라는 회원이 있습니다만."

"아, 당신이야말로 내가 만나고 싶었던 사람입니다."

작은 남자는 두 손을 내밀며 소리쳤다. 흥분으로 손가락이 떨리고 있었다.

"내가 이번 일로 얼마나 애를 태우는지는 아무도 모릅니다."

홈즈는 지나가는 사륜마차를 불러 세웠다.

"바람 몰아치는 을씨년스러운 시장 바닥에서 이럴 것이 아니라 따뜻한 방으로 들어가 이야기합시다. 어차피 당신을 도와드릴 생각이니 그전에 이름이나 알았으면 좋겠군요."

남자는 잠깐 망설였다. 그러다가 곁눈질을 하면서 말했다.

"존 로빈슨입니다."

"본명을 말해요."

홈즈가 부드럽게 말했다.

"그럼 말하죠. 내 진짜 이름은 제임스 라이더입니다."

"그럴 겁니다. 코스모폴리턴 호텔의 매니저. 자, 마차에 오르시오. 당신이 알고 싶어 하는 것을 알려 드리지요."

생각지도 않은 행운을 맞은 것인지 아니면 파멸의 불행을 맞은 것인지, 얼른 판단할 수 없어 어리둥절하던 남자는 불안과 희망이 뒤섞인 시선으로 우리를 번갈아 보았다. 그리고 마차에 올라탔는데 우리는 30분 후에 베이커 가의 거실에 있었다. 오는 도중엔 아무도 말을 하지 않았다. 다만 우리의 새 친구가 나직하게 가쁜 숨을 몰아쉬면서 손을 폈다가 오므렸다가 했는데, 그 모습으로 홈즈와 나는 그가 얼마나 초조와 긴장에 싸여 있는지 알 수 있었다.

"비로소 돌아왔군. 이런 밤은 모닥불이 아쉽군. 라이더 씨, 춥지요? 이 등의자에 앉아요. 당신 문제를 의논하기 전에 잠깐 덧신을 신겠습니다. 이제 됐소. 거위의 행방을 알고 싶다고 했지요?"

"네."

"특히 그 거위겠죠. 당신이 관심을 갖고 있는 그 거위는 아마도… 몸통이 희고 꼬리에 검은 줄이 있을 겁니다."

라이더는 흥분으로 떨기 시작했다.

"그렇습니다! 그것이 어떻게 되었는지 아십니까?"

"여기에 왔습니다."

"여기에?"

"그래요. 정말 훌륭하더군요. 그 거위에 관심을 가질 만도 합니다. 죽은 뒤에 알을 낳았지요. 지금까지 본 일이 없을 만큼 아름답고 광채가 나는 푸른 알을 말입니다. 지금 내 박물관에 보관돼 있습니다."

우리의 손님은 비틀거리며 일어서더니, 오른손으로 난로 위 선반을 붙잡았다. 홈즈는 금고를 열고 푸른 루비를 꺼냈다. 그러자 루비의 결정면에서 눈부신 광채가 사방으로 퍼져 별처럼 빛났다. 라이더는 그 소유권을 주장해야 할지 포기해야 할지 얼른 판단이 서지 않는 듯 얼굴을 찌푸리며 보석을 지켜보았다.

"게임은 끝났어, 라이더."

홈즈가 재빨리 말했다.

"정신 차려, 불 속에 쓰러지겠어. 왓슨, 의자에 앉혀. 이 사람은 엄청난 범죄를 성공시키기에는 혈기가 모자라. 브랜디를 조금 따라줘. 옳지, 이제야 정신이 돌아오는 것 같군. 정말 시시한 친구야!"

라이더는 잠깐 동안 거의 쓰러질 듯이 비틀거렸지만 브랜디 덕으로 기운을 차리고 의자에 앉았다. 그는 자기의 죄를 규탄하는 홈즈를 겁에 질린 눈으로 지켜보았다.

"나는 사건의 줄거리를 대강 알고 있고, 필요한 증거도 갖고 있어. 때문에 당신한테서 더 들을 건 없어. 하지만 두세 가지 석연치 않을 점을 분명히 밝혀 두는 건 괜찮겠지. 라이더, 당신은 모카 백작부인의 이 푸른 루비에 대해 알고 있었지?"

"쿠색에게 들었습니다."

그는 날카롭게 말했다.

"그렇군. 부인의 하녀. 알만해. 자네보다 더 훌륭한 사람이라도 큰돈을 손쉽게 잡을 수 있다는 유혹에는 약한 법이니 당신이 넘어갈 만도 해. 하지만 방법에 구멍이 뚫려 있었어. 라이더, 당신에게는 악인의 소질이 꽤 있었던 것 같아. 배관공 호너가 절도 전과자여서 쉽게 혐의를 받을 것이라 생각했겠지. 그래서 어떻게 일을 벌였을지 짐작해보자면, 우선 부인의 방에다 약간의 손재간을 부렸어. 공범 쿠색과 모의하여 호너를 부르도록 만들었겠지. 그리고 그가 돌아간 다음 보석상자에서 푸른 루비를 훔치고 온통 소란을 피워서 호너를 경찰에 잡히게 했어. 그 다음에는……."

라이더는 갑자기 카펫 위에 주저앉아 홈즈의 무릎을 얼싸안고는 자지러질 듯이 소리쳤다.

"부탁입니다! 제발 살려주세요. 아버지를 생각해주세요! 어머니를 생각해주세요! 얼마나 슬퍼하겠습니까! 지금까지 나쁜 짓은 한 번도 하지 않았습니다. 앞으로 다시는 이런 짓 않겠습니다. 맹세합니다. 성경에 손을 얹고 맹세하겠습니다. 경찰에 고발하지 마세요. 부탁입니다!"

"의자에 앉게. 지금이라도 죄를 뉘우치고 반성하니 다행이지만 불쌍하게도 죄 없이 법정에 끌려가 있는 호너를 생각해봐."

"저는 도망치겠습니다. 외국으로 나가겠습니다. 그렇게 하면 호너의 혐의는 풀릴 겁니다."

"흥, 그 의논은 나중에 하지. 지금은 자네가 그다음에 어떻게 했는지 솔직히 이야기해야 해. 왜 보석이 거위의 모이주머니 속으로 들어갔으며 그 거위가 어떻게 시장에 나갔는가. 만일 조금이라도 거짓을 섞어 말한다면 자네 신상에 그만큼 해가 될 거야."

라이더는 바짝 마른 입술에 침을 바르고 말했다.

"호너가 체포되었을 때, 경찰이 나에게도 혐의를 둬 내 몸과 방 안을 수색할지도 모른다고 생각했지요. 얼른 보석을 숨겨야 한다고 생각했어요. 하지만 호텔에는 안전하게 숨겨둘 장소가 없었어요. 그래서 볼일이 있는 것처럼 외출해서 누나 집으로 갔어요. 누나는 옥숫 부인인데, 브릭스턴 로드에 살면서 시장에 내다 파는 동물을 기르고 있어요. 몹시 추운 밤이었지만 도중에 만나는 사람이 모두 경관이나 형사처럼 느껴져서, 누나 집에 도착하기까지 땀을 비 오듯이 흘렸지요. 누나는 내 창백한 얼굴을 보고 왜 그러느냐고 물었어요. 그래서 난 호텔에 보석 도난사건이 일어나 너무 당황했기 때문이라고 대답했지요. 그리고 뒷마당으로 가서 파이프 담배를 피우며 대책을 생각해 봤습니다.

이전에 나는 모즐리라는 남자와 알고 지냈는데, 그는 나쁜 길에 빠져들어 최근까지 펜튼빌에서 복역했지요. 언젠가 우연히 그를 만났었는데 그는 나한테 도둑질하는 방법과 훔친 물건을 처분하는 방법 등을 이야기했어요. 그러면, 나도 그의 약점을 쥐고 있는 터라 안심할 수 있을 것 같았어요. 그래서 곧 킬번에 있는 그에게 가서 사정을 털어놓기로 결심했어요. 그러면 보석을 돈으로 바꾸는 방법도 알고 있을 테니까요. 그러나 어떻게 해야 무사히 그에게 갈 수 있을까? 호텔에서 여기까지 오는데도 간이 졸아붙는 것 같았는데 말입니다. 이젠 어디서 붙들려 몸수색을 받고 조끼 주머니에 들어 있는 보석이 탄로 날지 모를 일이었습니다. 벽에 기대어 거위가 뒤뚱뒤뚱 걷는 것을 보며 이런 생각을 하다가 문득 묘안이 떠올랐어요. 그 방법이라면 어떤 탐정도 속일 수 있을 것 같았습니다.

훨씬 전에 누나는 크리스마스 때 내게 가장 좋은 거위를 한 마리 선물하겠다고 했었죠. 그 말이 번뜩 생각난 겁니다. 누나는 그 약속을 틀림없이 지킬 거예요. 그래서 지금 그 거위를 미리 받아 거위에게 보석을 삼키게 한 뒤 킬번까지 갖고 가면 안전하리라 생각했어요. 나는 몸통이 희고 꼬리에 검은 줄이 있는 통통하게 살찐 거위 한 마리를 뒷마당의 작은 오두막 뒤쪽까지 몰고 갔어요. 그 거위를 잡아 억지로 부리를 열고 될 수 있는 한 목구멍 깊숙이 손가락으로 보석을 밀어 넣었어요. 거위가 그걸 삼킨 뒤에 만져 보니, 보석은 식도에서 모이주머니로 내려가고 있었어요. 그런데 그때 거위가 몸부림치며 날갯짓을 하는 바람에 누나는 무슨 일이 있느냐며 달려왔지요. 누나에게 그 거위를 달라고 말하려 돌아보는 틈에 거위는 도망쳐서 거위 떼 속으로 달려갔어요.

'저 거위가 왜 저러지, 젬?'

'크리스마스 때 한 마리 주겠다고 했잖아. 어떤 거위가 살이 많이 쪘는지 조사하고 있었어.'

'어머. 네게 줄 것은 따로 있어. 내가 젬의 거위라고 부르고 있지. 그래, 저기 희고 큰 놈 있지? 지금 모두 스물여섯 마리인데 네 몫으로 한 마리, 우리 집 몫으로 한 마리, 나머지는 시장에 내다 팔 거야.'

'고마워, 매기 누나. 그런데 괜찮다면 지금 내가 잡았던 거위를 주면 좋겠어.'

'하지만 네 것으로 정해 놓은 게 3파운드는 더 무거워. 너에게 주려고 특별히 살을 찌웠으니까.'

'상관없어. 아까 그 거위도 맘에 들어. 지금 갖고 갈게.'

'그렇다면 좋을 대로 해.'

누나는 약간 시무룩했으나 곧 '그래, 원하는 것이 어떤 거지?' 하고 물었습니다.

'저거야. 가운데 있는 몸통이 희고 꼬리에 검은 줄이 있는 놈.'

'좋아. 지금 죽여서 갖고 가.'

그래서 나는 누나가 시키는 대로 그 거위의 목을 졸라 죽여 킬번까지 갖고 갔습니다. 그리고 모즐리에게 이러저러한 일이 있다고 털어놓았죠. 그는 이런 의논을 하는 데는 아주 안성맞춤인 상대였습니다. 그는 내 얘기에 너무 웃어서 흑흑 흐느낄 정도였죠. 어쨌든 우리는 칼을 들고 와서 거위의 배를 갈라 펼쳤습니다. 그런데 홈즈 씨, 나는 하얗게 질렸습니다. 보석은 고사하고 모래알 하나도 없었으니 잘못되어도 이만저만 잘못된 게 아닙니다. 나는 거위를 그대로 팽개치고 부리나케 누나 집으로 다시 달려가 뒷마당으로 갔지요. 그런데 거위는 한 마리도 없었어요.

'누나, 거위는 다 어디 갔어?'

'도매상에 넘겼다.'

'어느 도매상에?'

'코벤트 가든의 브레킨리지.'

'그중에서 꼬리에 검은 줄이 있는 거위가 또 한 마리 있었지? 내가 얻어간 것과 똑같은.'

'그래, 있었어. 젬. 꼬리에 검은 줄이 있는 것이 두 마리라 우리도 가끔 혼동했지.'

바로 이렇게 된 것입니다. 나는 죽자 살자 달려서 브레킨리지에게 갔지요. 그러나 벌써 여러 마리가 팔린 뒤였고 그는 어디에 팔았는지 가르쳐주지 않았어요. 오늘 밤 들으셨지요? 언제나 그런 식이에요. 누나는 내가 미쳤나 하고 걱정했지요. 사실 나도 가끔 그런 생각이 들어요. 아, 게다가… 이젠 꼼짝없이 도둑놈입니다. 원하던 보석은 갖지도 못한 채 인격을 팔고 말았어요. 아, 하느님, 저를 살려주세요!"

그는 두 손으로 얼굴을 감싸고 울음을 터뜨렸다.

오랫동안 침묵이 계속되었다. 그의 가쁜 숨소리와 홈즈가 테이블 가장자리를 손가락으로 톡톡 두드리는 소리만 들렸다.

잠시 후 홈즈는 일어나 문을 활짝 열었다.

"나가!"

홈즈가 말했다.

"네? 아, 고맙습니다."

"여러 말 하지 말고 나가!"

그 이상은 더 말할 필요도 없었다. 출입구로 돌진하는 소리, 계단을 달려 내려가는 소리, 문이 닫히는 소리, 그리고 얼어붙은 길을 부지런히 달리는 발소리가 멀어져갔다.

"다시 말하지만, 왓슨. 나는 경찰의 서툰 솜씨를 보충하기 위해 고용된 게 아니야. 호너가 유죄판결을 받는다면 모르지만 라이더도 법정에서 더 이상 그에게 불리한 증언을 하지 않을 것 같으니, 이 사건은 별일 없이 끝날 거야. 내가 중범을 눈감아준 게 되었지만 이로써 영혼 하나가 구제받은 것이 아닐까?

그는 혼이 났으니까 이제 다시는 나쁜 짓을 하지 않겠지. 지금 여기서 교도소로 보내면 그는 상습범이 돼. 게다가 지금은 크리스마스 시즌이야. 용서하는 계절이지. 우연한 기회에 아주 진기한 사건을 만났지만 해결이 되었으니 이것으로 됐어. 왓슨, 미안하지만 벨을 울려줘. 이제부터 다른 것을 맛보도록 할까. 이것도 새 요리야… 도요새이지만."

Sherlock Holmes

얼룩 끈

The Adventure of the Speckled Band

얼룩 끈

The Adventure of the Speckled Band

지난 8년 동안 셜록 홈즈의 탐정 기법을 관찰하며 기록한 사건 노트가 이제는 70건이 넘는다. 비극적인 사건도 많지만 익살스러운 사건도 몇 건 있고, 참으로 기이한 사건들도 적지 않다. 그러나 어디서든 일어날 법한 평범한 사건은 단 한 건도 없었다. 왜냐하면 홈즈의 탐정 활동은 많은 돈을 벌기 위해서 아니라 자신의 재능에 대한 열정이 그 이유였기 때문이다. 그래서 그는 희귀한 사건이나 기괴한 사건에만 손을 댔다. 이 많은 사건 중에서도 '서리 주 스톡 모런의 로일롯 가 사건'만큼 괴상하고 기이한 사건은 다시없을 것이다. 이 사건은 내가 베이커 가에서 홈즈와 함께 방을 빌려 독신생활을 하던 시절에 일어났다. 홈즈를 알게 된 지 얼마 지나지 않아 일어난 사건이라 다른 것보다 먼저 발표할 수도 있었지만, 이 사건을 비밀에 붙여 달라는 부탁 때문에 차마 그럴 수가 없었다. 그런데 내게 부탁했던 부인이 지난달 갑자기 세상을 떠났고, 이제야 비로소 나는 그 약속에서 해방된 것이다. 늦게나마 사건의 진상을 공개하는 것도 결코 헛된 일은 아니라고 생각한다. 왜냐하면 '그림스비 로일롯 의사의 죽음'에 관한 이야기가 실제 사건보다 더욱 무섭고 선정적으로 세상에 널리 퍼져 있기 때문이다.

1883년 4월 초의 어느 날 아침, 잠에서 깨어나 보니 셜록 홈즈가 정장 차림으로 내 침대 옆에 서 있었다. 그는 평소 늦잠을 자는 습관이 있었는데 벽난로 위의 시계는 아직 7시 15분밖에 되지 않았다. 나는 이상한 생각이 들어 눈을 껌벅이며 그를 올려다보았다. 규칙적인 생활을 좋아하던 나로서는 어쩌면 약간 못마땅한 표정을 짓고 있었는지도 모른다.

"왓슨, 일찍 깨워서 미안해. 오늘 아침은 모두가 일찍 일어나야 하는 운명인가봐. 허드슨 부인이 먼저 본의 아니게 이른 아침부터 일어나야 했고, 부인은 그 분풀이로 나를 깨웠고, 나는 자네를 깨운 거야."

"무슨 일이야? 불이라도 났어?"

"아니, 의뢰인이야. 어떤 젊은 여자가 잔뜩 흥분한 모습으로 찾아와서 나를 꼭 만나고 싶다고 했대. 지금 거실에서 기다리고 있어. 젊은 여자가 이른 아침부터 런던 거리를 헤매고 아직 잠들어 있는 사람을 흔들어 깨우는 건 분명 사정이 아주 절박하기 때문이겠지. 굉장히 흥미로운 사건일지도 몰라. 그렇다면 자네는 틀림없이 그 사건에 대해 처음부터 듣고 싶어 할 게 아닌가. 그래서 일단 자네를 깨웠다네."

"그런 일이라면 물론 일어나야지."

홈즈는 어떤 어려운 사건이라도 전문적인 조사를 거친 후, 그의 예리하고 신속한 추리력으로 언제나 확실한 이론에 근거해 멋지게 해결해나갔다. 그 과정을 지켜보는 것만큼 나를 기쁘게 하는 일은 없었다. 나는 서둘러 옷을 입고 홈즈와 같이 거실로 내려갔다. 두꺼운 베일로 얼굴을 가린 검은 옷차림의 한 여자가 우리를 보더니 창가 의자에서 일어났다.

"안녕하세요?"

홈즈가 밝은 소리로 말했다.

"제가 셜록 홈즈입니다. 이쪽은 내 친구이자 협력자인 왓슨 의사입니다. 이 친구 앞에서도 망설이지 말고 모두 다 얘기하세요. 허드슨 부인이 이미 불까지 피웠군요. 여기 불 앞으로 오세요. 추위에 떨고 계시는 것 같은데 곧 뜨거운 커피를 가져오도록 하지요."

"추워서 떠는 게 아니에요."

여자는 자리를 옮기면서 작은 소리로 말했다.

"그럼 무엇 때문이죠?"

"무서워요, 홈즈 씨. 무서워요."

그러면서 여자는 베일을 올렸는데 확실히 애처로울 정도로 흐트러진 모습이었다. 얼굴은 창백하게 일그러졌고, 눈동자는 쫓기는 짐승처럼 불안에 떨었다. 겉모습을 보아선 서른 정도로 보이는데 이미 흰머리가 섞여 있고, 곧 쓰러질 듯 힘겨워하는 모습이 역력했다. 홈즈는 모든 것을 꿰뚫어 보듯 날카롭게 여자를 관찰했다.

"걱정할 것 없어요."

홈즈는 허리를 굽혀 여자의 팔을 가볍게 토닥이면서 위로했다.

"곧 모두 해결될 겁니다. 오늘 아침에 이곳까지 기차로 오셨군요."

"어머, 그걸 어떻게 아세요?"

"아닙니다. 부인의 왼쪽 장갑 손바닥에 왕복표 중 돌아가는 표가 있어서죠. 아침 일찍 집에서 나와 이륜마차에 흔들리면서 진흙길을 지나 역으로 가는 것도 힘들었겠군요."

놀란 여자는 눈을 크게 뜨고 홈즈를 보았다.

"그렇게 이상한 눈으로 보지 마세요."

홈즈는 싱긋 웃었다.

"부인의 옷 왼쪽 팔에 흙이 튄 자국이 일곱 군데나 있어요. 그것도 아직 말라붙지 않은 채로 말이죠. 팔에 흙이 튀는 것은 부인이 이륜마차를 탔기 때문이고 또한 마부 왼쪽에 앉았기 때문이죠."

"모두 말씀대로예요. 오늘 아침 6시 전에 집을 나와 6시 20분에 레더헤드에 도착해서 첫차로 워털루 역에 왔어요. 홈즈 씨, 더 이상 불안을 견딜 수 없어요. 이러다가는 곧 미쳐버릴 거예요. 내겐 의지할 사람도 없어요. 아니, 저한테 마음 써주는 사람이 한 명 있긴 하지만 안타깝게도 내게 도움이 되지 못해요. 홈즈 씨, 당신의 소문을 들었어요. 패린토시 부인이 곤경에 빠졌을 때 당신이 도와주셨다고 말씀하시기에 그분한테서 이곳 주소를 알아내 찾아왔어요. 부탁이에요. 저를 이 불안함에서 구해주세요. 저를 에워싸고 있는 이 암흑 속에 한 줄기 빛이라도 들어오게 해주세요. 지금 당장에는 어렵지만, 앞으로 두어 달 후 결혼을 올리고 나면 자유롭게 쓸 수 있는 돈이 들어와요. 그때 꼭 은혜를 갚겠어요."

홈즈는 책상 쪽으로 몸을 돌려 열쇠로 서랍을 연 뒤 작은 비망록을 꺼냈다.

"패린토시 부인……. 아, 생각났다. 오팔 머리 장식에 관한 사건이었어. 왓슨, 이건 자네를 알기 전에 있었던 사건이야."

홈즈는 다시 부드러운 목소리로 젊은 여자를 향해 말했다.

"패린토시 부인 때와 마찬가지로 부인에게도 기꺼이 도움이 되어 드리지요. 금전적인 부분은 걱정하지 마세요. 비용은 형편이 좋을 때 지불하시면 됩니다. 나에게는 사건 자체가 보람이고 대가이니까요. 자, 그럼 이제부터 사건에 대해 남김없이 이야기해보세요."

"제 불안의 원인은 아주 막연해요. 사람들의 눈에는 틀림없이 사소한 것으로밖에 보이지 않는 정말 하찮은 것이지요. 제 약혼자까지도 저의 이야기를 신경 과민한 여자의 망상이라고 생각해요. 물론 그가 직접적으로 말하지는 않았지만 저를 위로할 때의 말투나 눈빛을 보면 알 수 있어요. 하지만 홈즈 씨, 당신은 사람의 마음속에 들어 있는 사악함을 꿰뚫어 볼 줄 아는 분이라고 들었어. 제발 저에게 닥친 이 위험을 물리칠 수 있게 해주세요. 방법을 가르쳐주세요."

"좋아요, 어쨌든 한번 들어봅시다."

"제 이름은 헬렌 스토너예요. 지금은 의붓아버지와 함께 서리 주의 서쪽 경계지역에 살고 있어요. 의붓아버지는 잉글랜드에서 가장 유서 깊은 색슨 계 가문 중 하나인 스톡 모런의 로일롯 일족의 마지막 혈통이죠."

"그 가문의 이름은 들어본 적이 있습니다."

홈즈가 끄덕였다.

"로일롯 족은 한때 잉글랜드에서 손꼽히던 부호로 유명했죠. 서리 주의 경계를 넘어 북쪽으로는 버크셔, 서쪽으로는 햄프셔까지 가문의 영지가 이어져 있어요. 그러던 것이 지난 세기에 연달아 4대에 걸쳐 완전히 몰락했어요. 가장들은 낭비와 방탕함에 빠진 데다가, 섭정을 맡겼던 때에는 도박에 미친 자들도 있었기 때문이죠. 남은 것이라고는 몇 에이커의 땅과 200년 전에 지은 낡은 저택뿐인데, 그마저도 빚쟁이들에게 담보로 잡혀 풀릴 때가 없죠. 전 세대의 주인은 그 집에서 가난한 귀족으로 비참한 생활을 하면서 일생을 마쳤는데, 그 외아들이 바로 제 의붓아버지예요. 이 불행한 환경을 벗어나야 한다고 결심한 의붓아버지는 친척에게서 빚을 내어 학업을 마친 뒤 의학학위를 따고 인도의 캘커타로 건너갔어요. 거기서 비로소 의사로서의 실력과 자신의 능력으로 꽤 번창했지요. 그런데 가끔 집 안의 물건이 없어지는 것에 신경을 곤두세우다가 그만 홧김에 인도인 집사를 때려죽였어요. 결국 사형에 처해질 위기까지 몰리다가 다행히 극형만은 면했는데, 오랜 기간 감옥살이를 하며 얻은 우울증으로 아무런 희망도 없는 사람이 되어 잉글랜드로 돌아왔어요.

의사였던 저의 어머니는 로일롯과 인도에 있을 때 그와 결혼했는데 그전에는 벵갈 포병대 스토너 소장의 젊은 미망인이었어요. 쌍둥이인 저와 언니는 어머니가 재혼할 무렵 두 살이었어요. 어머니는 1년 수입이 1,000파운드가 넘었는데 돌아가실 때 유언으로 그 재산을 모두 의붓아버지에게 양도했어요. 그러나 이것은 저희 자매가 의붓아버지와 함께 살고 있는 동안에 한해서였죠. 의붓아버지가 결혼할 경우에는 매년 일정한 액수가 저희에게 돌아오도록 유언을 남기셨어요. 어머니는 잉글랜드로 돌아온 지 얼마 안 되어 세상을 떠났어요. 8년 전 크류에서 일어난 철도사고로 갑자기 돌아가신 거예요. 의붓아버지는 런던에서 개업을 하려 했었지만 계획을 중단하고 저희를 데리고 스톡 모런의 조상 대대로 전해오는 저택으로 옮겼어요. 어머니의 유산 덕분에 저희들은 넉넉한 생활을 할 수 있었어요. 그 행복을 방해하는 것은 아무것도 없을 것만 같았지요.

이웃 사람들은 로일롯 가의 가장이 옛 저택으로 돌아왔다고 처음에는 크게 기뻐했어요. 그런데 얼마 전부터 의붓아버지가 난폭해졌어요. 의붓아버지는 친구를 사귀지도, 가족끼리 얘기를 하지도 않고 언제나 집 안에 틀어박혀 있을 뿐이었고, 이따금 외출을 하면 길에서 만나는 사람마다 붙들고 큰 싸움을 벌였죠. 로일롯 집안의 남자들한테는 본래부터 광적일 정도로 격렬한 피가 흐르고 있는데, 의붓아버지의 경우는 오랫동안 열대지방에 있었기 때문에 더욱 거칠어졌을 거예요. 싸움을 하다가 두 번이나 경찰에 끌려가기도 했고, 마을 사람들은 의붓아버지를 보기만 해도 슬슬 피해 도망갔어요. 그도 그럴 것이, 의붓아버지는 무섭게 힘이 세고 한 번 화를 내면 절대로 자제하지 못했거든요.

지난주에도 의붓아버지는 마을의 대장간 주인을 다리 난간 너머 개울로 던지며 행패를 부렸어요. 또다시 동네가 시끄러워지게 될까 봐 제가 가진 돈을 모두 털어서 겨우 막았어요. 의붓아버지의 친구라고는 떠돌아다니는 집시들밖에 없어요. 그 떠돌이들에게 의붓아버지는 얼마 되지 않는 몇 에이커의 땅 중에서 가시덤불이 무성한 곳에 천막을 치도록 허락했어요. 그에 대한 보답이라도 하는 듯 그들은 의붓아버지를 천막으로 초대해 음식 대접을 했고, 어떤 때는 의붓아버지도 그들과 한패가 되어 몇 주일씩 떠돌아다니기도 했지요. 게다가 요즘 의붓아버지는 인도의 동물들에 푹 빠져 있어요. 그래서 그곳 대리인을 통해 동물들을 들여오고 있어요. 지금 있는 것은 치타와 비비예요. 그것들은 묶이지도 않은 채 저택 안을 돌아다녀서, 마을 사람들은 이제 의붓아버지는 물론 짐승들까지도 두려워하죠.

이런 상황이기 때문에 언니 줄리아와 저의 생활은 결코 즐겁지만은 않았어요. 하녀도 붙어 있지 못해서 오래전부터 집안일을 저희들이 직접 했지요. 언니는 서른 살이 되던 해에 죽었는데 지금의 나처럼 이미 흰머리가 가득했었어요."

"아, 언니는 돌아가셨군요?"

"벌써 2년 전이에요. 언니의 죽음에 대해 말하고 싶어요. 짐작하시겠지만 저희는 유별난 환경 때문에 같은 또래나 비슷한 신분을 가진 사람과 접촉할 기회가 거의 없었어요. 하지만 아직 결혼하지 않은 어머니의 여동생 오노리아 웨스트페일 이모가 근처에 살고 있어서 저희들은 이따금 이모 댁에 잠깐 머물다 오곤 했어요. 2년 전 크리스마스 때 줄리아 언니는 그곳에 갔다가, 명령 대기 중인 해병대 소령을 만나 약혼했어요. 언니는 돌아와서 의붓아버지에게 이 사실을 알렸는데 의붓아버지는 반대하지 않았어요. 그런데 결혼식을 2주일 남겨놓은 시기에 무서운 사건이 일어났어요. 그리고 저의 하나밖에 없는 말벗인 언니는 세상을 떠났지요."

눈을 감고 쿠션에 머리를 기댄 채 의자 깊숙이 몸을 묻고 있던 셜록 홈즈는 눈을 가늘게 뜨며 손님을 흘낏 바라보았다.

"그때의 상황을 되도록 정확하게 말해주세요."

"네, 그 무서운 사건에 대해서라면 하나도 빠짐없이 기억하고 있어요. 아까도 말했듯이 저택은 몹시 낡아서 지금은 건물 하나만 쓰고 있어요. 그 건물 1층은 침실이고 거실은 건물 가운데에 있어요. 세 개의 침실은 벽으로 가려 있어 왕래할 수 없지만 문은 모두 같은 복도에 있어요. 그리고 앞쪽이 의붓아버지, 중앙이 언니, 그다음을 제가 쓰고 있었지요. 이해가 되나요?"

"네, 계속해보세요."

"세 방 모두 창밖은 잔디예요. 그 무서운 사건이 일어난 날 밤, 의붓아버지는 일찍 침실에 들어갔지만 잠을 자는 것 같지는 않았어요. 왜냐하면 의붓아버지가 애용하는 인도 담배냄새에 그날 밤도 언니가 질색을 했으니까요. 언니는 담배연기를 피해 저의 방으로 와서, 보름 앞으로 닥쳐온 자신의 결혼 이야기와 이런저런 이야기를 늘어놓았어요. 11시가 되자 언니는 자기 방으로 돌아가려다가 나를 보며 물었어요.

'헬렌, 밤에 휘파람 소리 들었니?'

'아니.'

'설마 네가 자면서 휘파람을 불 리는 없고.'

'그걸 말이라고 해, 언니. 그런데 갑자기 휘파람 소리라니?'

'며칠 전부터 매일 새벽 3시쯤이 되면 어김없이 낮은 휘파람 소리가 들려. 나는 잠귀가 밝아서 그 소리에 잠이 깨. 어디서 들려오는지 알 수 없지만… 옆방 같기도 하고 잔디밭 같기도 해. 그래서 너도 들었는지 물어본 거야.'

'난 못 들었어. 하지만 틀림없이 그 혐오스런 집시가 나무 그늘에서 부는 걸 거야.'

'그런지도 몰라. 하지만 정원 쪽에서 부는 거라면 네가 듣지 못했을 리가 없잖아.'

'난 언니보다 깊이 잠들잖아.'

'하긴, 어쨌든 중요한 일은 아니니까.'

언니는 미소를 지으며 내 방을 나갔어요. 그리고 곧 언니 방에 열쇠 채우는 소리가 들렸어요.

"두 분 다 밤마다 방문을 잠그고 잡니까?"

"네, 언제나 그렇게 했어요."

"왜죠?"

"의붓아버지가 기르는 치타와 비비 때문이에요. 방문을 잠그지 않으면 마음이 놓이지 않았거든요."

"그렇겠군요. 계속하세요."

"저는 그날 밤, 잠이 들지 못했어요. 뭔가 나쁜 일이 일어날 것처럼 마음이 불안했거든요. 아까도 말했듯이 언니와 나는 쌍둥이에요. 이렇게 밀접한 관계에 있는 두 영혼이 얼마나 미묘하게 반응하는지는 아실 거예요. 그날 밤은 폭풍이 심했어요. 바람이 불고 빗줄기가 거세게 창문을 두드렸죠. 폭풍우가 몰아치는 소리 틈새로 갑자기 여자의 무시무시한 비명이 들렸어요. 틀림없이 언니였어요. 저는 침대에서 일어나 급히 숄을 두르고 복도로 뛰어나갔어요. 문을 연 순간, 언니가 말하던 낮은 휘파람 소리가 들려왔고 이어서 무거운 금속이 떨어지는 것처럼 철컥하는 소리도 들렸던 것 같아요. 복도를 달려가자 언니 방문의 열쇠를 돌리는 소리가 나고 천천히 문이 열렸어요. 저는 무엇이 나올지 무서워 벌벌 떨며 방문을 지켜보고 서 있었죠. 그런데 복도 램프의 불빛을 받으며 언니가 나왔어요. 언니는 공포에 질려 창백해진 얼굴로 구조를 청하듯 두 손을 내 앞으로 내밀었어요. 그리고 마치 술에 취한 것처럼 비틀거렸죠. 저는 달려가서 언니를 두 팔로 안았는데 언니는 그 순간 다리에 힘이 빠졌는지 힘없이 주저앉았어요. 그러더니 심한 고통을 견디는 듯 몸부림쳤고 손발도 격렬하게 경련을 일으켰어요. 처음에는 저를 알아보지 못하는 것 같았어요. 제가 언니를 일으키려 몸을 굽히자 그때서야 '오! 헬렌! 밴드! 얼룩 밴드!' 하고 겁에 질려 소리를 질렀어요. 그 소리는 평생 잊을 수 없을 거예요. 언니는 손가락으로 계속 의붓아버지의 방을 가리키며 무슨 말인가 하고 싶어 했는데 그때 다시 경련이 일어나 정신을 잃고 말았어요. 전 큰소리로 의붓아버지를 부르면서 달려갔는데 마침 의붓아버지가 가운을 입고 방에서 나왔어요. 그때 언니는 이미 의식을 잃었어요. 의붓아버지는 언니의 입에 브랜디를 흘려 넣기도 하고 의사를 불러오라고 마을로 사람을 보내기도 했어요. 하지만 언니는 의식을 되찾지 못한 채 차츰 기력을 잃어가더니 마침내 숨을 거두었죠. 이것이 가엾은 언니의 끔찍한 최후였어요."

"잠깐, 휘파람 소리와 금속 떨어지는 소리를 들었다고 했는데 그건 틀림없습니까?"

홈즈가 물었다.

"검시관도 제게 그걸 물어봤었어요. 저는 분명히 들었다고 생각하지만 폭풍우가 심하게 몰아치는 밤이었고, 집이 낡아서 자주 삐거덕거렸기 때문에 착각일지도 모르겠어요."

"언니는 옷을 입고 있었나요?"

"잠옷 바람이었어요. 그리고 오른손에는 불을 켰던 성냥을, 왼손엔 성냥갑을 쥐고 있었어요."

"음, 그렇다면 언니는 뭔가 이상한 낌새를 느끼고 성냥을 켜서 주위를 살펴보았군요. 이건 중요해요. 검시관은 어떤 결론을 내렸습니까?"

"의붓아버지의 포악한 평판은 전부터 인근에 자자했던 터라 검시관은 특히 주의 깊게 조사했어요. 하지만 끝내 사인을 정확히 밝혀내지는 못했어요. 문이 안에서 걸려 있었다는 것은 제가 알고 있었고, 창문에는 쇠막대가 붙은 폭넓은 구식 덧문이 있어서 밤마다 그것으로 문단속을 했지요. 벽도 구석구석 자세히 살펴보았지만 이상이 없었고 바닥도 마찬가지였어요. 굴뚝이 큰 편이지만 굵은 못이 네 개나 박혀 있어요. 그렇기 때문에 그때 언니는 방 안에 혼자 있었다고밖에 생각할 수 없어요. 게다가 언니의 몸에는 아무런 상처도 없었어요."

"독살되었을지도 모르겠군요."

"의사들이 조사했지만 확실한 건 알아내지 못했어요."

"그렇다면 당신은 언니가 무엇 때문에 죽었다고 생각합니까?"

"굉장한 공포 때문에 신경에 강한 쇼크를 받아 죽었다고 생각해요. 대체 무얼 그리 무서워했던 건지는 알 수 없지만."

"그 당시 정원에 집시가 있었나요?"

"네, 몇 사람은 언제나 거기 있으니까요."

"알겠습니다. 참, 언니가 말했다는 밴드… 그 얼룩 밴드에 대해 떠오르는 게 있습니까?"

"만약 밴드가 끈을 뜻하는 게 아니라 사람들 무리를 뜻하는 거라면 숲 속의 집시 무리를 두고 한 말일지도 몰라요. '얼룩'이란 말은 집시가 곧잘 머리에 감고 있는 물방울무늬 손수건과 관계가 있는 게 아닐까요? 휴, 아무래도 저는 잘 모르겠어요. 착란을 일으켜서 헛소리를 한 것 같기도 해요."

홈즈는 이해할 수 없다는 듯이 고개를 저었다.

"그 말에는 아주 깊은 뜻이 담긴 것 같아요. 어쨌든 계속해보세요."

"그렇게 언니가 세상을 뜬 지 2년이 지났고, 바로 얼마 전까지만 해도 저의 생활은 정말 쓸쓸했어요. 그러다가 한 달쯤 전에 오랫동안 사귀어 온 친한 분으로부터 청혼을 받았어요. 퍼시 아미티지라는 분인데, 레딩에서 가까운 크레인 워터에 사는 아미티지 씨의 둘째아들이에요. 의붓아버지도 이 결혼에 반대하지 않아서 돌아오는 봄에 우리는 식을 올리기로 했어요."

여자는 무서운 생각이 떠올랐는지 숨을 깊이 내쉬더니 차분한 목소리로 다시 말을 이어나갔다.

"이틀 전부터 저는 언니 방 침대에서 잠을 자게 되었어요. 건물의 서쪽 부분을 수리하느라 제 침실 벽에 구멍이 나 있었거든요. 그런데 어젯밤 일이에요. 잠이 오지 않아 언니가 세상을 떠날 때의 일을 이것저것 생각하고 있었는데, 갑자기 밤의 정적 속에서 나직한 휘파람 소리가 들렸어요. 언니의 죽음을 예고라도 한 것 같았던 그 휘파람 소리 말예요. 그때 제가 얼마나 무서웠을지 상상이 가나요? 저는 벌떡 일어나 램프에 불을 켜고 주변을 살펴보았는데 방에는 아무 이상이 없었어요. 하지만 겁에 질려서 도무지 잠이 오지 않았어요. 결국 전 옷을 입고 날이 밝기만을 기다리다가 몰래 빠져 집을 나왔지요. 그리고 곧장 맞은편에 있는 크라운 여관에서 이륜마차를 불러 타고 레더헤드로 달려가 기차를 탔어요. 어떻게든 빨리 찾아뵙고 도움을 받고 싶어 이렇게 이른 아침부터 방문하게 되었답니다.”

“정말 잘 판단하셨습니다.”

홈즈가 말했다.

“더 하실 말이 있습니까?”

“아니요, 제가 아는 얘기는 여기까지가 다예요.”

“그렇지 않습니다, 미스 스토너. 더 있을 것입니다. 당신은 의붓아버지를 감싸고 있어요.”

“어머, 어떻게 그런 말을?”

홈즈는 대답 대신 스토너 양 무릎 위의 손목으로 눈길을 돌렸다. 그리고 검은 레이스의 소매 장식을 걷어 올렸다. 엄지와 네 개의 손가락 자국으로 보이는 작은 회색 반점이 하얀 손목에 선명히 남아 있었다.

"심하게 손찌검을 당했군요."

홈즈가 말했다.

스토너는 얼굴을 붉히며 자국이 나 있는 손목을 재빨리 감추었다.

"의붓아버지는 무서운 분이에요. 의붓아버지는 자기 힘이 얼마나 센지 모르는 것 같아요."

오랜 침묵이 흘렀다. 홈즈는 두 손으로 턱을 괸 채 타닥타닥 타오르는 벽난로를 지그시 보고 있었다.

"이건 아주 어려운 사건입니다."

홈즈가 말했다.

"사건을 파헤치기 전에 여러 가지 알고 싶은 것이 있습니다. 조금도 지체할 시간이 없어요. 오늘 당장 스톡 모런에 간다면 의붓아버지 모르게 방을 조사할 수 있을까요?"

"다행이 의붓아버지는 오늘 중요한 일이 있어 런던에 간다고 했어요. 어쩌면 하루 종일 집을 비울 거예요. 가정부가 한 명 있지만 나이도 많고 흐리멍덩해서 방을 조사하는 데는 별 어려움이 없을 거예요."

"잘됐군요. 왓슨, 자네도 함께 갈 거지?"

"물론!"

홈즈는 다시 스토너를 보며 말했다.

"우리 둘이서 함께 움직이겠습니다. 몇 시에 출발하면 될까요?"

"모처럼 런던에 왔으니 몇 가지 일을 보고 가야겠어요. 전 여기서 두 시 기차로 돌아갈게요."

"좋습니다. 나는 그때까지 두세 가지 간단한 일을 마쳐야겠군요. 아, 잠깐 기다렸다가 아침 식사라도 함께 하지요."

"아니에요. 전 가야 해요. 걱정거리를 털어놓으니 마음이 가벼워지는군요. 즐거운 마음으로 다시 만날 때를 기다리겠어요."

여자는 두꺼운 검은 베일로 얼굴을 가리고 조용히 방에서 나갔다.

"왓슨, 이 사건에 대해 어떻게 생각해?"

홈즈가 의자에 기대며 물었다.

"아주 어둡고 으스스한 사건 같은데."

"정말 어둡고 으스스한 사건이지."

"더구나 저 여자가 말했듯이 바닥이나 벽에 아무런 이상이 없고, 문이나 굴뚝으로도 출입할 수 없었다면, 혼자 있던 언니가 살해됐다는 건 정말 불가사의한 일이야."

"밤마다 들려왔다는 휘파람 소리와 언니가 죽을 때 했다는 이상한 말은 무얼 뜻한다고 생각해?"

"글쎄, 잘 모르겠어."

"밤에 휘파람 소리가 들려왔다… 의사와 친한 집시의 무리들, 즉 집시 밴드가 정원에 와 있었다… 의사는 딸의 결혼을 방해할 충분한 이유가 있다… 언니가 죽을 때 밴드라는 말을 했다… 그리고 헬렌 스토너가 금속이 떨어지는 소리를 들었다고 했지. 그 소리는 덧문을 받치고 있던 쇠막대기가 원위치로 떨어지는 소리였는지도 몰라. 이런 사실들을 연결하다 보면 수수께끼를 풀 수 있는 단서가 잡힐 거야."

"그렇다면 집시의 역할은 뭐야?"

"몰라."

"스토너의 설명만으로는 이해할 수 없는 점들이 많아."

"나도 마찬가지야. 그래서 오늘 스톡 모런에 가려는 거야. 정말 불가사의한 일이어서 이해할 수 없는 것인지, 아니면 설명이 서툴렀기 때문인지 확인하고 싶어. 엇! 당신은 누구야!"

홈즈가 갑자기 소리친 이유는 갑자기 문이 거칠게 열리더니 굉장히 덩치 큰 남자가 문 앞에 버티고 서 있었기 때문이다. 남자는 검은 중산모에 검은 프록코트를 입었고 무릎까지 각반을 감았으며 손에는 사냥용 채찍을 들고 있었다. 모자가 문틀에 닿을 정도로 키가 아주 큰 사내였다. 주름살 많고 볕에 누렇게 그을린 남자의 커다란 얼굴에는 온갖 사악함이 덕지덕지 들러붙어 있었다. 노기가 가득한 움푹 팬 눈과 날카롭게 높은 코는 비록 늙기는 했지만 어딘지 사나운 맹금을 연상케 했다. 그는 우리를 번갈아 보며 말했다.

"누가 홈즈야?"

"나를 찾아오셨소? 당신은 누구십니까?"

"나는 스톡 모런의 로일롯 의사다."

"오, 의사시로군요. 어서 앉으세요."

"내가 왜 여기에 앉아! 방금 내 딸이 다녀갔지? 여기까지 내가 미행을 했지. 그 애가 대체 무슨 말을 지껄였지?"

"오늘은 다른 날보다 좀 추운 것 같군요."

태연스레 홈즈가 말했다.

"딸이 무슨 말을 했느냐고 묻고 있잖아!"

노인은 사납게 소리쳤다.

"그런데도 사프란꽃은 잘도 핀다더군요."

홈즈는 여유롭고 침착하게 말했다.

"흥, 어물쩍 넘어갈 속셈이군. 내가 모를 줄 알고, 이 놈팡이야! 네놈 소문은 전부터 들었어. 쓸데없이 주제넘은 짓을 하고 다니더군."

홈즈는 가볍게 미소 지었다.

"이 정신 나간 참견꾼!"

홈즈는 크게 미소 지었다.

"경찰의 끄나풀, 홈즈!"

홈즈는 유쾌한 듯이 키들키들 웃었다.

"하하하, 정말 재밌군. 나갈 때는 문을 꼭 닫아요. 문틈으로 바람이 들어오니까."

"잘 들어! 내 딸 스토너가 여기 왔었다는 것은 네 녀석이 말하지 않아도 이미 알고 있어. 내 두 눈으로 봤으니까. 하지만 우리 집 문제에 쓸데없이 참견할 생각 마. 날 만만히 봤다가는 큰코다칠 테니 명심하라고!"

그는 난로 곁으로 가 부젓가락을 움켜쥐더니 볕에 그을린 커다란 손으로 금세 구부려 놓았다.

"봤지? 괜히 참견하다가 나에게 붙잡히지 않는 게 좋을 거야."

로일롯 의사는 구부린 부젓가락을 난로에 던지고 성큼성큼 방을 나갔다.

"꽤 유쾌한 노인이군."

홈즈가 웃으며 말했다.

"저 노인만큼 덩치가 크지는 않지만 내 팔 힘도 만만치 않다고. 조금만 더 머물렀다면 나도 힘자랑 한번 해봤을 텐데."

홈즈는 부젓가락을 들고 힘을 주어 원래의 모양으로 펴놓았다.

"나를 스코틀랜드 야드의 형사 끄나풀로 보다니, 이건 좀 실례 아닌가? 하지만 덕분에 이 사건이 더욱 흥미롭게 느껴지는군. 그 아가씨가 미행당한 건 좀 안타깝지만 걱정할 건 없지. 왓슨, 아침 식사를 준비하라고 해. 그런 다음 나는 등기소에 들러 이 사건에 필요한 자료를 찾아오겠어."

셜록 홈즈는 1시간 가까이 외출했다가 돌아왔다. 그는 숫자와 메모로 빼곡한 파란 종이 한장을 들고 있었다.

"죽은 부인의 유언장을 보고 왔어. 투자 물건 등을 포함해 어떤 유산을 남겼는지 정확히 알기 위해서는 현재의 평가액을 산정해야 해. 부인의 사망 당시 수입은 연간 1,100파운드에 가까웠지만 지금은 농산물 가격이 하락해서 750파운드 정도야. 그리고 딸들은 결혼하면 각자 해마다 250파운드씩 받을 권리가 있어. 그러니 한 사람이 결혼하는 것만으로도 의붓아버지는 적지 않은 손실을 보게 되지. 그런데 둘 다 결혼하면 그땐 그야말로 자기의 몫만 들어오는 셈이야. 내가 오전에 한 일도 헛수고가 아니었어. 그에게 딸의 결혼을 방해할 강한 동기가 있다는 것을 확실히 알았으니까. 왓슨, 이렇게 되면 사태는 아주 심각해. 우리가 이 사건에 관여했다는 것을 그 노인이 알았으니까. 준비가 되면 마차를 불러서 워털루 역으로 가야 해. 권총을 주머니에 넣고 가는 게 좋겠어. 상대는 부젓가락을 구부릴 정도의 힘을 가진 남자야. 일리 2번 권총이 알맞을 거야. 그것과 칫솔만 갖고 가면 충분해."

다행히 우리는 워털루 역에서 출발하는 레더헤드행 기차 시간에 늦지 않게 도착했다. 레더헤드에 도착한 뒤 우리는 역 앞

여관에서 부른 소형 마차를 타고 서리 주의 아름다운 길을 4, 5마일쯤 달렸다. 태양이 눈부시게 빛났고 맑고 깨끗한 하늘에는 양털 같은 구름이 군데군데 떠 있었다. 길가의 나무들과 산울타리에는 막 싱그러운 초록물이 들고 있었으며, 촉촉이 젖은 달콤한 냄새가 바람을 타고 일렁였다. 이 즐거운 봄의 기운과 우리가 이제부터 조사하려는 기괴한 사건은 정말 기묘한 대조를 이루고 있었다.

마차의 앞좌석을 차지한 홈즈는 팔짱을 끼고 모자를 깊숙이 눌러 쓴 채 턱을 가슴에 묻고 깊은 생각에 잠겨 있었다. 그러더니 갑자기 몸을 일으켜 내 어깨를 두드리면서 목장 쪽을 가리켰다.

"저기를 봐."

나무가 서 있는 큰 정원이 완만하게 펼쳐지다가 나무가 차츰 빼곡해지더니 정상에서는 숲을 이루고 있었다. 우거진 가지 사이로 퍽 오래된 저택의 회색 박공과 높은 마룻대가 솟아나와 있었다.

"여기가 스톡 모런이오?"

"네, 그림스비 로일롯 의사의 저택입니다."

마부가 대답했다.

"지금 수리 중일 텐데, 그 현장에 가고 싶군."

"마을은 저쪽입니다. 그러나 저택으로 가시려면 이 계단을 올라가 밭두렁 길로 가는 편이 빠릅니다. 아, 저기 아가씨가 가는군요."

마부는 왼편으로 약간 떨어진 곳에 지붕이 옹기종기 모여 있는 곳을 가리켰다.

"오, 저 여자는 미스 스토너 같군. 맞아, 당신 말대로 하는 게 빠르겠소."

마차에서 내려 요금을 치르자 마부는 레더헤드 쪽으로 말머리를 돌렸다.

"저 친구에게는 우리가 건축기사나 공사에 용건이 있어서 찾아온 사람들처럼 보이는 게 좋겠어. 소문이 안 나도록 말이야."

홈즈는 나직한 목소리로 내게 말하더니, 스토너를 향해 손을 흔들었다.

"안녕하세요, 미스 스토너. 약속 시간 잘 지켰지요?"

오늘 아침의 의뢰인은 아주 반가운 얼굴로 달려왔다.

"애타게 기다리고 있었어요."

우리와 악수하면서 스토너가 말했다.

"모든 일이 생각대로 되고 있어요. 의붓아버지 로일롯 의사는 런던에 갔으니 돌아온다 해도 오후 늦게일 거예요."

"영광스럽게도 이미 의사를 만났습니다."

홈즈는 아까 있었던 일을 자세히 들려주었다. 그 이야기에 놀란 스토너는 입술까지 새파래졌다.

"어머! 제 뒤를 미행했군요."

"그런 것 같습니다."

"의붓아버지는 아주 위험한 사람이라 저는 잠시도 마음을 놓을 수 없어요. 돌아오면 뭐라고 해야 할까요?"

"오히려 의사가 조심해야 할 겁니다. 자신보다 훨씬 지혜로운 남자가 노리고 있으니까요. 당신은 오늘 밤 의사가 가까이 오지 못하도록 방문을 잠그고 있어요. 그가 난폭하게 굴 것 같으면 이모 댁에 데려다 드릴 테니까요. 자, 어서 지금 그 문제의 방으로 가봅시다."

저택은 군데군데 이끼가 돋은 회색 석조 건물로, 중앙 건물이 한층 높고 그 양쪽으로 연결된 건물이 게의 집게처럼 튀어나와 있었다. 한쪽 건물의 창문은 널빤지로 막아두었고 지붕은 내려앉아 있어서 폐가와 다를 바 없었다. 가운데 건물 역시 낡아 있었지만 오른쪽 건물만은 그런대로 요즘 집들의 모양을 갖추고 있었다. 그 건물 창문에는 덧문도 있고 굴뚝 두세 개에서는 푸른 연기가 솟아올라 가족이 살고 있는 곳임을 말해주었다. 끝쪽의 벽에 나무발판이 짜여 있고 돌벽에는 구멍이 뚫려 있었는데 우리가 거기 도착했을 때는 인부들은 보이지 않았다. 홈즈는 손질이 안 된 잔디 위를 천천히 걸어 다니면서 창문을 통해 건물 안을 세밀히 살폈다.

"이것이 당신의 침실 창문이고 가운데가 언니 방의 창문, 저

안쪽이 로일롯 의사의 창문이군요."

"네, 하지만 저는 지금 가운데 방을 사용하고 있어요."

"수리하는 동안만이겠지요. 그런데 저 끝의 벽은 특별히 수리할 필요가 없을 것 같은데요."

"없어요. 단지 저를 제 방에서 쫓아내기 위한 구실 같아요."

"아, 그건 암시적이군. 그런데 이 좁은 건물 저쪽에 복도가 있고 그 복도에서 세 방으로 출입할 수 있군요. 물론 복도에도 창문이 있겠죠?"

"네, 있어요. 하지만 아주 작아요. 아무도 드나들 수 없어요."

"밤에는 두 분 모두 문을 잠갔으니 복도에서는 침입하지 않았을 겁니다. 미안하지만 방에 들어가서 덧문을 한번 닫아주시겠습니까?"

미스 스토너가 덧문을 닫자 홈즈는 창문을 면밀히 살펴보았다. 그리고 닫힌 덧문을 열려보려고 여러 가지 방법을 써봤지만 헛수고였다. 빗장을 밀어 올리려 해도 나이프 하나 끼워 넣을 틈이 없었다. 이번에는 돋보기로 경첩을 조사했는데 이것은 튼튼한 철제로서 견고한 돌벽에 단단히 끼워져 있었다.

"흠!"

홈즈는 약간 당혹스런 표정으로 턱을 쓰다듬으면서 말했다.

"내가 추리해내지 못한 부분이 있는 것 같아. 이 덧문에 빗장이 끼워져 있으면 여기로는 절대 들어가지 못해. 좋아, 이번에는 방 안에 어떤 단서가 있는지 알아볼까."

옆에 있는 작은 출입구로 들어가자 회반죽을 바른 복도를 따라 세 침실의 문이 나란히 나 있었다. 세 번째 침실은 건너뛰고 우리는 지금 미스 스토너가 사용하는 두 번째 방, 즉 언니가 죽었던 방으로 들어갔다. 오래된 시골집처럼 천장이 낮고 커다란 벽난로가 있는 검소하고 작은 방이었다. 한쪽 구석에는 갈색 옷장, 다른 한쪽에는 하얀 커버를 씌운 침대가 있고 창문 왼쪽에는 화장대가 놓여 있었다. 가구는 이 밖에도 다리가 두 개인 작은 등의자와 방의 중앙에 간 정사각형 윌튼 카펫뿐이었다. 카펫 둘레에 보이는 바닥 판자와 벽의 널빤지는 벌레 먹은 갈색 참나무로 되어 있었는데, 그 빛이 바랜 정도로 보아 이 집이 처음 세워졌을 때부터 있었던 것 같다. 홈즈는 한쪽 구석으로 의자를 끌어가 가만히 앉아서, 이 방의 어떤 사소한 점도 놓치지 않으려는 듯 위아래 사방을 세심히 살폈다.

"저 끈은 어디로 연결돼 있지요?"

홈즈가 침대 옆에 늘어져 있는 굵은 끈을 가리켰다. 끈 끝의 술은 베개 위에 얹혀 있었다.

"가정부 방에 달린 종과 연결되어 있어요."

"보기엔 새것 같은데요."

"네, 2년 전에 달았으니까요."

"언니가 원했나요?"

"아니에요. 언니가 사용하는 걸 들은 적이 없어요. 우리는 언제나 자기 일은 스스로 하는 편이었으니까요."

"알겠습니다. 이렇게 훌륭한 심부름종 끈이 필요치 않았군요. 이제 바닥을 조사해보겠습니다. 잠시 실례합니다."

그는 배를 깔고 바닥에 엎드리더니 돋보기를 들고 앞뒤로 재빨리 움직이면서 바닥 판자의 틈새를 면밀히 조사했다. 그러더니 한참 동안 침대를 관찰하기도 하고, 벽을 따라 시선을 아래위로 훑어보기도 했다. 그런 후 홈즈는 갑자기 심부름종 끈을 쥐더니 힘껏 잡아당겼다.

"역시 소리가 나지 않는군."

"어머, 울리지 않나요?"

"당연하죠. 종과 연결되지도 않았으니까요. 이거 정말 재미있군. 이것 보세요. 환기통 바로 위 못에 매어져 있어요."

"어머, 정말! 이상하군요. 저는 전혀 생각지도 못했어요."

"정말 이상해."

홈즈는 줄을 당기며 말했다.

"이 방에는 그 밖에도 아주 색다른 점이 몇 가지 있어요. 예를 들면, 환기구멍이 옆방으로 뚫려 있어요. 충분히 바깥 공기와 통하게 할 수도 있는데, 이런 멍청한 일을 하는 목수가 있을까요?"

"이 환기구멍도 뚫은 지 얼마 안 됐어요."

"이 심부름종 끈과 같은 시기에 만들었군요."

"네, 그 무렵에 이것 말고도 간단한 공사를 몇 군데 더 했어요."

"정말 재미있는 공사였던 것 같군요. 소리가 나지 않는 심부름종 끈, 환기가 되지 않는 환기구멍… 그럼 미스 스토너, 이번엔 의사의 방을 조사하고 싶은데 안내해주시겠습니까?"

그림스비 로일롯 의사의 침실은 딸의 방보다 넓었지만 역시 별 꾸밈없이 검소한 방이었다. 조립식 침대, 전문서적으로 꽉 찬 작은 나무책장, 침대 옆의 안락의자, 창가에 놓인 소박한 나무의자, 둥근 테이블, 커다란 철제금고 따위가 전부였다. 홈즈는 천천히 걸어 다니면서 이것들을 하나하나 주의 깊게 살펴보았다.

"이 안에는 뭐가 들어 있습니까?"

홈즈가 금고를 두드리면서 물었다.

"아버지의 서류예요."

"그래요? 안을 본 적 있어요?"

"몇 년 전에 한 번 봤는데, 서류가 가득 들어 있었어요."

"혹시 고양이 따위가 들어 있지는 않았습니까?"

"설마요. 이상한 말씀을 하는군요."

"이걸 보세요."

그는 금고 위에 있는 우유가 담겼던 작은 접시를 들었다.

"아니에요. 고양이는 기르지 않아요. 치타와 비비뿐이에요."

"아, 그렇군요. 어쨌든 치타도 큰 고양이라 할 수 있지만, 이런 접시로 우유를 먹어서는 견디지 못할 겁니다. 확인하고 싶은 게 하나 있습니다."

그는 나무의자 앞에 무릎을 꿇고, 앉는 부분을 주의 깊게 조사했다.

"고맙습니다. 대부분의 윤곽이 드러났습니다."

그는 일어나 돋보기를 주머니에 넣었다.

"아! 여기에 재미있는 것이 있군."

그가 가리킨 것은 개를 훈련시키는 작은 채찍이었다. 채찍은 침대 한쪽 구석에 돌돌 말린 채 걸려 있었는데, 가죽 끝 부분이 고리 형태로 되어 있었다.

"왓슨, 이걸 어떻게 생각해?"

"보통 채찍 같은데, 끝을 왜 고리로 만들어 놓았지?"

"아니, 보통 채찍이 아니야. 아, 무서운 세상이다! 영리한 사람이 나쁜 일에 머리를 쓰면, 그보다 더 무서운 일은 없어. 미스 스토너, 필요한 건 다 본 것 같습니다. 괜찮다면 이제 정원으로 나갈까요?"

조사를 마친 홈즈의 얼굴은 어둡게 굳어 있었다. 그때처럼 이 친구의 심각한 표정을 나는 일찍이 본 일이 없다. 정원을 몇 번이나 왔다 갔다 했지만, 나도 미스 스토너도 아무 말도 하지 않았다. 홈즈가 명상에서 깨어날 때까지 그의 마음을 어지럽히고 싶지 않았던 것이다.

"미스 스토너."

홈즈가 드디어 입을 열었다.

"지금부터 어떤 일이 있어도 내 말대로 행동해야 합니다."

"네, 약속하겠어요."

"사태가 아주 긴박해서 망설일 틈도 없어요. 당신의 목숨은, 내 충고를 따르느냐 마느냐에 달려 있어요."

"말씀대로 하겠다고 맹세하겠어요."

"그럼 첫째, 오늘 밤은 나와 왓슨이 당신 방에서 밤을 지새울 겁니다."

스토너와 나는 놀라서 멍하니 홈즈의 얼굴을 보았다.

"꼭 그렇게 해야 합니다. 각자 어떻게 해야 하는지 지금부터 설명하지요. 저기 보이는 것이 마을 여관인가요?"

"네, 크라운 여관이에요."

"저곳에서 당신 방의 창문이 보일까요?"

"네, 보여요."

"잘됐군. 의사가 돌아오면 머리가 아프다는 핑계를 대고 방에 들어가서 나오지 마세요. 그리고 아버지가 침실에 들어가는 소리가 들리면, 창의 덧문을 열고 램프로 우리에게 신호를 하세요. 그런 다음 필요한 소지품을 챙겨 당신이 전에 사용하던 침실로 옮기는 겁니다. 수리 중이지만 하룻밤 정도는 지낼 수 있겠죠?"

"네, 그렇게 하겠어요."

"그다음 일은 우리에게 맡기세요."

"무얼 하실 생각이죠?"

"당신 방에서 하룻밤을 지내면서 당신을 놀라게 한 그 소리의 정체가 무엇인지 알아내려는 겁니다."

"홈즈 씨, 당신은 이미 모든 것을 알고 계시죠?"

스토너는 홈즈의 소매를 잡고 말했다.

"그런지도 모르겠습니다."

"그렇다면 언니의 죽음에 대해서 말해주실 수 있어요?"

"증거가 더 확실해진 다음에 이야기하고 싶군요."

"하지만 저의 생각이 맞는지 정도는 말씀하실 수 있잖아요. 언니는 역시 갑작스런 공포에 휘말려서 죽었나요?"

"그런 것 같지는 않습니다. 더 확실한 원인이 있는 것 같습니다. 자, 미스 스토너. 로일롯 의사가 돌아와서 우리를 발견하면 여기까지 찾아온 우리의 계획이 물거품이 됩니다. 그러니 이제는 나가야 합니다. 쉬세요, 기운을 내시고요. 내 말대로만 하면 당신을 에워싸고 있는 모든 위험이 스스로 물러갈 겁니다. 아무 염려 마세요."

셜록 홈즈와 나는 크라운 여관에서 거실이 딸린 2층 방 침실을 어렵지 않게 빌릴 수 있었다. 침실 창문으로 스톡 모런 저택의 가로수 문과 사람이 살지 않는 건물이 보였다. 해가 질 무렵, 그림스비 로일롯 의사가 자그마한 소년 마부 옆에 그 우람한 체구를 드러내며 마차로 돌아오는 것이 보였다. 육중한 철문을 여느라 끙끙거리는 소년에게 큰소리치는 의사의 걸걸한 목소리가 들려왔다. 그러더니 잠시 후 무시무시하게 주먹을 휘두르는 모습도 보였다. 마차는 다시 달렸고, 잠시 후 저택 거실에 램프 불이 켜진 듯 나무들 사이로 불빛이 새어나왔다.

"왓슨, 솔직히 말해서 오늘 밤 자네와 함께 가야 하는지 고민이야."

점차 깊어지는 어둠 속에서 홈즈가 말했다.

"내가 혹시 방해가 되나?"

"아니. 자네가 있으면 큰 도움이 되지. 하지만 너무 위험해."

"그런 거라면 나도 꼭 가겠어."

"정말 고마워."

"위험하다는 걸 보니, 자네는 그 방에서 내가 보지 못한 것까지 보고 왔군."

"그렇지 않아. 내가 조금 더 앞질러 추리하고 있는지 모르지만, 내가 본 것은 자네도 다 봤어."

"내가 본 것 중에서 색다른 것이 있다면 그 심부름종 끈뿐이야. 솔직히 말해서 그걸 무슨 목적으로 장치했는지조차 난 모르겠어."

"환기구멍은 어때?"

"방과 방 사이에 작은 구멍이 있는 것쯤은 이상하지 않아. 그리고 그 작은 구멍으로는 쥐도 드나들기 어려워."

"나는 스톡 모런에 오기 전부터 분명 환기구멍이 있을 거라고 생각했어."

"정말?"

"응. 미스 스토너가 그랬잖아. 언니가 로일롯 의사의 담배 냄새에 시달렸다고 말이야. 두 방 사이에 구멍이 없으면 저쪽 방의 담배 연기가 어떻게 이쪽 방으로 올 수 있었겠나. 작은 구멍이었기 때문에 검시관이 조사했을 때도 문제가 되지 않았겠지. 그래서 아마도 환기구멍이겠거니 추리했었어."

"하지만 그토록 작은 구멍으로 어떤 장치를 할 수 있지?"

"어쨌든 날짜가 이상할 정도로 맞아떨어져. 환기구멍이 뚫린 것과 심부름종 끈이 장치된 것, 그리고 침대에서 잠을 자던 언니가 죽은 것까지… 이상하지 않아?"

"그렇긴 하지만 아직 그 상관관계를 모르겠어."

"그 침대가 좀 이상하다는 거 못 느꼈어?"

"침대?"

"방바닥에 고정되어 있었어. 그런 식으로 고정시킨 침대를 본 일이 있어?"

"아니."

"언니는 침대의 위치를 바꿀 수 없었던 거야. 그래서 침대는 환기구멍, 심부름종 끈과 언제나 같은 거리에 있지. 그 끈은 밧줄과 같은 용도로 사용될 수도 있어. 종을 울리기 위한 끈이 아닌 건 분명하니까."

"홈즈! 자네가 말하려는 것을 어렴풋하게나마 알 것 같아. 교묘하고 무서운 범죄를 막는 데 우리가 가까스로 때를 맞추었군."

"교묘한 점에서나 무서운 점에서나 그 무엇에도 비길 수 없어. 의사가 나쁜 일을 하려고 마음먹으면 최악의 범죄자가 되지. 대담성과 지식을 겸비하고 있으니까. 악명 높은 팔머와 프리처드도 일류 의사였지만 이번 범인은 한 단계 더 높은 수준이야. 그러나 왓슨, 우리는 그보다 한 단계 더 높은 데로 갈 수 있다고 생각해. 어쨌든 날이 밝을 때까지는 무시무시한 상황을 겪게 될 거야. 그러니 지금부터 천천히 담배나 피우면서 하다못해 두세 시간 동안이라도 무언가 유쾌한 일을 생각해 보자고."

9시쯤 되자 나무 사이로 새어나오던 불빛도 꺼져 저택은 칠흑같이 어두워졌다. 그리고 기나긴 두 시간이 지나 시계가 11시를 치는 순간, 창밖으로 한 줄기 밝은 광채가 번뜩였다.

"옳지, 신호 불빛이야."

홈즈는 기운차게 일어서면서 말했다.

"가운데 창문에서 비치는 불빛이야."

홈즈는 여관을 나가며 주인에게, 지금 친구 집에 잠깐 다녀올 참인데 어쩌면 자고 오게 될지도 모르겠다고 말했다. 곧장 우리는 어두운 밤길을 걸었다. 차가운 바람이 얼굴에 몰아쳐 왔다. 이 어둡고 을씨년스러운 밤, 어떤 일을 겪게 될지 모르는 우리를 향해 정면에서 반짝이는 노란 불빛이 등대 노릇을 해주었다.

해묵은 담은 허물어진 곳이 수리도 안 된 채 군데군데 구멍이 나 있어, 우리는 어렵지 않게 저택 안으로 들어갈 수 있었다. 나무와 나무 사이를 거쳐 정원으로 빠져나가 그곳을 가로질러 창문으로 들어가려는 그때, 월계수 숲 속에서 이상한 형체, 어린애 같아 보이는 무언가가 뛰어나와 손발을 버둥거리면서 풀 위에 몸을 던지는가 싶더니 재빨리 정원을 달려 어둠 속으로 사라졌다.

"앗!"

내가 속삭였다.

"봤어?"

홈즈도 나만큼 놀란 모양이었다. 내 손목을 강하게 움켜쥔 그 손에 마음의 동요가 나타나고 있었다. 그러더니 그는 조용히 웃으면서 내 귀에 속삭였다.

"허, 굉장한 집이군. 지금 그것은 비비야."

나는 의사가 귀여워하는 별난 애완동물에 대한 이야기를 깜박 잊고 있었다. 치타도 있을 것이다. 언제 등 뒤에서 습격해올지 모를 일이다. 홈즈가 하는 대로 신을 벗고 침실에 들어갔을 때, 솔직히 말해서, '이제 살았다'라는 생각이 들었다. 친구는 소리도 없이 덧문을 닫고 램프를 테이블 위에 옮겨 놓더니 방 전체를 날카롭게 둘러보았다. 모든 것이 낮에 본 그대로였다. 홈즈는 내 옆으로 와서는 손을 모아 내 귀에 바짝 대고 간신히 들릴 정도로 작게 속삭였다.

"조금이라도 소리를 내면 우리 계획은 끝장이야."

나는 알았다는 표시로 고개를 끄덕였다.

"어둠 속에 앉아 있어야 해. 구멍으로 빛이 새어나가니까."

나는 다시 끄덕였다.

"잠들면 안 돼. 목숨이 달아날지도 몰라. 만일의 사태에 대비해서 권총을 준비해. 나는 침대에 앉을 테니, 자네는 저 의자에 앉아."

나는 권총을 꺼내 테이블 위에 놓았다.

홈즈는 가느다란 지팡이를 갖고 왔는데 그것은 침대 위에 놓았다. 그 옆에는 성냥과 양초를 나란히 놓았다. 그런 다음 나사를 돌려 방 안의 램프를 끄자 이내 칠흑 같은 어둠에 갇혀

버렸다.

　그 무서웠던 밤샘을 잊을 수 있을까. 소리 하나, 아니 숨소리
조차도 들리지 않는 밤이었다. 바로 근처에 칼날같이 신경을
곤두세운 채 홈즈가 눈을 크게 뜨고 앉아 있다는 것을 알았지
만, 그 두려움은 쉽사리 걷히지 않았다. 덧문으로 차단되어 실
낱같은 불빛 한 줄기조차 새어 들어오지 않는 암흑 속에서 우
리는 계속 기다렸다. 밖에서는 이따금 새 울음소리가 들렸고,
한 번은 이 방의 창문 밖에서 길게 꼬리를 끄는 고양이의 울음
소리가 들렸다. 그것은 이 집에서 놓아 기르는 치타의 울음소
리였다. 15분마다 시간을 알리는 성당의 시계 소리가 멀리서
무거운 음색으로 들려왔다. 그 15분이 얼마나 길게 느껴졌는지
모른다. 12시를 치는 소리가 들리고, 다시 1시, 2시, 3시를 치는
소리가 들렸다. 그동안 우리는 어떤 것인지는 알 수 없지만 어
쨌든 일어날 그 사태를 말없이 기다려야 했다.

　갑자기 공기구멍 쪽에서 타는 냄새가 강하게 코를 찔렀다.
누군가 옆방에서 덮개가 있는 랜턴에 불을 붙인 것이다. 나직
하게 인기척이 들리고 다시 조용해졌는데, 그 냄새는 더욱 강
하게 풍겨왔다. 나는 바짝 귀를 곤두세웠다. 그렇게 30분 정도
흘러갔다. 그때 갑자기 또 다른 소리가 들렸다. 그건 주전자에
서 뿜어나오는 가느다란 수증기 소리와 비슷한 조용하고 부드
러운 소리였다. 그 소리가 들려오자 홈즈는 침대에서 벌떡 일

어나 성냥을 켜고 지팡이로 종 끈을 힘껏 쳤다.

"왓슨. 봤어?"

홈즈가 소리쳤다.

그러나 나는 아무것도 보지 못했다. 홈즈가 성냥을 켰을 때 낮고 날카로운 휘파람 소리를 들었지만, 환한 빛이 갑자기 피로한 눈을 쏘았던 탓에 홈즈가 그토록 세게 때린 것이 무엇이었는지 미처 보지 못했다. 그러나 그의 얼굴이 죽은 사람처럼 창백하고, 공포와 혐오의 감정으로 일그러져 있는 것만은 볼 수 있었다.

홈즈가 때리는 동작을 멈추고 공기구멍을 지그시 노려보고 있는데, 갑자기 밤의 정적을 깨고 소름 끼치는 비명이 들려왔다. 더욱 커져 가는 그 소리는, 고통과 공포와 분노가 엇갈려서 하나의 무서운 비명으로 변했다고 할 만큼 거대한 절규였다. 나중에 들은 바로는, 저 멀리 마을 변두리의 목사관까지도 이 절규가 들려 잠을 자던 사람들이 놀라 모두 침대에서 일어났다고 한다. 뼛속까지 얼어붙는 심정으로 홈즈와 얼굴을 마주 보는 동안, 어느덧 절규의 메아리는 사라지고 주위는 다시 본래의 정적으로 돌아갔다.

"어떻게 된 거야?"

내가 말했다.

"모든 것이 끝났어. 결국 이렇게 된 것이 잘된 일인지도 몰

라. 권총을 갖고 와. 로일롯 의사의 방으로 가야 해."

홈즈는 심각한 표정으로 램프에 불을 붙이고 앞장서서 복도를 걸어갔다. 그는 문을 두 번 노크했으나 안에서는 아무런 응답이 없었다. 그는 손잡이를 돌리고 안으로 들어갔다. 나는 권총의 공이 쇠를 세워 언제든지 발사할 수 있는 자세로 그의 뒤를 따랐다.

기이한 광경이 눈에 들어왔다. 테이블 위에는, 덮개를 반쯤 올린 랜턴이 문이 반쯤 열린 금고를 환하게 비추고 있었다. 그 테이블 옆 나무의자에, 긴 회색 잠옷을 입은 그림스비 로일롯 의사가 맨발에 슬리퍼를 신고 발목을 드러낸 채 앉아 있었다. 그의 무릎에는 낮에 보았던 짧은 손잡이에 긴 가죽이 달린 채찍이 놓여 있었다. 박사는 턱을 치켜들고 천장의 한 모퉁이를 경직된 눈초리로 노려보고 있었다. 이마 둘레에는 갈색 얼룩점이 있는 기묘한 끈이 달라붙어 있었는데, 이것이 그의 머리를 바싹 감고 있었다. 우리가 들어가도 그는 소리 하나 내지 않고 손끝 하나 움직이지 않았다.

"끈이야! 얼룩 끈!"

홈즈가 속삭였다.

나는 한 걸음 앞으로 나아갔다. 그러자 그때, 기묘한 머리장식이 움직이더니, 박사의 머리카락 속에서 소름 돋는 다이아몬드 형 뱀의 머리와 부풀어 오른 목이 함께 불쑥 나타났다.

"연못 독사야."

홈즈가 소리쳤다.

"인도에서도 가장 위험한 독사야. 박사는 물린 지 10초도 안되어서 죽었어. 폭력을 행사한 사람에게 폭력이 되돌아온다는 말이 있다더니 정말이군. 남을 함정에 빠뜨리기 위해 구덩이를 파는 자는, 자신도 그 구덩이에 빠지는 법이야. 이 뱀을 우리 안으로 몰아넣고, 미스 스토너를 안전한 장소로 옮겨야 해. 그런 다음에 이 사건을 주 경찰에 신고하지."

홈즈는 죽은 사람의 무릎에서 재빨리 개 채찍을 주워들고, 그 고리를 뱀의 목에 걸어, 되도록 멀리 들어서 옮긴 뒤 금고에 넣고 문을 닫았다.

이것이 스톡 모런의 그림스비 로일롯 의사가 죽게 된 사건의 진상이다. 얘기가 이미 길어졌으므로 겁을 먹은 미스 스토너에게 이 슬픈 사건을 대충 설명하고 아침 기차로 이모 댁에 바래다 준 일, 또 의사가 부주의하게도 위험한 애완동물과 놀다가 사고를 일으켰다며 사건을 마무리한 당국의 안이한 조사 진행 따위를 장황하게 늘어놓아 이야기를 더 길게 만들고 싶지는 않다. 내가 몰랐던 몇 가지 실체에 대해, 이튿날 돌아가는 기차 안에서 셜록 홈즈가 설명했다.

"왓슨, 나는 처음에 완전히 잘못된 판단을 내렸어. 불충분한 자료로 추리한다는 것은 항상 위험을 수반한다는 좋은 증거가 됐지. 어쨌든 집시가 있었다는 것, 언니가 성냥 불빛으로 언뜻 본 물체의 외관을 전달하려고 한 '밴드'라는 말, 이 두 가지 근거가 나를 완전히 잘못된 방향으로 추리하게 했어. 다만, 그 방에 있는 사람에게 닥칠 위험이 무엇이었든, 그것은 창문이나 문으로 들어오지는 않았다는 것만은 확실히 알고 생각을 즉시 바꾼 점만은 자랑할 만하지. 이미 말했듯이, 그 환기구멍과 침대에 늘어져 있는 심부름종 끈에 주목했지. 심부름종 끈이 속임수였다는 것, 또 침대가 바닥에 고정되어 있는 것을 발견했을 때, 즉시 '이 끈은 무엇인가 환기구멍에서 나와 침대로 갈 때 건너가는 다리가 아닐까'하고 의심했지. 그래서 금세 뱀이라는 생각이 떠올랐고, 의사가 인도에서 짐승들을 사들였다는 사실과 결부시켜 더욱 내 생각이 옳다는 자신감을 가졌어. 어떠한 화학실험으로도 발각되지 않는 독을 사용한다는 착상은, 동양에서 생활한 경험이 있는 영리하고 잔인한 남자에게 썩 잘 어울려. 이러한 독은 작용이 빠르다는 것도 그로서는 나무랄 데 없는 조건이었지. 작고 검은 두 개의 이빨 자국 상처를 발견한 검시관이 있다면 그는 매우 유능한 사람일 거야. 그리고 휘파람에 대해서도 생각해보았어. 말할 필요도 없이, 아침까지 뱀을 불러들이지 않으면 발각되겠지. 그리고 우유를 이용해서 되돌아오는 훈련을 시켰을 거야. 가장 적당한 시간을 택하여 그 뱀을 환기구멍으로 빠져나가게만 한다면, 틀림없이 끈을 타고 기어가 침대에 도달한다고 계산했지. 뱀이 방 안의 사람을 어김없이 문다는 보장은 없으니, 희생자는 1주일 정도는 화를 모면할 수 있을지 모르지만, 어쨌든 물린다는 것은 확실해.

여기까지의 추리는 의사의 방에 들어가기 전에 했어. 의자를 조사해보고 그가 이따금 그 위에 올라섰다는 것을 알았어. 이것은 말할 것도 없이, 공기구멍에 손을 뻗을 필요가 있어서였겠지. 금고, 우유 접시, 고리를 만든 채찍, 이 정도만 보면 더 의심할 여지가 없지. 미스 스토너가 들었다는 금속성 소리는 뱀을 금고에 넣고 급히 문을 닫았을 때 난 소리가 틀림없어. 이렇게 결론을 내린 다음 증거를 굳히기 위해 내가 한 수단은 자네가 본 대로야. 자네도 들었겠지만, 뱀의 쉭쉭 하는 소리가 들려오자마자 즉시 성냥을 켜고 공격했지."

"뱀은 그래서 나왔던 공기구멍으로 다시 도망갔군."

"그래. 그래서 벽 저쪽의 주인을 공격한 거야. 내 지팡이에 몇 번 맞은 뱀은 본성이 되살아나 가까운 곳에 있는 사람을 문 거지. 이렇게 보면 그림스비 로일롯 의사의 죽음에 나도 간접적이나마 책임이 있겠지. 하지만 크게 양심의 가책을 받지는 않아."

Sherlock Holmes

독신 귀족

The Adventure of the Noble Bachelor

독신 귀족
The Adventure of the Noble Bachelor

세인트 사이먼 경의 결혼과 그 뜻밖의 파국. 불운의 신랑이 소속된 상류사회에서도 더 이상 아무도 화제에 올리지 않는 이야기가 된 지 오래되었다. 계속되는 새로운 스캔들에 사람들의 관심이 옮겨 가는 바람에 4년 전의 낡은 드라마 따위는 다시 입에 올리지 않게 된 것이다. 그러나 세상은 아직 이 사건의 진상을 모르는 것이 분명하다. 또한 사건 해결에 친구 셜록 홈즈의 활약이 컸기 때문에 회상록을 완성하기 위해서라도 간략하게나마 이 특별한 에피소드를 다뤄야 한다고 생각한다.

내가 결혼식을 올리기 이삼 주일 전, 홈즈와 함께 베이커 가에서 하숙을 하며 살고 있던 시절의 어느 날, 오후 산책에서 돌아온 홈즈는 책상 위에 있는 편지를 발견했다. 그날은 갑자기 흐려진 날씨에다 강한 가을바람까지 불어서 나는 온종일 집 안에만 틀어박혀 있었다. 아프가니스탄 전쟁에 종군했을 때 어깨에 맞은 지제일 총탄의 상처가 욱신욱신 쑤셨다. 안락의자에 앉아 맞은편 의자에 두 다리를 얹고 신문 더미에 손을 뻗었는데, 그날의 기사도 다 읽은 터라 신문을 옆으로 밀쳐내 버렸다. 그리고 책상 위에 있는 봉투의 커다란 문장(紋章)과 머리 글씨로 이름을 상상하면서, 대체 어디서 사는 귀족이 보낸 편지일까, 하고 나와는 관계없는 것을 생각했다.

"아주 귀한 분이 보낸 편지 같은데?"

내가 홈즈에게 말했다.

"아침에 온 것은 분명 생선 가게와 세관 감시원이 보낸 거지?"

"맞아. 나한테 오는 편지는 보잘것없는 것일수록 재미있지. 편지는 보나 마나 달갑지 않은 초대장일 걸. 사람들을 모아두고 허풍을 떨거나 지루하게 하품 나는 그 사교 모임 말이야."

그는 봉투를 뜯고 내용을 대충 훑어보았다.

"오호라, 이건 의외로 재미있는 일 같군."

"초대장이 아니야?"

"응, 이건 분명히 사건 의뢰서야."

"의뢰인은 귀족이군."

"잉글랜드의 일류 명문가로군."

"대단한걸, 축하해."

"아니야, 왓슨. 잘난 체하는 말은 아니지만, 나는 의뢰인의 신분보다는 해야 할 일의 내용이 재미있는 쪽이 더 소중해. 이번 조사는 좀 흥미로운 부분이 있을 것 같아. 자네 요즘 신문을 꼼꼼히 읽지?"

"보다시피."

나는 한쪽에 밀쳐놓은 신문 더미를 가리키며 가라앉은 음성으로 대답했다.

"할 일이 없으니까."

"잘됐어. 나에게 정보를 알려줘. 나는 범죄기사와 사람 찾는 광고밖에는 읽지 않아. 특히 알림기사는 도움이 될 때가 많아. 요즘 신문을 꼼꼼히 읽었다면, 세인트 사이먼 경의 결혼식 기사도 읽었겠군."

"물론. 아주 흥미로웠어."

"좋아. 그 사이먼 경이 이 편지를 보냈어. 읽어볼 테니, 자네는 신문을 뒤져서 사건에 관한 기사 모두를 들려줘.

셜록 홈즈 귀하

백워터 경의 말을 들으니, 귀하의 사려 판단이라면 확고하게

믿을 수 있을 것 같습니다. 본인의 결혼식에 관련해서 일어난 불행한 사건에 대해, 귀하를 방문하여 의논하고자 합니다. 이 사건은 이미 스코틀랜드 야드의 레스트레이드 씨의 도움을 받고 있습니다만, 귀하의 원조를 받는 것에 그분도 반대하지 않았고, 많은 도움을 받을 수 있을 것이라고 말했습니다. 4시에 방문하려 합니다. 만일 그 시간에 선약이 있으시다 해도 매우 중요한 사건을 갖고 가는 본인의 형편을 헤아려 선약은 나중으로 미루어주셨으면 감사하겠습니다.

그로스브너 맨션에서 보냈어. 거위 깃펜으로 썼고, 사이먼 경의 오른손 새끼손가락은 딱하게도 바깥쪽에 잉크가 묻어 있겠군."

홈즈는 편지를 접으며 말했다.

"4시라고 했지? 지금이 3시니까 한 시간만 지나면 도착하겠군."

"그동안 사건의 경과를 조사해둘 필요가 있으니 좀 도와줘. 우선 사건에 관한 기사가 실린 신문을 날짜 순서대로 간추려줘. 나는 의뢰인의 신원을 알아볼 테니까."

홈즈는 벽난로 옆 참고자료 책장에서 빨간색 표지의 책을 한 권 뽑았다.

"여기 있군."

그는 의자에 앉아 무릎 위에 책을 펼쳤다.

"로버트 월싱햄 드 비어 세인트 사이먼… 발모럴 공작의 둘째 아들. 문장은 하늘색 바탕에 검은색 띠가 가운데 있고, 위쪽에 마름쇠를 세 개 배열함. 1846년생. 그렇다면 올해 마흔한 살이니까 결혼하기에는 부족함이 없는 나이야. 플랜태지닛 왕가의 직계로 어머니 쪽에는 튜더 왕가의 피가 섞여 있는 것 같아. 흠, 이 정도로는 별 도움이 되지 않는군. 왓슨, 구체적인 자료는 역시 자네 쪽에서 나올 것 같아."

"필요한 자료는 다 있어. 모두 최근의 것들인데다 몹시 흥미를 갖고 읽었거든. 자네가 다른 사건에 개입하고 있어서, 괜히 쓸데없는 이야기로 정신집중을 방해할까 봐 지금까지 이야기하지 않았을 뿐이야."

"아, 그로스브너 스퀘어의 가구운반차 사건? 그건 벌써 해결됐어. 뭔가 찾았으면 내게 가르쳐 줘."

"내가 알기에는 이 보도가 가장 최근의 것이야. 〈모닝 포스트〉의 소식란 기사인데, 날짜는 몇 주 전이야. …'발모럴 공작의 둘째 아들 로버트 세인트 사이먼 경은, 미국 캘리포니아 주 샌프란시스코 시의 앨로이시어스 도런 씨의 무남독녀 해티 도런과 약혼, 측근의 말에 의하면 근일 중에 결혼식을 올린다고 함'… 이것뿐이야."

"간단명료하군."

홈즈는 마르고 긴 다리를 난롯불 쪽으로 뻗었다.

"같은 주의 신문에 더 자세히 나왔는데, 아, 이거야. …'현재 의 자유무역 같은 결혼제도는 같은 민족에 대해서 심히 부당한 결과를 낳는 현상으로 보아 보호정책을 할 필요가 있다는 주장 이 곧 나오게 될 것이다. 대영제국의 명문 가족의 지배권은 현 재 대서양 건너에서 오는 아름다운 아가씨들의 손에 잇달아 넘 어가고 있다. 지난주에도 한 아름다운 침입자가 멋지게 승리해 서, 최근의 이 경향에 뚜렷한 한 사례를 추가했다. 즉 20년 남 짓 동안 큐피드의 화살을 결코 받아들이지 않던 세인트 사이 먼 경이, 이번에 캘리포니아 주 부호의 아름다운 딸 해티 도런 과 근일에 결혼한다는 사실을 발표한 것이다. 웨스트버리 저택 에서 벌어진 성대한 연회에서 품위 있는 자태와 미모로 뭇 사 람의 시선을 끈 외동딸 도런은, 지참금이 자그마치 여섯 자리 수에 달할 뿐 아니라 앞으로 더욱 막대한 유산을 상속받게 되 리라고 알려져 있다. 한편 발모럴 공작이 지난 몇 년 동안 간직 해온 비장의 그림을 팔기 위해 내놓았다는 것은 공공연한 비밀 이다. 세인트 사이먼 경도 버치무어에 약간의 영지를 소유하고 있을 뿐으로, 이 결혼이 캘리포니아 주의 여상속인을 일반인 신분에서 일약 영국 귀족의 대열에 끼어들게 했다 하더라도, 그녀만 이익을 얻은 것이 아닌 것은 분명하다."

"그 밖에 또 있나?"

홈즈가 하품을 하면서 물었다.

"많이 있어. 〈모닝포스트〉 기사에는, 결혼식은 하노버스퀘어의 세인트 조지 성당에서 간소하게 올릴 예정이며, 참석자는 가까운 친지로 한정된다고 해. 또 식이 끝난 후에는 앨로이시어스 도런 씨가 가구까지 포함하여 입수한 랭커스터 게이트의 저택에 입주할 예정이라고 해. 그리고 이틀 후 즉 이번 수요일 신문에는, 결혼식이 거행되었다는 것과 신혼여행은 피터스필드 옆의 백워터 경의 영지에서 보내게 될 것이란 기사가 간단히 나와 있어. 이것들이 신부가 사라지기 전까지의 기사야."

"뭐가 일어날 때까지라고?"

홈즈가 놀라서 물었다.

"신부가 사라지기 전까지."

"언제 사라졌는데?"

"피로연 때."

"예상했던 것보다 훨씬 재미있군. 정말 극적인 이야기야."

"그래. 나도 특별하다고 생각했어."

"결혼식 전이나 신혼여행 중에 사라진 경우는 더러 있어. 그러나 피로연 때 감쪽같이 사라졌다는 얘기는 처음이야. 그때의 상황을 자세히 알려줘."

"기사에는 별 내용이 없어."

"우리 둘이서 생각하면 보충이 되겠지."

"불완전하지만 어제 조간에 '결혼식에 괴사건 발생'이란 제목의 기사가 있어. '로버트 세인트 사이먼 경 일가는, 경의 결혼식에서 일어난 기괴하고 가슴 아픈 사건으로 극심한 괴로움을 당하고 있다. 여러 신문에 사건 일부가 보도된 바와 같이 결혼식은 그저께 아침에 거행되었다. 그동안 이 결혼식과 관련해서 괴소문이 떠돌았는데 그것이 다만 소문이 아니었던 것이다. 경의 친구들이 쉬쉬하며 수습하려고 애를 썼음에도 불구하고, 이 사건은 이미 사회적 관심으로 떠올라 있다.

하노버스퀘어의 세인트 조지 성당에서 거행된 결혼식은 가까운 친지들만 참석한 조촐한 예식이었다. 참석자는 신부의 부친 앨로이시어스 도런, 발모럴 공작부인, 백워터 경, 신랑의 동생 유스터스 경, 누나 클라라 세인트 사이먼, 그리고 앨리시아 휘팅턴뿐이었다. 식이 끝난 후, 일행은 랭커스터 게이트의 앨로이시어스 도런 저택에 마련된 피로연에 참석했다. 이때, 세인트 사이먼 경에게 정당한 요구권을 갖고 있다는 이름을 알 수 없는 한 여자가 일행을 따라 저택 안으로 들어가려 하여 한바탕 소란이 있었다고 한다. 한동안 달갑지 않은 소란이 있은 다음에 그 여자는 집사와 늙은 하인에 의해 가까스로 집 밖으로 떠밀려 나갔다. 신부는 다행히 먼저 집 안으로 들어와 있어서 이 불쾌한 사건을 목격하지 않았다고 한다. 그 후 참석자와 함께 피로연 자리에 앉아 있던 신부는 잠시 후 기분이 언짢다면서 방으로 들어갔다. 그러고 나서 한참 동안 신부의 모습이 보이지 않았고 이를 걱정하는 사람이 있어 신부의 부친이 하녀에게 물었던바, 신부가 방에 들어온 것은 잠깐뿐이고 곧 외투와 모자를 들고 나갔다는 것이었다. 하인 한 명이 그런 복장을 한 여자가 집에서 나가는 것을 봤지만, 신부는 피로연에 참석하고 있는 줄 알고 있었기 때문에 그 여자가 신부일 줄은 몰랐다고 진술했다. 앨로이시어스 도런은 이렇게 해서 딸의 실종을 알고 신랑과 함께 즉시 경찰에 신고했다. 경찰은 현재 전력을 다하여 수사하고 있으므로 이 기괴한 사건도 오래지 않아 해결될 것으로 보인다. 그러나 어젯밤까지도 신부의 행방을 파악하지 못했다. 일부에서는 이 사건이 범죄와 관련되었다고 하는데, 경찰에서는 그날 말썽을 일으킨 여자가 질투심이나 그 밖의 동기에 의해 신부를 해한 것으로 보고 그 여자를 체포하도록 수배했다고 한다.'"

"그게 전부야?"

"또 하나 다른 신문에 짧게 나와 있는데, 이것은 아주 암시적이야."

"뭔데?"

"도런 저택에서 소동을 일으킨 플로라 밀러가 체포되었다는 기사야. 원래는 알레그로 극장의 무용단원인데 신랑과 몇 년 전부터 가깝게 지냈다는군. 이 이상은 언급되지 않았어. 어쨌

든 적어도 신문으로 알 수 있는 범위에서 사건의 전체 내용은
이게 전부인 것 같아."

"재미있는 사건 같군. 이런 사건은 절대 놓치고 싶지 않아.
아, 벨이 울리는군. 왓슨, 벌써 네 시가 지났으니 틀림없이 편
지를 보낸 그 명문가 손님일 거야. 왓슨, 자네도 여기 함께 있
어. 제삼자가 입회하면 나중에 기억을 확인하는 데 많은 도움
이 돼."

"로버트 세인트 사이먼 경이십니다."

심부름하는 소년이 문을 힘차게 열면서 말했다. 들어온 사람
은 기품 있는 용모의 신사였다. 높은 콧날에 안색은 창백했고
입 언저리에는 거친 성격이 묻어나 보였지만, 또렷한 눈동자에
는 사람을 부리고 복종케 하는 상류 계층 신분으로 태어난 사
람들 특유의 침착성이 깃들어 있었다. 절도 있는 태도가 몸에
배어 있었지만, 허리가 약간 굽어 있었고 무릎도 굽혀 걸었기
때문에 나이보다 더 늙어 보였다. 챙이 달린 모자를 벗자 정수
리는 벗겨져 있었고, 머리칼에는 흰머리도 섞여 있었다. 또 빳
빳하게 깃을 세운 셔츠에 흰 조끼와 검정 프록코트, 노란 장갑
과 검정 에나멜 구두, 그리고 연한 색 각반 차림의 그 남자는
지나치다 싶게 멋을 부린 복장이었다. 얼굴을 오른쪽으로 돌리
며, 금테 코안경 끈을 오른손으로 흔들면서 유유히 방으로 들
어왔다.

"안녕하십니까, 세인트 사이먼 경."

홈즈가 일어나 고개 숙여 인사했다.

"거기 등의자에 앉으세요. 이쪽은 협력자 왓슨 의사입니다. 조금 더 불 가까이 앉으세요. 천천히 의논하지요."

"홈즈 씨, 짐작하겠지만 나는 지금 정말 난처한 입장에 처해 있소. 곤경에 빠진 셈이지요. 당신은 이런 종류의 어려운 문제를 많이 다루어 보셨다고 하더군요. 하기는 나 같은 신분을 가진 이의 문제를 다루는 건 처음일 테지만."

"그렇지도 않습니다. 그 점에서는 당신의 신분이 그리 높은 것도 아니죠."

"무슨 말인지요?"

"이런 종류의 사건으로, 최근에 일을 의뢰한 사람은 어느 국왕이었습니다."

"아! 그런 일이 있었군요. 어느 나라 왕이었소?"

"스칸디나비아의 왕이었습니다."

"음, 그분도 부인이 실종됐소?"

"양해해 주셨으면 합니다만,"

홈즈는 온화하게 말했다.

"의뢰받은 사건의 내용은 발설하지 않는다는 원칙을 세워 놓고 있습니다. 이것은 당신에게도 비밀을 약속하는 것과 같습니다."

"옳은 말씀이오. 정말 당연한 일이오. 내가 실례했소. 그런데 내 사건 말인데, 참고가 될 만한 것은 무엇이든지 말하겠소."

"고맙습니다. 저는 신문에 나온 기사 말고는 아직 아무것도 모릅니다. 신문에 난 기사가 정확하다고 믿어도 좋습니까? … 이를테면 신부가 실종되었다느니 하는 기사 말입니다."

세인트 사이먼 경은 기사를 읽어보았다.

"여기에 실려 있는 내용은 모두 사실이오."

"그러나 더 많은 것을 알기 전에는 판단하기가 어렵습니다. 이런저런 질문을 통해 사실을 파악하고 싶습니다만."

"맘껏 질문하시오."

"해티 도런 양을 처음 만난 것은 언제입니까?"

"1년 전 샌프란시스코에서 만났소."

"함께 미국 여행을 하셨겠군요."

"그렇소."

"그때 그녀와 약혼을 하셨습니까?"

"아니오."

"그러나 친하게 사귀기는 했겠군요."

"해티와 교제하는 것은 유쾌한 일이오. 해티도 내 마음을 알았을 겁니다."

"그 여자의 아버지는 대단한 부자라고 들었습니다."

"태평양 연안에서는 첫째 부자라는 소문이 있소."

"어떻게 그렇게 많은 재산을 모았는지도 알고 있나요?"

"광산이오. 몇 해 전까지만 해도 그녀 집안은 아무것도 가진 것이 없었소. 그런데 광산을 발견하고 그것에 투자하고부터 돈이 눈덩이처럼 불어났소."

"그러면 그 딸… 즉 당신 부인의 성격은 어땠습니까?"

경은 코안경을 조금 빨리 흔들며 지그시 불길을 보았다.

"바로 그 점이오, 홈즈 씨. 장인이 부자가 되었을 때 해티는 이미 스무 살이 넘은 나이였소. 해티는 그때까지 광산의 합숙소를 자유롭게 뛰어다니기도 하고 숲 속과 산을 쏘다니기도 하며, 학교보다 오히려 자연에서 더 많은 교육을 받았소. 영국식으로 말한다면 말괄량이라고 할까. 어쨌든 자유분방하고 강한 성격을 갖고 있어서 어떤 종류의 전통에도 얽매이기를 싫어했소. 충동적인 그 기질이 마치 화산 같다고 할까. 결단이 빠르고 한번 결정한 일은 대담하게 실행했소. 그리고 결정적으로 나의 명예 있는 가문을 함께 이어받을 수 있는 여자라고 생각했던 이유는……."

경은 여기서 점잔을 빼고 헛기침을 했다.

"나처럼 품격 높은 근본을 가진 여성이오. 자기를 희생하는 영웅적인 행위도 할 수 있고, 속되고 비열한 행위를 몹시 부끄럽게 여기는 여성이라고 믿고 있소."

"사진을 갖고 있습니까?"

"이걸 갖고 왔소."

그는 로켓을 열어 아름다운 부인의 정면 얼굴을 보았다. 그것은 사진이 아니라 상아에 조각한 세밀화로, 윤이 흐르는 검은 머리와 커다란 눈, 우아하고 아름다운 입술이 잘 표현되어 있었다. 홈즈는 오랫동안 그 세밀화를 열심히 들여다보았다. 그런 다음, 뚜껑을 닫아 세인트 사이먼에게 돌려주었다.

"그 후 아가씨가 런던에 와서 다시 교제가 계속되었군요?"

"그렇소. 지난 사교시즌에 부친이 데리고 왔더군요. 몇 번 만나는 동안 약혼하게 되었고 마침내 결혼까지 하게 된 것이오."

"엄청난 지참금을 갖고 오셨다는 소문이던데요."

"많은 액수였소. 우리 가문으로서는 보통 정도의 수준이었지만."

"이 재산은 말할 것도 없이 당신 손에 들어오겠군요. 결혼은 기정사실이니까요."

"글쎄요, 그 문제는 아직 알아보지 않았소."

"당연한 말씀입니다. 결혼식 전날, 도런 양을 만났습니까?"

"만났지요."

"건강에 이상은 없었나요?"

"아주 건강해 보였소. 앞으로의 생활에 대해 많은 말을 하더군요."

"알겠습니다. 흥미롭군요. 결혼식 날 아침은 어땠습니까?"

"더할 나위 없이 쾌활했지요. 적어도 식이 끝날 때까지는."

"그렇다면 식이 끝나고 달라진 점이 있었습니까?"

"그렇소. 사실대로 말하면 나는 그때 비로소 해티의 성격 가운데 조금 과민한 데가 있다는 것을 깨달았소. 그러나 이야깃거리도 안 되는 하찮은 것이라 이 사건과 관련이 있다고는 생각되지 않소."

"그렇게 단정하지 말고 구체적으로 말해주세요."

"별것 아닌 일이었소. 함께 대기실로 들어가는 도중에 해티가 부케를 떨어뜨렸지요. 그때 마침 앞좌석 쪽을 걷고 있었는데, 꽃다발이 그 좌석에 떨어졌어요. 잠시 행렬이 멈추었고, 그 좌석의 신사가 곧 꽃다발을 주워 해티에게 건네주었죠. 그런데 나중에 내가 그 이야기를 했더니 해티는 퉁명스럽게 대답했어요. 그리고 돌아가는 마차 안에서도 꽃다발을 한번 떨어트린 정도의 일을 가지고 흥분해 있는 것 같았지요."

"앞좌석에 있는 신사라고 하셨지요? 그러면 결혼식에는 일반인도 참석했던 건가요?"

"그렇소. 성당이 열려 있는 이상 오는 사람을 보낼 수는 없었소."

"그 신사는 부인의 친구가 아니었나요?"

"천만에. 예의상 신사라고 불렀을 뿐이지 평범한 남자였소. 옷차림조차 기억에 없을 정도요. 이야기가 옆길로 흐른 것 같소."

"부인이 결혼식을 마치고 돌아올 때는 예식 전만큼 쾌활하지 못한 상태였군요. 아버지 댁에 도착하고 부인의 태도는 어떠했습니까?"

"하녀와 이야기를 하고 있었소."

"하녀는 누구입니까?"

"앨리스라는 미국 여자인데 아내와 함께 캘리포니아에서 왔지요."

"부인이 아끼는 하인입니까?"

"약간 지나칠 정도였소. 내가 보기에 너무 버릇이 없더군요. 하긴 이런 점에서 미국인은 우리들과 사고방식이 다르니까요."

"앨리스라는 하녀와 얼마나 이야기하던가요?"

"이삼 분 정도? 나는 다른 일을 생각하고 있어서 유심히 보지 못했소."

"두 사람의 대화를 듣지 못했군요?"

"해티는 'Jumping a Claim(채굴권을 가로채다)'이라는 말을 했어요. 해티는 곧잘 그런 속어를 쓰지요. 하지만 나는 그 말이 어떤 의미였는지는 모르오."

"미국의 속어에는 의미가 깊은 것이 꽤 있답니다. 하녀와의 대화가 끝난 뒤 부인은 어떻게 했습니까?"

"피로연에 참석했소."

"당신과 함께?"

"아니오, 혼자 갔소. 해티는 그런 사소한 일에는 지나칠 정도로 자기 마음대로라오. 그리고 우리가 자리에 앉고 10분쯤 지났을 때, 그녀는 갑자기 일어나더니 작은 목소리로 뭐라고 변명하듯 말하고 방을 나갔소. 그리고 지금까지 돌아오지 않은 거요."

"앨리스의 증언에 의하면, 방으로 돌아와서 신부 의상 위에 긴 외투를 입고 챙이 없는 모자를 쓰고 나갔다고 하는데, 맞나요?"

"그렇소. 그 뒤 플로라 밀러와 함께 하이드파크에 들어가는 것을 본 사람이 있는데, 이 여자는 그날 아침 도런 가에서 한바탕 소란을 피운 장본인으로 현재 구류 중이오."

"알고 있습니다. 참고로, 그 젊은 여성과 당신의 관계를 알고 싶군요."

세인트 사이먼 경은 어깨를 으쓱하고는 미간을 찌푸렸다.

"지난 오륙 년 동안 친하게 사귀었소. 뭐 대단히 친한 사이였소. 그전에 알레그로 극장에 있던 여자였는데, 나는 할 도리는 다했소. 이제 와서 불평할 거리는 없다고 봅니다. 하지만 홈즈 씨, 아시다시피 여자들이란 다 그렇지 않소. 플로라는 귀엽지만 굉장히 다혈질이었는데 나에게 굉장히 화가 나 있었소. 내가 결혼하게 되었다는 말을 듣고는 무서운 편지를 여러 통 보냈지요. 결혼식을 그렇게 가까운 친지만 모여 조촐하게 올린

것도, 솔직히 말해 성당에서 소란이 일어날까 염려스러웠기 때문이라오. 우리가 식을 마치고 돌아오자 플로라는 도런 가의 현관 앞에 나타나 아내를 욕하고 저주하더니, 협박하는 말을 내뱉으면서 밀고 들어오려 했소. 이런 일이 있을지도 몰라서 사복 경관 두 명을 대기시켰는데, 플로라는 대기하고 있던 경관에 의해 즉시 쫓겨났소. 아무리 떠들어 보았자 소용없을 거라는 것을 알았는지 그녀는 순순히 돌아간 것 같소."

"부인도 이 사건을 알고 있습니까?"

"아니오, 다행히 듣지 못했소."

"그래서 나중에 부인이 그 여자와 함께 걸을 수 있었다 그거 군요."

"그렇소. 스코틀랜드 야드의 레스트레이드도 그 점을 중시하고 있소. 플로라가 아내를 유인해서 함정에 빠뜨린 것이 아닌가 생각하고 있지요."

"그렇군요. 그런 추리도 할 수 있겠군요."

"당신도 그렇게 생각하시오?"

"그렇다고는 말하지 않았습니다. 당신 생각은 어떻습니까? 있을 수 없는 일이라고 생각합니까?"

"플로라는 파리 한 마리 죽이지 못하는 여자요."

"그러나 질투는 사람의 성격을 바꾸어놓기도 하죠. 어쨌든 당신은 이 문제에 대해 어떻게 생각합니까?"

"나는 의견을 들으러 왔을 뿐, 내 생각을 말하러 온 것은 아니라오. 하지만 굳이 대답을 한다면, 아내는 나와의 결혼식으로 인한 흥분, 그러니까 하루아침에 높은 신분이 되었다는 것 때문에 신경을 너무나 지나치게 곤두세웠던 게 아닌가 싶소."

"다시 말해, 갑자기 정신이 이상해졌다는 말입니까?"

"그렇소. 나한테서 도망갔다고 이런 말을 하는 건 아니지만, 많은 사람이 원하면서도 얻지 못하는 것을 내던지고 가버린 걸 보면 그 밖에는 달리 생각할 길이 없어요."

"알겠습니다. 그런 가정도 근거 없다고 할 수는 없겠군요."

홈즈는 미소 지으면서 말했다.

"세인트 사이먼 경, 이제 들을 만한 이야기는 거의 들은 것 같군요. 하나 더 묻겠습니다. 피로연 자리에서 당신은 창밖이 보이는 위치에 앉아 있었습니까?"

"우리가 앉았던 곳에서는 길 건너편과 공원이 보였소."

"그럴 테지요. 그럼 이제 돌아가셔도 좋습니다. 나중에 연락하겠습니다."

"어쨌든 이 문제를 만족하게 해결해주신다면……."

손님은 일어서면서 말했다.

"벌써 해결했습니다."

"네, 뭐라고요?"

"이미 해결했다고 말했습니다."

"그럼 아내는 어디에 있습니까?"

"그 문제도 곧 해결해 드리겠습니다."

세인트 사이먼 경은 고개를 저었다.

"그렇게나 빨리 해결하려면 당신이나 나보다 훨씬 더 현명한 두뇌가 필요하지 않을까요."

사이먼 경은 그렇게 말하면서 옛날식의 정중한 인사를 하고 돌아갔다.

"세인트 사이먼 경은 황송하게도 내 두뇌를 자신의 그것과 같은 수준에 놓았어."

셜록 홈즈는 웃으면서 말했다.

"젠장, 까다로운 심문이 끝났으니 위스키 소다와 시가가 필요하군. 나는 의뢰인이 들어오기 전에 이미 결론을 내렸어."

"설마!"

"이것과 비슷한 사건기록을 여러 개 갖고 있거든. 하긴 아까도 말했듯이 이렇게 훌륭한 솜씨를 보인 것은 처음이지만. 자세히 질문한 결과 추측이 확신으로 변했지. 상황증거도 때로는 대단한 의미를 가져. 헨리 소로의 말을 흉내 내서가 아니라, 우유에서 송어가 나온 것 같은 경우지."

"자네가 들은 이야기는 나도 다 들었어."

"그러나 나는 자네와는 달리 여러 가지 전례를 알고 있거든. 몇 년 전 스코틀랜드의 애버딘에서 이와 비슷한 사건이 있었고, 그 후 프러시안 전쟁 다음 해에 뮌헨에서도 비슷한 사건이 있었어. 이번 사건도 같은 케이스야. 아, 레스트레이드가 왔군."

문이 열리는 소리에 홈즈는 반갑게 웃는 얼굴로 인사했다.

"안녕하시오, 레스트레이드. 찬장에 손님용 잔이 있고 시가는 그 상자에 있어요."

두꺼운 재킷에 목도리를 한 레스트레이드 형사는 어디로 보나 선원 복장 같은 모습이었는데, 손에는 검은 캔버스 가방이 들려 있었다. 그는 무뚝뚝하게 인사를 하고 자리에 앉더니 담배에 불을 붙였다.

"왜 그래요?"

홈즈는 눈을 빛내며 물었다.

"뭔가 불만스런 얼굴이군요."

"이런 얼굴이 되지 않을 수 없죠. 세인트 사이먼 경의 신부 실종사건이 정말 애를 먹입니다. 전혀 감을 잡을 수 없으니."

"정말 흔치 않은 일이죠."

"이렇게 까다로운 사건은 처음입니다. 단서마다 손가락 사이로 빠져나가니, 오늘도 온종일 허탕만 쳤습니다."

"게다가 물에 빠진 생쥐가 되었군요."

홈즈는 레스트레이드의 재킷 소매를 만지면서 말했다.

"그렇습니다. 하이드파크의 서펜타인 연못의 밑바닥을 훑었으니까요."

"거긴 또 왜죠?"

"세인트 사이먼 경 부인의 시체를 찾으려고요."

셜록 홈즈는 의자의 등받이에 몸을 젖히고 웃음을 터뜨렸다.

"트래팔가 광장 분수도 조사했습니까?"

"거긴 왜요?"

"시체가 발견될 가능성은 어느 곳에나 있잖습니까."

레스트레이드 잔뜩 화가 난 얼굴로 친구를 노려보더니 소리쳤다.

"흥, 당신은 모든 걸 다 알고 있다는 듯 말하는군요."

"알긴요, 나는 조금 전에야 자세한 이야기를 들었어요. 하긴 짐작 가는 곳은 있죠."

"흥! 그럼 서펜타인 연못은 이 사건과 관계가 없다는 거군요."

"없다고 생각해요."

"그렇다면 연못에서 이런 물건들이 나왔는데, 어떻게 된 것인지 한번 설명이나 들어봅시다."

레스트레이드는 가방을 열더니 물이 뚝뚝 떨어지는 실크 웨딩드레스와 하얀 새틴 구두, 꽃다발, 면사포 등 모두 물에 젖어서 색이 변한 물건들을 방바닥에 쏟아놓았다.

"이것도 보시죠."

그는 마지막으로 결혼반지를 옷 위에 놓으면서 말했다.

"어떻습니까, 홈즈 씨. 이걸 보고도 그 연못과 아무 관련이 없다고 생각합니까?"

"과연!"

친구는 시가 연기를 뿜어내면서 말했다.

"이걸 모두 서펜타인 연못에서 건졌단 말입니까?"

"건진 건 아니고, 연못가에 떠 있는 것을 공원관리인이 발견했소. 부인의 의상이 확인되었으니 그것으로 보아 시체 역시 부근에 있다고 생각한 거요."

"그 훌륭한 논법이라면 인간의 몸은 모두 옷장 옆에 있다는 결론이 나오겠군요. 그래서 당신은 이 물건에서 어떤 결론을 냈나요?"

"부인의 실종에 플로라 밀러가 관련돼 있다는 증거가 나올 수 있다고 생각했소."

"그건 좀 어렵지 않을까요."

"정말 그렇게 생각하시오?"

레스트레이드는 불쾌한 듯이 소리쳤다.

"홈즈 씨, 당신의 연역이나 추리는 실제적이라고 말하기는 어려워요. 2분 동안에 큰 실수를 두 가지나 저지르고 있어요. 누가 뭐라고 해도 이 옷은 플로라 밀러가 사건에 관계되어 있음을 증명합니다."

"왜죠?"

"이 옷에는 주머니가 있소. 주머니에는 명함 지갑이 들어 있고, 명함 지갑에 편지가 있소. 보시오. 이것이 그 편지요."

그는 테이블 위에 그것을 내동댕이치듯 놓았다.

"한번 이 편지내용을 들어보시오. '준비되는 즉시 만나겠어요. 곧 오세요. F. H. M.' 나는 처음부터 플로라 밀러가 공범과 짜고 세인트 사이먼 경 부인을 유괴했다고 추리했습니다. F. H. M.은 그 여자의 이니셜이고, 문 앞에서 부인에게 이 편지를 건네주어 자기들 수중으로 유인했을 거요."

"훌륭합니다, 레스트레이드."

홈즈는 웃으면서 말했다.

"정말 멋지군요. 어디 좀 볼까요."

그는 별로 관심 없는 태도로 편지를 집어 들었는데, 곧 만족스러운 신음소리를 냈다.

"이건 대단하군요."

"어때요, 당신도 그렇게 생각하지요?"

"그렇고 말고요. 대단한 단서입니다."

레스트레이드는 우쭐하는 얼굴로 의자에서 일어나 고개를 숙이고 들여다보았다.

"어라!"

그가 외쳤다.

"당신은 다른 면을 보고 있군요."

"아니, 이쪽이 맞아요."

"설마! 편지는 이쪽에 쓰여 있소."

"뒷면은 호텔 계산서인데, 나는 이쪽이 더 흥미 있거든요."

"그따위 것에서는 아무것도 나올 게 없어요. 그건 아까 나도 보았소."

레스트레이드가 말했다.

"10월 4일, 방값 8실링, 아침 식사 2실링 6펜스, 칵테일 1실링, 점심 식사 2실링 6펜스, 셰리 한 잔 8펜스. 보시다시피 아무것도 없어요."

"그렇게 보이겠지요. 하지만 이것이 중요한 것만은 변함이 없소. 그러나 편지의 이니셜 역시 중요하긴 하니 대단하다고 말하겠소."

"젠장, 시간만 낭비했군."

레스트레이드는 일어섰다.

"나는 난로 앞에 앉아서 훌륭한 이론을 늘어놓는 것보다는 부지런히 노력하는 게 더 존중합니다. 안녕히 계세요, 홈즈 씨. 누가 먼저 사건의 진상을 규명하는지 곧 알게 될 거요."

젖은 옷들을 뭉뚱그려서 가방에 넣고 그는 돌아가려 했다.

"레스트레이드, 힌트를 하나 드리지요."

홈즈는 라이벌이 사라지기 전에 느긋한 목소리로 불러 세웠다.

"문제의 해답을 가르쳐 드리지요. 세인트 사이먼 경 부인의 실종사건은 꾸며진 이야기입니다. 그런 인물은 전에도 없었고 지금도 없어요."

레스트레이드는 딱하다는 얼굴로 홈즈를 보았다. 그리고 나한테로 시선을 옮겨 이마를 세 번 가볍게 두드리더니, 연기라도 하듯 심하게 고개를 내저으며 휭 하고 나갔다.

그가 문을 닫자마자 홈즈는 일어나 코트를 입었다.

"레스트레이드는 난로 앞에서 늘어놓는 이론 따위는 가치가 없다고 했는데, 그건 확실히 맞는 말이야. 왓슨, 자네는 잠시 신문이나 읽고 있어. 나는 잠시 나갔다 오겠어."

셜록 홈즈가 나를 남겨 두고 나간 것은 5시가 지나서였는데, 나는 그 후 한가한 시간을 보낼 겨를도 없었다. 한 시간도 지나지 않아서 식료품 가게의 심부름꾼이 크고 납작한 상자를 갖고 온 것이다. 그 심부름꾼은 함께 온 소년에게 거들게 하여 상자를 열었다. 놀란 눈으로 보는 내 앞에서, 그들은 허술한 하숙집 식탁 위에 간단하지만 호화스런 냉육으로 만든 야식 요리를 늘어놓았다. 차가운 도요새 고기 한 쌍에 꿩 한 마리, 거위의 간 파이, 그리고 거미줄이 붙어 있는 해묵은 술병이 몇 개나 곁들여 있었다. 요리를 다 늘어놓은 뒤 두 심부름꾼은, 값은 선불로 다 받았으며 이 집에 배달하라는 지시를 받고 가져왔다는 말만 남기고 마치 아라비안나이트의 지니처럼 사라졌다.

막 9시가 되려는 참에 셜록 홈즈가 자신만만하게 방에 들어왔다. 근엄한 표정이지만 반짝이는 눈을 보고 그의 추리가 빗나가지 않았다는 것을 예감했다.

"흠, 야식이 다 준비됐군."

그는 손바닥을 비비면서 말했다.

"누가 오는 모양이지? 5인분을 차린 걸 보면."

"응, 손님이 몇 사람 올지도 몰라. 세인트 사이먼 경은 벌써 와 있을 줄 알았는데. 이제 오는가 보군. 저 계단의 발소리."

수선스럽게 들어온 사람은 분명히 낮에 왔던 그 손님이었다. 그는 코안경을 더욱 분주하게 흔들고 있었는데, 그 귀족적인 얼굴에는 몹시 당혹스러운 기색이 역력했다.

"내가 보낸 사람을 만났나요?"

홈즈가 물었다.

"네, 편지를 보고 사실은 몹시 놀랐소. 그 이야기에는 충분한 증거가 있습니까?"

"의심할 여지가 없는 증거가 있지요."

세인트 사이먼 경은 의자에 깊이 몸을 파묻고 이마에 손을 얹었다.

"가문의 한 사람이 굴욕을 겪었다는 것을 아시면 공작은 뭐라고 할까?"

"뜻밖의 일이긴 합니다만 굴욕은 아니지요."

"그건 당신 생각이오."

"누구도 나쁘다고 할 수는 없습니다. 너무나 당돌한 부인의 행동은 유감이지만, 그 경우 어떤 다른 방법이 있었겠습니까. 어머니가 없는 그녀로서는 이런 절박한 상황에서 의논할 사람이 아무도 없었던 것입니다."

"아니, 이건 모욕이요. 공공연한 모욕입니다."

세인트 사이먼 경은 손가락으로 테이블을 두드리면서 말했다.

"젊은 몸으로 견디기 어려운 부끄러운 처지에 놓였던 것이니 그 심정을 이해해야 합니다."

"이해하라고? 난 못합니다. 나는 정말 화가 났소. 나야말로 지독한 창피를 당한 거요."

"아, 벨이 울린 것 같습니다. 계단에서 발소리가 납니다. 세인트 사이먼 경, 내가 관용을 빌어도 별 소용이 없을 것 같으니, 내가 부른 변호인을 만나는 게 좋을 것 같군요."

홈즈는 문을 열고 부인과 신사를 맞아들였다.

"세인트 사이먼 경, 프랜시스 헤이 몰튼 부부를 소개합니다. 부인에 대해서는 이미 알고 계시리라 믿습니다."

방금 들어온 두 사람을 보고 우리의 의뢰인은 의자에서 벌떡 일어났다. 그러더니 눈을 내리깔고 한 손을 프록코트의 가슴에 찔러 넣은 채 잠시 우뚝 서 있었다. 그 모습은 상처받은 위엄,

바로 그것이었다. 부인은 재빨리 한 걸음 걸어 나와서 손을 내밀었지만 그는 도무지 눈을 들려 하지 않았다. 자신의 마음을 흔들리지 않게 하기 위해서는 어쩔 수 없었을 것이다. 애원하는 여자의 얼굴을 보고도 뿌리치기란 어려웠을 테니 말이다.

"화가 많이 나셨군요, 로버트. 당연한 일이라고 생각해요."

"변명 따윈 말아요."

사이먼 경이 내뱉듯이 말했다.

"당신에게 죄송하기 짝이 없는 짓을 저질렀다는 것도, 나가기 전에 말씀드려야 옳았다는 것도 알고 있어요. 하지만 나는 제정신이 아니었어요. 프랭크를 만나고 내가 무슨 말을 하고 있는지조차 모를 정도였어요. 제단 앞에서 졸도하지 않은 게 이상할 지경이에요."

"몰트 부인, 사정 이야기를 하는 동안 나와 친구는 자리를 비워 드리는 것이 좋겠지요."

홈즈는 조심스레 말했다.

"옆에서 실례입니다만,"

그때 처음 만난 신사가 말했다.

"이번 일에서는 우리가 지나치게 비밀스런 행동을 한 것 같습니다. 나는 유럽과 미국의 모든 사람들이 이 사건의 진실을 알아주었으면 하는 심정입니다."

남자는 체격은 크지 않았으나 볕에 그을린 다부진 모습이었

다. 깨끗이 면도를 한 그의 얼굴은 날렵했고, 목소리에 활기가
넘쳤다.

"그럼 내가 모든 걸 다 이야기하겠어요. 여기 있는 프랭크와
나는 84년에 로키 산맥에서 가까운 매콰이어라는, 아버지의 광
구가 있던 곳에서 알게 되었어요. 우리는 약혼을 했어요. 그러
던 어느 날 아버지는 좋은 광맥을 발견하였고 순식간에 부자가
되었어요. 그런데 프랭크의 광구는 날이 갈수록 나빠질 뿐이어
서 결국 망하고 말았지요. 아버지는 하루하루 부자가 되어갔는
데 프랭크는 날마다 위축되어 갔지요. 이렇게 되자 아버지는
마침내 약혼을 취소하라면서 나를 샌프란시스코로 데리고 갔
어요. 그러나 프랭크는 체념하지 않았어요. 아버지가 알면 크
게 노할 것이 뻔했기에 우리는 모든 걸 둘이서 결정하기로 했
죠. 프랭크는 멀리 나가서 재산을 만들어 갖고 오겠다, 아버지
와 같은 부자가 되기 전에는 나와 결혼하러 오지 않겠다고 말
했어요. 그래서 나는 언제까지라도 기다리겠다고 약속했죠. 프
랭크가 살아 있는 동안은 다른 사람과 절대로 결혼하지 않겠다
고 맹세했어요. '그렇다면 지금 결혼해도 되지 않소?' 하고 그
가 말했지요. '그렇게 하면 당신을 믿고 열심히 돈을 모으겠소.
그리고 다시 당신 앞에 나타날 때까지 난 절대로 당신의 남편
이라고 밝히지 않겠소.' 그래서 나는 그의 말에 따라, 그가 주
선한 신부님 앞에서 식을 올렸어요. 그런 다음 프랭크는 큰돈

을 벌어오기 위해 멀리 떠났고, 나는 아버지에게 돌아갔어요.

그 후 프랭크가 몬타나에 있다는 말을 들었어요. 얼마 후엔 애리조나로 광산을 채굴하러 떠났고, 다음에는 뉴멕시코에 있다는 소식을 들었어요. 그러던 얼마 후, 아파치족 인디언이 광산 마을을 습격했다는 신문기사가 나왔는데, 피살된 사람 가운데에 프랭크의 이름도 있었어요. 나는 눈앞이 캄캄해져서 쓰러졌고, 그 후 몇 달 동안 누워서 보냈어요. 아버지는 폐병인 줄 알고 샌프란시스코에 있는 의사는 거의 다 불러서 진찰을 시켰지요.

1년이 넘도록 소식이 없자 나는 프랭크가 정말 죽었다고 생각했어요. 그때 세인트 사이먼 경이 샌프란시스코에 오셨고, 우리도 런던으로 와서 약혼이 성립되었어요. 아버지는 크게 기뻐했지만 나는 이미 프랭크에게 바친 마음에 다른 어떤 남자도 들어와 앉을 수는 없다고 항상 생각했지요.

그러나 사이먼 세인트 경과 결혼을 하게 되었으니 마음을 줄 수는 없더라도 아내로서의 의무는 다할 각오였어요. 경과 함께 제단 앞에 나아갔을 때, 나는 힘이 닿는 한 좋은 아내가 되어야겠다고 다시 한 번 다짐했어요. 하지만 그때의 내 심정을 상상할 수 있을까요? …제단의 난간 앞까지 와서 문득 뒤를 돌아보았는데, 맨 앞줄에 프랭크가 서서 나를 지긋이 지켜보는 거예요. 나는 처음엔 유령인 줄 알았어요. 그래서 다시 한 번 돌아다보았는데, 역시 그곳에서 프랭크는 자신을 만나 기쁘냐고 묻는 것 같은 눈으로 빤히 지켜보고 있었어요. 내가 거기서 쓰러지지 않은 것이 이상해요. 눈앞의 물체들이 빙글빙글 돌고, 신부님 말씀이 마치 벌이 윙윙거리는 소리처럼 귓속에서 울렸지요. 어떻게 해야 좋을지 몰랐어요. 결혼식을 중지해달라고 요청하여 성당에서 소란을 일으킬 수는 없었어요. 다시 프랭크를 향해 고개를 돌리자, 이런 내 생각을 모두 알고 있는 듯 그는 입에 손가락을 대고 진정하라고 신호를 보냈어요. 그 후 종이에 무언가를 쓰는 것을 보고 그것이 나에게 줄 편지라고 짐작했지요. 퇴장하면서 그의 자리 앞을 지나갈 때 나는 일부러 꽃다발을 떨어뜨렸어요. 그는 꽃다발을 집어주면서 내 손에 종이쪽지를 몰래 건네주었죠. 신호를 보내면 내게로 와줘, 이렇게한 줄 간단히 쓰여 있었어요. 물론 나는 살아 있는 프랭크를 만나게 된 이상 그를 따라야 한다고 생각했어요. 뭐든지 그가 하자는 대로 하겠다고 결심했지요.

돌아와서 앨리스에게 이 이야기를 했어요. 앨리스는 캘리포니아에 있을 때부터 그를 잘 알았고 언제나 그의 처지를 안타까워했어요. 나는 앨리스에게 절대로 말하지 말아 달라고 당부한 뒤 간단히 짐을 꾸리고 긴 외투를 꺼내두라고 했지요. 세인트 사이먼 경에게 미리 이야기를 하고 나가야 옳다는 것을 알고 있었지만, 경의 어머니나 지체 높은 분들 앞에서 그 이야기를 한다는 것은 생각만 해도 무서웠어요. 지금 이대로 도망치고 나중에 설명하려고 했어요. 피로연 자리에 앉은 지 십 분도 지나지 않아 창문 너머 길 건너편에 있는 프랭크를 봤어요. 그는 나에게 신호를 하고 공원으로 들어갔지요. 나는 살며시 빠져나가 준비해둔 것들을 갖고 따라갔어요. 그때 어떤 여자가 내게 다가와서, 세인트 사이먼 경에 대해 이러쿵저러쿵 말을 걸어왔어요. 별로 귀담아듣지는 않았지만, 경에게도 결혼 전에 비밀이 있었다는 그런 이야기였어요. 하지만 그 자리를 떠나 곧 프랭크를 만났어요. 둘이서 역마차를 타고 프랭크가 하숙하고 있는 고든 스퀘어로 갔는데, 이거야말로 지난 몇 년 동안 기다리고 기다리던 진짜 결혼이었어요. 프랭크는 아파치족의 포로가 되었다가 탈출해 샌프란시스코로 갔고, 거기서 내가 체념하고 영국으로 건너갔다는 말을 듣고는 나를 찾아 영국까지 온 거예요. 그리고 그 결혼식 날 아침에 드디어 나를 만난 것이었죠."

"신문 기사로 알았어요."

프랭크가 설명했다.

"신부의 이름과 성당은 나와 있었지만 주소는 알 수가 없어 애를 먹었죠."

"그 후 둘이서 앞으로의 일을 의논했어요. 프랭크는 모든 것을 털어놓는 것이 좋겠다고 했지만, 나는 내 행동이 부끄러워서 이대로 자취를 감추고 다시는 그 사람들 앞에 나타나지 않으려고 했어요. …아버지에게만 간단하게 편지를 써 무사하다는 것을 알리고 싶었지만, 피로연 석상에서 내가 돌아오기를 기다리고 있을 지체 높은 어른들과 부인들을 생각하면 너무나 무서웠어요. 프랭크는 신부 의상과 그 밖의 물건들을 뭉뚱그려서 눈에 띄지 않을 장소에 버리러 갔지요. 그러던 차에 우리가 있는 곳을 어떻게 알았는지 홈즈 씨가 찾아온 거예요. 그리고 프랭크의 생각이 옳다는 것, 언제까지나 비밀로 하고 있으면 우리들이 나쁜 일을 하고 있음을 인정하는 것과 같다는 걸 분명하고 친절하게 일깨워 주셨지요. 만일 홈즈를 만나지 않았더라면, 우리는 곧장 파리로 떠났을 거예요. 하지만 홈즈가 세인트 사이먼 경을 만나 사죄할 기회를 주시겠다고 해서 즉시 이곳으로 왔어요. 로버트, 이제 모든 걸 다 털어놓았어요. 마음에 큰 상처를 드려 정말 죄송합니다. 하지만 제발 나를 경멸하지는 마세요."

세인트 사이먼 경은 엄격한 태도를 조금도 흩트리지 않은 채, 미간을 찌푸리고 입을 굳게 다문 얼굴로 그녀의 긴 이야기를 들었다.

"실례지만, 나는 개인의 이런 은밀한 일을 이렇게 다른 사람이 있는 자리에서 이야기해 본 적은 한 번도 없소."

"날 용서하지 않겠다는 거군요. 그렇다면 이별의 악수도 하지 않겠어요?"

"당신이 원한다면 하지요."

그는 손을 내밀어 차갑게 여자의 손을 잡았다.

"나는……."

홈즈가 말했다.

"이 친목을 도모하는 저녁 식사에 당신들을 초대하려고 합니다만."

"그것은 지나친 요청이오. 이번 일에서 나는 잠자코 물러나는 수밖에 없지만, 자진해서 축제에 참가할 마음까지는 없소. 그러니 난 이만 물러가겠소."

그는 방에 있는 사람 모두에게 한 번 고개를 숙이고는 어깨를 으쓱하며 방에서 나갔다.

"두 분은 합석하시겠죠? 몰튼 씨, 미국사람을 만나는 것은 아주 유쾌합니다. 왜냐하면 나는 과거의 우둔한 왕이나 광포한 신하들이 저지른 잘못들이 우리의 자손이 언젠가 세계 국가를 만들고, 유니온 잭과 성조기를 결합한 국기를 게양하는 데 방해되지 않으리라 믿는 한 사람이기 때문입니다."

손님들이 모두 돌아간 뒤에 홈즈가 말했다.

"이 사건에서 재미있는 점은, 겉으로 보기에는 거의 해결할 수 없을 것 같은 사건이지만 알고 보면 굉장히 간단히 해결된다는 것을 확실하게 보여 준 것이야. 그 부인의 설명을 들어보면 사태가 아주 자연스럽게 진행되었고 결과 또한 그렇게 되었지. 그런데 스코틀랜드 야드의 레스트레이드처럼 결말만 본다면 이만큼 불가사의한 사건도 없어."

"그렇다면 자네는 조금도 고심하지 않았어?"

"처음부터 두 가지 사실을 분명히 알았어. 그 여자가 진심으로 결혼식을 기뻐했다는 사실과 식장에서 돌아가는 아주 짧은 시간에 결혼을 후회했다는 사실 말이야. 여자의 마음을 바꾸어 놓을 만한 어떤 일이 분명히 아침에 일어났던 거지. 그 일은 무엇일까? 집에서 나간 후 계속 신랑과 함께 있었으니까 다른 사람과 대화를 나누었다고는 생각되지 않아. 그렇다면 누구를 보았던 걸까? 만일 그렇다면 그 사람은 미국에서 본 사람이어야 해. 여자는 영국에 온 지 얼마 되지 않았어. 때문에 이렇게 엄청난 일을 저지를 만큼 여자에게 강한 영향력을 가진 남자가 이 나라에 있다고는 생각할 수 없어. 이렇게 하나 둘 지워 나가다 보면, 여자는 그날 아침 미국인과 만났다는 결론을 어렵잖게 얻을 수 있지. 그렇다면 그 미국인은 누구이며, 여자에게 그토록 강한 영향력을 갖는 까닭은 무엇일까. 애인일까, 남편일까? 여자는 거친 환경과 비정상적인 상황에서 젊은 시절을 보냈다고 했어. 나는 여기까지 추정한 다음 세인트 사이먼 경의 이야기를 들었지. 경의 이야기 가운데 앞줄에 있던 남자라는 부분, 신부의 태도가 달라졌다는 것, 꽃다발을 떨어뜨린 것, 그리고 마지막으로, 여자가 클레임 점핑… 이것은 광부들이 쓰는 말인데, 다른 사람이 먼저 갖고 있는 채굴권을 횡령한다는 의미야… 이런 말을 사용했다는 중요한 사실에 귀 기울였어. 여기까지 듣고 나면 사건의 줄거리는 훤히 드러나. 여자는 남자와 함께 도망갔고, 그 남자는 여자의 연인이거나 전남편이겠지. 여자의 과감한 결단을 보아 연인이라기보다 전남편이라고 생각하는 게 옳겠지, 하고 추리했어."

"두 사람을 어떻게 찾았지?"

"어려운 문제였는데, 우리의 친구 레스트레이드가 본인은 그 가치를 모른 채 갖고 있던 자료가 있었어. 이니셜이 매우 중요한 포인트가 되었다는 것은 말할 것도 없지만, 그보다 더 중요한 것은, 남자가 지난 1주일 동안 런던의 일류 호텔에서 요금을 지불했다는 사실이 밝혀진 점이지."

"무엇으로 일류 호텔이라고 알았지?"

"일류 호텔 요금이지. 방값 8실링, 셰리 한 잔 8펜스. 이런 것이 모두 최고급 호텔임을 말해주고 있어. 이런 요금을 받는 호텔은 런던에서도 많지 않아. 노섬버랜드 애비뉴에서 두 번째로 손꼽히는 호텔 숙박부를 조사해 보았는데, 프랜시스 H. 몰튼이란 미국 남자가 전날까지 숙박했었다는 기록이 남아 있었어. 그곳의 계산서와 영수증을 대조하여 내용이 완전히 일치하는 것을 확인했지. 그에게로 오는 편지는 고든 스퀘어 226으로 돌려 달라고 되어 있었어. 그곳에 가보니, 다행히 그 두 사람이 사이좋게 집에 있더군. 그래서 부모와 같은 충고를 했지. 사회 분위기에 대해, 특히 세인트 사이먼 경에게는 당신들의 처지를 밝히는 것이 모든 면에서 유리하다고 말이야. 그런 다음 나는 이곳에 와서 경을 만나라고 권했고, 경에게도 이리로 오라고 연락한 거야."

"그러나 바람직한 결과는 아니었어. 경은 결코 너그럽게 용서해주지 못했으니까."

"왓슨, 경은 청혼과 결혼의 까다로운 과장을 거치고 겨우 얻은 아내를 눈 깜짝할 사이에 잃고 말았어. 게다가 아내가 준비해온 엄청난 액수의 지참금도 날리고 말았지. 그런 상황에서라면 자네라도 관대할 수만은 없었을 거야. 세인트 사이먼 경이 매몰찼다고 비판하기에 앞서 그를 이해해 줘야 해. 그리고 그런 사정에 놓일 턱이 없는 자네와 나의 팔자에 감사해야 해. 왓슨, 의자를 당기고 바이올린을 좀 주겠나? 지금 우리에게 남은 유일한 문제가 있어. 이 쓸쓸한 가을밤을 어떻게 달래야 할까?"

춤추는 인형

The Adventure of the Dancing Men

춤추는 인형
The Adventure of the Dancing Men

홈즈는 등을 구부린 채 시험관을 들고 고약한 냄새의 화학 물질을 혼합하는 일에 열중하고 있었다. 머리를 깊이 숙인 모습이 마치 회색 깃털과 검은색 볏을 가진, 낯선 나라에서 온 가녀린 새처럼 보였다.

"왓슨, 광산에 투자하지 않기로 결정했나?"

홈즈가 갑자기 말을 꺼냈다.

나는 깜짝 놀라서 몸을 움찔했다. 홈즈의 특별한 재능에는 이미 익숙해져 있었지만 이렇게 느닷없이 마음속에 있는 생각을 훤히 꿰뚫어볼 때마다 어떻게 그런 일이 가능한지 이해하기 어려웠다.

"도대체 그걸 어떻게 알았나?"

그는 연기가 나는 시험관을 한 손에 들고 앉아서 의자를 한 바퀴 빙그르 돌렸다. 홈즈의 움푹 들어간 눈에는 재미있다는 표정이 어려 있었다.

"왓슨, 정말 놀랐어?"

"그래."

"하지만 너무 놀랄 필요 없어."

"왜?"

"5분 후면 자네는 이 모든 것이 실은 우스울 정도로 단순하다는 걸 알게 될 테니까."

"글쎄, 그럴 것 같지 않은걸."

"왓슨."

홈즈는 시험관을 내려놓고 학생들에게 강의하는 교수처럼 말했다.

"추리를 해나가는 과정은 생각보다 어렵지 않아. 하나의 추리는 다른 추리로 이어지게 마련이지. 그런 다음, 유치한 방법이긴 하지만 대강 중요한 추리만 끝내고, 추리를 시작한 지점과 결론을 발표하면 사람들은 놀랍다는 반응을 보여. 자, 내 추리는 정말 어렵지 않았어. 자네 왼손 검지와 엄지를 보고, 자네가 광산에 돈을 투자하지 않을 거라고 확신했지."

"무슨 말인지 모르겠어."

"잘 생각해보면 알 거야. 결정적인 단서를 몇 가지 알려주지. 내가 추리한 과정은 이런 거야. 우선, 어젯밤에 자네가 집에 돌아왔을 때 나는 자네 왼쪽 검지와 엄지에 분필 자국이 있는 걸 봤어. 그건 자네가 당구를 쳤다는 것과 큐를 잘 잡기 위해서 그 두 손가락에 분필 칠을 했다는 걸 의미하지. 그런데 자네가 당구를 치는 건 써스톤을 만날 때뿐이지. 한 달 전에 자네가 했던 말 기억해? 써스톤이 남아프리카에 있는 토지를 매매할 수 있는 권리를 갖고 있는데 한 달 후에 그 권리가 소멸되기 때문에 자네에게 공동투자를 제안했다고 말했어. 그리고 자네 수표책이 내 서랍에 있는데도 열쇠를 달라고 하지 않더군. 결국 자네는 투자하지 않기로 결심한 거야."

"이렇게 간단할 수가!"

"그래. 일단 설명을 듣고 나면 모든 문제가 아주 간단하게 느껴지지. 하지만 이건 설명하기 어려워. 왓슨, 이게 뭔지 한 번 생각해봐."

그는 종이 한 장을 탁자 위에 올려놓고, 다시 화학약품을 분석하기 위해 돌아앉았다.

나는 종이 위에 그려진 기묘한 그림 문자를 자세히 들여다보았다.

"홈즈, 이건 애들이 그린 그림 같은데?"

"글쎄, 그렇게 보여?"

"아니야?"

"노퍽에 사는 힐튼 큐빗 씨가 해석해달라고 의뢰한 그림이야. 큐빗 씨는 다음 기차로 이곳에 온다고 했어. 꽤나 급했던 모양이야. 이 수수께끼 같은 그림을 우편으로 먼저 보냈거든. 왓슨, 벨 소리가 나는군. 큐빗 씨일 거야."

계단을 올라오는 둔탁한 발소리가 나더니 잠시 후에 키가 크고 수염을 말끔하게 깎은 혈색 좋은 신사가 문을 열고 들어왔다. 눈빛이 맑고 뺨에 혈색이 도는 모습이 안개가 자욱한 런던 시내에서 멀리 떨어진 곳에서 사는 사람 같았다. 그가 들어서자 동해안의 신선하고 상쾌한 바람 냄새가 방 안을 가득 메우는 것 같았다. 그는 우리와 악수를 나눈 다음 의자에 앉았다. 그리고 우리가 조금 전까지 살펴보다가 탁자 위에 놓아둔 이상한 그림을 보고는 홈즈에게 물었다.

"홈즈 씨, 이 그림이 대체 뭘까요? 당신이 기묘한 수수께끼들을 좋아한다고 들었습니다만 이렇게 이상한 건 아마 처음 보셨을 겁니다. 그림을 해석하는 데 시간이 걸릴 것 같아서 제가 도착하기 전에 먼저 우편으로 보낸 겁니다."

"확실히 흥미로운 그림입니다. 언뜻 보면 아이들 장난 같기도 합니다만. 종이 위에 춤추는 사람들의 모습이 일렬로 그려져 있군요. 그런데 왜 이 괴상한 그림에 중요한 의미가 있다고 생각하는 겁니까?"

"그렇게 생각하는 건 제가 아니라 제 아내입니다. 아내는 이 그림 때문에 몹시 겁에 질려 있어요. 내색은 하지 않지만 아내는 계속 두려움에 떨고 있어요. 그래서 이 그림을 조사해달라고 부탁한 겁니다."

홈즈가 종이를 들어 올려 햇빛에 비치자 내용이 선명하게 드러났다. 노트에서 찢어낸 것 같은 종이 위에는 연필로 다음과 같은 그림이 그려져 있었다.

홈즈는 그림을 잠시 들여다보더니 조심스럽게 접어서 수첩에 끼워 넣었다.

"아주 흥미롭고 특이한 사건이 될 것 같군요. 큐빗 씨, 저는 편지를 읽어서 자초지종을 알고 있지만 제 친구를 위해 다시 한 번 설명해주시겠습니까?"

"저는 얘기를 잘 못 합니다."

그는 초조함 때문인지 크고 단단해 보이는 손을 쥐었다 폈다 하면서 이야기를 했다.

"왜 이런 일이 일어났는지 잘 모르겠습니다. 어쨌든 작년에 제가 결혼한 시점부터 얘기해야 할 것 같군요. 하지만 그전에

할 말이 있습니다. 저는 그다지 부유하지 않지만 노픽에서 500년 동안 살아온 명문가 출신입니다. 그 지방에서 저희만큼 잘 알려진 가문은 없지요. 작년에 여왕 즉위 기념제를 맞아 런던에 간 적이 있습니다. 저희 교구를 담당하는 파커 목사님이 러셀 광장에 있는 하숙집에 묵고 있어서 저도 그곳을 숙소로 정했지요. 그 하숙집에는 엘시 패트릭이라는 젊은 미국 여자가 묵고 있었습니다. 처음엔 친구처럼 지내다가 그곳에 머무는 동안 그녀를 진심으로 사랑하게 되었습니다. 우리는 조촐하게 결혼식을 올리고 함께 노픽으로 돌아왔습니다. 명문가 자제가 만난 지 얼마 안 된 여자와 그런 식으로 갑자기 결혼을 한다는 게 이상해 보일 수도 있을 겁니다. 저는 그녀의 과거에 대해 아무것도 알지 못했으니까요. 하지만 당신이 제 아내를 만나고 그녀에 대해 알게 된다면 제 행동을 이해할 수 있을 겁니다.

엘시는 솔직한 여자였습니다. 그녀는 내가 원한다면 언제든지 떠날 수 있도록 기회를 주었으니까요.

'제게는 좋지 않은 기억이 있어요. 가능하다면 전부 잊고 싶은 기억이에요. 그 일을 떠올리는 게 너무 고통스러워서 차라리 말하지 않는 편이 나을 것 같아요. 하지만 힐튼, 지금 저는 아무것도 부끄러울 게 없어요. 그러니 당신이 나와 결혼한다 해도 당신의 명성에 해가 되지 않을 거예요. 하지만 제 말을 믿고 결혼식을 올릴 때까지 과거에 대해 묻지 않았으면 합니다.

그럴 수 없다면 혼자 노픽으로 돌아가도 괜찮아요. 저는 이곳에 남겠어요.'

엘시가 그 말을 한 건 결혼식 전날이었습니다. 저는 그녀의 말을 믿고 결혼하겠다고 말했죠. 그리고 그녀와 한 약속을 지금까지 지키고 있습니다.

이제 결혼한 지 일 년이 지났고, 우리는 정말 행복하게 지냈어요. 하지만 한 달 전인 6월 말에 처음으로 이상한 일이 일어났지요. 어느 날 아내는 미국에서 온 편지를 받았습니다. 내용은 모르지만 봉투에 미국 소인이 찍혀 있는 걸 봤어요. 편지를 받은 순간 아내의 얼굴이 몹시 창백해졌지요. 아내는 편지를 읽자마자 불 속에 던졌어요. 그 후에도 아내는 편지에 대해서 한마디도 하지 않았어요. 저 역시 아내와 약속했기에 아무것도 묻지 않았지요. 하지만 그날 이후로 아내는 늘 불안해 보였어요. 두려운 표정으로 무언가를 기다리는 것 같았지요. 아내가 저를 신뢰했으면 좋겠다고 생각했어요. 가장 소중한 친구는 바로 저라는 걸 아내가 기억해주길 바랐지요. 하지만 아내가 입을 열 때까지 아무 말도 할 수 없습니다. 아내는 정직한 사람입니다. 과거에 어떤 문제가 있었다 해도 그건 아내의 잘못이 아니었을 겁니다. 홈즈 씨, 저는 노픽의 소지주이지만 누구보다도 가문의 명예를 중요시하는 사람입니다. 아내도 결혼 전부터 이 사실을 잘 알고 있어요. 전 아내가 가문을 더럽힐 만한 일은 절대로 하지 않을 거라고 확신합니다.

　그럼 지금부터 저희 집에서 일어난 이상한 일에 대해 말씀드리지요. 일주일 전, 그러니까 지난주 화요일이었습니다. 춤을 추는 것 같은 이상한 모양의 그림이 창틀에 그려진 걸 발견했습니다. 이 종이에 그려진 그림하고 비슷한 형상이었어요. 분필로 낙서하듯 그려 놓았기에 마구간을 지키는 소년이 장난을 친 거라고 생각했지요. 하지만 그 아이는 전혀 모르는 일이라고 하더군요. 어쨌든 그림은 밤사이에 그린 게 분명했습니다. 저는 일단 그림을 지우고 나중에 아내에게 지나가는 말로 얘기했지요. 그런데 놀랍게도 아내는 굉장히 심각한 표정으로 이런 일이 또 생기면 자기에게 꼭 보여달라고 부탁하더군요. 그리고 일주일 동안은 아무 일도 일어나지 않았어요.

　그런데 바로 어제 아침, 정원에 있는 해시계 위에서 이 종이를 발견한 겁니다. 엘시는 그림을 본 순간 정신을 잃었어요. 그때부터 아내는 정신 나간 사람처럼 멍해져 있고, 눈에는 두려운 기색이 역력했지요.

　그래서 당신에게 편지를 썼던 겁니다. 이런 일을 경찰에 알렸다간 웃음거리가 되겠죠. 당신이라면 어떻게 해야 좋을지 알려줄 수 있을 거라 생각했습니다. 홈즈 씨, 저는 부자는 아니지만 만일 아내가 위험에 처한다면 재산을 다 털어서라도 그녀를 보호할 겁니다."

큐빗은 옛 잉글랜드인의 기질을 물려받은 성실하고 정직하며 온화한 사람이었다. 크고 진지해 보이는 파란 눈과 잘생긴 이목구비가 그를 한층 돋보이게 했다. 우리는 그의 모습에서 아내에 대한 사랑과 신뢰를 읽었다. 홈즈는 이야기를 열심히 듣고 나서 한동안 조용히 생각에 잠겨 있었다.

"큐빗 씨."

마침내 홈즈가 말을 꺼냈다.

"부인에게 비밀을 얘기해달라고 부탁하는 게 제일 좋은 방법 아닐까요?"

힐튼 큐빗은 천천히 고개를 저었다.

"아내와 한 약속을 저버릴 수는 없어요. 엘시가 얘기하고 싶다면 먼저 말을 꺼내겠지요. 비밀을 털어놓으라고 강요할 권리는 저에게 없으니까요. 아내의 의견을 존중하는 게 당연한 도리라고 생각합니다."

"알겠습니다. 저도 최선을 다해 돕겠습니다. 우선 집 주변에서 낯선 사람을 보았다는 얘기를 들은 적이 있습니까?"

"없었습니다."

"거긴 아주 조용한 마을 아닌가요? 낯선 사람이 들어오면 금방 눈에 띌 텐데요."

"가까운 이웃에 그런 사람이 나타난다면 바로 알 수 있겠지요. 하지만 근처에 가축 물 먹이는 장소가 여럿 있는데다 농가

들이 하숙을 치고 있어서 뭐라고 말씀드리기가 어렵습니다."

"이 그림 문자에는 분명 어떤 의미가 담겨 있습니다. 누군가 일시적으로 만든 거라면 해독은 거의 불가능할 겁니다. 하지만 이 암호에 어떤 규칙이 있다면 모양이 달라져도 전부 해석할 수 있습니다. 문제는 그림이 너무 짧아서 규칙을 찾기가 어렵고 사건내용도 막연해서 수사에 필요한 단서를 얻을 수 없다는 겁니다. 큐빗 씨, 우선 노픽으로 돌아가시는 게 좋을 것 같습니다. 이 그림이 다시 나타나면 반드시 본을 떠놓아야 합니다. 창틀 위에 분필로 그려진 그림은 이미 지웠으니 어쩔 수 없지요. 그리고 이웃에 낯선 사람이 있는지 잘 알아보세요. 새로운 증거가 나타나면 제게 알려주세요. 지금 당신에게 해줄 수 있는 조언은 이것뿐입니다. 새로운 사실이 발견되면 제가 노픽으로 곧장 달려가겠습니다."

큐빗이 돌아간 다음에도 홈즈는 한동안 깊은 생각에 잠겨 있었다. 그 후 며칠 동안 홈즈는 수첩에 끼워 놓았던 종이를 여러 차례 꺼내 그 이상한 그림들을 열심히 들여다보았다. 하지만 사건에 대해서는 아무 말도 하지 않았다. 그렇게 2주가 지난 어느 날 오후, 홈즈가 외출하려던 나를 갑자기 불러 세웠다.

"왓슨, 오늘은 집에 있는 게 어때?"

"왜?"

"아침에 큐빗 씨의 전보를 받았거든. 힐튼 큐빗 씨 알지? 그 춤추는 인형 그림. 1시 20분쯤 리버풀 가에 도착한다고 했으니 금방 올 거야. 전보를 친 걸 보니 중요한 일이 있는 모양이야."

그리고 얼마 지나지 않아 큐빗이 우리를 찾아왔다. 그는 역에서 내리자마자 마차를 타고 달려왔다고 했다. 그의 얼굴은 근심스럽고 우울해 보였다. 눈에는 피로한 기색이 역력했고 이마에는 주름이 깊게 패어 있었다.

"홈즈 씨, 이 사건 때문에 하루도 편할 날이 없습니다."

그는 지친 사람처럼 흔들의자에 몸을 기대며 말했다.

"눈에 보이지도 않고 누군지도 모르는 사람이 어떤 의도를 갖고 주변에서 서성거린다면 기분이 어떻겠습니까? 그 때문에 아내는 하루가 다르게 쇠약해지고 있어요. 저러다가는 뼈만 앙상하게 남을 겁니다. 바로 제 눈앞에서 아내가 죽어가고 있어요."

"부인은 아직 아무 말도 없습니까?"

"없어요. 불쌍하게도 여러 번 말을 하려고 했던 것 같은데 차마 용기가 나지 않았나 봅니다. 아내를 도우려고 노력했지만 오히려 더 놀라게 만든 것 같아요. 아내는 우리 집안과 명성, 명예로운 집안에 대한 나의 자부심에 관해 얘기하곤 합니다. 그때마다 아내가 무언가 털어놓을 거라고 생각하지만 결국은 다른 얘기로 끝납니다."

"뭐 알아낸 거라도 있습니까?"

"네. 그동안 춤추는 인형 그림이 여러 번 나타났습니다. 홈즈 씨 말대로 모두 본을 떠놓았습니다. 하지만 그보다 중요한 건 제가 범인을 봤다는 겁니다."

"그림을 그린 사람 말입니까?"

"네. 그림을 그리는 걸 직접 보았습니다. 그동안 있었던 일들을 차례로 말씀드리지요. 홈즈 씨를 만나고 돌아간 다음 날이었습니다. 아침에 일어나보니 새로운 그림이 또 있더군요. 이번 그림은 창고에 있는 검은 나무 문 위에 분필로 그려져 있었습니다. 창고는 잔디 밭 옆에 있는데 현관 창문 앞에 서면 전체가 다 보입니다. 저는 그림을 똑같이 베꼈습니다. 이게 본뜬 그림입니다."

그는 종이를 펴서 탁자 위에 올려놓았다.

그림은 다음과 같은 모양을 하고 있었다.

"좋습니다! 정말 훌륭해요! 그다음은 어떻게 되었습니까?"

"본을 다 뜨고 나서 원래 있던 그림은 지웠습니다. 그런데 이

틀 후에 또다시 그림이 나타났어요. 이건 두 번째 그림을 본뜬
겁니다."

홈즈는 손을 비비며 기쁜 얼굴로 미소 지었다.
"좋은 자료가 되겠군요."
"그리고 3일 후 해시계에 있는 돌 아래에서 그림을 또 발견
했어요. 여기 복사본이 있습니다. 이건 보시다시피 마지막 그
림과 모양이 똑같아요. 이 그림이 나타난 후 저는 범인을 직접
기다려보기로 했지요. 그날 밤 권총을 갖고 서재 창가에 앉아
서 정원을 살펴보고 있었어요. 달빛이 비치긴 했지만 밤이라
정원은 매우 어두웠지요. 아마 새벽 두 시쯤 되었을 겁니다. 발
소리가 들려서 뒤를 돌아보았더니 아내가 잠옷을 입은 채 서
있었어요. 아내는 제게 방으로 돌아가자고 부탁하더군요. 그래
서 저는 아내에게 이런 못된 장난을 하는 놈이 누군지 꼭 밝혀
내고 싶다고 솔직하게 말했지요. 그러자 아내는 아무 뜻 없는
장난일 뿐인데 제가 너무 과민하게 받아들이는 거라고 말하더
군요.

'힐튼, 그 일 때문에 신경이 쓰인다면 우리 여행이라도 다녀오는 게 어때요? 그러면 이 성가신 일 따윈 금세 잊을 거예요.'

'그깟 장난 때문에 우리가 왜 떠나야 하지? 그랬다간 온 동네에 웃음거리가 될 거야.'

'어쨌든 이제 그만 방으로 가요. 그리고 내일 아침에 다시 얘기해요.'

그렇게 말하고 아내는 갑자기 얼굴이 하얗게 질려서 내 어깨를 꽉 잡았습니다. 창고 옆에서 뭔가 움직이고 있었던 겁니다. 어두운 그림자는 창고 모퉁이를 돌아 살금살금 기어가더니 문 앞에 웅크리고 앉았습니다. 제가 권총을 들고 밖으로 뛰어나가려 하자 아내는 저를 뒤에서 안고는 온 힘을 다해 말렸지요. 아내를 떼어놓으려 했지만 필사적으로 매달리는 바람에 그러지 못했어요. 간신히 아내를 제쳐놓고 창고로 뛰어갔을 때 범인은 사라지고 없었지요. 하지만 역시 흔적을 남겨놓았더군요. 문 위에는 아까 보여 드렸던 마지막 두 그림과 똑같은 모양의 춤추는 사람들이 그려져 있었습니다. 그것도 이렇게 본을 떠 갖고 왔습니다. 정원을 모두 뒤졌지만 범인이 남긴 건 창고에 있는 그림뿐이었지요. 그런데 놀랍게도 범인은 창고 근처에 그대로 숨어 있었던 모양입니다. 다음 날 아침에 창고 문을 다시 살펴보았을 때 전날 그림이 있던 곳 근처에 새로운 그림이 있었어요.

"그 그림도 갖고 왔습니까?"

홈즈가 물었다.

"그럼요. 아주 짧은 그림이지만 본을 떠 두었습니다. 바로 이 겁니다."

"이 그림이 그전 그림과 연결된 걸까요, 아니면 전혀 별개의 그림일까요?"

나는 홈즈의 눈빛을 보고 그가 매우 흥분한 것을 알았다.

"창고 문은 나무판자 여러 개를 이어 붙여 만든 겁니다. 그런데 이 그림은 첫 번째 그림이 있던 판자가 아닌 다른 판자에 그려 있었어요."

"좋습니다. 이 그림은 우리에게 가장 중요한 그림이 될 겁니다. 희망이 보이기 시작하는군요. 큐빗 씨, 어서 이야기를 계속하세요."

"홈즈 씨. 그 사건에 대해 할 말은 그것뿐입니다. 다만 그날 밤 제가 도둑고양이 같은 그놈을 잡으려고 했을 때 필사적으로 말린 아내가 야속하더군요. 아내는 제가 다칠까 봐 겁이 나서 그랬다고 했지만 아내가 정말 걱정했던 건 그놈이 아니었을까 하는 생각이 들었거든요. 아내는 그 사람을 알고 있고 그 기묘한 그림의 의미도 알고 있을 거라고 생각했어요. 하지만 아내의 목소리와 눈빛 속에서 전혀 그런 기색을 읽을 수 없었어요. 그래서 아내가 진심으로 저를 걱정하고 있다는 걸 알았지요. 사건 이야기는 이게 전부입니다. 홈즈 씨, 이제 저는 어떻게 하면 좋을까요? 제 생각엔 농장에 있는 일꾼들을 풀어서 관목 숲을 지키게 하면 좋을 것 같습니다. 놈이 나타났을 때 붙잡아서 혼내면 다시는 찾아오지 않을 것 같은데요.”

“그렇게 간단하게 해결할 수 있는 사건은 아닌 것 같습니다. 큐빗 씨, 런던에는 얼마나 계실 수 있습니까?”

“사실은 오늘 돌아가야 합니다. 아내를 밤새 혼자 둘 수는 없으니까요. 아내는 신경이 몹시 쇠약해져서 제게 빨리 돌아오라고 했어요.”

“그렇겠군요. 이곳에서 조금 더 머물 수 있다면 내일이나 모레쯤 당신과 함께 가려고 했습니다만 사정이 그렇다니 어쩔 수 없군요. 그림은 두고 가세요. 며칠 내로 찾아뵙고 사건에 대해 말하지요.”

홈즈는 큐빗이 돌아갈 때까지 냉정한 태도를 잃지 않았지만 홈즈를 잘 알고 있던 나는 그가 내심 흥분하고 있다는 걸 알았다. 큐빗의 넓은 등이 문밖으로 사라지자 홈즈는 탁자로 달려

가서 춤추는 인형이 그려진 그림 조각들을 나란히 늘어놓고는 복잡하고 정교한 계산에 몰두했다. 나는 두 시간 동안 홈즈가 종이 몇 장에 그림과 글자들을 잔뜩 써내려가는 것을 지켜보았다. 홈즈는 일에 너무 몰두한 나머지 내가 있다는 사실조차 잊은 듯했다. 가끔 뭔가 알아냈는지 휘파람을 불거나 노래를 부르기도 하고 계산이 잘 풀리지 않을 때는 한참 동안 눈썹을 찌푸린 채 골똘한 눈빛으로 앉아 있기도 했다. 마침내 그는 만족스러운 탄성을 지르며 자리에서 벌떡 일어나 양손을 비비며 방 안을 서성거렸다. 그리고 전보용지에 길게 무언가를 쓰고는 내게 말했다.

"왓슨, 내가 기대하는 것과 같은 내용의 답장을 받게 된다면 자네의 사건 기록에 아주 흥미로운 사건 하나가 추가될 거야. 내일 나와 함께 노퍽에 가서 큐빗 씨에게 이 까다로운 사건의 비밀이 무엇인지 확실하게 알려줘야겠어."

나는 궁금해서 못 견딜 지경이었지만, 홈즈가 적당한 시기에 자신이 원하는 방법으로 사건에 대해 설명하기를 좋아한다는 걸 알았기 때문에 비밀을 알려줄 때까지 기다리기로 했다.

하지만 예상 외로 회답이 늦어서, 이틀 동안 홈즈는 벨소리가 날 때마다 귀를 기울였다. 전보를 보낸 지 이틀째 되던 날 저녁에 드디어 큐빗의 편지가 도착했다. 편지에는 그날 아침 해시계 위에서 또다시 그림이 발견되었다는 내용과 함께 복사

본이 들어 있었다.

홈즈는 이 괴상한 그림을 한동안 들여다보더니 갑자기 놀라움과 절망이 뒤섞인 목소리로 탄식하면서 튀어 오르듯 자리에서 일어났다. 그의 얼굴이 근심으로 창백해졌다.

"너무 오래 기다렸어. 왓슨, 오늘 밤 노스 월섬으로 떠나는 기차가 있을까?"

나는 기차 시간표를 찾아보았지만 마지막 기차가 이미 떠난 뒤였다.

"그러면 내일 일찍 아침을 먹고 첫차를 타야겠군. 가능한 한 빨리 그곳에 가야 해."

그때 아래층에서 전보가 왔다는 소리가 들렸다.

"아, 드디어 기다리던 전보가 왔어. 잠깐, 허드슨 부인. 제 전보일 겁니다."

홈즈는 허드슨 부인에게 전보를 받아 읽었다.

"역시 내 예상이 맞았어. 이 전보로 모든 게 확실해졌어. 큐빗 씨에게 빨리 이 사실을 알려야 해. 그 사람은 지금 자신이 얼마나 위험한 사건에 휘말려 있는지 모르고 있어."

홈즈의 말은 사실이었다. 이 장난처럼 보였던 별난 사건의 결말을 알았을 때 나는 놀라움과 공포에 사로잡혔다. 독자들에게 더 나은 결말을 전해줄 수 있다면 얼마나 좋을까. 그러나 사실대로 기록하는 것이 내 의무이므로 지금부터 며칠 동안 잉글랜드 전체를 떠들썩하게 했던 기묘한 사건들을 그 암담한 대단원까지 기록해야 한다.

다음 날 노스 월섬에 도착해서 다음 행선지를 밝히자 역장이 급하게 달려오더니 물었다.

"런던에서 오신 탐정님들이시죠?"

그 순간 홈즈의 얼굴에 괴로운 기색이 스쳐 지나갔다.

"어떻게 아셨습니까?"

"노위치의 마틴 경감이 방금 이곳을 지나가면서 알려주었습니다. 그런데 한 분은 의사 선생님 같군요. 그 여자는 죽지 않았다고 합니다. 지금 가시면 목숨은 구할 수 있을 겁니다. 하지만 살아난다 해도 교수형에 처해지겠지요."

역장의 말에 홈즈의 얼굴이 어두워졌다.

"지금 라이딩 소프 저택으로 가려고 합니다. 그곳에서 대체 무슨 일이 있었던 겁니까?"

"끔찍한 일이 있었습니다. 힐튼 큐빗 씨와 그의 부인이 서로 총을 쏘았지요. 하인들이 그러는데 부인이 큐빗 씨를 먼저 쏘고 자신에게도 쏘았답니다. 큐빗 씨는 그 자리에서 사망했고 부인의 생명도 몹시 위독하답니다. 노퍽 제일의 명문가에서 어떻게 그런 일이 일어났는지 모르겠습니다."

홈즈는 아무 말 없이 서둘러 마차에 올랐고 7마일의 긴 거리를 가는 동안 줄곧 침묵을 지켰다. 그렇게 기운이 쑥 빠진 모습을 본 적은 거의 없었다. 노퍽에 도착할 때까지 홈즈는 불안한 심정을 감추지 못했고 나는 그가 근심스러운 표정으로 아침신문을 뒤적이는 것을 지켜보았다. 하지만 홈즈는 자신이 가장 걱정했던 일이 실제로 일어나자 몹시 우울해하는 것 같았다. 그는 의자에 등을 기대고 슬픈 얼굴로 생각에 잠겨 있었다. 창밖에는 잉글랜드 시골 지방에서 볼 수 있는 독특한 풍경들이 펼쳐졌다. 점점이 흩어져 있는 작은 집들이 보였고 푸른 들판 위로 솟은 교회의 웅장한 탑들이 옛 이스트 앵글리아 왕국의 영광과 번영을 말하고 있었다. 마침내 노퍽의 푸른 바닷가 너머로 독일 해의 보랏빛 가장자리가 눈에 들어왔다. 마부는 채찍을 들어 나무로 지붕을 얹은 두 채의 오래된 벽돌집을 가리키며 말했다. 집들은 작은 숲 앞에 자리 잡고 있었다.

"저기가 라이딩 소프입니다."

마차가 현관 앞에서 멈추었을 때 나는 이상한 일들이 일어났던 현관 앞, 테니스장, 검은색 창고, 받침대 위에 놓인 해시계를 눈여겨보았다. 그때 기름을 발라 콧수염을 정돈한 작달막하고 민첩해 보이는 한 남자가 서둘러 마차에서 내리더니 우리에게로 다가왔다. 그는 자신을 노픽 경찰서의 마틴 경감이라고 소개했다. 그는 홈즈의 이름을 듣고 깜짝 놀랐다.

"정말 놀랍군요. 홈즈 씨. 사건은 오늘 새벽 3시에 일어났는데 도대체 런던에서 어떻게 알고 오신 겁니까? 저와 비슷한 시각에 도착하다니 혹시 사건이 일어날 걸 미리 알고 있었던 겁니까?"

"이런 일이 일어날까 봐 걱정했지요. 사건을 막으려고 달려왔는데 너무 늦었군요."

"그렇다면 우리가 찾지 못한 중요한 증거를 갖고 계시겠군요. 두 사람은 아주 사이가 좋은 부부였다고 하던데요."

"제가 갖고 있는 증거라곤 춤추는 사람 그림들뿐입니다. 그림에 대해선 나중에 말씀드리지요. 어쨌든 비극을 막기에는 너무 늦었습니다만 제가 확보한 증거들이 사건 해결에 도움이 될 거라고 생각합니다. 저희와 함께 수사하시겠습니까, 아니면 따로 하시겠습니까?"

"홈즈 씨, 함께 수사해주신다면 제게는 큰 영광이 될 겁니다."

마틴 경감이 진지한 표정으로 말했다.

"그러면 지금 즉시 증인들의 얘기를 듣고 진술내용을 검토해

보는 게 좋겠습니다."

마틴 경감은 홈즈가 자유롭게 수사할 수 있도록 배려하면서 수사결과가 나올 때마다 홈즈의 말에 열심히 귀를 기울였다. 마침 머리가 하얗게 센 의사가 큐빗 부인의 방에서 나왔다. 그는 부인의 상처는 매우 깊지만 생명에는 지장이 없으며 총알이 뇌를 관통하지 않아서 얼마 후면 의식을 회복할 수 있다고 했다. 하지만 총을 쏜 사람이 부인이었는지 아니면 다른 사람이었는지에 대해서는 확실한 대답을 꺼리는 눈치였다.

총알이 매우 가까운 곳에서 발사되었다는 것만은 분명했다. 방 안에서 발견된 권총은 한 자루뿐이었고 약실은 탄환 두 개 분이 비어 있었다. 총알은 힐튼 큐빗의 심장을 관통했다. 권총이 쓰러진 두 사람 가운데에 떨어져 있었기 때문에 큐빗이 먼저 부인을 쏘고 자살했을 가능성과 큐빗 부인이 범인일 가능성은 비슷했다.

"큐빗 씨의 시신을 옮겼나요?"

"부인을 옮긴 것만 빼고 아무것도 손대지 않았어요. 부인의 상처가 깊어서 바닥에 그냥 둘 수 없었지요."

"선생은 여기에 얼마 동안 계셨습니까?"

"4시부터 있었습니다."

"다른 사람은 없었습니까?"

"경찰이 한 명 왔었지요."

"선생은 아무것도 손대지 않았지요?"

"그렇소."

"정말 잘하셨습니다. 누가 선생을 부르러 갔지요?"

"가정부 손더스 부인입니다."

"그녀가 위급한 일이 있다고 알려주었나요?"

"손더스와 요리사 킹 부인이 얘기해줘서 알았습니다."

"두 사람은 지금 어디에 있지요?"

"주방에 있을 겁니다."

"그럼 지금 두 사람의 얘기를 들어보도록 하지요."

떡갈나무로 만든 벽에 창이 높게 달린 낡은 거실은 곧바로 수사실로 탈바꿈했다. 여윈 얼굴에 날카로운 눈빛을 한 홈즈는 커다란 구식 의자에 앉았다. 나는 홈즈의 눈빛에서 범인을 끝까지 추적하여 미처 목숨을 구하지 못했던 큐빗의 원한을 풀어주겠다는 강한 의지를 읽을 수 있었다. 민첩한 마틴 경감, 나이든 의사, 나, 별로 도움이 될 것 같지 않은 경찰 한 명이 홈즈의 수사팀에 합류했다.

두 여자는 목격한 일들을 숨김없이 얘기했다. 그들은 총소리에 놀라 잠에서 깼는데 일 분쯤 후에 다시 총소리가 났다고 했다. 그들의 방은 나란히 붙어 있었는데 총소리에 놀란 킹 부인이 손더스의 방으로 뛰어가서 둘이 함께 계단을 내려왔다고 했다. 서재 문은 열려 있었고 탁자 위에 촛불이 켜져 있었다. 큐빗은 방 한가운데에 엎드린 채 쓰러져 있었다. 그는 이미 숨이 끊어진 상태였다. 부인은 벽에 머리를 기대고 창문 근처에 웅크리고 앉아 있었다. 부인의 상처는 매우 심했고 얼굴 한쪽이 피로 붉게 물들어 있었다. 그녀는 힘겹게 숨을 쉬고 있었지만 말을 할 수 있는 상태는 아니었다. 연기와 화약 냄새가 서재와 복도를 가득 메우고 있었고, 창문은 분명 안에서 잠겨 있었다. 상황을 파악한 두 여자는 곧 의사와 경찰을 부르러 갔다. 그리고 두 사람은 마부와 마구간지기 소년의 도움을 받아 부인을 방으로 옮겼다고 했다. 부인과 남편은 그날 한 침대에서 잤고, 부인은 평상복 차림이었으며 남편은 잠옷 위에 가운을 입고 있었다. 서재는 사건이 일어났을 때 모습 그대로 보존되어 있었다. 하인들은 두 사람이 한 번도 싸운 적이 없으며 언제나 다정한 모습으로 이웃의 부러움을 샀다고 했다.

이것이 하인들이 증언한 내용의 전부다. 마틴 경감의 질문에 하인들은 모든 문이 안에서 잠겨 있어서 누군가 밖으로 빠져나간다는 건 불가능하다고 대답했다. 또한 홈즈의 질문에 그들은 맨 위층에 있는 방에서 뛰어 내려온 순간 화약 냄새가 났다고 증언했다.

"이 증언을 기억해두는 게 좋을 것 같군요. 자, 이제 서재를 조사합시다."

홈즈가 마틴 경감에게 말했다.

서재로 쓰이는 작은 방에는 세 벽면에 책이 가득 꽂혀 있었고 정원이 내다보이는 창 앞에 테이블이 하나 있었다. 방 안에 들어섰을 때 가장 먼저 우리의 시선을 끈 것은 바닥에 누워 있는 큐빗의 시신이었다. 흐트러진 옷차림으로 보아 그가 잠자다가 급하게 뛰어나왔다는 것을 알 수 있었다. 총은 바로 앞에서 발사되었고 심장을 관통한 다음 몸속에 그대로 남아 있었다. 고통 없이 즉사한 모습이었다. 그의 가운과 손에는 화약 자국이 전혀 없었다. 의사는 부인의 얼굴에는 화약 자국이 있었지만 손에는 없었다고 말했다.

　"손에 화약 자국이 있고 없고는 사실 중요하지 않아요. 물론 화약 자국이 있으면 분명한 증거가 되겠지만 말입니다. 탄창을 잘못 끼운 경우에는 화약이 뒤쪽으로 뿜어 나오기 때문에 여러 발을 쏘아도 손에 흔적이 남지 않지요. 이제 큐빗의 시신을 치워도 좋습니다. 의사 선생님, 부인의 몸속에 아직 총알이 남아 있지요?"

　"네. 총알을 빼내려면 복잡한 수술이 필요하답니다. 그런데 지금 연발 권총 안에는 탄환이 네 개 남아 있어요. 여섯 발 중 두 발이 큐빗 씨와 부인에게 발사되었으니 총알 개수는 딱 맞아떨어집니다."

　"글쎄요. 그렇다면 저기 창가에 박혀 있는 총알은 어디서 나온 거지요?"

홈즈는 갑자기 돌아서서 가늘고 긴 손가락으로 한 곳을 가리켰다. 그것은 바닥에서 일 인치 정도 떨어진 아래쪽 창틀을 완전히 뚫고 지나간 구멍이었다.

"아니! 어떻게 그것까지 보셨습니까?"

마틴 경감이 감탄하며 외쳤다.

"다른 총알 자국을 찾고 있었거든요."

"정말 훌륭합니다. 홈즈 씨, 당신 말이 맞아요. 세 번째 총알이 발사되었다면 분명 이 자리에 다른 사람이 있었군요. 그렇다면 누가 들어왔다가 나간 걸까요?"

"그게 우리가 지금 해결하려는 문제입니다. 마틴 경감, 하인들이 방에서 나왔을 때 화약 냄새를 맡았다고 한 것과 제가 그 증언이 매우 중요하다고 말했던 것을 기억합니까?"

"물론입니다. 하지만 왜 그렇게 말했는지는 모르겠군요."

"그 증언은 총알이 발포되었을 때 창문과 방문이 모두 열려 있었다는 걸 암시합니다. 문이 닫혀 있었다면 연기가 그렇게 빠른 속도로 온 집 안에 퍼지지 못했겠지요. 아마 서재에서만 화약 냄새가 났을 겁니다. 하지만 문은 잠깐 동안만 열려 있던 것 같습니다."

"그걸 어떻게 증명할 수 있지요?"

"촛불이 계속 타고 있었으니까요."

"그렇군요! 정말 훌륭한 추리예요!"

마틴 경감이 소리쳤다.

"사건이 일어났을 때 창문은 분명 열려 있었습니다. 제 생각엔 이 사건에 다른 사람이 개입된 것 같습니다. 그 사람이 창밖에 서서 열린 문 사이로 큐빗 씨와 그 부인에게 총을 쏘았을 겁니다. 그리고 창틀에 있는 총알 자국은 서재 안에서 범인을 향해 쏠 때 생긴 거겠지요. 창틀에 있는 구멍은 총알 자국이 분명합니다."

"그렇다면 누가 창문을 닫아걸었을까요?"

"부인이 그랬을 겁니다. 위급한 상황에서 남편과 자신을 지키기 위해 본능적으로 문을 닫은 거죠. 그런데 이건 뭡니까?"

홈즈가 탁자 위에 있는 여성용 지갑을 보면서 물었다. 은장식이 달린 악어가죽 지갑이었다. 그는 지갑을 열고 탁자 위에 내용물을 쏟아놓았다. 지갑 안에 있던 것은 고무줄로 동여맨 잉글랜드 은행의 50파운드짜리 지폐 스무 묶음이 전부였다.

홈즈는 지갑과 지폐 다발들을 마틴 경감에게 건네주었다.

"잘 보관하세요. 재판에 중요한 증거물이 될 테니까요. 이제 세 번째 총알을 조사해야겠군요. 나무 창틀이 쪼개진 모양으로 보아 이 총알은 서재에서 창밖으로 발사된 것이 분명합니다. 킹 부인에게 몇 가지 더 물어볼 것이 있습니다. 킹 부인, 커다란 총소리 때문에 잠에서 깼다고 하셨죠? 그러면 첫 번째 총소리가 두 번째 소리보다 컸습니까?"

"글쎄요, 잠을 자다 총소리를 듣고 일어났기 때문에 분명하게 말하기 어렵지만 어쨌든 첫 번째 총소리가 매우 컸던 걸로 기억합니다."

"그렇다면 동시에 두 발이 발사된 거라고 생각하지 않습니까?"

"잘 모르겠어요."

"분명 그랬을 겁니다. 마틴 경감, 서재 조사는 이것으로 충분합니다. 이제 정원으로 나가서 새로운 증거를 찾아봅시다."

서재 창문 앞까지 화단이 길게 이어져 있었다. 화단에 가까이 갔을 때 우리는 모두 깜짝 놀랐다. 꽃들은 모두 짓밟혔고 부드러운 흙 위에는 커다란 발자국이 여기저기 나 있었다. 발자국은 남자의 것으로 발끝이 길고 좁은 것이 특징이었다. 홈즈는 다친 새를 찾는 사냥개처럼 잔디와 나무 사이를 샅샅이 뒤졌다. 그리고 마침내 만족스러운 탄성을 지르며 작은 놋쇠 실린더를 하나 집어 들었다.

"범인은 탄피 제거 장치가 있는 권총을 사용한 것 같군요. 여기 세 번째 탄피가 있어요. 마틴 경감, 이제 사건을 마무리할 때가 된 것 같군요."

마틴 경감은 홈즈의 수사가 빠르고 정확하게 진행되는 것을 보고 놀라움을 감추지 못했다. 처음에는 자기 방식대로 수사를 진행했었지만 홈즈의 추리력에 몹시 감탄한 나머지 지금은 홈즈가 가는 곳이라면 어디든지 묵묵히 따라다녔다.

"의심 가는 사람이 있습니까?"

"나중에 말하지요. 아직은 알려드릴 수 없는 문제들이 몇 가지 있으니까요. 확실한 결론을 얻으려면 조금 더 수사를 하는 게 좋겠습니다. 그런 다음에 모든 것을 알려 드리죠."

"그렇다면 범인을 잡고 얘기를 듣도록 하지요."

"여러분에게 비밀로 할 생각은 전혀 없습니다. 다만 내용이 길고 복잡해서 한 번에 설명하기 어렵군요. 사건의 실마리는 제가 갖고 있습니다. 만일 부인이 의식을 회복하지 못한다 해도 어젯밤에 일어난 사건을 추측해볼 수 있습니다. 물론 범인을 잡는 것도 가능합니다. 그건 그렇고 이 근방에 '엘리지'라는 여관이 있습니까?"

마틴 경감이 하인들을 불러 물어보았지만 모두들 그런 여관은 들어본 적이 없다고 했다. 그때 마구간지기 소년이 이스트 러스톤 방향으로 몇 마일 떨어진 곳에 엘리지라는 이름의 농부가 살고 있다는 것을 기억하고 홈즈에게 알려주었다.

"외딴곳에 있는 농장인가?"

"네, 아주 외딴곳이에요."

"그렇다면 어젯밤에 이 집에서 일어난 사건에 대해서 아직 모르겠지?"

"아마 그럴 거예요."

홈즈는 잠시 생각에 잠겨 있다가 뜻 모를 미소를 지었다.

"빨리 말을 준비해. 네가 엘리지 농장에 편지를 전해줘."

홈즈는 주머니에서 춤추는 사람 그림들을 모두 꺼내더니 탁자 위에 늘어놓고 그 앞에 앉아서 무언가를 쓰기 시작했다. 잠시 후 그는 마구간지기 소년에게 편지를 건네주었다. 홈즈는 소년에게, 자신이 말한 사람에게 편지를 직접 전해야 하며 그 사람이 어떤 질문을 해도 대답하지 말라고 당부했다. 편지 겉봉에는 '노픽, 이스트 러스톤, 엘리지 농장, 에이브 슬레이니'라고 적혀 있었다. 홈즈는 원래 필체가 정확한데 이번에는 아무렇게나 휘갈겨 쓴 것 같았다.

"경감님, 전보를 쳐서 죄수를 호송할 준비를 하세요. 제 추리가 옳다면 경감은 이제 아주 위험한 범인을 체포하게 될 겁니다. 편지를 갖고 가는 소년에게 전보를 보내라고 하세요. 왓슨, 오후에 런던행 기차가 있으면 그걸 타고 돌아가지. 이 사건도 거의 다 끝나가고, 집에 가서 화학분석을 마쳐야 하니까."

소년이 편지를 갖고 떠나자 홈즈는 하인들에게 누가 와서 힐튼 큐빗 부인을 찾거든 부인의 상태에 대해서 절대 얘기하지 말고, 바로 응접실 안으로 안내하라고 지시했다. 홈즈의 표정은 매우 진지했다.

"우리가 할 수 있는 일은 여기까지야. 이제는 시간을 잘 활용하면서 우리에게 어떤 일이 일어날지 기다리면 돼."

홈즈는 우리를 거실로 데려갔다. 의사는 다른 환자들을 돌보러 갔고 남은 사람은 나와 마틴 경감뿐이었다.

"자, 재미있고 유익하게 시간을 보내는 방법을 알려 드리지요."

홈즈가 테이블 앞으로 의자를 바짝 당겨 앉았다. 그는 탁자 위에 춤추는 사람이 그려진 기괴한 그림들을 죽 펼쳐 놓았다.

"왓슨, 오랫동안 궁금하게 해서 정말 미안해. 그리고 마틴 경감, 이번 사건은 경찰관인 당신에게는 더욱 의미 있는 사건이 될 겁니다. 힐튼 큐빗 씨가 나를 찾아와 조언을 구한 적이 있는데 우선 그것부터 말해야겠군요."

홈즈는 경감에게 그때 나눴던 얘기를 짤막하게 들려주었다.

"이 앞에 있는 그림들이 끔찍한 사건을 미리 예고하고 있다는 걸 모르는 사람들은 이 그림들을 보고 그저 웃어넘길 겁니다. 저는 비밀문자에 익숙한 편입니다. 160개의 독립된 암호문을 분석한 논문을 한 편 쓴 적도 있지요. 하지만 솔직히 이렇게 생긴 그림문자는 처음 봅니다. 이 그림을 만든 사람은 그림에 글자 의미가 있다는 걸 숨기고 아이들 낙서처럼 보이게 하고 싶었을 겁니다.

하지만 일단 이 그림들이 글자를 나타낸다는 걸 알게 된다면 모든 암호를 해독하는 데 필요한 규칙들을 적용해볼 수 있겠지요. 그러면 답은 의외로 간단해집니다. 첫 번째 그림은 너무 짧아서… 어쨌든 이것을 보세요.

이 그림이 'E'를 의미한다는 것밖에는 알아내지 못했습니다. 여러분도 알다시피 'E'는 영어에서 가장 많이 사용되는 글자입니다. 그렇기 때문에 아무리 짧은 문장에도 'E'가 다른 것보다 더 많이 나타납니다. 첫 번째 그림에는 열다섯 개의 인형이 있는데 그중 네 개가 같은 모양입니다. 그래서 저는 그 인형이 'E'일 가능성이 높다고 생각했지요. 그 인형과 똑같은 모양의 인형이 깃발을 들고 있는 그림도 있었지만 한 그림 안에 깃발을 든 인형이 사이사이에 나타나는 걸로 보아, 깃발이 단어와 단어 사이를 구분하는 칸막이 역할을 한다는 걸 알 수 있었습니다. 이런 가정 하에 이 그림(💃)의 모양이 'E'를 나타낸다고 적어놓았습니다.

　그러던 중 저는 실질적인 문제에 부딪치게 되었습니다. 'E' 다음에 오는 영어글자의 순서가 분명하지 않고, 'E'를 나타내는 인형이 어떤 그림에서는 거꾸로 그려져 있었던 거지요. 예를 들어 인형이 그려진 순서대로 글자를 나열해보면 T, A, O, I, N, S, H, R, D, L 라는 문장이 나오는데, T, A, O, I는 너무 가까이 붙어 있어서 의미를 알아내는 것이 불가능해 보였습니다. 그래서 다른 그림이 나타나기를 기다렸지요. 힐튼 큐빗 씨가 두 번째로 저를 찾아왔을 때 짧은 그림 두 장과 깃발 없이 한 단어로 된 그림 한 장을 가져다주었지요. 여기 그 그림이 있습니다. 다섯 개의 인형 중 두 번째와 네 번째는 'E'를 나타냅니다. 그렇다면 이 단어는 'sever끊다', 'lever지렛대', 'never결코~하지 않다' 중하나가 될 겁니다. 간청에 대한 답변이라면 'never'라는 단어가 가장 적합하겠지요. 그렇게 본다면 이 답변은 큐빗 씨의 부인이 썼을 거라는 추측이 가능합니다. 그러한 생각이 옳다고 가정한다면,

이 그림은 각각 N, V, R을 뜻하게 됩니다. 그림 문자를 해독하는 일이 상당히 어렵긴 했지만 여러 개의 글자를 해독해놓고 보니 문득 떠오르는 게 있었습니다. 만일 내 추측대로 예전에 부인과 가깝게 지냈던 사람이 이 편지를 보낸 거라면 두 개의 'E' 사이에 세 개의 인형이 그려진 단어는 부인의 이름인 'ELSIE(엘시)'를 의미할 거라고 생각한 거죠. 그림들을 다시 살펴보니 그중 세 그림의 마지막 부분에 이 단어가 적혀 있었습

니다. 편지는 'Elsie'에게 호소하는 것 같은 어조로 쓰인 게 분명했습니다. 이렇게 해서 L, S, I를 나타내는 인형도 찾아낼 수 있었습니다. 하지만 편지를 쓴 사람은 엘시에게 무엇을 호소했던 걸까요? 'Elsie'라는 단어 앞에는 'E'로 끝나는 네 개의 인형이 그려져 있었습니다. 저는 그 단어가 'COME(오다)'일 거라고 생각했습니다. 그리고 'E'로 끝나는 네 글자를 모두 찾아봤지만 이 경우에 맞는 단어는 없었습니다. C, O, M을 나타내는 인형을 찾은 상태에서 저는 첫 번째 그림을 다시 살펴보았지요. 그리고 아직 알아내지 못한 인형은 점으로 표시해서 첫 번째 그림으로 문장을 만들었습니다. 그랬더니 다음과 같은 글이 나오더군요.

* M * ERE ** E SL * NE *

첫 번째 자리에 들어갈 글자는 'A'일 거라고 생각했습니다. 'E'를 제외한다면 일반적으로 이렇게 짧은 문장에서 세 번이나 나올 수 있는 글자는 'A'밖에 없으니까요. 두 번째 글자는 'H'가 적당하겠지요. 그대로 글자를 짜 맞추면 이런 뜻이 됩니다.

AM HERE A * E SLANE *

그리고 이름으로 보이는 단어의 빈칸에 각각 글자를 집어넣으면 이런 문장이 나옵니다.

AM HERE ABE SLANEY 나 에이브 슬레이니가 여기 왔다

이제 꽤 많은 글자들을 알아냈기 때문에 두 번째 편지도 어렵지 않게 풀 수 있었습니다. 그 내용은 다음과 같습니다.

A * ELRI * ES

빈 칸에 T와 G를 넣었더니 'AT ELRIGES 엘리지에서'라는 말이 되더군요. 저는 엘리지라는 단어가 편지를 쓴 사람이 묵고 있는 여관이나 하숙집 이름을 나타낸다고 가정했지요."

마틴 경감과 나는 어려운 문제들을 쉽고 명확하게 풀어서 설명하는 홈즈의 능력에 감탄하면서 열심히 귀를 기울였다.

"그런 다음 어떻게 했습니까?"

마틴 경감이 물었다.

"저는 에이브 슬레이니는 미국인일 거라고 생각했지요. 에이브는 에이브러햄이라는 미국 이름을 줄인 거니까요. 이 미국인이 보낸 편지가 사건의 발단이 된 겁니다. 저는 여러 면에서 이 사건이 어떤 범죄와 연관되어 있다고 확신했지요. 부인의 과거가 베일에 가려져 있고 남편에게조차 비밀을 털어놓지 않는다

는 것 역시 그런 생각을 뒷받침해주었습니다.

그래서 뉴욕 경찰서에 있는 윌슨 하그리브에게 전보를 쳤습니다. 윌슨 역시 제게 몇 번 도움을 청한 적이 있었지요. 어쨌든 그에게 에이브 슬레이니라는 이름을 들어 본 적이 있느냐고 물었더니 '시카고에서 가장 위험한 악당'이라고 쓴 전보를 보냈더군요. 그리고 그날 저녁 힐튼 큐빗 씨에게서 마지막 그림을 받았습니다. 알아낸 글자를 갖고 짜 맞춰 보니 다음과 같은 문장이 나오더군요.

ELSIE * RE * ARE TO MEET THY GO.

빈 공간에 P와 D를 넣어보니 'ELSIE PREPARE TO MEET THY GOD 엘시 하나님 곁으로 갈 준비를 해라'이라는 뜻이 되었습니다. 이 악당의 말투는 이제 호소에서 협박으로 변했습니다. 윌슨이 알려준 말이 사실이라면 범인은 자신이 한 말을 즉시 행동으로 옮길 게 분명했지요. 그래서 왓슨과 함께 노픽으로 달려왔지만 안타깝게도 최악의 상황이 벌어진 다음이었습니다."

"당신과 함께 사건을 수사하게 돼서 정말 기쁩니다. 그런데 사실 지금 이 얘긴 홈즈 씨의 개인적인 수사 이야기라서 제 상관에게 뭐라고 보고해야 할지 난감하군요. 에이브 슬레이니가 엘리지 여관에 묵고 있다면, 그리고 그가 진짜 살인을 저질렀다면 여기에 가만히 앉아서 범인을 놓칠 수는 없지 않습니까? 그랬다간 제 처지가 몹시 난처해질 겁니다."

마틴 경감이 부드러운 말투로 조심스럽게 말했다.

"경감님, 걱정하지 않아도 됩니다. 범인은 도망치지 않을 겁니다."

"그걸 어떻게 아십니까?"

"죄를 자백하러 지금 여기로 오고 있을 테니까요. 그때 체포해도 늦지 않을 겁니다. 저는 아까 이 거실에 들어온 순간부터 지금까지 범인을 기다리고 있었습니다."

"범인이 왜 여기에 오겠습니까?"

"제가 와달라고 편지를 보냈으니까요."

"홈즈 씨, 말도 안 됩니다. 당신이 부탁한다고 해서 범인이 여기에 오겠습니까? 오히려 의심을 품고 달아나지 않겠습니까?"

"제가 편지를 조작했습니다. 경감, 제가 잘못 본 게 아니라면 저기 걸어오는 사람이 바로 그 범인일 겁니다."

한 남자가 현관문으로 성큼성큼 걸어오고 있었다. 키가 크고 가무잡잡한 피부를 가진 잘생긴 남자였다. 그는 회색 면바지에 모자를 쓰고 있었으며 억세 보이는 검은 턱수염과 갈고리처럼 휘어진 콧날이 공격적인 인상을 주었다. 그는 손에 지팡이를 들고 있었는데 걸을 때마다 지팡이를 휘젓는 폼이 예사롭지 않았다.

"모두 문 뒤에 숨어요. 저런 놈을 상대할 때는 조심해야 합니다. 경감님, 수갑을 준비해야 할 겁니다. 범인과 얘기하는 건 제가 맡을 테니까요."

홈즈가 목소리를 낮추어 말했다.

우리는 몇 분 동안 숨죽인 채 기다렸다. 결코 잊지 못할 긴장된 순간이었다. 마침내 현관문이 열리고 남자가 나타났다. 그가 안으로 들어선 순간 홈즈는 재빨리 권총을 그의 머리에 갖다 댔다. 그러자 마틴 경감이 손에 수갑을 채웠다. 두 사람의 동작이 매우 신속하고 정확하게 이루어졌기 때문에 범인은 잠시 멍하니 서 있다가 속았다는 걸 알고는 분노가 가득한 검은 눈동자로 우리를 한 사람씩 쏘아보았다. 그리곤 씁쓸하게 웃음을 터뜨리며 말했다.

"이봐, 여기에 숨어서 갑자기 덮치다니. 이거 된통 얻어맞은 기분이군. 하지만 난 힐튼 큐빗 부인의 편지를 받고 온 것뿐이야. 설마 그녀가 이 일을 꾸민 건 아니겠지? 그녀가 나를 잡아달라고 부탁한 건가?"

"큐빗 부인은 부상이 너무 심해서 생명이 위태로워."

그 말에 남자는 펄펄 뛰면서 온 집안이 떠나갈 듯이 큰 목소리로 소리쳤다.

"당신 미쳤군! 부상을 입은 건 그놈이었어. 엘시가 아니야! 누가 엘시에게 그런 짓을 했지? 나는 그저 겁만 주려고 했을 뿐인데. 오, 하나님! 난 그녀의 머리카락 하나도 건드린 적이 없어. 당신 헛소리한 거지? 어서 그녀가 무사하다고 말해!"

"부인은 심하게 상처를 입고 남편 옆에 누워 있었어."

그는 신음 소리를 내며 의자에 주저앉았다. 그러고는 괴로운 듯이 수갑을 찬 손으로 머리를 감싸 안은 채 오 분쯤 아무 말 없이 앉아 있었다. 마침내 그가 얼굴을 들고는 모든 것을 체념한 듯이 침착하게 말을 꺼냈다.

"이제 아무것도 숨길 필요가 없군. 내가 그놈을 쏘고 그놈도 나를 쏘았어. 만일 내가 엘시에게 상처를 입혔다고 생각한다면 그건 당신들이 나와 엘시를 잘 알지 못하기 때문이지. 이 세상에 나보다 더 그녀를 사랑하는 남자는 없어. 나에게는 그럴 권리가 있어. 우리는 몇 년 전에 약혼한 사이니까. 그런데 그 잉글랜드 놈이 우리 사이에 끼어들었어. 나에겐 그녀를 차지할 권리가 있고 단지 그 권리를 찾으려고 했을 뿐인데 뭐가 잘못이지?"

"부인은 당신이 어떤 사람이라는 걸 알고는 벗어나고 싶어 했어. 그래서 당신을 피하려고 미국에서 도망쳐온 거야. 그리고 훌륭한 영국 신사와 결혼했지. 당신은 그녀를 따라다니면서 괴롭혔고 결국은 그녀의 인생마저 망쳤어. 그녀는 남편을 진심으로 사랑했어. 하지만 당신은 그녀에게 두려움과 증오의 대상이었지. 그런데도 당신은 남편을 버리고 함께 도망가자고 그녀를 끈질기게 설득했고. 결국 당신 때문에 한 남자가 목숨을 잃고 그의 아내는 자살을 시도했어. 에이브 슬레이니, 당신이 무슨 죄를 저질렀는지 이제 알겠나? 당신은 그에 마땅한 처벌을 받을 거야."

"엘시가 죽었다면 난 어떻게 되든 상관없어."

그는 손에 쥐고 있던 구겨진 편지 조각을 보았다. 그리고 갑자기 의심스러운 눈초리로 소리쳤다.

"이봐! 이걸 보면 그따위 말로 날 겁주지는 못할걸? 만일 엘시의 부상이 그렇게 심하다면 이 편지는 누가 쓴 거지?"

"내가 썼지. 당신을 이곳으로 불러들이려고."

"당신이 썼다고? 우리 단원들 말고 이 암호를 아는 사람은 아무도 없어. 그런데 어떻게 당신이 이 편지를 썼다는 거지?"

"만든 사람이 있으면 푸는 사람도 있는 법. 슬레이니, 노위치에서 당신을 호송해갈 마차가 오는 중이야. 하지만 당신이 저지른 죄를 보상할 기회를 주지. 지금 힐튼 큐빗 부인은 남편을 살해했다는 혐의를 받고 있어. 나는 여기에 와서 그녀가 범인이 아니라는 걸 알았어. 자네에겐 그녀가 무죄라는 사실을 사람들에게 알려야 할 책임이 있어. 그리고 직접적으로든 간접적으로든 큐빗 씨의 죽음에도 책임을 져야 해."

홈즈의 말에 슬레이니는 전과는 다른 말투로 대답했다.

"죗값은 받겠습니다. 이제 모든 것을 사실대로 말하지요."

"자네에게 불리한 증언이 될 수도 있네."

마틴 경감이 영국 법에 규정된 내용을 범인에게 알려주었다.

슬레이니는 상관없다는 듯이 어깨를 한 번 으쓱하고는 말을 꺼냈다.

"나와 엘시는 어릴 적부터 알고 지낸 사이였습니다. 저와 친구 여섯 명은 시카고 갱의 단원이었는데 엘시의 아버지가 두목이었지요. 그는 영리한 사람이었습니다. 이 암호도 그가 만들었어요. 당신이 암호에 대해 잘 알지 못했다면 아이들 낙서쯤으로 생각하고 그냥 지나쳤을 겁니다. 엘시도 우리가 하는 일을 배운 적이 있지만 잘 적응하지 못했어요. 결국 그녀는 혼자 돈을 모아서 몰래 런던으로 떠났지요. 나는 우리가 약혼한 사이였기 때문에 그녀가 당연히 나와 결혼할 줄 알았습니다. 내가 다른 직업을 갖고 있었다면 이런 일은 일어나지 않았겠지요. 내가 그녀의 거처를 알아냈을 때는 잉글랜드인과 결혼한 직후였습니다. 그녀에게 편지를 보냈지만 답장이 없었습니다. 아무리 편지를 보내도 소용이 없어서 그녀가 볼 수 있는 곳에 편지를 남기려고 여기에 왔던 겁니다.

그러고 보니 여기에 온 지 한 달이 지났군요. 그동안 계속 엘리지 농장에 있었습니다. 아래층에서 묵었기 때문에 아무에게도 들키지 않고 밤마다 드나들 수 있었지요. 저는 엘시를 구슬리기 위해 무척 애를 썼습니다. 제가 편지를 놓았던 자리에 엘시가 답장을 놓았던 적이 한 번 있어서, 그녀가 제 편지들을 읽는다는 걸 알았어요. 엘시의 태도에 점점 화가 난 저는 그녀를 협박했지요. 그러자 엘시가 다시 편지를 보냈습니다. 나에게 떠나달라고 부탁하면서 이 일이 남편에게 알려지면 자신은 견딜 수 없이 괴로울 거라고 하더군요. 그녀는 편지에 제가 더 이상 그녀를 괴롭히지 않고 떠나준다면, 남편이 세 시쯤 잠드니까 그때 1층 창문 앞에서 만나겠다고 적었습니다. 그런데 그날 엘시는 돈을 갖고 나왔습니다. 돈을 주면 제가 떠날 거라고 생각했던 모양입니다. 그 순간 저는 너무 화가 나서 그녀의 팔을 붙잡고 창밖으로 끌어내려 했습니다. 그런데 그때 엘시의 남편이 권총을 들고 방 안으로 뛰어들어 온 겁니다. 엘시가 바닥에 쓰러지자 그 남자와 저는 서로 마주 보았지요. 저도 권총을 움켜잡았습니다. 권총으로 겁만 주고 그 틈을 타 도망치려고 했지요. 그런데 갑자기 그 남자가 제게 총을 쏘았습니다. 총알은 빗나갔고 저도 곧바로 방아쇠를 당겼습니다. 그러자 남자가 바닥에 쓰러졌습니다. 그리고 정원을 지나 도망갈 때 뒤에서 창문이 닫히는 소리가 들렸습니다. 그날 있었던 일은 이것이 전부입니다. 그리고 오늘 어떤 소년이 전해준 편지를 받고 여기에 올 때까지 그 사건에 대해 아무 소식도 듣지 못했습니다. 그러고 보니 얼간이처럼 제 발로 덫에 걸려든 셈이 됐군요."

그가 이야기하는 동안 마차가 도착했다. 마차 안에는 제복 경관 두 명이 타고 있었다. 마틴 경감이 일어서서 슬레이니의 어깨를 툭 치며 말했다.

"자, 이제 갈 시간이네."

"마지막으로 엘시를 볼 수 없을까요?"

"안 돼. 아직 의식을 회복하지 못했어. 홈즈 씨, 이번처럼 중요한 사건이 있을 때 다시 한 번 당신과 일할 수 있다면 더 바랄 것이 없겠습니다."

홈즈와 나는 창가에 서서 마차가 멀어져 가는 것을 지켜보았다. 창가에서 돌아서자 슬레이니가 테이블에 던져둔 종이가 보였다. 그 종이는 홈즈가 슬레이니를 유인하기 위해 쓴 그림 편지였다.

"왓슨, 이 편지 읽을 수 있겠어?"

홈즈가 미소 지으며 말했다.

편지에는 춤추는 사람들이 한 줄로 그려져 있었다.

"내가 설명해준 글자를 적용해봐. 그러면 이 그림이 'Come here at once 지금 여기로 오세요'라는 뜻이라는 걸 쉽게 알 수 있지. 이렇게 쓰면 그가 반드시 올 거라고 확신했지. 다른 사람이

이 편지를 썼다고는 상상도 못할 테니까 말이야. 이 그림 문자
들은 지금까지 나쁜 일에 사용되었지만 범인을 잡는 데 한몫
했으니 결국 좋은 일에도 쓰인 셈이군. 자, 이걸로 자네의 기
록 수첩에 특별한 사건을 추가해주겠다는 약속은 지킨 거지?
3시 40분 출발하는 기차가 있다니까 저녁은 집에서 먹을 수
있겠군."

마지막으로 몇 마디 덧붙이자면 에이브 슬레이니는 노위치
의 겨울재판에서 사형을 선고받았지만, 힐튼 큐빗이 먼저 총을
쏜 사실이 인정된 후에 무기징역으로 감형되었다. 들리는 소문
에 의하면 힐튼 큐빗 부인은 완전히 건강을 회복했고 그 후로
재혼도 마다한 채 가난한 사람들을 돌보고 남편이 남긴 영지를
관리하면서 살고 있다고 한다.

수수께끼의 하숙인
The Adventure of the Veiled Lodger

수수께끼의 하숙인
The Adventure of the Veiled Lodger

              23년 동안 활발한 셜록 홈즈의 탐정 활동과 내가 그를 도와 17년 동안이나 사건내용을 기록해 온 사실을 감안해 보면 홈즈의 사건자료가 얼마나 많을지는 쉽게 짐작할 수 있을 것이다. 그러나 항상 문제는 사건을 찾기가 어렵다는 점이 아니라 무슨 사건을 선택하느냐 하는 점이었다. 홈즈의 방에는 연감들이 책장을 가득 채우고 있었으며 여기저기 놓인 상자에도 사건 관련 서류들이 꽉 차 있었고, 이는 모두 범죄사건뿐만 아니라 빅토리아 시대 후기의 사회적, 정치적 스캔들을 모두 망라한 완벽한 정보 공급원이라고 할 수 있다. 그리고 후자와 관련해서 나에게 자기 가족의 명예나 유명한 조상의 명성에 해가 되지 않게 해 달라고 애타게 애원하는 편지를 보내는 사람들은 일단 걱정하지 말라고 말하고 싶다. 탐정 홈즈를 돋보이게 했던 직업적인 명성과 명망은 비망록에 실릴 사건의 선택과 기록에 있어서도 유감없이 발휘되어 한 치도 빈틈이 없었기 때문이다. 그런데 최근 이 사건 관련 서류들을 훔쳐내려는 사건이 발생했다. 나는 서류를 없애려고 시도했던 자들에 대해 엄중히 경고했다. 누가 이런 짓을 저질렀는지 홈즈는 잘 알고 있으며, 만약 한 번 더 이런 무모한 짓을 시도할 경우에는 정치인 관련 비리를 신문에 폭로하겠다고 말했다. 누군가 단 한 명은 지금 내가 하는 말이 무슨 뜻인지 이해할 것이다.

　독자 여러분은 사건마다 홈즈가 언제나 뛰어난 관찰력과 본능적 직감을 발휘했으리라 지레짐작하지 않는 편이 좋다. 나는 사건 비망록을 통해 홈즈의 월등한 능력을 제대로 묘사하려고 애를 쓰긴 했지만 때로는 홈즈도 사건해결이란 열매를 얻기 위해 많은 노력을 했다. 반대로 어떤 때는 아주 쉽게 사건이 해결된 경우도 있었다. 그러나 안타깝게도 사건 발생 당시에는 홈즈에게 사건의뢰가 들어오지 않아 몇 년이 지나서야 수수께끼가 풀렸던 경우들도 종종 있었다. 지금 쓰고자 하는 사건도 역시 그와 같은 경우다. 이름이나 장소는 약간 고쳤지만 여기 쓴 내용은 모두 사실이다.

1896년 초의 어느 날 오전이었다. 홈즈가 급히 와 달라는 전보를 보내왔다.

베이커 가의 방문을 열자 담배 연기가 자욱한 방 한가운데 홈즈가 나이 지긋한 부인과 의자에 앉아 마주 보며 이야기를 하고 있었다. 시골집 안주인처럼 아주 뚱뚱한 여자였다.

"이분은 남부 브릭스턴에서 오신 메릴로우 부인." 홈즈가 손짓을 하며 소개했다.

"메릴로우 부인은 담배 연기가 괜찮다고 하니 자네도 평소대로 고약한 담배를 피우고 싶다면 그렇게 해. 부인이 아주 흥미진진한 이야기를 하는 중이었어. 앞으로 어떻게 일이 진행될지 모르지만 자네가 있는 게 좋을 것 같아서 불렀어."

"내가 할 수 있는 일이라면 뭐든…."

"메릴로우 부인, 론더 부인을 만나러 갈 때 이 친구를 데리고 가도 되겠지요? 부인이 미리 론더 부인에게 말해 두셨으면 좋겠습니다." 홈즈가 말했다.

"그럼요, 그러고 말고요." 메릴로우 부인이 대답했다.

"홈즈 씨를 열렬히 만나고 싶어 해요. 론더 부인에게는 큰 도움이 될지 모르지요."

"그럼 내일 오후 일찍 찾아뵙도록 하지요. 출발하기 전에 말씀하신 내용을 다시 한 번 확인해 보지요. 여기 계신 왓슨도 상황파악에 도움이 될 테니까요. 7년 동안 론더 부인에게 방을 빌려주었는데, 론더 부인의 얼굴을 본 것은 단 한 번뿐이라고 하셨죠?"

"차라리 안 보는 게 좋았을 뻔했어요!" 메릴로우 부인이 말했다.

"흉한 얼굴이었나요?"

"홈즈 씨, 그건 얼굴이라고 할 수도 없어요. 그런 얼굴은 생전 처음 봤어요. 우유 배달부가 2층 창문에서 밖을 내다보던 론더 부인 얼굴을 흘깃 올려다보고는 우유통을 엎지르는 바람에 앞마당이 우유 천지가 된 적도 있었답니다. 어쨌든 아주 흉측하게 생긴 얼굴이었어요. 저도 어쩌다 그 여자 얼굴을 한번 봤는데, 제가 보고 있다는 걸 눈치채고는 얼른 베일로 얼굴을 가리더군요. 그러면서 '메릴로우 부인, 제가 이 베일을 한 번도 벗지 않는 이유를 이제야 아시겠지요?' 하고 말하는 거예요."

"론더 부인의 과거에 대해서 알고 있습니까?"

"전혀 몰라요."

"처음 하숙을 구하러 왔을 때 신원보증 서류 같은 걸 갖고 오지 않았나요?"

"아뇨, 그런 건 갖고 오지 않았어요. 대신 현금으로 뭉칫돈을 내놓았답니다. 석 달 치 집세를 선불로 미리 내면서도 임대 계약서에 대해서는 한마디 언급도 없었어요."

"부인의 집을 선택한 이유를 뭐라고 하던가요?"

"저희 집은 길에서 멀리 떨어져 있어 다른 집들에 비해 조용하고 한적해요. 저는 혼자 살고, 다른 식구들도 없어서 아마 그 점이 가장 맘에 들었던 모양이에요. 론더 부인이 원하는 것은 완전하게 사생활이 보장되는 집이었고, 그래서 선뜻 집세를 지불했던 것이지요."

"우연히 한번 본 것 말고는 지금까지 한 번도 론더 부인의 얼굴을 못 보았다고 했는데, 참 특이한 경우네요. 정말 특이해요. 단지 론더 부인의 사연이 궁금해서 제게 사건을 의뢰하는 겁니까?"

"그런 게 아니에요, 홈즈 씨. 전 집세만 받으면 다른 건 상관하지 않아요. 그리고 지금까지는 아주 만족스러웠어요. 론더 부인보다 더 조용한 하숙인도 없을 겁니다. 별문제도 없었고요."

"그럼 이렇게 찾아온 이유가 뭡니까?"

"론더 부인의 건강이 염려되어서요. 홈즈 씨, 론더 부인이 점점 쇠약해지는 것 같아요. 큰 걱정거리가 있는 게 분명해요. '살인자!'라고 소리를 지를 때도 있어요. 한번은 '이 잔인한 짐승! 괴물!'하고 소리 지르는 걸 들은 적도 있어요. 밤중이었는데 온 집안에 다 들릴 만큼 큰 소리였어요. 너무나 놀라서 온몸이 떨릴 지경이었지요. 그래서 다음 날 아침 론더 부인을 만나러 가서 말을 꺼냈습니다. '론더 부인, 괴로운 일이 있으면 마을 신부님을 찾아가 보세요. 아니면 경찰에 맡기시든지. 도움을 받을 수 있을 거예요.' 그런데 '무슨 일이 있어도 경찰은 싫어요!'하고 대답하더군요. '그리고 신부님이 과거를 바꿔 주실 수 없잖아요. 단지 제가 죽기 전에 누군가에게 진실을 털어놓을 수 있었으면 좋겠어요. 그러면 마음이 한결 편할 것 같아요.' 이렇게 말해서 '글쎄요, 정상적인 평범한 방법이 정 싫으면 탐정을 고용할 수도 있지요'하고 론더 부인에게 권유했지요. 그렇게 말해서 죄송해요, 홈즈 씨. 어쨌든 론더 부인은 이 말에 귀가 솔깃한 모양이었어요. '맞아요, 그 사람이 있었군요. 그 탐정을 고용하면 되겠네요, 왜 그 생각을 미처 못 했는지 모르겠어요. 그 사람을 이리로 데려오세요. 메릴로우 부인. 만약 오지 않겠다고 하면 론더 맹수 서커스의 론더 부인이라고 말해 보세요. 그리고 압바스 파바라고 말하세요.'라고 하더군요. 여기 종이에 압바스 파바란 이름을 적어 왔어요. 론더 부인은 자기가 제대로 봤다면 홈즈 씨가 자신을 보러 올 거라고 하더군요."

"네, 그럴 것 같군요." 홈즈가 대답했다.

"좋습니다. 메릴로우 부인, 잠깐 왓슨과 점심때까지 얘길 해야겠습니다. 브릭스턴에 있는 부인 집에서 3시 전에 뵙도록 하지요."

메릴로우 부인은 뒤뚱뒤뚱하며 방을 나갔다. 뒤뚱거린다는 말 외에는 달리 표현할 단어가 없는 걸음새였다. 부인이 나가자 홈즈는 낡은 서류와 책들이 쌓여 있는 구석으로 달려가 앉았다. 한동안 이 책, 저 책의 책장을 넘기는 소리가 나더니 원하는 것을 찾았는지 홈즈가 나지막하게 탄성을 내뱉었다. 홈즈는 만족스러운 얼굴로 바닥에 앉은 채 마치 명상하는 부처처럼 생각에 잠겼다. 주위에는 온통 책들이 널려 있었고, 홈즈의 무릎 위에도 책 한 권이 펼쳐진 채 놓여 있었다.

"사실 그때 당시에 사건에 신경이 쓰였어, 왓슨, 이것 봐. 개인적으로 그 사건을 알아보려고 수첩에 메모도 해 놓았지. 하지만 결국 사건은 해결되지 않았어. 틀림없이 당시 검시관이 뭔가 잘못 판단했다고 생각했지. 압바스 파바란 이름을 기억해?"

"아니 전혀."

"그러면 간단히 얘기하지. 하지만 나 역시 그 사건의 경위를 추상적으로 짐작할 뿐이어서 내가 내린 결론은 개인적인 느낌에 불과해. 게다가 당시 경찰이나 사건 당사자가 내게 직접 사건을 의뢰한 것이 아니라, 조사하지 않았거든. 한번 여기 메모들을 읽어보겠나?"

"그냥 말로 하면 안 돼?"

"그러지. 얘기하다 보면 금세 기억날 거야. 론더는 당대 최고의 서커스맨으로 세인저와 웜웰 서커스 극단의 큰 라이벌이었는데 론더가 술을 마시기 시작하면서 서커스도 점점 내리막길에 들어섰고, 결국 서커스단은 큰 비극으로 막을 내렸어. 그 당시 론더 서커스 극단은 버크셔의 작은 마을 압바스 파바에서 하룻밤을 묵었어. 그 끔찍한 사건은 바로 여기서 일어났지. 서커스단은 윔블던으로 가는 도중에 압바스 파바에서 하룻밤 야영을 할 작정이었어. 그 마을에서는 서커스 공연은 예정에 없었어. 워낙 작은 마을이라서 서커스 공연을 해도 수지가 맞지 않았으니까.

북아프리카 사자를 데리고 하는 인기가 많은 맹수 공연이 하나 있었는데, '사하라 킹'이라는 이름의 사자였지. 론더 부부가 사자 우리에 들어가는 묘기를 보여주는 쇼였지. 여기 그 사자 쇼를 찍은 사진이 있어. 보면 알겠지만 론더는 덩치가 크고 우락부락했고, 부인은 반대로 마른 편이었어. 사건 당시 사자가 매우 흥분한 상태였다는 사실이 드러났지만, 보통 맹수는 사나운 것이 당연하다고 생각해서 아무도 그 사실은 신경 쓰지 않았을 거야.

밤에 사자 먹이를 주는 일은 보통 론더가 하거나 아니면 론더 부인의 일이었지. 한 명이 주거나 부부가 같이 먹이를 줄 때도 있었지만 어떤 경우에도 두 사람 외에 다른 사람이 그 일을 대신 하진 못하게 했어. 왜냐하면 혼더 부부가 사자에게 계속 먹이를 주었기 때문에, 이에 익숙해진 사자가 먹이 주는 사람인 그들 부부에겐 절대 해를 끼치지 않을 거라고 생각했기 때문이지. 7년 전 사건이 발생했던 그날 밤도, 론더 부부는 함께 먹이를 주러 갔어. 그리고 비참한 사태가 일어났지. 그런데 불행히도 자세한 경위를 밝혀내지는 못했어.

야영 중이던 자정 무렵에 서커스단 사람들이 모두 잠을 깼지. 사자의 사나운 울음소리와 여인의 찢어지는 것 같은 비명소리 때문이었어. 서커스 단원들이 모두 랜턴을 들고, 자고 있던 텐트 밖으로 달려나왔지. 그리고 처참한 현장을 목격했어. 론더는 머리가 으스러진 채 땅에 쓰러져 있었고, 머리 뒤에 깊이 할퀸 사자 발톱 자국이 있었어. 우리 문은 열려 있었고, 10야드 정도 떨어진 곳에서 론더 부인을 발견했어. 끔찍하게도 사자가 부인을 움켜쥐고 앉아 사납게 으르렁대고 있었지. 부인의 얼굴이 심하게 뜯겨나가 모두 부인의 목숨이 끊어졌다고 생각했지. 잠시 후 곡예사 레오나르도와 광대 그릭즈가 막대기로 사자를 쫓아 우리에 몰아넣고 문을 잠갔지. 도대체 어떻게 우리 문이 열렸는지가 수수께끼였어. 론더 부부가 사자우리 안으로 들어가려고 했는데, 문이 열리자 사자가 뛰쳐나와 이들 부부를 덮쳤다고 짐작할 뿐이지. 비참한 사건이지만달리 이상한 점은 없었어. 들것에 누워 실려 가던 론더 부인이고통 속에 정신이 혼미한 상태에서 '겁쟁이, 비겁자'라고 계속비명을 질렀다는 점 외에는. 론더 부인이 당시 상황을 설명할 수 있을 정도로 회복된 때는 그로부터 6개월 뒤였어. 하지만 이미 실수로 인한 참사라는 결론을 내리고 수사는 종결된 후였지."

"그 사건에 대해 달리 설명할 방도가 있나?" 내가 물었다.

"뭐, 없을 수도 있지. 실수로 인한 참사라는 결론이 옳을지도 몰라. 하지만 버크셔 경찰서의 에드먼드 형사는 한두 가지 맘에 걸리는 점이 있었어. 에드먼드는 꽤 똑똑해. 그는 나중에 알라하바드로 갔는데 그곳에서 나를 만났지. 그래서 내가 그 사건 이야기를 듣게 된 거야. 에드먼드 형사가 파이프 담배를 두대 정도 피우면서 그 사건에 대해 이야기했어."

"그 빼빼 마른 금발 머리?"

"맞아, 그 사람이야. 이제 기억이 나는가 보군."

"사건의 어디가 껄끄럽다고 했어?"

"사실 껄끄럽긴 나 역시 마찬가지였어. 사건을 재구성하다 보니 어딘지 모르게 앞뒤가 맞지 않은 곳이 있었어. 사자의 눈으로 그때 상황을 한번 재연해 볼까? 우리 문이 열리고 자유로워진 사자는 앞으로 돌진해 론더를 덮쳤어. 론더는 달아나려고 했지. 사자가 할퀸 발톱 자국이 머리 뒤통수에 나 있었던 점으로 알 수 있지. 사자는 론더를 덮쳐 쓰러뜨렸어. 그런 뒤에도 도망가지 않고 우리 곁에 있던 론더 부인 쪽으로 방향을 틀어 그녀를 공격해 덮친 다음 얼굴을 씹어 삼켰어. 그렇다면 한번 생각해 봐, 론더 부인이 비명을 질렀다는 건 누군가에게 살려 달라고 소리쳤다는 뜻일 수도 있어. 그런데 이미 죽은 남편이 뭘 어떻게 도와줄 수 있지? 뭔가 이상하지 않나?"

"그렇군."

"이상한 점은 또 있어. 곰곰이 사건을 생각하다가 떠오른 건데, 당시 사자가 포효하는 소리와 론더 부인의 비명소리와 함께 공포에 질린 남자의 고함소리도 들렸다는 증언이 있었어."

"그야 당연히 남편 론더의 비명이었겠지."

"글쎄, 머리가 완전히 으깨진 상태에서 신음소리를 낼 수 있을까? 론더 부인의 비명소리와 함께 남자의 비명소리를 들었다는 증인이 두 명이나 있어."

"야영 중이던 서커스 단원들도 그걸 보고 놀라 소리를 질렀던 건 아닐까? 그렇게 생각하면 간단할 것 같은데."

"그렇게도 생각할 수 있겠군."

홈즈의 대꾸에 나는 설명을 계속했다.

"두 사람은 사자 우리에서 떨어진 곳에 같이 있었는데 사자가 우리에서 풀려 나와서 남편을 먼저 공격하자 부인은 우리 안으로 도망가려고 했겠지. 달리 도망갈 곳이 없었을 테니까. 그때 부인이 우리 안으로 도망가려던 찰나 사자의 공격을 당한 거야. 그녀는 사자와 맞서 싸우지 않은 남편의 비겁한 태도에 분노했겠지. 두 명이 같이 싸웠다면 사자에게 겁을 주어 쫓았을 수도 있었을 테니까. 그래서 남편에게 '겁쟁이, 비겁자'하고 악을 쓴 게 아닐까?

"다이아몬드처럼 훌륭한 추리야, 왓슨. 단 하나 흠집이 있는 다이아몬드이지만."

"그 흠집이 뭐야, 홈즈?"

"두 사람 모두 우리에서 멀리 떨어져 있었다면, 문이 어떻게 열렸는지 이상하지 않나?"

"론더 부부를 미워하는 누군가 두 사람 모르게 우리 문을 열었을까?"

"그렇다면 왜 사자가 난폭하게 공격했을까? 맹수이긴 하지만 먹이를 주는 론더 부부에게 익숙했을 텐데. 심지어 사자 우리 안으로 들어가는 공연을 할 정도였어."

"누군가가 사자의 공격성을 부추기는 짓을 했겠지."

홈즈는 깊이 생각에 잠긴 얼굴로 한동안 침묵을 지켰다.

"흠, 왓슨 자네 이론을 설명해 줄 이야기를 하지. 론더는 주위에 적이 많았어. 에드먼드 형사가 말하길 서커스 단원 사이에서도 악명이 높았다더군. 성격도 난폭하고 자기 앞에서 얼쩡대는 사람을 때리거나 욕설을 퍼붓기가 일쑤였대. 난 메릴로우 부인이 얘기했던 것처럼 한밤중에 론더 부인이 괴물, 짐승이라고 소리친 이유가 죽은 남편에 대한 나쁜 기억 탓이라고 생각해. 그러나 사실을 모두 알기 전까지 이렇게 생각만 한다고 해결될 일은 아무것도 없겠지. 찬장에 차가운 꿩고기와 몽라세 포도주 한 병이 있어. 출발하기 전에 식사를 하고 힘을 내야겠는걸."

우리가 탄 마차가 브릭스턴의 간소하고 소박한 하숙집에 도착하자 뚱뚱한 메릴로우 부인이 이미 나와서 문을 열어 놓고 기다리고 있었다. 메릴로우 부인은 행여 론더 부인처럼 좋은 하숙인을 잃을까 너무 걱정한 나머지 우리에게 제발 론더 부인이 하숙집을 나가는 일은 생기지 않게 해 달라고 당부를 거듭했다. 걱정하는 메릴로우 부인을 안심시키면서 우리는 경사가 급하고 카펫이 대충 깔린 계단을 올라가 의문투성이 하숙인이 사는 방 문 앞에 이르렀다.

좁고 곰팡내 나며 환기가 잘 안 되는 방이었다. 예상했던 대로 론더 부인은 거의 바깥출입을 하지 않는 듯했다. 맹수를 우리에 가두어 두던 여인의 운명이 이제는 반대로 바뀌어 조롱에 갇힌 새의 신세가 된 것과 다름없는 생활이었다. 그녀는 그 늘진 방구석에 있는 부서진 의자에 앉아 있었다. 7년이란 오랜 세월 동안 꼼짝도 하지 않은 탓에 몸매가 변하긴 했지만 아직도 한때 아름다웠던 자태를 충분히 느낄 수 있었다. 론더 부인은 윗입술만 살짝 보일 정도로 두꺼운 검은 베일로 얼굴을 가리고 있었다. 검은 베일 아래로 드러난 단정한 입술 모양이 아름다웠고, 역시 둥근 턱 선에서도 섬세함이 엿보였다. 한때 정말 미인이었으리라. 목소리 또한 차분하여 듣는 사람의 귀를 즐겁게 했다.

"제 이름은 알고 계시겠지요, 홈즈 씨. 오시리라 생각했습니다."

"예, 그렇습니다. 부인. 그런데 제가 부인 사건에 흥미를 갖고 있다는 걸 어떻게 아셨는지는 모르겠군요."

"몸이 회복되고 난 뒤 에드먼드 형사가 날 찾아와 이것저것 물어보다가, 홈즈 씨 이야기를 했어요. 그분에게는 거짓말해서 미안하지만 당시 상황에서 진실을 밝힌다는 건 현명치 못한 짓이었죠."

"보통은 진실을 말하는 것이 현명한 처사이긴 합니다만, 왜 에드먼드 형사에게 거짓말을 했나요?"

"누군가의 목숨이 달려 있었기 때문이에요. 전혀 쓸모없는 남자란 걸 알지만 진실을 말해야 하는 내 양심 때문에 그 사람을 망치고 싶진 않았어요. 우리는 가까운 사이였어요. 정말 가까운 사이였어요."

"그런데 지금은 그 장애물이 사라졌나요?"

"네, 홈즈 씨. 그 사람은 죽었어요."

"왜 그때, 경찰에 사실대로 밝히지 않았나요?"

"처지를 고려해야 할 사람이 한 명 더 있었어요. 바로 저 자신이었어요. 전 경찰 조사로 밝혀질 추문과 남들의 따가운 시선을 견디지 못할 것 같았어요. 오래 살지는 않았지만 방해 없이 조용히 죽길 원했지요. 하지만 죽기 전에 모든 사실을 털어놓을 만한 믿을 수 있는 사람을 찾았으면 했어요. 제가 떠나고 난 후에 사람들이 사실을 이해할 수 있도록 말이에요."

"과찬의 말씀입니다. 부인. 만약 부인이 하실 이야기가 반드시 경찰에게 전달되어야 할 만한 성질의 것이라고 판단되면 책임감 있는 탐정으로서 제 임무를 다할 겁니다."

"홈즈 씨의 수사방법이나 인격에 대해 잘 알고 있어요. 몇 년 동안 홈즈 씨가 해결한 사건 기사들을 읽었으니까요. 운명이 나를 저버린 후로 독서는 유일한 기쁨이 되었지요. 하지만 바깥세상 이야기는 별로 그립지 않아요. 홈즈 씨가 제 이야기를 들으려고 오신만큼 어떠한 일이 있어도 전 이 기회를 꼭 잡아야겠어요. 이젠 마음 편하게 말할 수 있을 것 같아요."

"기꺼이 듣지요."

론더 부인은 자리에서 일어나 책상 서랍에서 사진을 한 장 꺼냈다. 사진 속의 남자는 체조 선수처럼 균형 잡힌 아름다운 체격의 소유자였다. 잘 발달된 가슴에 팔짱을 낀 자세가 자신감이 넘쳐 보였다. 짙은 콧수염 밑에는 시원스런 미소가 흘렀다. 그는 많은 전투에서 승리를 거둔 듯 당당한 장군의 모습이었다.

"그 사람은 레오나르도예요." 론더 부인이 설명했다.

"레오나르도라면 그 서커스단에 있던 사람이군요? 사건 현장으로 달려왔던?"

"맞아요, 그 사람이에요. 그리고 이 사진에 있는 사람은 제 남편이고요."

인상이 고약한 남자였다. 거칠고 사나운 수퇘지 같다고 할까? 짐승처럼 잔인한 면모가 엿보이는 인상이었다. 야비한 입가에는 분노가 어려 있었고, 작고 교활한 두 눈은 악의로 가득 차 심술궂기 짝이 없었다. 두텁고 살찐 아래턱은 그가 욕심 많고 잔인한 악당임을 여실히 보여주었다.

"이 사진 두 장을 보면 훨씬 이해가 잘 될 거예요. 전 가난한 서커스 소녀 단원이었어요. 열 살이 되기도 전인 아주 어릴 때부터 후프 통과하기 같은 묘기들을 배웠어요. 어느덧 더 이상 소녀가 아니라 여자라고 할 만큼 내 나이가 차게 되자 론더가 저를 사랑하게 되었어요. 그의 짐승 같은 욕정도 사랑이라고 할 수 있다면요. 악마의 손에 놀아난 것인지 저는 어느 순간 그의 아내가 되어 있더군요. 그날부터 제 생활은 지옥과 다름없었어요. 그는 끊임없이 절 고문하고 괴롭히는 악마였답니다. 서커스 단원 중에 론더의 행패가 어떠했는지 모르는 사람은 아무도 없었어요. 내가 반항이라도 하면 절 묶어 놓고 채찍질을 했지요. 서커스 단원 모두 절 불쌍히 여겼고, 남편을 역겨워했지만 뭘 어떻게 할 수 있겠어요? 모두 남편을 무서워했어요. 게다가 술을 마시기만 하면 사람 죽일 듯 더욱 날뛰는 바람에 모두 꼼짝도 못했지요. 행패는 날이 갈수록 심해져서 거의 짐승에 가까울 정도였지만 그는 어쨌든 극단의 주인이고, 월급을 주는 사람이었어요. 남편은 결코 남을 배려하는 사람이 아니었지요. 결국 주위에 있던 좋은 사람들이 모두 떠나기 시작했고 서커스 공연은 점점 내리막길을 걸었어요. 서커스를 계속할 수 있었던 까닭은 그나마 저와 레오나르도가 남아 있었기 때문이었어요. 그리고 어릿광대 지미 그릭즈도 있었고요. 불쌍한 광대 그릭즈, 관객에게 웃음을 줄 만한 상황이 아니었지만 항상 최선을 다했지요.

그렇게 어렵고 비참한 상황에서 레오나르도가 내 생활 속으로 조금씩 다가왔어요. 사진을 보셔서 알겠지만, 매력적인 외모를 가졌지요. 사실은 패기 있게 잘생긴 겉모습 속에 그만한 용기가 없었던 사람이란 걸 지금이야 알고 있지만 남편하고 비교해 보면 레오나르도는 그리스 신화에 나오는 훌륭한 신처럼 보였어요. 절 동정하고 도와주던 마음이 점점 깊어지더니 마침내 사랑으로 변했지요. 우리 둘은 아주 깊고 열정적인 사랑을 나누었어요. 항상 꿈에서 그려 온 사랑이었지만 현실로 이뤄지리라고는 감히 상상도 하지 못했던 일이었어요.

남편은 절 의심했지만 전 남편이 사나운 만큼 겁도 많은 사람이고 또한 레오나르도라면 잔인한 남편도 섣불리 대하지는 못하리라 생각했어요. 남편은 그 어느 때보다 더욱 더 저를 가혹하게 학대하는 것으로 앙갚음했지요. 어느 날 밤 매를 맞는 제 비명소리가 레오나르도가 잠든 마차까지 들렸는지 절 만나러 왔더군요. 사건이 일어나기 며칠 전이었어요. 그리고 그날 밤 우리는 더 이상 피하지 말자고 결심했어요. 론더는 살 가치가 없는 사람이었어요. 우리는 그를 죽일 계획을 짰어요.

레오나르도는 절대로 멍청한 사람이 아니었어요. 오히려 꾀가 많은 사람이었죠. 모든 계획은 레오나르도 머리에서 나왔지만 전 그를 탓하고 싶지 않아요. 저 역시 레오나르도와 함께라면 어디든지 갈 준비가 되어 있었으니까요. 레오나르도에 비해 전 그런 계획을 짤 만큼 머리가 좋지는 않았어요. 우리는 방망이를 준비했어요. 레오나르도가 만들었지요. 그리고 납자루 끝에 긴 쇠못을 다섯 개 박았어요. 사자가 발톱으로 할퀸 것처럼 보이기 위해서였어요. 남편이 죽은 원인은 사자가 아니라 바로 이 흉기 때문이었어요. 우리는 론더를 죽인 후 사자가 한 짓이라는 증거를 남기려고 우리 문을 열어 사자를 풀어 주기로 했지요.

칠흑같이 어두운 밤 남편과 나는 사자 우리로 내려갔어요. 늘 하던 대로 사자 먹이를 주기 위해서요. 나와 남편이 통에 담긴 날고기를 들고 사자 우리 쪽으로 내려가는 길목에 레오나르도가 마차 뒤로 숨어 기다리고 있었어요. 우리로 가려면 반드시 그 마차를 지나가야 했지요. 그러나 레오나르도가 남편을 미처 때리기 전에 나와 남편은 그 길목을 지나쳐 갔어요. 레오나르도의 행동이 느렸던 거지요. 하지만 그는 우리 뒤를 몰래 살금살금 뒤따라와 남편의 머리를 방망이로 힘껏 내리쳤어요. 머리가 부스러지는 소리가 들렸어요. 제 심장은 기쁨으로 두근거렸고요. 전 재빨리 우리로 달려가 맹수가 갇혀 있는 문의 빗장을 올렸어요.

끔찍한 일이 생긴 건 바로 그 순간이었어요. 맹수가 인간의 피 냄새에 얼마나 빨리 반응하고 흥분하는지 알고 계실 거예요. 순간 사자는 죽은 사람의 피 냄새를 본능적으로 알아차렸어요. 우리의 빗장을 올리자마자 사자는 나를 향해 덮쳐왔어요. 레오나르도가 절 구해 줬을 수도 있었어요. 얼른 달려와 방망이로 위협했다면 사자가 겁을 먹고 도망쳤을 수도 있었지요. 하지만 그는 겁에 질리고 말았어요. 겁에 질려 비명을 지르더니 몸을 돌려 도망가더군요. 그리고 사자의 하얀 송곳니가 내 눈앞에 닥쳐왔지요. 사자의 더운 입김과 냄새에 정신이 아뜩해지더군요. 거의 고통을 느끼지도 못할 정도였어요. 전 손바닥으로 얼굴을 가리면서 사자를 막아 보려고 했어요. 피로 범벅된 사자의 송곳니를 피하려고 애쓰면서 전 도와 달라고 비명을 질렀지요. 그리고 얼마 뒤 사람들이 달려오는 소리를 들었어요. 레오나르도와 그릭즈, 그리고 다른 남자들이 사자가 물고 있던 저를 빼내던 일도 어렴풋이 기억나요. 그 후엔 정신을 잃었지요. 몇 달 동안 입원해 치료를 받다가 드디어 몸이 회복되어 거울 앞에 섰을 때 전 제 모습을 보고 그 사자를 저주했어요. 뜯겨 나간 아름다움이 안타까워서가 아니었어요. 사자는 차라리 제 생명을 앗아갔어야 했어요. 현실이 저주스러웠지요.

남은 소망은 하나였어요. 그리고 소망을 이룰 돈도 있었지요. 홈즈 씨, 전 제 얼굴을 누구에게도 보이지 않은 채 살고 싶었어요. 절 아는 사람이 찾지 못할 장소에 숨어 살겠다고 결정했지요. 제가 할 수 있는 일이란 그게 전부였어요. 그래서 저는 상처 입은 맹수가 죽을 장소를 찾는 것처럼 이곳까지 와서 살아온 거예요. 유지니아 론더의 삶, 내 삶의 마지막을 장식하려고요."

그녀의 이야기가 끝이 난 후에도 우리는 한동안 아무 말도 하지 못한 채 묵묵히 앉아 있었다.

홈즈가 팔을 내밀어 그녀의 손을 잡고 토닥거렸다. 깊은 동정심과 안쓰러움이 배어 있는 손길은 홈즈에게서 흔히 볼 수 없는 모습이었다.

"정말 안됐습니다. 정말 안타깝군요. 운명의 장난이 이렇게 얄궂을 수 있다니. 하늘이 보고 있다면 분명히 부인에게 상을 내릴 겁니다. 헌데 레오나르도는 어떻게 되었나요?"

"다시는 소식을 듣지도, 얼굴을 보지도 못했어요. 그 사람을 원망하는 내가 잘못인지도 모르겠어요. 사자가 짓밟고 간 저처럼 흉측한 물건을 사랑하느니 차라리 재주넘는 원숭이를 사랑하는 편이 나았을 테니까요. 하지만 여자의 사랑은 쉽게 변치 않나 봐요. 그는 나를 사자와 함께 내버려 둔 채 도망갔었고, 내가 구원을 필요로 했을 때도 날 저버렸지만 차마 교수형을 당하도록 만들고 싶진 않았어요. 난 내 처지가 어찌 될지에 대해서는 신경 쓰지 않았어요. 어차피 지금보다 더 심한 지경에 처하진 않았을 테니까요. 하지만 나는 당시 레오나르도의 운명을 좌우할 수 있는 처지이었지요."

"그는 죽었습니까?"

"지난달 마게이트 지방 근처 해변에서 익사했다는 신문 기사를 보고 알았어요."

"대못 다섯 개 달린 방망이는 어떻게 했나요? 정말 기발한 아이디어였습니다."

"모르겠어요. 야영지 근처에 석회암을 캐는 갱이 있었는데 아마 그 깊은 구덩이 속에 던졌을 거예요. 아마 그 안 깊은 곳에……."

"알겠습니다. 이제야 사건의 내막을 다 알겠군요. 사건은 모두 끝났습니다."

"네, 끝났어요. 정말 모든 사건이 끝난 거예요." 론더 부인이 대답했다.

우리는 집을 나서기 위해 자리에서 일어났다. 그러나 그녀의 말투가 어딘지 모르게 홈즈의 발걸음을 붙잡았다. 홈즈는 재빨리 그녀를 돌아봤다.

"생명은 당신 마음대로 할 수 있는 것이 아닙니다. 부인. 그만두세요."

"제가 살아서 무슨 소용이 있나요?"

"왜 그런 말을 합니까? 그 긴 세월 고통을 참은 것만으로도 조급하고 참을성 없는 요즘 세상에 훌륭한 본보기가 됩니다."

론더 부인은 홈즈의 말에 아무런 대꾸 없이 조용히 얼굴에 쓴 베일을 걷어 올리고 잘 보이도록 햇빛이 드는 쪽으로 한 걸음 뒤로 물러섰다.

"이런 꼴도 참으실 수 있을지 모르겠군요." 그녀가 말했다.

그녀의 모습은 처참했다. 어떤 말로도 표현할 수 없을 만큼 비참한 광경이었다. 거기에는 얼굴이라 할 만한 것은 모두 사라지고 하나도 남아 있지 않았다. 단지 슬프게 빛나는 아름다운 갈색 눈동자만 그 끔찍한 폐허 속에서 우리를 보고 있었다. 그러나 이는 더욱 기괴함을 더할 뿐이었다. 홈즈는 동정과 연민 그리고 만류의 뜻이 담긴 손짓을 했다. 그리고 우리는 방을 나왔다.

이틀 후, 홈즈를 만나러 갔을 때 그는 의기양양한 태도로 벽난로 위 선반에서 작은 파란색 약병을 손가락으로 가리켰다. 병에는 붉은색 독약 표시가 붙어 있었다. 뚜껑을 열자 달착지근한 아몬드 냄새가 풍겨 나왔다.

"청산칼리?" 내가 물었다.

"맞았어. 우편으로 왔더군. '저를 유혹하던 것을 보냅니다. 홈즈 씨의 충고를 따르겠습니다.'라는 편지도 함께 말이야. 이걸 보낸 용감한 여성이 누군지 알겠어?"

Sherlock
  Holmes

두 번째 얼룩

The Adventure of the Second Stain

두 번째 얼룩
The Adventure of the Second Stain

《아베이 농장》의 모험을 끝으로 친구 셜록 홈즈의 탁월한 능력을 보여 주는 사건들을 더 이상 대중에게 공개하지 않을 작정이었다. 공개할 자료가 부족해서가 아니다. 내 사건 노트엔 아직도 전혀 언급하지 않은 수많은 사건들의 기록이 남아 있다. 물론 독자들이 홈즈의 독특한 성격과 유례를 찾아 볼 수 없는 사건 해결 방법에 대해 흥미를 잃어서도 아니다. 진짜 이유는 홈즈가 자신이 해결한 사건들을 계속 출판하는 걸 원하지 않기 때문이다. 홈즈가 탐정 일을 할 때에는 그가 해결한 사건들을 알리는 게 현실적으로 도움이 되었지만, 지금 그는 런던을 떠나 서섹스 다운스에 파묻혀 학업과 꿀벌

키우는 일에만 전념하고 있다. 그런 그로서는 유명세가 싫어졌을 게 당연하다. 그는 나에게 사건을 공개하는 문제에 대해서는 자기 의견을 따라 달라고 단호하게 말했다. 하지만 나는 시기를 봐서 《두 번째 얼룩》 사건을 발표할 참이다. 지금까지 발표한 여러 사건들의 대미를 장식할 사건은, 그가 맡았던 사건 중 국제적으로도 이목이 주목됐던 《두 번째 얼룩》 사건이 되어야 한다고 여러 차례 홈즈를 설득했던 것이다. 그래서 결국 나는 이 사건을 공개해도 좋다는 홈즈의 동의를 받았다. 하지만 사건을 설명하기가 여간 조심스러운 게 아니다. 이 사건에 대해 이야기하는 동안 어떤 부분에 대해 내가 다소 적당히 넘어간다 해도, 독자 여러분은 그 사정을 이해하리라 믿는다.

어느 해 가을, 화요일 아침이었다. 유럽 사람이라면 누구라도 다 알 만큼 유명한 두 사람이 베이커 가에 있는 우리를 찾아왔다. 높은 코에 매서운 눈매를 지닌 한 사람은 언뜻 보기에도 위엄이 느껴지는 인물로, 잉글랜드 총리를 연임하고 있는 유명한 벨린저 경이었다. 또 한 사람은 가무잡잡한 피부에 이목구비가 뚜렷한 신사로 건강한 체격에 정신적인 미덕을 고루 갖춘 사람처럼 보였다. 아직 중년이라고는 볼 수 없는 이 점잖은 신사의 이름은 오너러블 트렐로니 호프였는데, 현직 우파 의원이자 유럽 외교부 장관으로 잉글랜드에서 가장 촉망받는 정치인이었다.

벨린저 총리와 트렐로니 장관은 신문으로 어질러져 있는 긴 의자에 나란히 앉았다. 그들의 핼쑥하고 근심 어린 표정으로 봐서 절박하고 중요한 문제가 생겼다는 것을 짐작할 수 있었다. 벨린저 총리는 푸른 혈관이 도드라져 보이는 가느다란 손으로 우산의 상아 손잡이를 움켜쥔 채 나와 홈즈를 번갈아 보았다. 꽤 어두운 표정이었다. 그 옆에 호프 장관은 초조한 듯 콧수염을 잡아당기기도 하고 시곗줄에 매달려 있는 도장들을 만지작거렸다.

"홈즈 씨, 편지가 없어진 것을 발견한 건 오늘 아침 8시였소. 즉시 총리에게 보고했더니 홈즈 씨에게 사건을 의뢰하자고 제안하셨소."

"경찰에는 알렸나요?"

"아니오."

벨린저 총리는 그의 특징으로도 알려졌듯 신속하고도 단호하게 대답했다.

"아직 알리지 않았고 알릴 수도 없소. 경찰에 알리게 되면 국민들이 알게 될 거요. 우리는 이 사건을 국민들이 알게 하고 싶지 않소."

"왜 그렇습니까?"

"잃어버린 편지는 굉장히 중요한 것입니다. 그 내용이 알려진다면 유럽의 국제관계가 위태로워질 가망성이 크오. 평화냐 전쟁이냐 하는 문제가 그 편지에 달렸다고 해도 과언이 아니오. 그 편지를 아무도 모르게 되찾을 수 없다면 차라리 찾지 않는 편이 낫소. 편지를 훔쳐간 자들이 노리는 바가 바로 그 편지의 내용을 알리는 것이기 때문이오."

"알겠습니다. 호프 장관님, 편지가 분실된 상황을 자세히 설명해주시겠습니까?"

"홈즈 씨, 사실 별로 설명할 내용이 없소. 그 편지는 외국의 어느 국왕이 엿새 전에 보내온 것이오. 워낙 중요한 편지라서 낮에는 사무실 금고에 넣어 두고 매일 저녁마다 화이트홀 테라스에 있는 집으로 가져가서 침실의 문서 보관함에 넣고 열쇠로 잠갔소. 어제저녁에는 편지가 문서함 속에 있었소. 그 점에 대해선 확신할 수 있소. 저녁 식사를 하려고 옷을 갈아입으면서 문서함을 열고 편지가 있는지 확인했으니 말이오. 그런데 아침에 감쪽같이 편지가 사라졌소. 문서함은 어젯밤 내내 화장대 거울 옆에 있었소. 나는 잠귀가 밝은 편이고 아내도 그렇소. 밤새 누군가 침실에 들어왔다면 우리 부부가 몰랐을 리가 없소. 그런데 어처구니없게도 아침에 편지가 사라진 거요."

"저녁 식사는 몇 시에 드셨나요?"

"7시 반이오."

"얼마 후에 잠자리에 드셨죠?"

"아내가 극장에 갔기 때문에 나는 아내가 돌아오기를 기다렸소. 우리가 침실에 들어간 시간은 11시 반쯤일 거요."

"그러면 문서함이 네 시간 정도 무방비 상태로 방치되어 있었다는 말이군요."

"꼭 그렇지만은 않소. 우리 부부 외에 아무도 침실에 들어갈 수 없게 되어 있소. 물론 아침에는 가정부가 드나들고 낮에는 내 하인과 아내의 하녀가 드나들긴 하지만, 밤에는 아무도 드나들지 못하오. 세 사람 모두 오랫동안 우리 집에서 일했기 때문에 믿을 수 있는 사람들이오. 게다가 그들은 문서함 안에 일반적인 외교부 서류들보다 더 중요한 게 들어 있다는 사실을 모르고 있었소."

"그 편지에 대해 알고 있던 사람은 누가 있나요?"

"집 안에 있는 사람은 아무도 모르오."

"부인은 알고 계셨겠지요?"

"아니오. 모르고 있었소. 오늘 아침 그 편지가 없어진 걸 알았을 때까지 얘기를 하지 않았으니까."

벨린저 총리는 만족스럽다는 듯이 고개를 끄덕였다.

"호프 장관, 당신이 공무에 대해 강한 책임감을 갖고 있다는 건 일찍부터 알고 있었네. 나 역시 이렇게 국가적으로 중요한 기밀은 아무리 가까운 부부 사이라도 말해서는 안 된다고 생각하네."

호프 장관은 머리를 숙였다.

"그렇게 인정해주시니 감사합니다. 오늘 아침 편지가 없어지기 전까지 아내에게 그 편지에 관해 한마디도 하지 않았습니다."

"하지만 부인이 그 편지에 대해 짐작할 수 있지 않았을까요?"

"아니오, 홈즈 씨. 아내는 짐작할 수 없었을게요. 아내뿐만 아니라 아무도 짐작할 수 없었을게요."

"전에도 서류를 잃어버린 적이 있나요?"

"한 번도 없었소."

"잉글랜드에서 그 편지에 대해 알고 있는 사람은?"

"어제 내각회의에서 각부 장관들에게 알려주었소. 원래 회의 내용을 외부에 알려선 안 되게 되어 있지만 그 편지에 관해서 총리께서 특별히 비밀을 지키도록 당부하셨지요. 그런데 몇 시간도 지나지 않아 그 편지를 잃어버렸으니……."

호프 장관의 남자다운 얼굴은 갑작스레 북받쳐 오르는 절망감으로 일그러졌다. 그는 두 손으로 머리칼을 쥐어뜯었다. 잠시 동안 우리는 감정적이며 불안정한 그의 모습을 지켜보았다. 하지만 곧 그는 마음을 가라앉히고 침착한 어조로 말했다.

"장관들 외에 관계부서에서 알고 있는 관리도 두셋 있을 거요. 이 외에는 잉글랜드에서 그 편지에 관해 아는 사람은 아무도 없소. 확실하오."

"그러면 외국에서는 어떻습니까?"

"외국에서 그 편지를 본 사람은 편지를 쓴 본인뿐이라고 생각하오. 편지가 공식적인 경로를 통해 전해지지 않은 걸로 봐서 틀림없이 그쪽 장관들도 몰랐을 거요."

홈즈는 잠시 생각에 잠겼다가 말을 꺼냈다.

"그런데 말입니다. 그 편지가 대체 무슨 내용입니까? 왜 그 편지를 분실하면 중대한 결과가 벌어지는지 더 자세히 설명해 주실 수 있습니까?"

총리와 장관은 재빨리 눈짓을 주고받았다. 총리는 난처한 듯 눈살을 찌푸렸다.

"홈즈 씨, 그 편지의 봉투는 길고 얇으며 옅은 푸른색이오. 붉은 밀랍으로 봉해져 있고 그 위에는 웅크린 사자 모양의 도장이 찍혀 있소. 주소는 커다랗고 획이 굵은 필적으로……."

홈즈가 말을 가로막았다.

"물론 그런 자세한 부분에도 흥미가 있고, 실제로도 꼭 알아두어야 할 점이긴 합니다. 하지만 제 질문은 보다 더 근본적인 문제에 관한 것입니다. 전 그 편지의 내용을 알고 싶습니다."

"홈즈 씨, 그건 아주 중요한 국가기밀에 속하기 때문에 말할 수 없어요. 제 생각엔 굳이 그걸 알아야 할 필요도 없을 것 같은데요? 제가 익히 들어온 홈즈 씨의 명성대로 지금 설명한 것과 같은 봉투를 찾아주시기만 하면 됩니다. 그럼 나라를 위해

큰일을 하신 만큼 저희가 최대한 성의껏 사례해 드리겠소."

홈즈는 미소 지으며 일어섰다.

"두 분이 잉글랜드에서 가장 바쁜 분들이란 건 잘 알고 있습니다. 그러나 저 역시 나름대로 맡고 있는 사건이 많습니다. 유감스럽지만 이 사건은 도와드릴 수 없을 것 같군요. 얘기가 더 길어진다 해도 시간 낭비일 뿐입니다."

총리는 벌떡 일어서서 장관들까지 쩔쩔매게 만드는 그 무서운 눈초리로 홈즈를 보았다.

"홈즈 씨, 이런 무례한 일을 당하긴 처음이오."

총리는 화를 가라앉히고 다시 자리에 앉았다. 그러더니 잠시 후 총리는 어깨를 으쓱했다.

"좋소, 홈즈 씨. 당신의 요구대로 편지내용을 말하겠소. 당신 말이 옳소. 당신을 전적으로 신뢰하지 않으면서 어떻게 당신에게 사건을 의뢰할 수 있겠소."

"옳은 말씀입니다."

호프 장관이 말했다.

"그럼 당신과 왓슨 의사를 믿고 얘기하겠소. 이 편지의 내용이 새나가면 우리나라에 큰 재난이 닥칠 테니 두 분은 나라를 사랑하는 마음으로 비밀을 지켜주시오."

"저희들을 믿으셔도 됩니다."

"그 편지는 최근에 영국이 펼치고 있는 식민지 확장 정책에

분개한 한 외국의 국왕이 보낸 것이오. 하지만 국왕이 독단적으로 한때의 감정에 치우쳐 쓴 모양이오. 조사해보니 그 나라의 장관들도 그 편지에 관해서 전혀 모르고 있었소. 편지에는 전체적으로 적절하지 않은 용어가 섞여 있고, 특히 몇몇 구절은 매우 도발적이어서 만일 편지내용이 알려지면 영국의 국민감정을 자극하여 무시무시한 사태가 일어날 게 불 보듯 뻔하오. 여론이 들끓게 되면 며칠 안에 우리나라는 분명 큰 전쟁에 휘말리게 될 거요."

홈즈는 종이에 이름을 적어 벨린저 총리에게 건네주었다.

"맞소. 그 사람이 편지를 쓴 분이오. 편지내용이 알려지면 전쟁 비용으로 수백만 달러가 들 것이고 수십만의 인명을 앗아갈 수도 있소. 그런 편지가 이렇게 감쪽같이 없어졌으니……."

"편지를 보낸 국왕에게도 그 편지가 없어졌다는 사실을 알렸나요?"

"암호로 전보를 쳐서 바로 알렸소."

"그 국왕은 그 편지가 공표되기를 바라고 있겠죠?"

"그건 아니오. 편지를 보낸 국왕도 자신이 경솔하게 처신했던 점을 후회하고 있을 게 분명하오. 편지의 내용이 알려지면 국왕뿐만 아니라 그의 나라도 큰 타격을 입게 될 테니까 말이오."

"그렇다면 편지가 발표될 경우 누가 이익을 보는 겁니까? 편지를 훔쳐간 사람은 왜 그것을 공표하고 싶어 할까요?"

"그건 말이오, 홈즈 씨. 복잡한 국제정치에 대한 문제라오. 유럽의 현 상황을 생각해보면 당신도 어렵지 않게 그 동기가 뭔지 파악할 수 있을게요. 전 유럽에서는 무장한 군인들이 언제 일어날지도 모르는 전쟁에 대비하고 있소. 현재는 두 군사동맹의 군사력이 거의 균형을 이루고 있소. 하지만 잉글랜드는 그 어느 쪽에도 속해 있지 않기 때문에, 우리가 어디로 가느냐에 따라 대세가 기우는 거요. 만일 잉글랜드가 한쪽 동맹과 전쟁을 벌인다면 다른 동맹이 우세해지지 않겠소? 전쟁에 합류하든 말든 상관없이 말이오. 아시겠소?"

"잘 알겠습니다. 그럼, 그 편지를 입수하여 발표하면 편지를 보낸 국왕의 적국들에게 이익이 되겠군요. 우리나라와 국왕의 나라 사이가 안 좋아질 테니까 말입니다."

"그렇소."

"그 편지가 적국의 손에 넘어간다면 누구에게 보낼 거라고 생각합니까?"

"유럽의 총리라면 누구라도 상관없을 거요. 지금 현재 가장 신속한 방법으로 누구에겐가 보내지고 있을 것이오."

호프 장관은 머리를 떨어뜨리고 큰 신음 소리를 냈다. 벨린저 총리는 위로하듯 장관의 어깨에 손을 얹었다.

"운이 나빴던 것뿐이오, 호프 장관. 아무도 당신을 비난할 순 없소. 당신은 최선을 다했소. 홈즈 씨, 여기까지가 우리가 알고 있는 사실의 전부요. 이제 우리가 어떻게 하면 좋겠소?"

홈즈는 침통한 얼굴로 고개를 저었다.

"그 편지를 찾지 못한다면 정말 전쟁이 일어난다고 생각합니까?"

"그럴 가능성이 매우 높아요."

"그렇다면 전쟁준비를 할 수밖에 없겠군요."

"홈즈 씨, 그런 희망 없는 말을 하다니."

"현실을 직시해야 합니다. 밤 11시 반부터 다음 날 아침 편지가 없어진 걸 발견할 때까지 호프 장관과 부인이 방 안에 계셨으니, 그 시간에 편지를 도둑맞았다고는 생각할 수 없습니다. 그렇다면 도둑맞은 시간은 저녁 7시 반에서 11시 반 사이가 됩니다. 편지를 가져간 범인은 편지가 침실 안에 있다는 걸 알고 있었을 테고, 그렇다면 되도록 빨리 편지를 손에 넣고 싶었을 테니까 아마 7시 반에 가까운 시간이었을 거라는 추리가 가능합니다. 그 중요한 편지를 어제저녁 8시나 9시쯤에 누군가가 훔쳤다면 지금은 그 편지가 어디에 있을까요? 범인이 누구이건 그 편지를 갖고 있을 이유가 없습니다. 그 편지를 곧장 필요한 사람에게 보냈을 겁니다. 그렇다면 편지가 적국의 손에 들어가기 전에 찾는 일은 말할 것도 없고, 어디에 있는지 찾는 것조차도 가망이 없지 않습니까? 우리가 할 수 있는 일은 아무것도 없습니다."

벨린저 총리는 의자에서 일어섰다.

"당신 말대로요, 홈즈 씨. 나도 이제 와서는 어떻게 할 수 없을 거라고 생각했소."

"그런데 말입니다. 하녀나 하인들 중 한 명이 편지를 훔쳐갔다고 가정해보죠."

"저희 집 하인들은 전적으로 믿을 수 있는 사람들입니다."

"장관님 침실은 3층에 있고 방으로 들어가는 입구는 하나밖에 없는 데다, 거기로 들어가려면 사람들의 눈에 띈다고 했습니다. 그렇다면 집 안 사람 중 한 명이 그 편지를 훔친 게 틀림없습니다. 범인은 그 편지를 누구에게 가져갔을까요? 국제 스파이에게 가져갔을 확률이 크겠죠? 저는 그런 자들의 이름을 환히 알고 있습니다. 그 가운데 주요 인물이 셋 있지요. 세 명모두 아직 살던 곳에 그대로 있는지 가서 직접 알아보는 걸로수사를 시작하겠습니다. 만일 그들 중 한 명이 어제저녁부터자취를 감추었다면 편지가 그의 손에 넘어갔다는 얘기겠죠."

"하지만 자취를 감출 필요가 있겠소?"

호프 장관이 물었다.

"런던에 있는 자기네 대사관으로 가져가면 될 텐데요."

"그렇게 생각지 않습니다. 원래 스파이들이란 독립적으로 활동하는 데다, 자기네 대사관과 관계가 나쁜 경우가 많거든요."

벨린저 총리는 수긍이 간다는 듯 고개를 끄덕였다.

"홈즈 씨, 당신 말이 맞소. 그 편지가 얼마나 중요한 물건인지 고려한다면 스파이가 직접 본부에 전할 가능성이 크오. 홈즈 씨, 당신의 추리력은 정말 놀랍소. 그건 그렇고 호프 장관, 이 사건 때문에 우리의 다른 직무를 소홀히 해서는 안 되지 않겠소? 홈즈 씨, 우리도 새로운 사실을 알게 되면 당신에게 알릴 테니, 당신도 수사 결과를 우리에게 꼭 알려주시오."

벨린저 총리와 호프 장관은 고개 숙여 인사하고, 엄숙한 태도로 방에서 나갔다.

두 유명한 정치인이 방에서 나가자 홈즈는 담배 파이프에 불을 붙이고 한동안 생각에 잠겨 있었다. 나는 조간을 펼쳐들고 어제저녁 런던에서 일어난 흥미로운 범죄 사건에 대한 기사를 읽고 있었다. 그런데 갑자기 홈즈가 탄성을 지르더니 벌떡 일어나 담배 파이프를 벽난로 위에 놓았다.

"바로 그거야. 그게 사건에 접근하는 최상의 방법이지. 상황이 급박하긴 해도 희망이 전혀 없는 건 아니야. 지금이라도 그 세 사람 중 누가 그 편지를 훔쳤는지 알아내기만 하면 아직 그 범인이 편지를 갖고 있을 가능성도 있어. 그럴 경우 결국은 돈 문제란 얘긴데, 우리 뒤에는 영국 재무부가 버티고 있잖나? 팔려고 내놓으면 사들이면 돼. 우리가 세금을 몇 푼 더 내더라도 말일세. 그리고 범인이 그 편지를 외국에 팔기 전에 우리나라 측과 흥정을 해보려고 그냥 갖고 있을 수도 있어. 그런 대담한 짓을 벌일 수 있는 놈은 셋밖에 없지. 오버스타인, 라 로티에르, 에두아르도 루카스. 한 명씩 다 만나야겠군."

나는 읽고 있던 조간을 들여다보며 말했다.

"자네가 말한 에두아르도 루카스는 고돌핀 가에 사나?"

"그래."

"자네가 찾아가도 만나지 못해."

"무슨 말이야?"

"그는 어제저녁에 자기 집에서 살해되었어."

홈즈 곁에서 사건을 조사하는 동안 그는 지금껏 늘 나를 놀라게 만들었다. 그랬기 때문인지 이번엔 내가 홈즈를 깜짝 놀라게 했다는 사실에 순간 기쁨의 감정이 밀려들었다. 홈즈는 눈을 크게 뜨고 나를 보다가 내가 들고 있던 신문을 가로챘다. 홈즈가 가져간 신문에는 이런 기사가 실려 있었다.

웨스트민스터의 살인

어제저녁 고돌핀 가 16에서 이상한 살인사건이 일어났다. 그곳은 템스 강과 웨스트민스터 사원 사이에 18세기 양식의 고풍스런 집들이 모여 있는 인적이 드문 동네로, 국회의사당 건물의 대형 시계탑 가까이 있다. 에두아르도 루카스는 몇 년 전부터 이곳에 있는 아담한 고급저택에 살고 있었는데, 훌륭한 성품과 뛰어난 아마추어 테너 가수라는 명성으로 사교계에

도 잘 알려져 있는 인물이다. 루카스는 34세의 독신으로, 집에는 나이 많은 가정부 프링글 부인과 그의 시중을 드는 하인 미턴이 있을 뿐이다. 언제나 일찌감치 잠자리에 들었던 프링글 부인은 어제도 평소와 다름없이 제일 위층에 있는 방에서 잠을 자고 있었다. 미턴은 어제저녁 해머스미스에 사는 친구를 만나러 외출했다. 따라서 밤 10시 이후에 집 안에 깨어 있던 사람은 루카스뿐이었다. 밤 10시부터 무슨 일이 일어났는지 아직 밝혀지지 않았지만, 11시 45분경 고돌핀 가를 순찰하던 배럿 순경이 루카스 집의 현관문이 열려 있는 것을 발견했다. 그가 노크를 했지만 아무도 응답하지 않았다.

거실에서 불빛이 새어나오는 것을 보고 그쪽으로 들어가 노크했으나 역시 아무런 대꾸가 없었다. 수상한 낌새를 느낀 순경은 방문을 열고 안에 들어가 보았는데, 방은 아수라장이 되어 있었다. 가구는 모두 한쪽으로 밀쳐 있었고, 방 가운데에는 의자 하나가 넘어져 있었는데, 루카스는 그 의자의 다리 하나를 쥔 채 쓰러져 있었다. 그는 심장부위를 찔려 즉사한 것으로 추정된다. 범행에 사용된 칼은 칼날이 휜 인도 단검으로 방 안에 장식해 두었던 동양 무기 중 하나를 집어든 것으로 보인다. 방 안의 값나가는 물건들을 훔쳐가지 않은 것으로 보아 범행 동기가 단순 절도는 아닌 듯하다. 유명하고 평판도 좋았던 루카스의 뜻밖의 죽음에 많은 친구들이 깊은 애도의 뜻을 표하고 있다.

홈즈는 오랜 침묵을 깨고 나에게 물었다.

"왓슨, 이 사건을 어떻게 생각해?"

"놀라운 우연의 일치야."

"우연의 일치일까? 범인이 편지를 훔치고 있을 바로 그 시간에 의심이 가는 세 명의 스파이 중 한 명이 의문의 죽음을 당했어. 우연의 일치가 아닐 가능성이 커. 그럴 확률이 얼마인지 정확한 수치로 나타낼 순 없지만 말이야. 왓슨, 이 두 사건은 분명히 관계가 있어. 어떤 관계가 있는지 알아내는 게 우리가 할 일이지."

"그렇지만 지금쯤은 경찰도 모든 사실을 알고 있지 않을까?"

"그렇지 않아. 루카스의 살인사건에 대해선 알고 있겠지만, 편지가 도난당한 사건에 대해선 전혀 모르고 있어. 물론 알려서도 안 되지. 두 사건을 모두 알고 있는 건 우리뿐이니까 두 사건 사이의 연관성을 밝혀낼 수 있는 사람도 우리뿐이야. 나는 편지를 훔쳐 간 범인으로 루카스를 가장 의심했어. 물론 거기에는 뚜렷한 이유가 있지. 루카스가 살고 있던 고돌핀 가에서 호프 장관의 집이 있는 화이트 테라스 홀까지는 걸어서 몇 분 거리야. 하지만 내가 이름을 거론한 다른 두 명의 스파이는 웨스트엔드에서도 끝 지역에 살아. 그러니까 루카스가 다른 두 스파이들보다는 호프 장관의 집안사람과 관계를 맺거나 정보를 얻어듣기가 쉽다는 얘기야. 물론 이건 그냥 지나칠 수도 있는 문제야. 하지만 그렇게 가까운 거리에 있는 두 집에서 두세 시간 사이에 연달아 사건이 일어났다면 이건 아주 중요한 단서가 될 수 있어."

그때 허드슨 부인이 쟁반에 명함 한 장을 받쳐 들고 들어왔다.

"왓슨, 누가 찾아왔던 것 같군."

홈즈는 명함을 들여다보더니 눈썹을 추켜세우고 나에게 명함을 건네주었다.

"힐다 트렐로니 호프 부인에게 올라오시라고 하세요."

조금 전에는 유명한 정치가가 두 명 다녀가더니, 이번에는 런던에서 가장 아름다운 여성이 우리의 누추한 방을 찾아왔다. 벨민스터 경의 막내딸인 호프 부인의 미모에 대해서는 이미 소문으로 익히 알고 있었다. 그러나 그 어떤 설명도, 흑백사진을 보고 느꼈던 그 어떤 느낌도, 눈앞에서 직접 만나본 그녀의 아름다움에 미치지는 못하는 것 같았다. 섬세하고 우아한 자태에 아름다운 용모, 거기다 머리카락과 눈동자, 피부 색깔까지 완벽한 조화를 이루고 있었다.

하지만 오늘 아침 처음 우리의 눈길을 끈 것은 그녀의 아름다움이 아니었다. 마음이 어지러워서 그런지 안색이 창백하고 눈에는 열기가 이글거렸지만, 그런 마음을 보이지 않으려는 듯 입을 굳게 다물고 있었다. 호프 부인이 우리 방문 앞에 모습을 보인 그 잠시 동안 우리의 눈에 들어온 것은 그녀의 아름다움이 아닌 그녀가 느끼고 있는 공포였다.

"홈즈 씨, 남편이 여기에 다녀갔나요?"

"예, 다녀가셨습니다."

"홈즈 씨, 부탁입니다만 제가 여기에 온 걸 제 남편에게 비밀로 해주세요."

홈즈는 가볍게 머리를 숙여 인사하고 의자를 가리키며 앉으라고 권했다.

"제 처지가 난처하군요. 일단 앉아서 용건을 말씀하세요. 하지만 어떤 상황에서도 발설하지 않겠다는 약속은 할 수 없습니다."

호프 부인은 방을 가로질러 가더니 창문을 등지고 앉았다. 큰 키에 우아하고 여성스러운 모습은 정말 여왕 같은 자태였다.

"홈즈 씨."

부인은 하얀 장갑을 낀 두 손을 깍지 낀 채 양손을 꼭 쥐었다 폈다 하면서 말을 이었다.

"사실대로 말씀드릴 테니, 당신도 솔직히 대답해주셔야 합니다. 남편과 저 사이에는 한 가지 문제를 빼고는 비밀이 없어요. 그 한 가지가 바로 정치에 관한 문제입니다. 남편은 정치에 관해서는 굳게 입을 다물고 저에게 아무것도 가르쳐주지 않아요. 저는 어젯밤 저희 집에서 뭔가 아주 안 좋은 일이 일어났다는 것을 알아요. 어떤 편지가 없어졌죠. 하지만 그 일이 정치적인 문제이기 때문에 남편은 저에게 아무것도 말하지 않아요. 여기서 분명히 해둘 게 있어요. 저는 그 사건의 진상을 알아야만 해요. 정치가들을 제외하고 진상을 알고 계시는 분은 당신들뿐입니다. 홈즈 씨, 무슨 일이 일어났는지, 그 일이 어떤 결과를 초래하는지 자세히 말해주세요. 당신이 알고 있는 걸 다 말해주세요. 제 남편을 위해 비밀을 지킨다는 생각은 거두어주세요. 제가 그 일에 대해 모두 알고 있는 것이 제 남편에게 도움이 될 테니까요. 도난당한 편지는 어떤 것이었나요?"

"부인, 그 질문에는 대답할 수 없습니다."

호프 부인은 괴로운 듯 신음 소리를 내더니 두 손에 얼굴을 묻었다.

"부인, 이해하셔야 합니다. 남편은 이 사건에 대해 부인에게 아무것도 알려주지 않는 게 낫다고 판단하셨습니다. 저는 탐정으로서 고객에 대한 비밀을 지키기로 약속한 뒤 사건의 진상을 모두 들었습니다. 그러나 저 역시 남편의 판단에 따를 수밖에 없습니다. 저한테 물어보는 건 적당치 않군요. 남편에게 물어보는 게 좋을 것 같습니다."

"이미 물어보았지만 가르쳐주지 않았어요. 물어볼 사람은 당신밖에 없다고 생각해서 찾아왔어요. 홈즈 씨, 사건의 진상에 대해 말하지 않는다 해도 하나는 말해줄 수 있겠지요?"

"부인, 그게 무엇인가요?"

"이 사건 때문에 남편의 정치적 경력에 오점이 남을 수도 있나요?"

"그렇습니다, 부인. 게다가 이 사건이 잘 해결되지 않으면 대단히 불행한 사태가 생길지도 모릅니다."

"오! 이런 일이!"

부인은 예상했다는 듯이 숨을 크게 들이마셨다.

"홈즈 씨, 하나만 더 묻겠어요. 이번 사건이 생긴 후에 남편이 무심코 흘린 말로는, 그 편지를 찾지 못하면 사회에 무서운 영향을 끼칠 거라고 했어요. 그게 사실입니까?"

"남편이 그렇게 말했다면, 저도 그 사실을 부정하지는 않겠습니다."

"대체 그 영향은 어떤 종류입니까?"

"안 됩니다. 부인, 제가 대답할 수 있는 것 이상을 물어보는 군요."

"알겠습니다. 더 이상 당신의 시간을 빼앗지 않겠어요. 솔직히 말하지 않는다고 당신을 탓할 수는 없지요. 당신 입장에서 보면 남편의 뜻을 따르지 않고 여기까지 와서 캐묻는 저를 나쁘게 생각할 수도 있을 거예요. 하지만 그렇게 생각하지는 마세요. 저는 남편의 걱정을 나누고 싶을 뿐이니까요. 다시 한 번 부탁드립니다만 제가 여기에 찾아온 건 비밀로 해주세요."

부인은 문 앞에서 우리를 한번 돌아보았다. 그 덕분에 나는 아름답긴 하지만 고통에 사로잡혀 일그러진 얼굴과 놀란 눈을 마지막으로 볼 수 있었다. 그리고 부인은 방에서 나갔다.

방문이 닫히고 치맛자락이 바닥에 스치는 소리가 들리지 않자 홈즈는 미소 지으며 말했다.

"왓슨, 아름다운 여성은 자네 분야지? 저 아름다운 여인의 속셈이 뭘까? 진짜 원하는 게 뭘까?"

"자기 입으로 말했다시피 걱정하는 거야. 이런 상황이라면 걱정되는 게 당연해."

"왓슨, 부인의 모습을 다시 떠올려봐. 당황해서 안절부절못하면서도 끈질기게 질문을 계속했지? 게다가 부인이 감정을 쉽게 나타내지 않는 상류사회 출신이라는 걸 감안한다면 더욱 이상해."

"확실히 몹시 당황한 것처럼 보이긴 했어."

"또 하나 이상한 점이 있어. 호프 부인은 자신이 그 일에 대해 모두 알고 있는 것이 남편에게 도움이 될 거라고 확신에 차서 말했어. 무슨 의미일까? 어떻게 도움이 된다는 거지? 자네도 눈치챘겠지만 부인은 일부러 빛을 등지고 앉았어. 그건 우리에게 자신의 얼굴 표정을 읽히지 않기 위해서였을 거야."

"그건 나도 알았어. 방에 있는 많은 의자 중에 빛을 등지고 앉을 수 있는 의자를 골라 앉더군."

"하지만 여자들이 어떤 행동을 하는 이유는 한 마디로 알다가도 모를 일이지. 왓슨, 내가 빛을 일부러 등지고 앉았다고 의심했던 마게이트의 그 여자 기억나? 코에 분을 바르지 않아서 그걸 숨기려고 그랬던 걸로 밝혀졌지. 확실하지 않은 사실로 추리를 할 순 없어. 여자들은 평범한 행동에 깊은 뜻을 숨기기도 하고, 정말 이상해 보이는 행동에 아무런 뜻이 없는 경우도 많아. 단순히 머리핀이나 분칠을 서툴게 했기 때문일 수도 있어. 그럼, 나중에 봐, 왓슨."

"어디 가려고?"

"고돌핀 가에 가서 스코틀랜드 야드 친구들과 오전 시간을 보낼 거야. 에두아르도 루카스가 이번 사건과 어떤 관계가 있는지는 두고 봐야 알겠지만 이 사건 해결의 열쇠를 쥐고 있는 것은 분명해. 사실을 알아내기 전에 추리를 하는 건 큰 실수를 하는 거지. 왓슨, 자네가 집에 있다가 손님이 오면 만나. 점심때까지는 돌아올 거야."

그날 하루 종일, 그리고 다음 날도 또 그 다음 날도 홈즈는 그를 잘 아는 사람들이 보기엔 말이 없는 상태, 하지만 잘 모르는 사람이 보기엔 상당히 기분이 언짢은 상태였다. 홈즈는 집에서 뛰쳐나갔다가 들어와서는 줄담배를 피우고, 바이올린을 켜고, 생각에 잠겼다가 아무 때나 샌드위치를 먹고, 내가 물어보는 일상적인 질문에 제대로 대꾸조차 하지 않았다. 분명히 수사가 잘 진행되지 않는 모양이었다. 홈즈가 사건에 대해 아무 얘기도 하지 않아서, 나는 신문을 읽고 배심원들의 심문 내용과 루카스의 하인 존 미턴이 체포되었다가 곧 풀려난 사실들을 알았을 뿐이다. 배심원들은 루카스의 죽음을 고의적 타살로 판결 내렸지만 범인에 대해선 아무것도 알아내지 못했다. 범행 동기도 밝혀내지 못했다. 방에는 값나가는 물건이 많이 있었는데 범인은 전혀 손대지 않았고, 피해자의 서류를 뒤진 흔적도 없었다. 하지만 서류를 조사해서 루카스가 국제정치에 깊은 관심을 갖고 있었으며, 남의 말 하는 걸 좋아하고, 자주 편지를 쓰며, 여러 외국어를 유창하게 구사했다는 사실을 알았다. 몇몇 나라의 고위 정치가들과는 편지를 주고받을 정도로 친했는데, 서랍 속에 가득한 서류들 중에서 특별해 보이는 건 발견되지 않았다. 만나는 여자들은 많았으나 깊은 관계는 없어 보였고 특별히 친한 친구나 사랑하는 사람도 없었다. 규칙적인 생활을 했으며 누구한테 특별히 원한을 살 만한 짓도 하지 않았다. 때문에 경찰에서는 어떤 이유로 피살되었는지 전혀 짐작도 하지 못했고, 사건이 해결될 기미도 전혀 보이지 않았다.

존 미턴을 체포한 건 뭐라도 해야 한다는 경찰의 판단 아래 어쩔 수 없이 한 조치였는데, 그에게 불리한 단서는 하나도 나오지 않았다. 사건이 일어난 날 밤 미턴은 해머스미스에 있는 친구들을 만나러 갔었고, 알리바이도 확실했다. 그가 집을 나섰다가 웨스트민스터에 도착한 시간은 범행이 일어나기 전이었다. 그러나 그의 진술에 따르면 거기서부터 걸어왔기 때문에 밤늦게 집에 도착했다는 것이다. 미턴이 집에 도착한 시각은 밤 12시였으며, 루카스가 피살된 것을 발견하고 상당한 충격을 받은 것 같았다. 미턴은 평소에 주인 루카스와 사이가 좋았다. 면도기를 포함한 루카스의 물건 몇 개가 미턴의 상자에서 발견되었는데 미턴의 설명으로는 그건 루카스에게서 선물 받은 것이라고 했고, 가정부도 그의 말이 사실임을 증언했다. 미턴은 루카스 집에서 3년 정도 일했다. 눈길을 끄는 사실은 루카스가 다른 나라에 갈 때 미턴을 데리고 가지 않았다는 점이다. 루카스는 때때로 석 달 정도 파리에 머물기도 했는데, 그동안에도 미턴은 남아서 집을 관리했다. 가정부는 사건이 일어난 날 밤에 아무 소리도 듣지 못했다. 누군가 찾아온 사람이 있었다면 아마도 루카스가 직접 맞아들였을 것으로 보인다.

내가 신문을 통해 주워들은 바로는, 사건이 일어난 지 사흘이 지난 지금까지도 사건이 해결될 기미는 전혀 보이지 않았다. 홈즈가 신문기사에 나온 사실들보다 더 많은 걸 알고 있을지도 모르지만, 어쨌든 나에게는 아무 말도 하지 않았다. 레스트레이드 경감으로부터 사건이 어떻게 돌아가는지 일일이 보고받고 있다고 말한 것으로 봐서는 수사 진행상황을 자세히 알고 있는 것 같았다. 사건이 일어난 지 나흘째 되는 날, 파리에서 발송한 전보 기사가 신문에 실렸다. 그 기사의 내용으로는 사건이 완전히 해결된 것처럼 보였다.

　파리 경찰이 새로운 사실을 발견함에 따라, 지난 월요일 밤 웨스트민스터의 고돌핀 가에서 일어난 에두아르도 루카스 살해사건의 진상이 밝혀졌다. 지금까지의 수사 진행상황을 보면 루카스가 그의 방에서 칼에 찔린 채 발견되었고, 그의 하인 미턴이 범인으로 의심받았지만 확실한 알리바이가 있어서 수사가 미궁에 빠져 있었다. 하지만 어제 파리 오스테를리츠에 사는 앙리 푸리네이 부인의 정신이 이상해졌다고 하인들이 신고했다. 곧바로 진찰한 결과, 푸르네이 부인은 위험한 상태의 정신병 증세를 보였다. 경찰 조사에 의하면 푸르네이 부인은 지난 화요일에 런던에서 돌아왔으며, 루카스 살해사건과 관계가 있다는 증거가 확인됐다. 발견된 사진을 대조해본 결과 푸르네이 부인의 남편 앙리 푸르네이와 에두아르도 루카스가 동일인물이며, 어떤 이유인지는 모르지만 루카스는 런던과 파리에서 이중생활을 하고 있었음이 밝혀졌다.
　푸르네이 부인은 크리올 계로 쉽게 흥분하는 성격이며, 이전에도 질투심 때문에 거의 미친 적이 있었다고 한다. 런던을 떠들썩하게 했던 루카스 살해사건도 부인의 이런 질투심 때문에 저질러진 것으로 추정된다. 사건이 있었던 월요일 밤에 부인이 정확히 무슨 짓을 했는지는 밝혀지지 않았지만, 화요일 아침에 부인과 인상이 일치하는 여자가 채링크로스 역에서 몹시 흥분한 모습으로 미친 사람 같은 행동을 해서 다른 사람들의 이목을 끈 일이 있었다. 따라서 푸르네이 부인이 완전히 정신이 나간 상태에서 루카스를 죽였거나, 루카스를 죽인 충격으로 실성했을 가능성이 있다. 현재 푸르네이 부인의 건강 상태로는 그날 있었던 일에 대해 이치에 맞는 설명을 해줄 수 없으며, 의사는 부인이 제정신을 차릴 가망이 없는 것으로 보고 있다. 그리고 월요일 밤 고돌핀 가에 있는 루카스 집을 한 여자가 지켜보고 있었다고 말하는 증인도 있는데, 그 여자가 푸르네이 부인이었을 것으로 추정된다.

홈즈가 아침 식사를 하는 동안, 내가 기사 내용을 큰 소리로 읽어주었다.

"홈즈, 이 기사를 어떻게 생각해?"

홈즈는 식탁에서 일어서더니 방 안을 이리저리 거닐었다.

"왓슨, 자네가 오랫동안 참고 있었다는 건 알아. 하지만 내가 지난 사흘 동안 사건에 대해 아무 얘기도 하지 않은 건 실제로 별로 말할 거리가 없어서야. 지금 파리에서 온 이 기사도 그다지 도움이 되지 않아."

"그래도 루카스의 살인에 대해선 수사가 마무리된 게 아닌가?"

"사실 우리가 맡은 사건과 비교해봤을 때 루카스의 죽음은 사소한 사건에 불과해. 우리가 진짜 해야 할 일은 없어진 편지를 찾아서 유럽에 전쟁이 일어나는 걸 막는 거야. 여기서 지나쳐서는 안 되는 게 하나 있어. 지난 사흘 동안 아무 일도 일어나지 않았다는 사실이지. 정부로부터 거의 한 시간마다 보고를 받았는데, 유럽 어디에서도 전쟁이 일어날 조짐은 보이지 않아. 편지를 훔친 사람이 이미 그 편지를 다른 사람에게 전달했다면 무슨 일인가 생겼을 거야. 그렇다면 편지가 아무에게도 전달되지 않았다는 얘긴데, 그럼 그 편지는 어디 있을까? 누가 갖고 있을까? 왜 편지를 그냥 갖고 있지? 내 머릿속은 이런 문제들로 가득 차 있어. 편지가 없어진 날 밤 루카스가 살해된 건 단순한 우연의 일치일까? 편지가 그의 손에 들어갔을까? 그럼 왜 그의 서류 속에 편지가 없을까? 정신 나간 푸르네이 부인이 갖고 갔을까? 그렇다면 파리에 있는 부인의 집에 있을까? 프랑스 경찰의 의심을 사지 않고 푸르네이 부인 집을 수색할 수 있을까? 왓슨, 이번 사건에서는 범죄자에게 법이 위험한 것만큼 우리에게도 법이 위험한 존재야. 자네도 알다시피 이 사건은 절대 법적인 문제로 불거져서는 안 되기 때문이지. 아무도 우릴 도와줄 순 없지만 이 사건에 걸려 있는 이익은 정말 어마어

마해. 내가 이 사건을 잘 해결한다면 내 경력에 더 없는 영예가 될 거야. 아, 무슨 새로운 정보가 들어온 모양이군."

홈즈는 건네받은 쪽지를 훑어보았다.

"왓슨, 레스트레이드 경감이 흥미로운 사실을 발견한 모양이야. 자네도 모자를 쓰고 웨스트민스터의 사건 현장으로 함께 가."

나는 이번 사건의 범행현장에는 처음 오는 거였다. 루카스의 집은 높고 폭이 좁았다. 지은 지 족히 100년은 돼 보이는 이 구식 건물은 색이 어두웠지만 깨끗하고 튼튼해 보였다. 불독처럼 생긴 레스트레이드가 창문 너머로 우리를 보고 있었다. 체격이 큰 경관이 현관문을 열자 레스트레이드가 나와서 반갑게 우리를 맞았다. 우리는 범행이 일어났던 방으로 안내되었다. 하지만 방에는 카펫에 밴 핏자국 외에는 범행 흔적은 아무것도 없었다. 방 가운데에 깔려 있는 카펫은 작고 네모난 인도산 제품이었고, 카펫이 깔려 있지 않은 바닥은 네모 나무판을 깔았는데 반질반질하게 잘 닦여 있었다. 벽난로 위는 무기들로 장식되어 있었고, 그중 하나가 살인 흉기로 사용되었다. 창가에는 고급스러운 책상이 있었고, 그림과 바닥 깔개, 벽에 걸려 있는 물건들 모두 여성 취향의 사치스런 것들뿐이었다.

레스트레이드 경감이 말을 꺼냈다.

"파리에서 보낸 소식은 읽었나요?"

홈즈는 고개를 끄덕였다.

"이번엔 프랑스 경찰이 사건해결에 큰 공로를 한 것 같군요. 사건이 그들이 말한 대로라는 게 명백하지 않습니까? 푸르네이 부인은 남편의 행방을 찾아내 급습한 겁니다. 루카스는 완벽한 이중생활을 하고 있었으니까요. 다른 사람들의 눈을 의식해 루카스는 부인을 집 안으로 들였겠죠. 길거리에 세워둘 수는 없었을 테니까요. 그녀는 남편의 뒤를 밟았다고 말하며 그를 비난했을 겁니다. 그러다 감정이 격해져서 가까이 있는 단검을 뽑아들었고, 결국은 죽인 겁니다. 하지만 의자들이 모두 한쪽으로 치워져 있었던 걸로 봐서는 순간적으로 죽인 게 아닐 수도 있습니다. 루카스는 의자 다리를 움켜쥔 채 죽었는데, 그건 그 의자로 부인의 공격을 막으려 했던 것으로 생각됩니다. 마치 현장에서 범죄를 목격한 것처럼 이제는 모든 게 분명해졌군요."

홈즈는 눈썹을 치켜떴다.

"그럼 나를 왜 오라고 했습니까?"

"아, 그게 말입니다. 좀 다른 문제입니다. 별일 아닌 것 같긴 하지만, 이상한 점이 있어서요. 제 생각에는 선생이 흥미를 가질 것 같더군요. 주요 사실과는 그다지 관계없는 일이긴 하지만 말입니다."

"뭐지요?"

"이런 범행이 일어난 뒤에는 일반적으로 현장을 그대로 보존하는 데 주의를 기울입니다. 이번 사건도 마찬가지로 아무것도 건드리지 않고 밤낮으로 경관이 사건 현장을 지켰죠. 그런데 오늘 아침의 일입니다. 루카스의 시체도 묻었고 수사도 종결되어서 현장을 치우려고 했습니다. 그런데 이 카펫을 보세요. 바닥에 고정시키지 않은 채 그냥 깔려 있거든요……."

"그래서요? 뭘 발견했습니까?"

홈즈의 얼굴은 기대감으로 긴장되었다.

"아마 백 년이 걸려도 홈즈 씨는 우리가 발견한 걸 상상조차 할 수 없을 거요. 카펫에 묻어 있는 핏자국이 보이지요? 틀림없이 피가 많이 스며들었을 겁니다."

"그렇겠지요."

"그런데 카펫에서 스며 나왔을 피가 바닥에는 묻어 있지 않았단 말입니다. 어떻습니까? 놀라셨지요?"

"핏자국이 없다고? 그럴 리가!"

"그렇게 말할 줄 알았습니다. 하지만 핏자국이 없는 게 사실인 걸요."

레스트레이드는 카펫의 한쪽 귀퉁이를 손으로 들어 뒤집어 보였다. 그가 말한 대로였다.

"보세요. 카펫의 뒤쪽도 앞쪽과 마찬가지로 핏자국이 있습니다. 그렇다면 바닥에도 얼룩이 남아 있어야 하지 않겠습니까?"

레스트레이드는 유명한 탐정을 당황하게 만들어서 신이 났는지 혼자서 킥킥 웃어댔다.

"자, 그럼 제가 설명하지요. 여기 바닥에 두 번째 핏자국이 있습니다. 물론 카펫에 난 자국의 위치와 일치하지 않지만요. 직접 보세요."

레스트레이드는 설명하면서 카펫의 다른 쪽을 들어 뒤집었다. 바닥 표면에는 선명한 붉은색 핏자국이 나 있었다.

"홈즈 씨, 이걸 어떻게 생각하나요?"

"왜 이렇게 되어 있는지 묻는 겁니까? 그거야 간단하지요. 처음에는 두 개의 핏자국이 일치했겠지만 누군가 카펫을 돌려놓은 거요. 모양이 네모난 데다 바닥에 고정되어 있지도 않으니까 쉽게 돌려놓을 수 있었을 거요."

"카펫을 돌려놓았다는 사실을 들으려고 홈즈 씨를 부른 게 아닙니다. 경찰도 그 정도는 알 수 있으니까요. 그건 너무 당연한 일 아닙니까? 내가 알고 싶은 건 누가, 무슨 이유로 카펫의 위치를 바꿔 놓았느냐 하는 점입니다."

홈즈의 얼굴이 굳어지는 걸로 봐서 그가 마음속으로는 흥분 때문에 동요하는 것을 알았다.

"레스트레이드 경감, 복도에 서 있는 저 경관이 계속 이 방을 지키고 있었나요?"

"그렇소."

"그럼, 내 말대로 하세요. 저 경관을 조사해야 해요. 우리 앞에서는 안 돼요. 우리는 여기서 기다릴 테니, 뒤쪽 방으로 데려가세요. 당신과 일대일로 말해야 경관이 쉽게 털어놓을 거요. 그리고 왜 낯선 사람을 사건 현장에 들여보내고 혼자 놔두었는지 물어보세요. 그렇게 했는지 안 했는지를 묻지는 마세요. 그걸 당연한 사실로 받아들이도록 해야 해요. 누가 이 방에 들어왔다는 사실을 안다고 말하고, 빨리 털어놓으라고 다그치세요. 솔직하게 고백하는 것만이 용서받는 유일한 길이라고 하세요. 내 말대로 하세요, 알았지요?"

"저 경관이 정말 알고 있다면 불지 않고는 못 배길 거요."

레스트레이드는 복도로 뛰어나갔다. 그리고 뒷방에서 그의 호통 치는 소리가 들려왔다.

"지금이야, 왓슨. 어서!"

홈즈가 아주 급한 듯이 소리쳤다. 홈즈의 무관심한 태도 뒤에 감추어져 있던 무서운 힘이 폭발한 것 같았다. 그는 바닥에서 카펫을 걷어내더니 눈 깜짝할 사이에 바닥에 엎드려 네모난 마루 판자의 모서리 끝을 하나하나 손톱으로 잡아당겨 보았다. 그런데 판자 하나가 조금씩 움직이더니 마침내 상자 뚜껑처럼 열렸다. 판자 밑에는 검은 구멍이 조그맣게 나 있었다. 홈즈는 구멍에 손을 넣었다가 분노와 실망이 뒤섞인 신음 소리를 내며 손을 꺼냈다. 구멍 속은 텅 비어 있었다.

"왓슨, 빨리 서둘러! 원래대로 해야 해!"

나무판자를 제자리에 끼어 놓고 카펫을 똑바로 깔았을 때 복도에서 레스트레이드의 목소리가 들렸다. 경감이 들어왔을 때 홈즈는 벽난로에 기대어 서 있었다. 나오는 하품을 참기 어렵다는 듯 나른하게 서 있는 폼이 수사 같은 건 완전히 포기한 사람처럼 보였다.

"홈즈 씨, 기다리게 해서 죄송합니다. 이번 일에는 그다지 흥미를 못 느끼시는 것 같네요. 그건 그렇고, 이 친구가 모두 실토했습니다. 들어와, 맥퍼슨. 이분들께 자네가 저지른 짓을 말씀드리게."

흥분한 듯하지만 반성의 빛이 역력하게 보이는 경관이 방으로 들어왔다.

"절대로 피해를 입힐 생각은 없었습니다. 어제저녁에 어떤 젊은 여자가 찾아왔죠. 집을 잘못 찾아온 모양이었습니다. 그리고 이런저런 얘기를 나누었죠. 온종일 방만 지키고 있으니 하도 심심해서요."

"그다음엔 무슨 일이 있었나?"

"그 여자는 신문에서 사건에 대해 읽었다고 하면서 범행 장소를 보고 싶다고 했어요. 단정한 차림에 말씨도 점잖아서 잠깐 보여줘도 상관없다고 생각했습니다. 그런데 카펫에 난 핏자국을 보더니 바닥에 쓰려져서 죽은 사람처럼 꼼짝도 하지 않았어요. 얼른 물을 가져와서 먹여보았지만 정신을 차리지 못했습니다. 그래서 저는 길모퉁이를 돌면 있는 아이비 플랜트로 브랜디를 사러 나갔습니다. 하지만 제가 돌아와 보니 여자가 정신을 차리고 돌아갔는지 없었습니다. 부끄러워서 제 얼굴을 다시 보지 못할 것 같아 그냥 간 거라고 생각했죠."

"이 카펫 위치가 바뀐 것 같진 않았소?"

"그게… 제가 돌아왔을 때 약간 구겨져 있는 것 같았습니다. 여자가 그 위에 쓰러졌기 때문이라고 생각했죠. 반들반들한 바닥에 그냥 깔려 있지 않습니까? 고정시키는 것도 없고요. 그래서 다시 반듯하게 펴놓았습니다."

"나를 속이진 못한다는 걸 알았겠지, 맥퍼슨?"

레스트레이드가 엄하게 말했다.

"임무를 좀 게을리해도 아무도 모를 거라고 생각했겠지만 카펫을 보기만 해도 나는 누군가 이 방에 들어왔었다는 사실을 알 수 있네. 없어진 게 없으니 다행이지, 그렇지 않았다면 자네는 굉장히 난처한 상황에 처했을 거야. 홈즈 씨, 별일도 아닌 걸로 여기까지 오시게 해서 죄송합니다. 저는 바닥에 난 두 번째 얼룩이 첫 번째 핏자국의 위치와 일치하지 않는 점에 선생이 흥미를 가질 것 같았습니다."

"확실히 흥미를 느끼고 있습니다. 정말 흥미로운 사실이죠. 그런데 맥퍼슨, 그 여자가 온 건 한 번뿐이었나?"

"예, 한 번뿐입니다."

"이름은?"

"이름은 모릅니다. 타자 칠 직원을 모집한다는 광고를 보고 왔다는데, 주소를 잘못 찾았다고 하더군요. 상냥하고 품위도 있는 젊은 여자였습니다."

"키가 크고 미인이던가?"

"예, 아주 날씬한 여자였습니다. 미인이냐고 물으셨지요? 굉장한 미인이었습니다. 그런 미인이 '경관님, 잠깐만 보여주세요'라고 제게 말하더군요. 상냥하고 애교까지 섞인 말투여서 마음이 흔들렸죠. 그리고 문간에서 잠깐 들여다보게 해줘도 크게 상관없을 거라고 생각했습니다."

"옷차림은 어땠소?"

"수수한 차림이었습니다. 발까지 내려오는 긴 망토를 입고 있었죠."

"여자가 찾아온 게 몇 시경이었소?"

"해가 질 무렵이었습니다. 브랜디를 사 들고 돌아올 때 가로 등이 켜지고 있었으니까요."

"잘 알겠소. 왓슨, 빨리 가야겠어. 다른 데 중요한 볼일이 있어."

우리가 집을 나올 때 레스트레이드 경감은 그대로 방에 남았고, 맥퍼슨 경관 혼자서 우리를 문까지 배웅했다. 홈즈는 계단에 서서 뒤를 돌아다보더니 손에 있는 뭔가를 경관에게 보여주었다. 경관은 뚫어져라 바라보더니 놀란 표정으로 외쳤다.

"아니, 이럴 수가!"

홈즈는 아무 말 말라는 듯 손가락을 입에 갖다 대고, 상의 주머니에 다시 그것을 집어넣었다. 거리로 들어서자 홈즈는 웃음을 터뜨렸다.

"잘됐어! 왓슨, 이제 마지막 장면을 위한 막이 올라가고 있어. 전쟁도 일어나지 않을 거고, 트렐로니 호프 장관의 화려한 경력에 오점이 생기는 일도 없을 거야. 편지를 보낸 국왕도 자신의 경솔한 처신에 대해 처벌받을 필요가 없어. 우리가 약간의 재치를 발휘해 잘 처리한다면 아무도 피해를 입지 않아. 끔찍한 결과를 불러올 수도 있었던 사건이 이렇게 해결되다니… 자네도 안심이 되지?"

내 마음은 홈즈의 비상한 능력에 대한 감탄으로 가득 찼다.

"자네, 사건을 해결했군!"

내가 소리쳤다.

"완전히 해결한 건 아니야. 아직 확실치 않은 점이 몇 가지 있어. 하지만 많은 걸 알았으니 나머지를 알아내지 못한다면 그건 우리에게 문제가 있는 거지. 곧장 호프 장관 댁으로 가서 사건을 완전히 해결하자고."

호프 장관 집에 도착했을 때 홈즈는 호프 장관의 부인을 만나러 왔다고 말했다. 그리고 우리는 거실로 안내되었다.

부인은 화가 많이 났는지 얼굴이 붉어져 있었다.

"홈즈 씨, 이건 너무 부당하고 가혹한 짓 아닌가요? 제가 당신을 찾아간 사실을 비밀로 해달라고 부탁드렸을 텐데요. 제가 주제넘게 나선다고 제 남편이 생각하지 않도록 말이에요. 그런데 이렇게 찾아와서 우리 사이에 일로 무슨 관계가 있다는 걸 보여주시면 제가 난처해지지 않겠어요?"

"부인, 유감스럽게도 다른 방법이 없었습니다. 저는 아주 중요한 편지를 찾아달라는 부탁을 받았거든요. 그래서 하는 말인데, 이제 저한테 그 편지를 주시지요."

부인은 벌떡 일어섰다. 아름다운 얼굴에서는 핏기가 싹 가셨다. 눈앞이 안 보이는 사람처럼 휘청거렸다. 부인은 기절할 것 같았다. 그러나 간신히 충격에서 벗어나 기운을 차렸는데 얼굴에는 뭐라고 말할 수 없는 놀라움과 노여움의 빛이 서려 있었다.

"홈즈 씨, 당신은… 당신은 나를 모욕하는군요."

"이러지 마세요, 부인. 소용없는 짓입니다. 편지를 내놓으세요."

부인은 벨이 있는 쪽으로 달려갔다.

"집사가 집 밖까지 안내할 겁니다."

"벨을 울리면 안 됩니다. 벨을 울리면 소문을 내지 않고 사건을 해결하려고 했던 저의 모든 노력이 물거품으로 돌아갑니다. 편지를 내놓기만 하면 모든 일이 원만하게 수습될 겁니다. 제가 하라는 대로만 하시면 제가 잘 수습할 수 있어요. 하지만 제 말에 따르지 않으신다면 저로서는 진상을 밝힐 수밖에 없습니다."

부인은 마치 여왕처럼 오만하게 서서 똑바로 홈즈의 눈을 응시했는데, 홈즈의 마음을 읽으려는 것 같았다. 한쪽 손을 벨 위에 올려놓고 있긴 했지만 누를 생각은 없는 것 같았다.

"홈즈 씨, 절 위협하는군요. 여기까지 와서 여자를 위협하다니, 남자답지 않은 짓 아닙니까? 뭔가 안다고 했는데, 뭘 안다는 말인가요?"

"먼저 앉으세요, 부인. 그렇게 서 계시면 자칫 쓰러지실 경우 상처를 입을 겁니다. 앉으실 때까지는 얘기하지 않겠습니다."

"좋아요, 홈즈 씨. 오 분만 시간을 드리지요."

"고맙습니다. 일 분으로 충분합니다. 힐다 부인, 저는 다 알고 있습니다. 당신이 에두아르도 루카스를 찾아 간 것도, 부인이 그에게 편지를 건네준 것도, 어제저녁 교묘한 방법으로 루카스의 방에 다시 들어간 것도. 그리고 카펫 아래 은밀한 곳에 숨겨져 있던 편지를 어떻게 꺼내 갔는지도 말입니다."

부인은 백지같이 하얀 얼굴로 홈즈를 빤히 쳐다보았다. 두 번쯤 침을 삼키고는 말문을 열었다.

"홈즈 씨, 당신 미쳤나 보군요. 미쳤어요!"

홈즈는 주머니에서 두껍고 딱딱한 종이를 꺼냈다. 어떤 여자의 초상화에서 얼굴만 도려낸 것이었다.

"쓸데가 있을 것 같아 이걸 갖고 다녔죠. 경관이 어제저녁에 온 여자와 이 초상화의 여자가 같은 인물이라고 인정했습니다."

부인은 깜짝 놀라 숨이 막힌 것 같더니 머리를 의자 등에 기댔다.

"자, 부인은 편지를 갖고 있습니다. 아직은 사건을 잘 수습할 수 있어요. 저도 부인을 난처하게 만들 생각은 없습니다. 편지를 찾아 당신 남편에게 돌려주기만 하면 제 임무는 끝납니다. 제 말대로 하세요. 이제 다 고백하세요. 기회는 지금밖에 없어요."

부인은 용기가 대단한 사람이었다. 일이 이렇게까지 되었는데도 자신의 패배를 인정하려 들지 않았다.

"홈즈 씨, 다시 말하지만 당신은 지금 말도 안 되는 착각을 하고 있어요."

홈즈는 의자에서 일어섰다.

"유감입니다, 부인. 저는 당신을 위해 최선을 다했습니다. 하지만 모두 헛수고였군요."

홈즈가 벨을 울리자 집사가 들어왔다.

"트렐로니 호프 장관은 집에 계십니까?"

"12시 45분에 돌아오실 겁니다."

홈즈는 시계를 꺼내 보았다.

"아직 15분이 남았군, 됐소, 그만 가보세요. 장관이 오실 때까지 기다리죠."

집사가 방문을 닫기도 전에 호프 부인은 홈즈의 발밑에 무릎을 꿇고 손을 뻗었다. 위를 올려다보는 부인의 아름다운 얼굴은 눈물로 젖어 있었다.

"절 용서하세요, 홈즈 씨. 용서하세요!"

부인은 몹시 흥분하여 애원했다.

"제발 남편에겐 말하지 마세요. 저는 진심으로 남편을 사랑합니다. 저는 남편의 삶에 어떤 나쁜 영향도 끼치고 싶지 않아요. 하지만 이 사실을 알게 되면 남편의 고귀한 마음에 상처를 주게 될 겁니다."

홈즈는 부인을 일으켰다.

"부인, 지금에라도 용기를 내주셔서 감사합니다. 이제 별로 시간이 없어요. 편지는 어디에 있나요?"

부인은 책상으로 뛰어가 열쇠로 서랍을 열고 푸른빛이 도는 긴 봉투를 꺼냈다.

"여기 있어요, 홈즈 씨. 이런 건 애당초 내 눈에 띄지 말았어야 했어요!"

"이걸 어떻게 돌려주지?"

홈즈가 중얼거렸다.

"빨리 방법을 생각해야 하는데… 문서 보관함은 어디 있나요?"

"아직 침실에 그대로 있어요."

"정말 다행이군요. 부인, 문서함을 빨리 가져오세요."

잠시 후 부인이 납작하고 빨간 문서함을 갖고 돌아왔다.

"먼젓번에는 어떻게 열었죠? 복제한 열쇠를 갖고 있나요? 물론 갖고 있겠죠? 어서 여세요."

호프 부인은 품안에서 조그만 열쇠를 꺼냈다. 문서함은 쉽게 열렸다. 안에는 서류가 가득 들어 있었다. 홈즈는 파란 봉투를 서류 중간에 깊숙이 넣었다. 그리고 문서함을 닫고 열쇠로 다시 잠근 다음 침실에 갖다 놓으라고 했다.

"이제 호프 장관을 맞을 준비가 다 됐군요. 아직 10분이 남았습니다. 제가 부인을 보호하기 위해 노력하고 있다는 걸 아시겠죠? 그러니 그 보답으로 부인은 이 사건의 진상을 숨김없이 얘기해야 합니다."

"홈즈 씨, 다 말하겠어요. 남편의 마음을 한순간이라도 괴롭히느니 차라리 제 오른팔이 잘리는 게 나을 겁니다. 런던에서 저만큼 자기 남편을 사랑하는 여자도 없을 거예요. 그런데도 저는 이런 짓을 저질러야만 했어요. 남편이 제가 한 일을 안다면 절 용서하지 않을 거예요. 워낙 명예를 중시하는 분이라 남의 잘못을 잊거나 용서하지 않거든요. 홈즈 씨, 제발 도와주세요! 제 행복, 남편의 행복, 그리고 저희들의 생활 전체가 위험에 빠져 있어요."

"빨리 사건의 진상을 말하세요. 시간이 별로 없습니다."

"사건은 제가 경솔하게 쓴 편지에서부터 시작되었어요. 결혼 전에 사랑에 빠진 한 소녀가 충동적으로 쓴 철없는 편지였지요. 저는 별 뜻 없이 쓴 편지지만, 남편은 제가 죄를 지었다고 생각할 것 같았어요. 만일 남편이 편지를 읽어본다면 다시는 저를 믿지 않을 거라고 생각했죠. 그 편지를 쓴 건 아주 오래전 일이었어요. 전 완전히 잊혀진 일이라고 생각했어요. 그런데 루카스에게서 연락이 왔어요. 그 편지를 갖고 있는데 남편에게 보여줄 거라고 협박했어요. 저는 제발 그러지 말라고 빌었지요. 그랬더니 그는 남편의 문서함에 들어 있는 이러이러한 편지를 넘겨주면 내 편지를 돌려주겠다고 했어요. 정부기관에 스파이를 잠입시켜 그런 편지가 있다는 사실을 알아낸 거예요. 그는 남편에게는 피해가 가지 않을 거라고 장담했어요. 홈즈 씨, 제 처지에서 한번 생각해보세요. 어떻게 했으면 좋았을까요?"

"남편에게 모든 사실을 털어놓았어야 합니다."

"그럴 수는 없었어요, 홈즈 씨, 그건 안 되는 일이었어요! 두 가지 선택이 있었죠. 하나는 남편과 제 사이가 끝나는 것이고 하나는 남편의 편지를 훔치는 거였어요. 물론 나쁜 짓 같긴 했지만 정치에 관한 일이라 그게 어떤 결과를 불러일으킬지 제가 잘 몰랐어요. 사랑과 신뢰라는 문제를 생각해보면 제 결론은 확실해졌어요. 루카스의 요구를 들어주기로 결심했죠. 제가 남편 열쇠의 본을 뜨고 루카스가 열쇠를 복제해주었어요. 그런 다음 저는 문서함을 열고 편지를 꺼내서 고돌핀 가로 가져갔죠."

"거기서 무슨 일이 있었습니까?"

"미리 정한 대로 저는 현관문을 두드렸어요. 루카스가 직접 문을 열어 주더군요. 그의 뒤를 따라 집 안으로 들어갔지만 현관문은 열어두었습니다. 루카스와 둘이서만 있는 게 무서웠거든요. 제가 안으로 들어갈 때 웬 여자가 밖에 서 있었던 기억이 나요. 우리 거래는 금방 끝났어요. 저는 그에게 제가 가져온 편지를 넘겨주었어요. 루카스도 제 편지를 넘겨주었죠. 루카스는 제 편지를 책상 위에 올려놓았어요. 그런데 바로 그때 문간에서 소리가 들렸어요. 그리고 복도에서 발소리가 들렸죠. 루카스는 재빨리 카펫을 젖히고 그 밑에 있는 비밀장소에다 편지를 넣고는 다시 카펫을 덮었어요. 그 뒤에 일어난 일은 악몽 같았어요. 지금도 그 여자의 가무잡잡한 미친 것 같은 얼굴이 눈에 선해요. 그 여자는 프랑스어로 '내가 지금까지 이날을 기다려왔다. 드디어 여자와 같이 있는 현장을 잡았어!'라고 외치더군요. 그러더니 무시무시한 싸움이 벌어졌어요. 루카스가 의자를 들어 올리려고 했고 여자의 손에는 단도가 번쩍였어요. 거기까지 보고 저는 그 무서운 곳에서 정신없이 도망쳐 나왔어요. 다음 날 아침에 신문을 보고서야 루카스가 죽었다는 사실을 알았죠. 전날 밤까지만 해도 저는 행복했어요. 제 편지를 찾았으니까요. 하지만 그 다음에 무슨 일이 벌어질지 몰랐죠.

한 가지 불행을 피하기 위해 또 다른 불행을 끌어들였다는 사실을 깨달은 건 다음 날 아침이었어요. 편지가 없어진 걸 발견하고 괴로워하는 남편을 보면서 저는 가슴이 찢어지는 것 같았어요. 그 자리에서 무릎을 꿇고 제가 저지른 짓을 고백하고 싶을 정도였어요. 하지만 그렇게 되면 제 과거까지 털어놓아야 했어요. 그건 안 될 일이었죠. 그리고 저는 당신을 찾아갔어요. 제가 얼마나 엄청난 짓을 저질렀는지 알고 싶었거든요. 사실을 확인하고 저는 남편의 편지를 되찾아야겠다는 일념에 사로잡혔어요. 편지는 아직 루카스가 숨겨두었던 장소에 그대로 있는 게 분명했어요. 그 무서운 여자가 방 안에 들어오기 전에 숨겨둔 거니까요. 그 여자가 나타나지 않았더라면 루카스가 어디에 편지를 숨겨두었는지 몰랐을 거예요. 그 방에 들어가려면 어떻게 해야 하지? 이틀 동안 그 집을 살펴보았지만 한 번도 현관문이 열려 있지 않았어요. 그래서 어제저녁에 마지막 시도를 해봤죠. 제가 어떻게 해서 그 방에 들어가 편지를 갖고 나왔는지 당신도 이미 알고 계시죠? 저는 편지를 갖고 돌아와 그걸 없애버릴까도 생각했어요. 남편에게 돌려주면 제가 한 잘못을 다 털어놓지 않을 수 없다고 생각했기 때문이죠. 어쩌면 좋아! 계단을 올라오는 남편의 발소리가 들려요!"

호프 장관은 흥분해서 방 안으로 뛰어들어 왔다.

"홈즈 씨, 새로운 소식이라도 있나요?"

"사건 해결의 희망이 보입니다."

호프 장관의 얼굴이 환해졌다.

"아, 고맙기도 해라! 나와 점심 식사를 하려고 총리께서 함께 오셨소. 그분에게 희망이 보인다는 얘기를 해도 될까요? 총리는 강철처럼 강인한 분이지만 이번에 일어난 끔찍한 사건 때문에 밤에 한숨도 못 주무신 것 같소. 제이콥스, 총리께 이쪽으로 오시라고 전해주게. 여보, 정치적인 이야기를 나눠야 하니까 당신은 자리를 피해 주겠소? 식당에서 기다리면 우리도 곧 가리다."

총리의 태도는 침착했지만 눈빛이 번뜩이고 뼈만 남은 손이 떨리는 것으로 보아 호프 장관과 마찬가지로 흥분되어 있음을 알 수 있었다.

"보고할 게 있다고요, 홈즈 씨?"

"지금까지는 확실치 않습니다. 편지가 있을 만한 곳은 모두 조사해보았습니다. 그래도 찾을 수 없는 걸로 봐서는 우려하셨던 위험은 없는 것이 확실합니다."

"그러나 그것만으로는 충분치 않소, 홈즈 씨. 언제 터질지 모를 화산을 안은 채 살아갈 수는 없지 않소? 우리는 뚜렷한 단서가 필요하오."

"그런 단서를 입수할 수 있다고 생각합니다. 그래서 제가 찾아온 거고요. 이 사건을 파헤쳐볼수록 편지가 이 댁에서 나가지 않았다는 확신이 듭니다."

"홈즈 씨! 그게 무슨 소리요?"

"편지가 이 댁에서 나갔다면 지금쯤은 공개되었어야 하는 게 아닙니까?"

"편지를 훔쳐낸 다음 집 안에 숨겨둔다는 것이 말이나 되오?"

"그런 말이 아닙니다. 저는 아무도 편지를 훔치지 않았다고 확신합니다."

"그럼 편지가 문서함에서 왜 없어졌다는 거요?"

"문서함에서 없어지긴 한 건지 잘 모르겠습니다."

"홈즈 씨, 지금은 농담할 때가 아니오. 문서함에서 없어졌다고 확실히 말할 수 있소."

"화요일 아침 이후에 문서함을 살펴보신 적이 있나요?"

"아니오. 그럴 필요가 없었소."

"편지를 못 보고 넘어간 건 아닌지요?"

"말도 안 되는 소리요."

"하지만 저는 확신할 수 없군요. 전에도 그런 일이 일어나는 걸 몇 번 본 적이 있거든요. 문서함에는 다른 서류들도 들어 있겠죠? 그럼 다른 서류와 뒤섞여서 못 보신 게 아닐까요?"

"제일 위에 두었소."

"누군가가 상자를 흔들어서 위치가 바뀌었을 수도 있습니다."

"아니오, 그럴 리가 없소! 모두 꺼내보았단 말이오."

총리가 끼어들었다.

"호프 장관, 그거야 쉽게 해결될 문제 아니오? 문서함을 가져오라고 하시오."

호프 장관이 벨을 울렸다.

"제이콥스, 문서함을 가져오게. 말도 안 되는 시간낭비이긴 하지만 홈즈 씨가 믿지 않으니 조사를 해보지요."

얼마 후 제이콥스가 문서함을 가져왔다.

"수고했네, 제이콥스. 여기에 놔두게. 열쇠는 항상 제 시곗줄에 달려 있습니다. 자, 이게 서류들입니다. 메로우 경에게서 온 편지, 찰스 하디 경의 보고서, 베오그라드에서 보낸 각서, 러시아와 독일 사이의 곡물세에 대한 문서, 마드리드에서 온 편지, 플라워스 경의 편지… 아니! 이럴 수가! 이게 뭐야? 벨린저 경이라고!"

총리는 호프 장관의 손에 있는 푸른 봉투를 낚아챘다.

"이거야! 안에 들어 있던 내용물도 그대로군. 호프 장관, 천만다행일세."

"고맙소! 정말 고맙소! 이제야 걱정이 사라졌군. 그렇지만 정말 상상할 수도 없는 일이오. 말도 안 되는 일인 줄 알았는데… 홈즈 씨, 당신은 마법사요, 마법사! 그런데 편지가 문서함 안에 있다는 걸 어떻게 알았소?"

"다른 곳 어디에도 없었으니까요."

"정말 내 눈을 믿을 수 없군!"

호프 장관은 문 쪽으로 달려갔다.

"내 아내가 어디 있지. 모든 일이 다 잘 해결되었다고 얘기해야 하는데… 힐다! 힐다!"

계단에서 그의 목소리가 들려왔다.

총리는 눈을 반짝이면서 홈즈를 보았다.

"홈즈 씨, 편지가 문서함 속에 그대로 있다는 생각을 한 데에는 무슨 이유가 더 있었을 텐데요. 이 편지가 어떻게 해서 돌아와 있는 거요?"

홈즈는 빤히 쳐다보는 총리에게서 눈길을 떼고 미소를 지었다.

"우리에게도 외교상의 비밀이 있습니다."

홈즈는 모자를 집어 들고 문쪽으로 걸어갔다.

마지막 사건
The Final Problem

마지막 사건
The Final Problem

.... 이렇게 마지막 글을 쓰는 내 마음이 무겁다. 특별했던 친구 셜록 홈즈의 뛰어난 재능에 대해 글을 쓰는 일도 이번이 마지막이다. 비록 서투른 문장이긴 했지만 나는 홈즈와 함께 했던 특별한 경험들을 제대로 전달하기 위해 항상 최선을 다해왔다. 홈즈를 처음 만난 《주홍색 연구》 사건부터 홈즈가 개입해서 심각한 국제분쟁을 막을 수 있었던 최근의 《해군 조약》 사건에 이르기까지 말이다.

지난간 2년의 세월로도 공허감을 전혀 채울 수 없었던 《마지막 사건》에 대해서도 아무 말 하지 않으려 했다. 그러나 최근 모리아티 교수를 잊지 못하는 동생 제임스 모리아티 대령이 보낸 편지 때문에 나는 홈즈의 마지막 사건을 기록하려고 한다. 나는 대중 앞에 사건을 그대로 옮길 것이다. 사건의 진상을 나만 알고, 억지로 감추어봐야 홈즈를 둘러싼 소문에 좋은 영향을 끼칠 수 없다는 점을 결국 깨달았기 때문이다. 내가 알기로 언론매체가 그 사건을 다룬 것은 세 차례에 불과하다. 1891년 5월 6일 자 제네바 저널, 5월 7일 자 영국 신문들에 실린 로이터통신 기사, 그리고 마지막으로 앞서 언급한 최근 제임스 모리아티 대령이 보낸 편지들이다. 첫 번째와 두 번째 기사는 사건의 전말이 너무나 많이 생략되어 있었다. 그리고 내가 보여주려는 마지막 세 번째는 사실을 완전히 왜곡하고 있었다. 따라서 모리아티 교수와 셜록 홈즈 사이에 일어난 사건의 진상을 밝히는 것은 당연히 나의 의무라 할 수 있다.

아마 내가 결혼하고 난 뒤였을 것이다. 병원을 개업하고 홈즈와 나 사이의 친밀했던 관계는 얼마간 변화를 겪었다. 그러나 여전히 홈즈는 때때로 사건수사에 친한 벗이 필요하면 나를 찾아왔다. 그러나 이런 만남도 차츰차츰 줄어들어 1890년에 내가 기록한 홈즈의 사건은 겨우 세 건에 불과했다. 그해 겨울과 1891년 이른 봄 동안 나는 신문을 통해 홈즈가 프랑스 정부와 관련된 중요한 사건을 맡고 있다는 것을 알았다. 그리고 홈즈로부터 프랑스 나르본느와 니임의 소인이 찍힌 짤막한 편지를 받았다. 두 통의 편지로 나는 홈즈가 프랑스에 꽤 오래 머물 것이라고 생각했다. 그런데 4월 24일 저녁, 내 진찰실로 홈즈가 들어오는 것을 보고 깜짝 놀랐다. 더구나 홈즈의 얼굴이 평소에 비해 더욱 창백하고 몸도 수척해 보여 더욱 놀랐다.

"아, 요새 과로 해서 그래."

내가 말을 꺼내기도 전에 걱정스러운 내 표정을 본 홈즈가 설명했다.

"최근에 스트레스를 많이 받았어. 덧문을 내려도 되지?"

책상 위에 있는 독서용 램프 불빛이 방에 있는 유일한 빛이었다. 홈즈는 벽을 따라 재빨리 창가로 가서 갑자기 덧문을 닫고 단단히 빗장을 걸었다.

"걱정되는 거라도 있어?"

내가 물었다.

"응."

"뭐가 걱정되는데?"

"공기총."

"홈즈, 무슨 소리야?"

"왓슨, 자네는 나를 잘 알지? 내가 절대로 쉽게 흥분하는 사람이 아니란 걸. 그러나 위험이 자신에게 가까이 닥쳤다는 것까지도 인정하지 않는 건 용기가 아니라 무모함이지. 성냥 좀 주겠어?"

홈즈는 담배에 불을 붙인 뒤, 연기를 깊게 들이마셨다.

"이렇게 늦게 찾아와서 미안해. 잠시 후, 자네 집을 떠날 때 정원 담을 타고 넘어가는 괴상한 짓도 미리 이해해줘."

"도대체 무슨 얘기야?"

홈즈가 손을 내밀었다. 독서용 램프 불빛 아래 그의 손가락 관절에서 피가 나고 있었다.

"보다시피 근거 없는 말이 아니야."

홈즈가 웃으며 말했다.

"손이 꺾여서 부러질 만큼 확실한 상황이지. 자네 부인은 있나?"

"아니, 여행 중이야."

"자네 혼자야?"

"나 혼자야."

"그럼 부탁하기가 쉽군. 유럽으로 일주일 정도 나와 함께 가 겠나?"

"유럽 어디로?"

"어디든. 유럽은 어디든 다 똑같아. 나한테는."

홈즈의 행동에는 이상한 점이 있었다. 홈즈는 이유 없이 휴 가를 떠날 사람이 아니다. 창백하고 피로에 지친 안색으로 보 아 홈즈가 극도로 긴장한 상태라는 것을 알았다. 홈즈는 내 눈 빛에서 이런 의문을 읽었는지 두 손을 모으고 무릎 위에 올려놓은 채 상황을 설명했다.

"모리아티 교수라는 이름을 들어본 적 있나?"

홈즈가 물었다.

"아니."

"아, 그는 정말 놀랄 만한 천재야!"

홈즈가 목소리를 높였다.

"런던에 때때로 나타나는데도 아무도 그에 관해 알지 못하니 말이야. 그래서 최고의 범죄자가 될 수 있었겠지. 왓슨, 확실히 말하는데, 그를 잡을 수만 있다면, 사회에서 그를 제거할 수만 있다면 탐정으로서의 소임은 다 했다고 할 수 있어. 그리고 조금 더 평범한 생활로 돌아가게 되겠지. 우리끼리 얘기지만 최근 스칸디나비아 왕가와 프랑스 정부를 도와준 덕분에 난 꽤 안락하고 쾌적한 생활을 누릴 수 있어. 화학연구에 집중할 수도 있고. 그런데 왓슨, 난 쉴 수 없어. 그냥 조용히 의자에 앉아 있을 수 없어. 모리아티 교수가 런던 거리를 태연히 돌아다닌다고 생각한다면 잠자코 있을 수 없어."

"그가 무슨 일을 저질렀는데?"

"모리아티의 경력은 화려해. 훌륭한 가문 태생에 교육도 잘 받았고, 더군다나 타고난 수학적 재능이 매우 뛰어난 사람이야. 스물한 살에 이항정리에 대한 논문으로 유럽에서 큰 호평을 받았지. 그 덕분에 작은 대학에서 수학교수 자리를 얻었어.

장래가 촉망되는 젊은이었어. 그러나 그의 몸에는 사악한 범죄의 피가 흐르고 있어. 그의 사악함은 시간이 지나면서 사라지는 대신 비범한 두뇌의 힘을 얻어 오히려 더욱 위험해졌지. 대학가에 모리아티에 대한 좋지 않은 소문들이 떠돌자 결국 그는 교수직을 사임하고 런던으로 와서 군인들을 상대로 가르치고 있어. 여기까지가 세상에 알려진 내용이지만, 지금부터 말하는 것은 내가 직접 발견한 사실이야.

왓슨, 잘 알겠지만 런던에서 일어나는 모든 범죄에 대해서 나만큼 잘 아는 사람은 없어. 지난 몇 년 동안, 나는 런던에서 일어나는 범죄사건의 배후에 어떤 악당 하나가 숨어 있다는 점을 항상 느껴왔어. 법을 어기는 조직적인 세력, 잘못된 길로 나가는 문을 열어 놓는 악의 세력이 어딘가 숨어 있다고 생각해왔어. 갖가지 위조사건, 강도사건, 살인사건에서도 나는 어떤 세력이 존재한다는 것을 느꼈어. 내가 개인적으로 담당하지 않은, 그리고 아직 밝혀지지 않은 범죄에 이 세력이 영향을 미치고 있다는 사실을 알았어. 몇 년 동안 나는 이 세력의 베일을 벗겨 내려고 노력했지. 그리고 마침내 실마리를 잡아서 교묘히 엉켜 있는 실타래를 풀어가다 보니 수학의 천재, 모리아티 교수라는 결론에 도달했지.

왓슨, 모리아티는 범죄계의 나폴레옹이야. 런던에서 일어나는 미궁에 빠진 많은 사건은 모리아티 교수가 계획했어. 그는 천재에 철학자이며 이론가야. 매우 논리정연한 사고의 소유자라는 얘기야. 마치 수백 개의 거미줄로 짜여 있는 거미줄 한가운데 자리 잡은 거미처럼, 가만히 앉아 있지만 거미줄의 미세한 흔들림도 곧바로 알아채. 자신이 직접 행동하는 일은 거의 없어. 단지 계획만 짤 뿐이야. 하지만 그 밑에 있는 모리아티의 대리인들이 거대한 조직을 이루고 있어. 어떤 서류를 훔치거나 어떤 범죄를 저지를 계획이 있다면, 예를 들어 어떤 집을 털거나 누군가를 살해하려고 할 때 이들은 모리아티에게 이야기해. 그러면 모리아티가 범죄를 자세히 계획하고 그 일당이 실행하지. 일당 패거리는 잡히기도 해. 그런 경우에는 항상 보석금을 내고 풀려나거나 변호사가 붙어. 그러나 그 일당을 이용하는 핵심세력은 절대 잡히지 않아. 의심받는 일도 절대 없고. 이게 내가 추리한 모리아티 교수의 조직이야, 왓슨. 난 전력을 다해서 그 조직을 파헤쳐 무너뜨릴 거야.

그러나 모리아티는 아주 교묘하게 구성된 보호막에 둘러싸여 보호받고 있어. 그게 나라도 그렇게 하겠지만 그 보호막이 어찌나 교묘한지 모리아티의 유죄를 입증할 만한 증거를 확보하기조차 불가능해 보였어. 하지만 왓슨, 자네는 내 의지력을 알지? 지난 3개월 동안의 추적 끝에 나는 마침내 숙적 모리아티 교수의 조직을 파악했어. 모리아티는 두뇌 싸움에서 나와 대적할 만한 유일한 범죄자야. 그가 계획한 끔찍한 범죄를 보면 그 기술에 경탄하지 않을 수 없어. 그런데 마침내 모리아티가 그답지 않게 사소한 실수를 해서 내가 아주 가까이 다가갈 수 있었어. 기회를 잡은 거지. 처음부터 준비해온 일이 성과를 거두게 된 거야. 모리아티 주변에 그물을 펴놓고 지금은 잡을 준비가 다 되어 있어. 다음 주 월요일 때가 무르익게 되면 모리아티 교수는 조직의 주요 부하들과 함께 경찰에 붙잡힐 거야. 금세기 최대의 범죄자가 재판정에 서게 되면 마흔 건이 넘는 미해결 사건들도 해결되겠지. 모두 교수형에 처해질걸. 하지만 우리가 조금이라도 성급하게 움직이면 그들은 마지막 순간에 우리 손아귀에서 빠져나갈 게 뻔해.

　모리아티 교수가 몰래 이 모든 일을 진행되었다면 일이 꽤 수월했을 거야. 하지만 모리아티는 그렇게 만만한 상대가 아니야. 내가 자기 주변에 그물을 치고 있다는 걸 모두 알고 있었어. 몇 번이나 그는 내가 애써 진행한 작업을 헛수고로 돌려버리려고 시도했고 나 또한 매번 그의 방해를 막았어. 왓슨, 조용히 진행한 이 작업의 상세한 부분을 모두 적는다면 이 기록은 범죄수사 역사에 길이 남을 '밀고 당기기'가 될 거야. 이번처럼 내가 긴장한 적은 한 번도 없었고 상대와 이렇게 팽팽히 맞선 적도 없었어. 모리아티도 악당 중의 최고 악당이지만 나 역시 탐정 중의 최고 탐정이니까. 모리아티 교수의 조직을 무너뜨릴 만반의 준비를 마친 상태였지. 오늘 아침에 마지막으로 할 일을 마쳤고 삼 일만 있으면 모든 일이 끝나. 그런데 내가 방에 앉아 생각에 잠겨 있는데 갑자기 방문이 열리면서 모리아티가 내 앞에 나타났어.

전에 없이 지금 내가 긴장한 이유가 그 때문이야, 왓슨. 항상 내 머릿속에서 등장했던 모리아티 교수가 바로 문 앞에 서 있는 모습은 매우 낯익었어. 키가 크고 마른데다가 두 눈은 움푹 들어갔고 앞이마에는 흰머리가 덮여 있었지. 깔끔하게 면도를 했고 창백한 얼굴이 까다롭고 꼼꼼한 성미를 지닌 교수다웠어. 지나치게 많이 공부한 탓인지 등이 구부정하게 굽어 있었고, 앞으로 툭 튀어나온 얼굴이 마치 교활한 파충류로 조금씩 진화하는 것 같은 느낌을 주었어. 호기심에 가득 찬 주름진 눈이 나를 뚫어져라 쳐다보더군.

'내가 기대했던 것보다 일의 진행이 안 되는군.'

마침내 모리아티가 말했어.

'가운 주머니 속의 장전된 권총에 손을 대는 건 위험하오.'

사실, 모리아티가 나타나자마자 나는 극도의 위협을 느꼈어. 그 위기를 모면하려면 일단 아무 말도 하지 않는 게 유일한 방법이지. 나는 순식간에 서랍에 있던 권총을 살짝 꺼냈는데 주머니에 넣는 것을 들켰어. 모리아티의 말에 나는 권총을 꺼내 테이블 위에 올려놓았어. 모리아티는 계속 미소 지으면서 눈을 깜박였는데, 그 냉혹한 모습에 나는 그나마 권총이 앞에 놓여 있어 다행이라고 생각했지.

'당신은 나를 전혀 모르겠지.'

모리아티가 말했어.

'아니, 난 당신을 꽤 잘 알아. 그 의자에 앉겠나? 할 말이 있다면 5분 정도 시간을 낼 수 있지.'

'내가 무슨 말을 할지 잘 알고 있을 텐데.'

'그렇다면 내가 어떤 대답을 할지도 알겠군.'

'그 생각에 변함이 없나?'

그가 묻더군.

'절대로.'

모리아티가 주머니에 손을 넣자마자 나는 테이블 위에 있던 권총을 집어 들었어. 하지만 그는 주머니에서 날짜를 적은 수첩을 꺼내더군.

'1월 4일 내 뒤를 밟았고, 23일에는 나를 방해했어. 2월 중순에는 당신 덕분에 상황이 꽤 불편했어. 3월 말에는 내 계획이 완전히 차질을 빚었지. 그리고 4월 말인 지금, 상황을 보니 당신의 끈질긴 추적 때문에 내 자유를 잃을 위험에 처했군. 있을 수도 없는 불가능한 상황이 벌어지고 있어.'

'할 말이 있나?'

내가 물었지.

'그만두지. 홈즈.'

고개를 저으며 모리아티가 말하더군.

'정말 그만두는 게 좋을 거야. 잘 알겠지.'

'월요일이 지나면 그만두지.'

내가 대답했어.

'쯧쯧. 이런 일에는 한 가지 결말밖에 나올 수 없다는 사실을 자네처럼 똑똑한 사람이 모를 리가 없지. 이쯤에서 그만 해. 당신이 열심히 일한 탓에 우리 조직이 많이 줄었어. 당신은 꽤 영리한 방법을 썼더군. 하지만 아무 영향도 못 끼쳤어. 과격한 수단을 쓰게 될까 봐 걱정이지. 웃고 있군, 홈즈. 경고하지. 정 그렇게 나오면 나도 어쩔 수 없어.'

'내가 하는 일에는 항상 위험이 따라다녀.'

내가 대꾸했어.

'이건 위험이 아냐. 피할 수 없는 파멸이지. 당신은 단순히 한 개인을 상대하는 게 아니라 거대한 조직을 상대하는 거야. 당신이 아무리 머리를 굴려도 깨닫지 못할 규모를 가진 조직이지. 홈즈, 그만두는 게 좋을걸. 그렇지 않으면 결국 짓밟히고 말 테니까.'

'무서운 말이군.'

권총을 들면서 내가 대답했지

'다른 중요한 볼일을 잊게 만들 만큼 재미있는 대화였어.'

모리아티도 의자에서 일어나면서 말없이 나를 보더니 안타까운 듯이 고개를 저었어.

'이런, 이런. 애석하군. 하지만 내가 할 수 있는 일은 여기까지야. 난 당신이 뭘 하는지 다 알고 있어. 하지만 월요일까지 아무것도 못할걸. 그동안 나와 당신과 둘의 결투였지, 홈즈. 내게 올가미를 씌우고 싶겠지만 절대로 그렇게 되지는 않아. 날 이기고 싶겠지만 자넨 날 이기지 못해. 자네는 날 파괴할 정도로 똑똑하지만, 그건 나 역시 마찬가지야.'

'칭찬해줘서 고맙군. 모리아티 교수.'

내가 말했어.

'그 보답으로 하나는 장담하겠지만 다른 하나는 못하겠는걸. 시민들을 위해서 난 기꺼이 내 할 일을 하겠어.'

'나 역시 한 가지는 약속하지만 다른 하나는 못하겠군.'

그가 비웃으면서 말하더니 순식간에 방에서 사라졌어.

이게 모리아티 교수와 나눈 대화야. 그 때문에 기분이 많이 언짢았어. 모리아티 교수의 어조는 단순히 위협하려는 말투가 아니었어. 차분하고 침착했지. 한번 결심한 것은 꼭 실행할 거야. 왓슨, 자네는 왜 경찰에 신고하지 않느냐고 하겠지. 경찰에 알리지 않은 이유는 모리아티의 부하들이 공격할 게 분명해서야. 그렇게 되리라는 확실한 증거가 있어."

"이미 공격당했잖아?"

"왓슨, 모리아티는 풀이 발목을 덮을 때까지 그냥 자라게 두는 사람이 아니야. 오늘 난 옥스퍼드 가에 처리할 일이 있어서 낮에 집에서 나왔어. 벤틱 가에서 웰벡 가로 가기 위해 골목을 돌아 나오는데 말 두 마리가 끄는 이륜마차가 쏜살같이 달려오더니 갑자기 나를 향해 덮쳐오더군. 재빨리 골목길로 급히 빠져나갔기에 망정이지 하마터면 죽을 뻔했어. 그 마차는 메릴본 레인 쪽으로 달려가 곧 사라졌어. 나는 가던 길을 계속 갔지. 왓슨, 그런데 이번에는 베어 가에 도착하자 어느 집의 지붕에서 벽돌 한 장이 내 코앞으로 떨어지며 박살 나지 않겠어? 나는 경찰을 불러서 현장을 조사하라고 했지. 보수공사에 쓰려고 지붕에 슬레이트와 벽돌들을 쌓아둔 상태였고 경찰은 바람이 불어서 그런 거라고 나를 설득하더군. 물론 사실은 그게 아니야. 하지만 증명할 길이 없었어. 즉시 마차를 타고 팰멜 가에 있는 마이크로프트 형에게 갔지. 그리고 지금 자네에게 온 거야. 그런데 여기 오는 도중에 곤봉을 든 괴한을 만났어. 격투 끝에 그놈을 때려눕히고 경찰에게 체포하게 했지. 하지만 난 분명히 알아. 경찰은 그 앞니 튀어나온 모리아티와 이 모든 일 사이에 어떤 연관성도 밝혀내지 못할 거라는 걸. 내가 여기서 관절이 부러지는 동안 저 은퇴한 수학교수는 10마일 떨어진 곳에서 칠판에 쓴 연습문제를 풀며 강의하고 있을 거야. 왓슨, 그러니 이 방에 들어오자마자 창문을 닫은 내 행동을 이상하게 생각하지 않겠지? 그리고 현관 대신 덜 눈에 띄는 방법으로 여길 나가겠다고 부탁하는 것도 이젠 이해가 가겠지."

나는 종종 친구 홈즈의 용기에 존경심을 표했지만 이번처럼 그의 용기에 감탄한 적은 없었다. 공포에 질릴 만한 사건들이 계속 일어났음에도 홈즈는 의자에 앉아 담담하게 이야기했다.

"여기서 자고 갈 거지?"

내가 물었다.

"아니야, 왓슨. 나처럼 위험한 손님을 집에 재우면 안 돼. 나는 따로 계획이 있어. 잘 될 거야. 지금까지 일은 내 도움 없이 진행된 상태야. 유죄판결이 내려지려면 내가 필히 있어야 하지만 말이야. 경찰이 자유롭게 행동하려면 내가 며칠 동안 떠나 있는 것이 가장 좋아. 왓슨, 나와 같이 유럽으로 가준다면 매우 기쁘겠어."

"요새는 진료소가 한가한 편이고 이웃에 가정부도 있으니 같이 가면 좋겠군."

내가 말했다.

"내일 아침 당장 출발할 수 있어?"

"필요하다면."

"물론이야. 꼭 그래야 해. 그럼, 왓슨. 여기 적혀 있는 대로 움직여. 자네는 지금 나와 함께 가장 교활한 범죄자이자 유럽에서 가장 강력한 범죄조직의 우두머리와 맞서고 있어. 잘 들어. 갖고 갈 짐은 오늘 밤에 믿을 만한 사람에게 맡겨서 빅토리아

역에 미리 갖다 둬. 내일 아침에는 이륜마차를 부르되, 처음 오는 마차나 두 번째 오는 마차는 타지 마. 일단 마차에 타면 로더 아케이드 끝에 있는 스트랜드로 가. 마부에게 행선지를 적은 쪽지를 건네주고 버리지 말라고 해. 요금은 미리 지불하고 마차가 서면 시간에 늦지 않게 곧장 로더 아케이드로 9시 15분까지 도착해 있어. 모퉁이 가까이에 소형 이륜 브로엄 마차가 대기하고 있을 거야. 붉은 칼라가 달려 있는 두꺼운 검은 외투를 입은 마부가 타고 있어. 그 마차를 타면 빅토리아 역에 유럽행 특급기차 출발시간에 맞춰 도착할 거야."

"자네를 어디서 만나지?"

"역에서. 앞칸 1등석 두 번째 자리가 예약되어 있을 거야."

"그럼 기차 안에서 만나는 건가?"

"그래."

홈즈에게 자고 가라고 권유했지만 헛수고였다. 홈즈는 자신이 이곳에 있게 되면 말썽이 생기리라고 생각하는 게 분명했다. 홈즈가 굳이 떠나겠다고 고집한 이유는 그 때문이었다. 내일 계획에 대해 몇 마디 서둘러 말하고 그는 자리에서 일어나 나와 함께 정원으로 나왔다. 홈즈는 정원 담을 넘어 모티머 가쪽으로 사라졌다. 그리고 곧 마차를 부르는 휘파람 소리가 들리고 마차가 떠나는 바퀴 소리가 들렸다.

다음 날 아침 나는 홈즈가 남긴 편지에 쓰인 대로 움직였다.

홈즈가 말한 대로 마차를 불러, 먼저 도착한 마차는 타지 않고 아침을 먹은 다음 곧 로더 아케이드로 출발했다. 최대한 빨리 가자고 마부에게 말해 로더 아케이드에 도착하자 커다란 덩치에 검은 망토를 입은 마부가 브로엄 마차 안에서 기다리고 있었다. 내가 그 마차에 타자마자 마부는 채찍을 휘두르며 급히 빅토리아 역을 향해 달려갔다. 도착해서 내가 마차에서 내리자마자 마부는 다시 방향을 돌렸고 마차는 내 시야에서 곧 멀어졌다.

그때까지는 모든 일이 순조롭게 진행되었다. 짐 가방은 역에 도착해 있었고 홈즈가 말한 기차 칸을 찾는 것도 어렵지 않았다. 예약표시를 한 자리는 한 곳밖에 없었기 때문이다. 한 가지 불안한 것은 홈즈가 보이지 않는다는 사실뿐이었다. 역의 시계가 출발 7분 전을 가리키고 있었다. 여행객 무리를 이리저리 둘러보았지만 호리호리한 홈즈의 모습은 역 어디서도 찾을 수 없었다. 홈즈의 흔적은 어디에도 없었다. 한편 서투른 영어로 짐꾼에게 자기 짐이 파리를 통과하기로 예약되어 있다고 애써서 설명하는 어떤 점잖은 이탈리아 신부를 도와주느라 몇 분이 흘러갔다. 다시 주위를 둘러보고 자리로 돌아온 나는 포터가 그 이탈리아 신부를 내 옆자리에 앉혀 놓고 간 것을 발견했다. 이탈리아인에게 그 자리가 아니라고 설명했지만 소용없었다. 내 이탈리아어가 그 신부의 영어보다 더 형편없었기 때문이었다. 체념한 나는 어깨를 으쓱하고는 홈즈를 찾느라 초조히 주위를 둘러보았다. 두려움이 온몸을 스치고 지나갔다. 홈즈가 나타나지 않은 것이 마치 지난밤에 어떤 사건이 발생했기 때문은 아닌가 하는 생각이 들었다. 이미 기차 문이 닫히고 출발을 알리는 기적소리가 들렸다. 그때였다.

"왓슨."

나를 부르는 목소리가 들렸다.

"좋은 아침이라고 인사할 만한 정신도 없나?"

어쩔 줄을 모른 채 깜짝 놀란 내가 얼굴을 돌렸다. 나이 지긋한 신부가 나를 보고 있었다. 그 순간, 얼굴의 쭈글쭈글한 주름은 펴졌고 코는 높아졌으며 튀어나와 있던 아랫입술이 들어갔고 웅얼대던 중얼거림도 멈췄다. 흐릿했던 눈은 생기를 찾았고 구부정하던 체구도 꼿꼿해졌다. 그러나 다음 순간 이 모든 모습이 사라지고 내 친구 홈즈는 다시 원래의 늙은 이탈리아인으로 눈 깜짝할 사이에 변했다.

"이런, 세상에!"

내가 소리 질렀다.

"깜짝 놀랐어!"

"아직도 모든 걸 조심해야 해."

홈즈가 속삭였다.

"그들이 우리 뒤를 바짝 쫓고 있어. 아, 저기 모리아티가 있군."

홈즈가 말하는 동안 기차는 이미 움직였다. 뒤를 향해 기차 밖을 돌아보니, 키 큰 남자가 사람들을 헤치고 바삐 오는 모습이 보였다. 손을 휘젓는 모습이 기차를 향해 정지하라고 외치는 듯했다. 그러나 이미 출발한 기차는 곧 빅토리아 역을 벗어났다.

"그렇게 조심했지만 꽤 아슬아슬했어."

홈즈가 웃었다. 자리에서 일어선 그는 위장하고 있던 검은 모자와 신부복을 벗어 손가방에 넣었다.

"왓슨, 오늘 아침 신문 봤어?"

"아니."

"그렇다면 베이커 가도 못 봤겠군."

"베이커 가?"

"그들이 내 방에 불을 질렀어, 큰 피해는 없었지만."

"맙소사, 홈즈, 정말 너무 심하군."

"어제 괴한이 체포되는 바람에 나를 추적하던 게 완전히 실패했던 것이 분명해. 그렇지 않았다면 내가 집으로 돌아왔으리라는 생각은 하지 못했을 테니까. 그러나 모리아티가 빅토리아 역까지 쫓아온 걸 보면 자네를 감시했나 봐. 오는 동안 실수한 건 아니겠지?"

"정확히 자네 말대로 했어."

"브로엄 마차도 찾았고?"

"그래, 기다리고 있더군."

"마부를 알아봤어?"

"아니."

"마이크로프트 형이었어. 이런 일에 믿을 수 있는 사람을 대가 없이 쓸 수 있다는 건 이득이지. 하지만 이제 모리아티를 어떻게 할지 계획을 짜야 해."

"특급 기차에서 내리면 시간에 맞게 운행하는 배가 있으니 아주 간단하게 따돌릴 수 있을 것 같은데."

"아니, 그렇지 않아. 내 말을 깨닫지 못한 것 같군. 모리아티는 나와 똑같은 지능을 지닌 상대야. 내가 만약 모리아티를 쫓는 추적자라면 사소한 장애물 때문에 일을 망치리라고 생각해? 절대로 모리아티를 낮게 평가하면 안 돼."

"그렇다면 모리아티는 무슨 방법을 쓸까?"

"내가 할 일을 하겠지."

"그렇다면 자네가 할 일은 뭐야?"

"특별 기차를 타는 것."

"그러면 늦을 텐데."

"전혀. 이 기차는 캔터베리에서 서는데 항상 여객선 출발 시간보다 15분 정도 지연이 돼. 그러면 모리아티가 거기서 우릴 따라잡게 되지."

"마치 우리가 쫓기는 범죄자 같군. 모리아티가 도착했을 때 경찰이 체포하면 되지 않나?"

"그렇게 되면 석 달에 걸친 노력이 물거품으로 돌아가. 큰 물고기를 낚으려면 작은 물고기들은 그물을 빠져나가게 두어야지. 월요일이면 모두 잡을 수 있을 텐데 체포라니! 절대 안 돼."

"그럼 어떡하나?"

"우리는 캔터베리에서 내려."

"다음엔?"

"뉴헤븐에서 디에프로 가로질러 가는 여행을 해야 해. 모리아티는 분명 내가 한대로 따라 할 거야. 파리로 가서 우리의 짐을 확인한 다음에 역에서 이틀 동안 기다리겠지. 그동안 우리는 카펫 가방업자처럼 제조공장을 둘러보면서 지방을 여행하고, 스위스, 룩셈부르크, 베이즐에서 휴가를 즐기는 거야."

그래서 우리는 캔터베리에서 내렸는데 뉴헤븐 행 기차를 타기 위해 1시간을 기다려야 했다. 나는 내 잠옷이 있는 가방을 실은 짐차가 사라지는 모습을 애처롭게 보고 있었다. 그때 홈즈가 내 소매를 잡아끌면서 반대편을 가리켰다.

"이봐, 벌써 특별 기차가 왔어."

멀리 켄트 주의 숲 속에서 희미한 연기가 한 가닥 피어오르고 있었다.

1분 뒤에 객차를 하나만 매단 기차가 커브를 돌아 역으로 다가오는 것이 보였다. 우리는 서둘러서 역의 잔뜩 쌓인 짐 뒤로 몸을 숨겼다. 그러자 곧 기차가 뜨거운 열기를 뿜어내면서 요란하게 지나갔다. 흔들거리며 달려가는 객차를 보면서 홈즈가 말했다.

"놈이 타고 있군. 보다시피 모리아티의 머리에도 한계가 있어. 내가 생각한 대로 추리해 행동했다면 정말 대단한 솜씨가 될 뻔했어."

"만약 우리를 잡았다면 어떻게 했을까?"

"의심할 것도 없이 우리를 죽이려고 했을 테지. 하지만 이건 두 명이 벌이는 게임이야. 지금 문제는 여기서 조금 이른 점심을 먹느냐 아니면 뉴헤븐에 도착해 성찬을 벌일 때까지 굶느냐 하는 거야."

우리는 브뤼셀로 가서 그날 밤을 보내고 이틀을 머무른 다음 삼 일째 되는 날 스트라스부르그로 갔다. 월요일 아침, 홈즈는 스코틀랜드 야드에 전보를 쳤다. 그날 저녁 호텔에 답장이 와 있었다. 홈즈가 봉투를 열더니 나지막이 욕설을 내뱉으며 편지를 난로 속에 버렸다.

"미리 알았어야 했는데!"

홈즈가 신음했다.

"그가 도망쳤어!"

"모리아티?"

"경찰이 모리아티만 빼고 패거리를 다 체포했대. 모리아티는 빠져나갔어. 물론 내가 잉글랜드를 떠났으니 그와 대적할 만한 맞수가 없었겠지. 경찰 손에 모든 걸 맡겨도 될 거라고 생각했는데. 왓슨, 자네는 잉글랜드로 돌아가는 편이 좋겠어."

"왜?"

"자네에겐 내가 위험한 동반자가 될 거야. 모리아티의 조직이 다 파괴되었으니 그는 런던으로 돌아갈 수도 없어. 내가 모리아티를 제대로 봤다면 무슨 수를 쓰든 내게 복수하려고 하겠지. 나를 찾아와서도 말했지만, 그는 한다면 하는 사람이야. 왓슨, 자네는 잉글랜드로 돌아가 진료소 일을 계속하는 게 좋겠어."

그러나 나는 홈즈를 두고 돌아갈 마음이 전혀 없었다. 우리는 스트라스부르그의 식당에서 반 시간 동안 이 문제를 놓고 서로 의논한 끝에 결국 여행을 계속하기로 하고 그날 밤 스위스의 제네바로 출발했다.

우리는 일주일 동안 아름다운 론 계곡의 경치를 즐기면서 로이크로 갔다가 겜미패스로 갔다. 인터라켄 지방을 거쳐 마이링겐으로 가는 길은 아직 눈이 덮여 있는 산길이었다. 여행은 매우 즐거웠다. 산 아래는 산뜻한 봄기운이 돌았고 산 위는 아직도 흰 눈으로 덮여 있었다. 그러나 홈즈는 자기 주변을 감도는 그늘을 잠시도 잊지 않았다. 날카롭고 재빠른 눈초리로 스쳐 지나가는 사람들 얼굴을 자세히 관찰하는 홈즈의 눈빛은 우리 뒤를 쫓는 위험에서 홈즈와 내가 아직 완전히 벗어나지 못했다는 사실을 항상 말하고 있었다.

한번은 쓸쓸한 다우벤제 지방의 경계를 따라 겜미 산맥을 지나고 있을 때 커다란 돌이 위에서 굴러 내려와 뒤에 있는 호수 속으로 굉장한 소리를 내며 떨어졌다. 홈즈는 재빨리 산등성이로 올라가 꼭대기에서 아래를 살펴보았다. 안내인이 봄철에 흔히 발생하는 자연현상이라고 설명했지만 소용없었다. 홈즈는 아무 말도 하지 않았지만 마치 예상했던 일을 본 사람처럼 얼굴에 미소를 지으며 나를 보았다.

이렇게 조심스러워 하면서도 홈즈는 절대로 낙심하지 않았다. 기운이 없기는커녕 내가 본 모습 중 가장 힘이 넘치는 모습이었다. 그리고 모리아티 교수가 없어진 걸 확인하기만 한다면 탐정생활을 마음 편히 즐겁게 매듭지을 수 있을 것이라고 종종 내게 말했다.

"왓슨, 나는 보람 있는 인생을 살았다고 자부해. 오늘이 내 회고록의 마지막 장이라 해도 침착하게 되돌아볼 수 있어. 런던의 공기는 내 덕분에 조금 더 맑아졌지. 기억 못 하는 사건들도 많지만 내 능력을 나쁜 쪽으로 사용한 기억은 한 번도 없어. 요즘은 감옥이나 형벌로 처벌할 수밖에 없는 범죄사건을 해결하는 일보다는 자연현상을 연구하고 싶은 생각이 들어. 왓슨,

유럽에서 가장 위험하고 사악한 범죄자를 잡거나 파멸시키는 날이면 자네의 회고록도 끝을 맺게 될 거야."

간결하고 정확하게 이야기를 끝내야겠다. 내가 이 회고록을 쓰는 이유는 사건의 주제가 아니라 일어난 사건을 사실 그대로 자세하게 써야 한다는 의무가 있기 때문이다.

우리가 마이링겐 지역의 여관에 도착해서 짐을 푼 것은 5월 3일이었다. 주인은 페터 스타일러라는 나이가 지긋한 사람으로 눈치가 빠르고 영어를 아주 잘했는데 런던에 있는 그로스브너 호텔에서 4년 동안 웨이터로 일했다고 말했다. 주인의 충고에 따라 4일 오후에 우리는 언덕을 넘어 로젠라우이 마을에서 하룻밤을 묵기로 했다. 그러나 언덕 중간에 있는 라이헨바흐 폭포를 그냥 지나칠 수는 없었다. 그래서 우리는 폭포를 보기 위해 약간 돌아가기로 했다.

라이헨바흐 폭포는 정말 압도적인 장관이었다. 눈이 녹은 물이 엄청난 기세로 폭포 아래 연못의 심연으로 떨어졌고, 주변은 온통 안개 같은 물보라로 자욱하게 덮여 있었다. 폭포 양쪽에는 깎아지른 것 같은 검푸른 바위 절벽이 둘러서 있었으며 깊이를 알 수 없는 연못으로 쏟아지는 물기둥이 물보라를 일으키면서 흘러넘쳤다. 초록빛을 띤 커다란 물줄기가 큰 소리를 내면서 계속 위에서 아래로 떨어졌고, 뿌연 물보라가 마치 바람에 흔들리는 커튼처럼 춤추며 위로 올라갔다. 우리는 낭떠러지 끝 부근에 서서, 저 아래 검은 바위에 부딪쳐 부서지는 물거품을 내려다보며 인간의 거대한 외침과도 같은 폭포수의 울림에 귀를 기울였다.

한 바퀴 돌아 폭포 전체를 완전히 볼 수 있는 길이 중간에서 갑자기 끝나버린 탓에 우리는 왔던 길을 되돌아 내려갔다. 내려오던 길에 한 스위스 젊은이가 뛰어오더니 우리에게 편지를 전해주었다. 편지에는 우리가 묵고 있던 여관의 도장이 찍혀 있었다. 편지는 내게 온 것으로 우리가 떠난 지 몇 분 안 지나서 매우 위독한 영국 여성이 왔다고 쓰여 있었다. 루체른에 있는 친구를 만나기 위해 여행 중인 이 여성은 다보스 플라츠에서 겨울을 지내다가 결핵에 걸렸다고 전하고 있었다. 몇 시간 살지 못할 것 같은데 스위스인 의사가 아니라 영국인 의사에게 진찰을 받고 싶다고 고집하니 만약 내가 와준다면 부인에게 큰 위안이 될 것 같아 실례를 무릅 쓰고 나에게 어려운 부탁을 한다는 여관 주인의 말이었다.

거절하기 어려운 부탁이었다. 이국땅에서 죽어가는 같은 영국 여성의 불쌍한 처치를 모른 체할 수는 없었다. 그러나 홈즈를 혼자 두고 떠나기가 꺼림칙했다. 결국 나는 환자를 보러 가기로 하고 대신 마이링겐에 갔다 올 때까지 심부름 온 스위스 젊은이가 홈즈와 함께 있기로 했다. 홈즈는 폭포를 조금 더 보

다가 로젠라우이 마을로 천천히 출발하겠으니 거기서 만나자
고 했다. 돌아보자 검은 절벽을 배경으로 팔짱을 끼고 물줄기
를 내려다보는 홈즈가 보였다. 이것이 이 세상에서 마지막으로
본 홈즈의 모습이 될 줄은 상상도 할 수 없었다.

거의 산을 다 내려와서 돌아보았기 때문에 폭포는 보이지 않
았지만 산등성이를 휘감아 올라가는 길은 어렴풋이 보였다. 그
길을 따라 한 남자가 아주 빠른 걸음으로 가고 있었다.

초록색 산 빛깔이 그 사람의 검은 모습과 대비되어 눈에 띄
었다. 그가 급하게 걷는 모양이 자꾸 신경에 거슬렸지만 서둘
러 길을 재촉하다 보니 그 모습은 곧 뇌리에서 지워졌다.

마이링겐에 도착한 것은 한 시간이 조금 넘어서였을 것이다.
여관 주인이 호텔 입구에 서 있었다.

"환자는 차도가 있습니까?"

내가 황급하게 물었다.

주인은 놀란 기색을 하며 눈썹을 추켜세웠다. 그 모습을 보
자 나는 심장이 얼어붙는 듯이 느꼈다.

"이 편지 당신이 쓰지 않았습니까?"

주머니에서 편지를 꺼내며 내가 물었다.

"아픈 영국 여성이 여기 없습니까?"

"아뇨, 없어요."

주인이 말했다.

"하지만 편지에 도장이 찍혀 있군요! 분명 아까 왔던 키 큰 영국인이 쓴 게 분명해요. 그 사람이."

그러나 나는 주인의 설명을 기다릴 수 없었다. 나는 두려움에 휩싸인 채 내려왔던 길을 다시 뛰어 올라갔다. 내려오는 데는 1시간이 걸렸지만 라이헨바흐 폭포로 다시 올라가는 데는 있는 힘을 다했지만 2시간이 넘게 걸렸다. 홈즈의 등산용 지팡이가 아까 그 자리에 세워져 있었다. 그러나 홈즈의 흔적은 어디에도 없었다. 소리쳐 불러봤지만 아무런 응답도 없었다. 건너편 절벽에 부딪힌 메아리만 다시 돌아올 뿐이었다.

홈즈의 등산용 지팡이를 보자 온몸이 오싹해졌다. 홈즈는 로젠라우이 마을로 가지 않았다. 한쪽은 깎아지른 것 같은 절벽, 다른 한쪽은 낭떠러지로 둘러싸인 폭 3피트 정도의 좁은 길에서 홈즈는 적에게 습격당한 것이다. 그 스위스 젊은이도 사라지고 없었다. 아마도 모리아티에게 돈을 받고 가버렸으리라. 그 뒤에 무슨 일이 생긴 것일까? 무슨 일이 생긴 건지 누가 말해줄 것인가?

공포로 아득해진 정신을 수습하기 위해 잠시 그 자리에 서 있었다. 그리고 홈즈가 하던 대로 이 비극적인 일을 차근차근 뒤따라가기 시작했다. 너무도 쉬운 일이었다. 우리가 대화를 나누던 장소를 표시하듯 길에는 홈즈의 지팡이가 그대로 그곳에 남아 있었다. 기름진 검은 땅은 폭포로 인해 생기는 물보라

덕분에 매우 부드러워서 새가 살짝 앉아도 선명히 발자국이 남을 듯했다. 길 끝을 향해 두 사람의 발자국이 선명히 이어져 있었다. 이곳으로 올라간 흔적은 있지만 내려온 발자국은 없었다. 길이 끝나는 곳에서 좀 벗어나자 엉망이 된 진흙탕이 있었고 벼랑 가장자리는 덤불이 뜯겨나간 흔적이 있었다. 나는 온몸을 감싸고 올라오는 물보라를 헤치면서 밑을 내려다보았다. 날은 이미 어두워서 검은 절벽이 물기를 머금은 채 반짝였고 저 멀리 폭포 아래에서 부서지는 물결만 보일 뿐이었다. 나는 홈즈의 이름을 외쳤다. 그러나 폭포의 굉음만이 내 귀를 울릴 뿐이었다.

그럼에도 난 친구의 마지막 인사만은 받을 운명이었다. 길가 절벽에 세워져 있던 홈즈의 등산용 지팡이 위에서 뭔가 반짝이는 것이 눈에 띄었다. 반짝이는 그 물건은 홈즈가 갖고 다니던 은 담뱃갑이었다. 담뱃갑을 들자 그 밑에 눌려 있던 종이 한 장이 팔랑팔랑 땅으로 떨어졌다. 네모나게 접은 종이를 펼쳤다. 그것은 메모장에서 뜯은 종이에 쓴, 홈즈가 내게 보내는 편지였다. 모든 일이 분명한 홈즈답게 마치 서재에서 쓴 것처럼, 글씨는 또박또박하고 깨끗했다.

왓슨
나는 모리아티 교수의 호의로 짧은 편지를 쓰고 있어. 그는

나와 마지막 결투를 치르기 위해 내가 편지 쓰는 것을 기다리고 있지. 그가 지금 어떻게 영국 경찰을 따돌리고 우리의 동정을 알았는지 간단하게 설명했어. 내가 생각했던 대로 그의 두뇌가 아주 뛰어난 것이 확인된 것이지. 내 힘으로 이 세상에서 이 악당의 존재를 없앨 수 있다는 점이 매우 기쁘군. 그리고 그 대가로서 내 친구들, 특히 왓슨 자네에게는 커다란 슬픔을 주는 것이 유감이야. 그러나 이미 자네에게 말한 대로 내 인생은 어쨌든 전환점을 맞았고, 이렇게 마침표를 찍는다면 이보다 내게 더 만족스러운 결말은 없어. 사실 자네에게 진심으로 고백하지만 나는 마이링겐에서 온 편지가 가짜였다는 것을 알고 있었어. 자네보고 가라고 설득한 건 이런 일에는 어떤 결말이 있어야 한다고 생각했기 때문이야. '모리아티'라고 적은 파란 봉투에 모리아티 일당을 유죄판결로 소탕하는 데 필요한 서류를 다 넣어 서류함 M에 두었다고 패터슨 경감에게 전해줘. 그리고 영국을 떠나기 전에 모든 재산을 마이크로프트 형 앞으로 남겨두고 왔어. 자네 부인에게도 안부 전해.

자네의 진실한 친구
셜록 홈즈

나는 몇 마디 짧게 덧붙이면서 이 모든 이야기를 끝내고자

한다. 경찰 조사로 두 사람이 싸우다가 서로 붙잡은 채 폭포 아래로 떨어진 것이 확실하다는 결론이 내려졌다. 시신을 찾으려는 시도는 무모한 짓이었다. 홈즈와 모리아티는 흰 물거품을 일으키며 기세 좋게 떨어지는 폭포의 엄청난 물줄기 아래 깊은 곳에 영원히 잠들어 있을 것이다. 스위스 젊은이는 다시 나타나지 않았다. 그러나 그는 모리아티가 고용한 일당 중 한 명이 틀림없었다. 모리아티의 조직은 홈즈가 수집해둔 증거들로 모두 완전히 발각되어 죽은 모리아티의 힘이 얼마나 컸는지 사람들로 하여금 깨닫게 만들었다. 그러나 그들의 사악한 두목에 관해서는 수사 도중 드러난 사실이 거의 없다. 내가 여기에 그 경력과 죄업을 정확히 쓰려는 이유는 셜록 홈즈를 비난함으로써 범죄자 모리아티의 오명을 없애려고 하는 바보 같은 무리들에게 단호한 반격을 하고 싶었기 때문이다.

빈집

The Adventure of the Empty House

빈집
The Adventure of the Empty House

오너러블 로널드 아데어가 알 수 없는 방법으로 살해되어, 런던 전체가 떠들썩해지며 상류사회가 발칵 뒤집힌 것은 1894년 봄이었다. 경찰 수사 중에 드러난 사건의 내용은 이미 일반인들에게도 알려졌지만, 이 사건은 검찰이 확보한 증거가 너무 결정적이어서 오히려 제대로 된 사실을 공표하지 못한 채 상당 부분이 세상에 알려지지 않고 끝났다.

그로부터 거의 10년이 지난 지금에 이르러서야 비로소 그 기이한 사건의 공표되지 않은 부분을 지금 발표할 수 있게 되었다. 그런데 이 사건 자체도 틀림없이 흥미로웠지만, 그 뒤에 일어난 일은 누구보다 모험적인 삶을 살아온 나로서도 지금까지

겪은 어느 사건보다도 더 뜻밖이었고 놀라웠다. 그로부터 오랜 세월이 흘렀지만, 지금도 그때를 생각하면 온몸이 짜릿하고, 당시 내 마음을 뒤덮었던 갑작스러운 환희와 놀라움과 꿈같았던 감정들이 생생하게 떠오른다.

지금까지 내가 가끔 발표한 아주 색다른 인물의 생각과 행동에 얼마쯤 흥미를 가져준 독자들에게 말하고 싶은 것이 있다. 이 사건에 관해 내가 알고 있던 모든 것들을 지금까지 여러분께 알리지 않았던 점을 부디 책망하지 않기 바란다. 그가 내게 굳게 함구령만 내리지 않았더라면 무엇보다도 먼저 그 일에 대해 여러분에게 알리는 것이 내 임무였겠지만 지난달 삼 일에야 그 함구령이 풀렸으니 나로서도 별도리가 없었다.

셜록 홈즈와 친구로 지내면서 나는 범죄에 깊은 관심을 가졌고, 그가 행방불명이 되고 난 후에도 세상에 발표되는 여러 가지 사건들을 주의 깊게 읽었다. 그건 나만의 만족을 위해서였고, 그리고 별로 성공을 거두지는 못했지만 실제로 그런 문제들을 해결하려고 그의 수법을 응용해본 적도 한두 번이 아니었다. 그러나 이 로널드 아데어의 비극적인 사건만큼 마음이 끌리는 사건은 없었다. 검시재판의 결과는 한 사람 내지 몇 사람에 의한 고의적인 살인이었지만 나는 증언 기록을 읽으면서 셜록 홈즈의 죽음이 얼마나 사회적 손실이었는지 새삼 실감했다.

이 이상한 사건에는 홈즈의 흥미를 끌 만한 점이 몇 가지 있어서, 유럽 최고의 명탐정의 훈련된 관찰력과 재빠른 두뇌로 경찰의 노력을 보충하거나 그 이상으로 도와주었을 것이다.

나는 환자들의 집을 하루 종일 마차로 회진하면서도 사건에 대해 생각했다. 하지만 끝내 만족할 만한 설명은 찾지 못했다. 이미 알고 있는 사실을 다시 말하는 것이지만 그 당시 세상 사람들에게 알려진 검시재판의 결과를 요점만 말하겠다.

오너러블 로널드 아데어는 오스트레일리아 식민지 총독의 한 명이었던 메이누스 백작의 둘째아들로 때마침 백내장 수술을 받기 위해 귀국해 있던 어머니와 여동생 힐다와 함께 그 무렵 파크레인 427에 살았다. 로널드는 상류층 사람들과 교제하며, 알려진 바에 의하면 원한을 품을 만한 적도 없었고 특별히 품행도 나쁘지 않았다. 그는 카스테어즈의 미스 이디스 우들리와 약혼했지만 사건이 일어나기 몇 달 전에 서로 합의하여 파혼했다. 그러나 그로 인해 깊은 감정의 골이 남았다는 징후는 어디에서도 찾아볼 수 없었다. 또한 그의 일상생활은 조용한 습관과 냉정한 성격으로 인해 한정된 범위 안의 평범한 사람들과 접촉했을 뿐이었다. 그러나 이 태평스러운 젊은 귀족이 1894년 3월 30일 밤 10시부터 11시 30분 사이에 갑작스럽게 살해된 것이다.

로널드 아데어는 카드를 즐겼지만 자신을 위태롭게 할 만큼 큰 도박은 결코 하지 않았다. 그는 볼드윈, 케븐디시, 배거텔 카드클럽의 회원이었다. 살해된 날 저녁에도 식사 후에 배거텔 클럽에서 휘스트를 했다는 것이 판명되었다. 그와 함께 판을 벌인 사람들인 머레이, 존 하디 경, 모런 대령의 진술에 의하면 그들은 휘스트를 했고, 승부는 격렬하지 않았다. 아데어는 5파운드쯤 잃었을지 모르나 그 이상은 아니었다고 한다. 그는 상당한 재산이 있었으니 5파운드쯤 잃었다고 해서 그에게는 아무런 영향도 끼치지 않았으리라. 그는 거의 하루도 빠지지 않고 어딘가의 클럽에서 카드를 했지만 그는 조심스러운 승부사였기 때문에 주로 따는 편에 속했다. 조서에 의하면 몇 주일 전에도 모런 대령과 편을 짜서 가드프리 밀너와 발모랄 경을 상대로 하룻밤에 420파운드나 땄다고 한다. 이상이 검시재판에서 밝혀진 피해자의 신변 정황이다.

사건이 있던 날 그는 밤 10시 정각에 클럽에서 돌아왔는데, 그의 어머니와 여동생은 친척집에 가고 집에 없었다. 그가 평소 거실로 사용하던 3층의 앞쪽 방으로 들어가는 기척을 분명히 들었다고 하녀가 증언했다. 하녀는 그 방 난로에 불을 피웠고 연기가 나서 창문을 열어두었다고 했다. 그리고 11시 20분에 노부인과 딸이 돌아올 때까지 3층에서는 아무 소리도 없었다고 한다.

집에 돌아온 노부인은 아들에게 밤 인사를 하기 위해 아들

방에 가보았지만 방은 안에서 잠겨 있었고, 문을 두드려도 대답이 없었다. 사람들을 불러 억지로 문을 부수고 방에 들어가 보았더니 불쌍한 젊은이는 테이블 옆에 쓰러져 있었다. 그의 머리는 탄두가 퍼지는 리볼버 탄환을 맞아 무참하게 박살 나 있었지만 방 안에는 흉기라고 할 만한 것은 아무것도 없었다. 테이블 위에는 10파운드 지폐 두 장과 금화와 은화를 합쳐 17파운드 10실링의 돈이 각각 액면이 다른 여러 개의 무더기로 쌓여 있었다. 그리고 종이가 한 장 있었는데, 그 종이에는 몇몇 클럽 친구들의 이름이 적혀 있고 그 밑에는 숫자가 기록되어 있었다. 이것으로 보아, 그는 죽기 직전까지 카드에서 따고 잃은 돈을 계산하고 있었던 것으로 추측된다.

그러나 세밀하게 조사할수록 사건은 점점 더 복잡해질 뿐이었다. 첫째로 그가 무엇 때문에 문을 안에서 잠갔는지 이유가 명백하지 않았다. 가해자가 자물쇠를 안으로 채우고 창문을 통해 달아났을 가능성도 있었다. 그러나 창문은 높이가 20피트는 되었고, 창문 밑에는 활짝 핀 크로커스 꽃밭이 있었다. 꽃밭은 꽃도 흙도 전혀 어질어진 데가 없었고, 집과 도로 사이에 있는 좁은 잔디밭에도 아무 이상이 없었다. 이런 점으로 볼 때 방문을 안에서 잠근 사람은 도널드 자신 같은데, 그렇다면 그는 누구에게 살해되었단 말인가?

어떤 사람도 흔적을 남기지 않고 벽을 기어 올라가서 창문을 통해 방 안으로 들어갈 수는 없다. 그럼 창 너머로 총을 쏘았다고 한다면? 리볼버로 그렇게 치명적인 상처를 입힐 수 있다면 상당한 솜씨다. 게다가 파크레인은 사람들의 왕래가 많은 거리이고, 집에서부터 100야드도 떨어져 있지 않은 곳에 영업마차의 대기 장소가 있지만 누구 한 사람도 총소리를 듣지 못했다.

그러나 분명히 사람이 살해되고, 그곳에는 권총 탄환도 있었다. 로널드는 분명 총을 맞자마자 즉사했을 것이다. 파크레인 사건의 상황은 대략 이러한데, 내가 말했다시피 아데어에게는 적이 없으며, 또 방 안의 현금 및 그 밖의 귀중품에도 손을 대지 않아 살해 동기가 없어서 사건은 더욱 복잡해졌다.

나는 이 같은 사실들을 생각하면서 모든 정황에 맞는 합리적인 설명을 발견하려고 하루 종일 노력했다. 또 모든 수사는 가장 허술한 부분부터 시작해야 한다고 언제나 홈즈가 말하던 것을 상기하고, 그 허술한 부분이 어디일까 생각했지만 아무런 진전이 없었다. 저녁때 집을 나와 공원을 가로질러 어슬렁거리며 걷다가 6시쯤에는 파크레인 끝에 있는 옥스퍼드 가에 있었다. 길에는 한 무리의 한가로운 사람들이 모여 모두가 어떤 집의 창문을 올려다보고 있었기 때문에 내가 보러 온 집이 그 집이라는 것을 곧 알았다.

사복형사가 틀림없다고 생각되는 색안경을 쓴 키가 멀쑥한 남자가 주위에 모인 사람들에게 사건에 대한 자기의 생각을 말하기에, 되도록 가까이 가서 들어보기로 했다. 그런데 그의 사건에 대한 관찰이 너무 엉터리라 나는 정나미가 떨어져서 뒤로 물러나고 말았다. 그 순간 뒤에 서 있던 늙은 장애인 노인에게 부딪쳤고 노인은 들고 있던 책을 몇 권 떨어뜨렸다.

나는 그 책들을 황급히 집어주었는데 책들 중에 있는《나무 숭배의 기원》이라는 책이 흘긋 눈에 띄었다. 노인은 가난한 애서가로서 장삿속인지 취미인지는 모르나 세상에 파묻힌 이름도 없는 서적을 수집하는 것이 틀림없다고 나는 생각했다. 나는 실수를 정중히 사과했지만 노인은 떨어뜨린 책이 대단히 귀중했던지 저주가 섞인 욕설을 내뱉었다. 그러더니 휙 몸을 돌려 그 자리를 떠나 굽은 허리와 흰 구레나룻이 사람들 사이로 사라졌다.

파크레인 427의 집을 관찰해보아도 사건 해명의 단서는 아무것도 없었다. 집과 길 사이에는 낮은 담과 난간이 있었으나 담과 난간을 더해도 높이가 5피트가 안 되어 아무나 쉽게 뜰 안으로 들어갈 수 있었다. 그러나 3층 창문은 절대로 접근할 수 없었다. 수도관이나 잡고 올라갈 수 있는 게 아무것도 없어서 아무리 날쌘 사람이라도 올라갈 수 없었다. 점점 더 알 수 없게 된 나는 켄싱턴의 집으로 돌아갔다.

서재에 들어간 지 5분도 지나지 않아 하녀가 와서 나를 찾아온 사람이 있다고 알렸다. 놀랍게도 손님은 아까 만난 서적을 수집하는 노인이었다. 흰 수염의 노인은 날카로운 눈빛으로, 적어도 열 권은 됨직한 그의 소중한 책들을 오른쪽 옆구리에 끼고 서 있었다.

"깜짝 놀랐지요?"

노인은 이상하게 들리는 목쉰 소리로 말했다.

나는 고개를 끄덕였다.

"마음이 꺼림칙해서 왔지요. 선생을 따라 길을 절름거리며 걷다가 선생이 이 집으로 들어가는 것을 봤지요. 그래서 친절하신 분을 찾아뵙고, 책을 주워주셔서 감사했다는 말을 해야겠다고 마음먹고 찾아왔습니다. 아까는 너무 퉁명스러웠지만, 나쁜 감정이 있어서 그랬던 것은 아닙니다."

"별것도 아닌 일에 너무 신경을 쓰십니다. 그런데 어떻게 저를 알지요?"

"저는 이웃에 살고 있습니다. 처치 가 모퉁이에 있는 작은 책가게가 제 것인데, 만나 뵙게 되어 반갑습니다. 선생도 책을 모으는 모양이지요? 저기 꽂혀져 있는《영국의 조류》,《캐툴러스 시집》,《성전》등은 모두 희귀한 책들이지요. 저 책꽂이의 두 번째 빈칸은 다섯 권만 더 있으면 채워지겠군요. 저 상태로는 좀 보기 흉하지 않습니까?"

나는 고개를 돌려 뒤에 있는 책꽂이를 보았다. 그리고 다시

고개를 돌리자 셜록 홈즈가 테이블을 사이에 두고 미소를 머금
으며 서 있었다. 나는 깜짝 놀라 자리에서 벌떡 일어나 그를 잠
깐 동안 멍하니 보다가, 생전 처음이자 마지막으로 기절했다.
정신이 들었을 때는 옷깃이 열려져 있고 입술에는 브랜디의 찌
르는 것 같은 뒷맛이 남아 있었다. 홈즈가 술병을 들고 의자 위
로 몸을 굽혀 나를 내려다보고 있었다.

"왓슨."

귀에 익은 홈즈의 목소리였다.

"정말 미안해. 자네가 그렇게까지 충격을 받으리라고는 생각
지 못했어."

나는 그의 팔을 잡고 소리쳤다.

"홈즈! 정말 홈즈인가? 자네가 정말 살아 있었어? 어떻게 그
무서운 심연에서 기어 올라올 수 있었지?"

"잠깐 기다려. 이야기를 해도 괜찮겠나? 내가 극적으로 모습
을 나타내는 쓸데없는 짓을 해서 자네를 정말 놀라게 했군."

"나는 괜찮지만 내 눈을 믿을 수 없어, 홈즈. 세상에! 다른 사
람도 아닌 자네가 내 서재에 나타나다니!"

나는 다시 한 번 그의 팔을 잡았다. 가늘지만 힘이 센 그의
팔이 옷 밑에 느껴졌다.

"역시 유령은 아니군. 자네를 다시 보니 미칠 듯이 기쁘네.
어쨌든 앉아서 그 무서운 절벽에서 어떻게 살아나왔는지 얘

기해."

홈즈는 나를 마주 보고 앉아, 대범한 태도로 담배에 불을 붙였다.

입고 있는 옷은 서적상의 초라한 프록코트였고, 아까 변장했던 흰 가발과 변장용 수염과 책들은 테이블 위에 쌓여 있었다. 전보다 더 여윈 듯한 홈즈는 그래서인지 더 날카롭게 보였다. 독수리 같은 얼굴에 깃든 창백한 빛이 요즘 생활이 힘든 건 아닌가 짐작하게 했다.

"팔다리를 마음대로 뻗을 수 있어 아주 좋군, 왓슨. 키가 큰 내가 계속 1피트나 몸을 오그리고 있으니 얼마나 힘들었겠나. 왜 이런 짓을 하냐면, 오늘 밤에는 어렵고 위험이 따르는 일이 있는데 자네의 협조가 필요해서 그래. 모든 설명은 그 일이 끝나고 하는 것이 좋겠어."

"나는 호기심으로 가득 차 있어. 지금 당장에 설명을 듣고 싶군."

"그럼, 오늘 밤 같이 가겠나?"

"때와 장소를 막론하고 자네 말대로 하겠어."

"전에 우리가 같이 일하던 때와 똑같군. 출발하기 전까지 식사할 시간은 있으니 설명하지. 절벽을 기어 올라오는 일은 조금도 어렵지 않았어. 애당초 나는 절벽에서 떨어지지 않았으니까."

"떨어지지 않았다고?"

"그래, 떨어지지 않았어, 왓슨. 내가 자네에게 쓴 편지는 진짜야. 안전한 곳으로 통하는 좁은 길목을 모리아티 교수가 막고 서 있는 것을 보았을 때, 나는 내 생애도 이것으로 끝장이라는 것을 똑똑히 깨달았지. 그의 회색 눈에서 냉혹한 그의 목적을 읽었어. 그래서 나는 그와 두서너 마디 말을 나눈 뒤, 유서를 쓸 수 있는 시간을 달라고 했지. 그는 친절하게도 허락해주더군. 그리고 나는 유서를 담뱃갑과 지팡이와 같이 그곳에 두고 좁은 길을 걸어갔어. 모리아티 교수는 내 뒤를 바짝 쫓아왔지. 막다른 골목에 다다르자 나는 궁지에 몰려 그곳에 섰어. 모리아티는 무기는 꺼내지 않고 내게 달려들어 긴 두 팔로 나를 껴안았어. 그는 자기의 악운이 다 되었음을 깨닫고 내게 복수할 일념만 갖고 있었어. 우리는 맞붙은 채로 폭포의 절벽 위에서 뒤엉켜서 싸웠어. 나는 일본의 무술 바리츠를 배워서 그전에도 여러 번 유용하게 사용한 적이 있었지. 그래서 그의 팔을 빠져나올 수 있었고, 모리아티는 비명을 지르며 미친 듯이 헛발질을 하더군. 두 팔을 허공에 휘저었으나 그는 애쓴 보람도 없이 몸의 균형을 잃고 절벽 밑으로 떨어졌어. 나는 절벽 끝에 고개를 내밀고 내려다보았는데, 그는 아득한 밑으로 떨어지며 바위에 부딪쳐 퉁겨지더니 곧 물보라를 일으키며 물속으로 빠졌어."

홈즈가 담배를 뻐끔뻐끔 피우며 말하는 설명을 나는 놀라움 속에서 들었다.

"하지만 발자국은 어떻게 된 거야?"

나는 소리쳤다.

"두 사람이 좁은 길을 가기는 했지만 돌아오지 않은 발자국들을 나는 내 두 눈으로 똑똑히 봤어!"

"그것은 이렇게 된 거야. 모리아티 교수가 사라진 순간 나는 문득 운명의 신이 대단한 행운의 기회를 내게 마련해준 것이라는 생각이 들었어. 내 목숨을 노리는 것은 모리아티 한 사람뿐이 아니라는 사실을 나는 알고 있었어. 두목이 죽었다는 사실을 알고 나에 대한 복수를 더욱 염원하는 놈들이 적어도 세 명은 있어. 그들은 대단히 위험한 자들이어서 그 가운데 하나는 자신의 목적을 달성할 것이 틀림없다고 생각했지. 반면에 여기서 내가 죽은 것으로 세상 사람들이 믿도록 해두면 그들은 해방된 줄로 알고 못된 짓을 시작할 게 뻔했어. 그러면 언젠가 놈들은 약점을 보일 것이고, 그러면 그들을 파멸의 구덩이로 몰 수 있지. 그런 다음에야 내가 살아 있다고 모습을 나타내기로 마음먹은 거야. 내 두뇌는 정말 재빠르게 움직여서 모리아티가 라이헨바흐 폭포 바닥에 떨어지기도 전에 이런 일들을 생각했어.

나는 일어서서 뒤쪽의 암벽을 조사했지. 그때의 일을 쓴 자네의 생생한 기록은 몇 달이 지난 다음에야 흥미롭게 읽었는데, 자네는 그 암벽이 깎아지른 것 같다고 썼더군. 하지만 그것은 사실이 아니야. 거기에는 발을 디딜 만한 곳도 있었고, 돌이 약간 튀어나온 곳들도 있었어. 그러나 암벽은 대단히 높아서 기어 올라가는 것은 불가능하게 보였고, 눅눅한 좁은 길에 발자국을 남기지 않고 돌아가기도 불가능했어. 이런 비슷한 상황에서 전에 했듯이 구두를 거꾸로 신고 걷는 방법도 있지만, 그렇게 하면 세 사람의 발자국이 같은 방향으로 간 게 되므로 금방 속임수라는 것이 드러나겠다고 생각했지.

결국 나는 위험을 무릅쓰고 그 절벽을 기어오르기로 마음먹었어. 그것은 결코 쉬운 일은 아니었지. 밑에서는 폭포 소리가 크게 들렸는데, 나는 결코 공상가는 아니지만 모리아티의 목소리가 심연 속에서 나를 부르며 고함치는 것만 같았어. 조금만 잘못해도 끝장나는 판이었지. 붙잡고 있던 풀이 뽑히기도 하고 여러 번 젖은 바위 모서리에 걸치고 있던 발이 미끄러지기도 했는데, 그때마다 이제 죽었다는 생각이 들었어.

그러나 나는 버둥거리면서 기어올라서, 마침내 바위가 5,6피트 움푹 파인 곳에 다다랐어. 그곳은 부드러운 녹색 이끼가 깔려 있었고, 남의 눈에 띄지 않고 편안하게 누워 있을 수 있는 곳이었지. 자네들이 나타나서 내가 죽었다는 것을 애석하게 생각하면서, 나의 죽음을 전혀 효과 없는 방법으로 조사하는 동안 나는 그곳에 누워 있었어.

결국 자네들이 완벽하게 틀린 결론을 내리고 나서 호텔로 돌아간 후 나는 그곳에 혼자 남게 되었지. 자네들은 그럴 수밖에 없었어. 그래서 나는 이것으로 모든 것이 잘됐다 싶었는데, 전혀 뜻하지 않은 일이 생겼어. 커다란 바위 하나가 위에서 굴러 내 옆을 아슬아슬하게 스치고 좁은 길에 떨어져서 튕긴 다음 폭포 아래로 떨어진 거야.

처음에 나는 그것이 우연히 생긴 일이라고 생각했지. 그러나 흘낏 위를 올려다보았더니 어두운 하늘을 배경으로 사람의 머리가 보였어. 그리고 또다시 큰 바위가 떨어져서 내 머리에서 30센티도 되지 않는 곳에 떨어지는 게 아닌가. 나는 곧 사태 파악을 했지. 모리아티는 혼자가 아니었어. 그의 패거리 중 한 놈이 모든 것을 지켜보고 있었던 거야. 얼마나 무서운 놈인지는 한번 흘낏 보고서도 알 수 있었어. 그는 내게 들키지 않도록 멀리에 숨어서 모리아티가 죽고 내가 살아남는 것을 목격했던 거야. 그래서 놈은 기회가 오기를 기다리다가 우회하여 절벽 끝으로 와서 모리아티가 실패한 일을 성공시키려 했던 거야.

그렇게 됐다는 것을 생각하는 데는 그리 시간이 걸리지 않았어, 왓슨. 나는 절벽 위에 있는 무서운 얼굴을 다시 보고, 바위가 또 떨어질 것이란 것을 알아차린 후 밑에 있는 좁은 길로 급히 기어 내려갔어. 내가 좀 더 냉정하게 생각했더라면 그 일은 할 수 없었을 거야. 내려가는 일은 올라가는 것보다 100배는 더 힘들었으니까. 그러나 내가 움푹 파인 곳 끝에 매달려 있을 때 다른 바위가 소리를 내며 내 옆을 지나가는 바람에 나는 위험에 대해서는 생각할 겨를이 없었어. 도중에 손발이 미끄러졌지만 운이 좋아서 살갗이 여기저기 벗겨지고 피가 나는 것으로 끝났지. 그렇게 나는 좁은 길에 내려선 뒤, 캄캄한 산속을 10마일이나 도망쳐서 일주일 후에는 세상 누구도 모르게 이탈리아의 피렌체에 도착했어.

나는 단 한 사람에게만 사정을 털어놓았어. 마이크로프트 형이야. 자네에게는 정말 미안하지만, 세상 사람들이 내가 죽었다고 믿는 것이 내게는 대단히 중요했어. 만일 자네가 나의 불행한 최후를 정말 믿지 않았다면 내가 조난당한 이야기를 그토록 설득력 있게 쓸 수는 없다고 생각하고 나는 자네에게 알리지 않았어.

지난 3년 동안 나는 자네에게 편지를 쓰려고 몇 번이나 펜을 잡았는지 몰라. 하지만 나에 대한 자네의 애정 때문에 자네가 이 비밀을 폭로하는 경솔한 짓을 하지 않을까 염려하여 그때마다 편지 쓰는 일을 그만두었지. 같은 이유로 자네가 오늘 내가 책을 떨어뜨리도록 했을 때도 나는 자네에게서 급히 떨어졌는데, 그때 나는 위험한 처지에 있었기 때문에 자네가 나를 알아보고 놀라서 비명이라도 질렀다면 금세 나라는 게 발각될 터였고, 그러면 돌이킬 수 없는 대단히 비참한 일이 일어났을 거야.

마이크로프트 형에게는 돈이 필요해서 부득이 털어놓을 수밖에 없었어. 런던에서의 사건 결과는 내가 희망했던 것처럼 되지 않았어. 모리아티 일행의 재판 결과, 놈들 일당 중에서 가장 위험하고, 나에 대한 복수심이 가장 강한 두 놈이 석방되었어. 그래서 나는 2년 동안 티베트를 여행하며 라사(티베트의 수도)도 방문하고 라마교의 성자도 만나면서 재미있게 세월을 보냈지. 시거슨이라는 노르웨이 사람의 훌륭한 탐험 기사를 자네도 읽었겠지만 그 사람이 나였다는 사실은 자네 역시도 짐작하지 못했을걸.

그런 다음에 나는 페르시아를 지나 메카를 방문하고, 하르툼에서 회교 교주를 잠시 접견 했지. 이러한 일들의 결과는 외교부에 보고했어. 프랑스에 돌아와서는 남프랑스의 몽펠리에 있는 연구소에서 콜타르 유도체에 대한 연구를 몇 달 동안 했어. 그에 대한 만족할 만한 결과를 얻은 다음, 런던에는 적이 한 사람밖에 없다는 것을 알고 런던으로 돌아오려고 하던 참에 파크 레인 사건이 일어나서 급히 돌아왔지. 이 사건 자체에 마음이 끌린 것도 사실이지만, 사건은 나에게 어떤 개인적인 기회를 제공했어.

런던으로 즉시 돌아온 나는 베이커 가를 찾아가서 허드슨 부인을 까무러칠 만큼 놀라게 했지. 옛 보금자리는 마이크로프트 형의 배려로 서류들을 포함해서 옛날과 같이 보존되어 있었어. 오늘 오후 2시에는 그 방에 있는 늘 앉았던 안락의자에 앉고, 또 친구 왓슨도 옛날처럼 낯익은 의자에 앉아 있었으면 하고 생각했지."

이상이 4월 어느 저녁에 홈즈가 나에게 한 놀랄 만한 이야기다. 얘기하는 사람이 두 번 다시 만나리라고는 생각지도 못했던, 키가 크고 여윈 몸에 날카롭고 진지한 얼굴을 가진 그라는 걸 내 눈으로 똑똑히 확인하지 않았다면 도저히 믿을 수 없는 일이었다. 홈즈를 잃고 내가 슬퍼했다는 사실을 느꼈는지 그의 동정심은 말보다는 태도에 더 잘 나타나 있었다.

"왓슨, 슬픔에는 일이 가장 좋은 약이야. 오늘 밤엔 둘이서 할 일이 있어. 그 일을 성공시킬 수만 있다면 우리가 지구 상에 존재하고 있다는 것을 정당화할 수 있어."

나는 조금 더 자세한 얘기를 들려달라고 부탁했지만 홈즈는 응하지 않았다.

"아침까지는 모든 것을 보고 듣게 될 거야. 우리에게는 지난 3년 동안 쌓인 못다 한 이야기가 있어. 9시 30분에는 우리가 빈집으로 모험을 떠나야 하니 그때까지는 쌓였던 이야기를 하지."

이윽고 9시 30분이 되었다. 나는 주머니에는 권총을 넣고, 모험에 대한 두근거리는 기대를 가슴에 품고서 옛날처럼 홈즈와 나란히 이륜마차에 앉았다. 홈즈는 냉랭한 표정으로 말없이 있었다. 가로등 불빛으로 그는 엄한 표정으로 눈썹을 모으고, 입술은 굳게 다문 채 생각에 잠겨 있었다. 범죄 도시 런던의 검은 정글에서 어떤 맹수를 사냥하려는지 모르지만, 뛰어난 사냥꾼의 태도로 보아 오늘 밤의 모험이 대단히 중요한 것이라는 건 짐작할 수 있었다. 그러나 고행자 같은 그의 얼굴에 때때로 떠오르는 쓸쓸한 미소는 오늘 밤의 추적에 좋은 징조라고는 생각되지 않았다.

우리가 베이커 가로 가는 줄 알았는데, 홈즈는 캐번디시 가의 모퉁이에서 마차를 세웠다. 마차에서 내릴 때 주위에 세심한 주의를 기울였고, 걷기 시작한 후 모퉁이를 돌 때마다 미행자가 있는지 주위를 살폈다. 걷는 일도 쉽지 않았다.

홈즈는 런던 시내의 골목길을 놀라울 정도로 환히 알고 있었다. 이날 밤도 그는 아무 망설임 없이, 나는 그런 골목이 있는지조차 몰랐던 마구간 사이의 골목을 빠져서 재빨리 걸어갔다. 이윽고 우리는 낡고 음침한 집들이 늘어선 작은 길로 나왔고, 그 길을 지나 맨체스터 가를 거쳐 블랜드포드 가에 도달했다. 그곳에서 홈즈는 재빨리 좁은 통로로 들어가더니 나무문을 통해 인기척이 없는 어느 뜰로 들어갔다. 그는 열쇠를 꺼내 어떤 집의 뒷문을 열었고, 나와 함께 안으로 들어선 뒤 급히 문을 닫았다.

안은 칠흑같이 깜깜했지만 빈집이라는 것을 알았다. 바닥에는 두꺼운 판자가 깔려 있어 발을 움직일 때마다 삐걱거렸고, 앞으로 뻗은 내 손끝에 리본 같이 찢어진 종이가 매달려 있는 벽면이 닿았다. 홈즈의 마르고 차가운 손이 내 손목을 잡고 긴 복도를 지나 문이 있는 곳으로 끌고 갔다. 그 문의 위쪽에 있는 채광창을 통해 희미한 불빛이 보였다. 그곳에서 홈즈는 갑자기 오른쪽으로 방향을 틀어 커다란 빈방으로 나를 데리고 갔다. 방의 네 귀퉁이는 깜깜했지만 방 가운데는 밖의 길에서 들어오는 불빛으로 어렴풋하게 물체가 보였다. 그러나 집 근처에는 가로등이 없고, 창문에는 먼지가 잔뜩 끼어 있어서 가까스로 서로의 모습을 알아볼 정도였다.

홈즈가 내 어깨에 손을 얹고 속삭였다.

"여기가 어딘지 알아?"

"베이커 가가 틀림없어."

나는 먼지투성이 창문으로 밖을 내다보며 대답했다.

"맞아. 이곳은 캠던하우스로 우리 집 바로 맞은편에 있는 집이야."

"왜 여기에 왔어?"

"그 아름다운 건물이 여기서는 매우 잘 보이기 때문이야. 왓슨, 조금 더 창문 옆으로 다가가 봐. 그리고 자네 모습이 밖에 보이지 않도록 조심해서 우리의 방을 올려다봐. 자네의 그 많은 동화 같은 이야기들의 출발점인 그 방을 말이야. 내가 이곳에 없던 3년 동안에 자네를 놀라게 하는 내 힘을 잃었는지 알아보자고."

나는 창문으로 살살 다가가서 눈에 익은 창문을 올려다보았다. 창문이 눈에 들어오는 순간 나는 놀라서 낮은 비명을 질렀다. 창문에 커튼은 쳐져 있었지만 방 안은 대낮처럼 밝고, 그 커튼에 남자의 그림자가 비쳤다. 의자에 앉아 있는 그림자는 창문의 밝은 커튼에 검은빛으로 똑똑히 비쳤다. 머리를 들고 있는 모습이며 반듯한 어깨며 날카로운 얼굴 모습 등, 그것은 홈즈의 모습이 틀림없었다. 얼굴은 반쯤 옆으로 돌리고 있었는데, 나는 너무 놀라서 손을 들어 옆에 진짜 홈즈가 서 있는지 확인해보았다. 홈즈는 소리 내지 않고 배를 잡고 웃었다.

"어때?"

홈즈가 물었다.

"세상에! 정말 똑같군."

내가 소리쳤다.

"세월도 습관도 나의 끝없는 재능을 무디게 하지 못한 모양이야."

그의 목소리에는 예술가가 자신의 작품에 대해 갖는 환희와 자랑이 담겨 있었다.

"어때? 나와 똑같지?"

"하늘에 맹세할 정도야."

"그르노블의 오스카 무니에 씨의 작품이지. 그는 내 사진 한 장을 보고 며칠에 걸려 저걸 만들었어. 저 흉상은 밀랍으로 만든 거야. 그 밖의 것들은 내가 오늘 오후에 집에 갔을 때 준비했어."

"왜 이런 짓을 하지?"

"내가 다른 곳에 있을 때에도, 어느 놈들에게는 내가 방에 있다고 믿게 해야 할 강력한 이유가 있었기 때문이야."

"그럼, 누군가 자네 방을 지켜보고 있다고 생각하는 거야?"

"그렇다고 확신해."

"누구지?"

"내 오래된 적들. 두목이 라이헨바흐 폭포에 빠진 집단의 패거리들이지. 내가 아직도 살아 있다는 것을 알고 있는 사람들은 그들밖에 없어. 따라서 그들은 언젠가는 내가 베이커 가의 내 방으로 돌아오리라고 생각했을 거야. 그들은 내 방을 계속 감시했고, 오늘 아침에 내가 도착하는 것을 봤어."

"그걸 어떻게 알아?"

"내가 밖을 흘깃 내다봤을 때 내 방을 지켜보는 감시자를 봤거든. 파커라고 하는데 대단한 놈은 아니야. 주로 사람의 목을 죄고 강도 짓을 하는 놈인데 유태 하프를 잘 다루지. 그를 두려워하지는 않지만 그의 배후에 있는 만만치 않은 놈이 대단히 신경 쓰여. 모리아티의 어릴 적부터 친구로 라이헨바흐 절벽 위에서 나에게 바위를 떨어뜨린, 런던에서 가장 교활하고 위험한 놈이야. 놈은 오늘 밤 나를 노리고 있고, 반대로 우리가 자기를 노리고 있다는 사실을 몰라, 왓슨."

홈즈의 계획을 차츰 이해했다. 이 은신처는 감시자를 감시하고, 추적자를 반대로 추적하게 만들었다. 저 위쪽 창문의 여윈 그림자는 미끼였고 우리는 사냥꾼이었다.

우리는 말없이 어둠 속에 서서 바쁜 걸음으로 오고 가는 창밖의 사람들을 보았다. 홈즈는 꼼짝도 않고 서 있었으나 잔뜩 긴장하고 있었다. 차가운 바람이 강하게 부는 밤이었고, 바람은 소리를 내며 거리를 휩쓸었다. 많은 사람들이 거리를 오가고, 대부분 외투와 머플러로 몸을 감싸고 있었다. 나는 그들 중에 같은 사람이 몇 번이나 왔다 갔다 하는 것을 보았다. 특히 조금 떨어진 곳의 집 현관에 바람을 피하려는 듯이 서 있는 두 사람이 눈에 띄었다. 홈즈에게 그 사실을 알려주려고 했는데, 홈즈는 조바심 나는 목소리를 내면서 계속 거리를 보고 있었다. 그가 여러 번 발을 움직이고 손가락으로 벽을 빠르게 톡톡 치는 것으로 보아 무언가 걱정되기 시작했고, 계획대로 되지 않는 게 분명했다.

드디어 자정이 가까웠다. 거리에 사람들의 발길도 뜸해지자 홈즈는 마음의 동요를 억제할 수 없는지 방 안을 서성거렸다.

그에게 말을 걸려는 찰나, 나는 불이 켜져 있는 창문을 보고 조금 전에 경험한 것과 같은 놀라움을 맛보았다. 나는 홈즈의 팔을 꽉 잡고 위쪽의 창을 가리키며 소리쳤다.

"저 그림자가 움직였어!"

실제로 창문에 비친 홈즈의 그림자는 옆모습이 아니라 우리에게 등을 향하고 있었다.

"물론 움직였을 테지."

홈즈가 말했다.

"언뜻 보아도 인형이라고 알 수 있는 것을 세워 놓고 유럽에서 가장 날카로운 놈을 속일 수 있을 것 같아? 내가 그렇게 남을 웃기는 바보라고 자네는 생각했어, 왓슨?"

그의 무뚝뚝함과 자기보다 지능이 낮은 사람을 대할 때의 성급한 기질은 그를 보지 못한 3년 동안에도 변하지 않았다.

"우리는 이 방에 2시간 있었어. 그동안 허드슨 부인은 여덟 번이나 저 상반신을 돌려놨어. 15분마다 바꾼 셈이지. 부인은 방의 안쪽에서 돌렸기 때문에 부인의 모습이 창문에 비치지 않은 거야. 앗!"

홈즈가 갑자기 날카롭게 숨을 들이켰다. 어둠 속에서 홈즈가 긴장으로 온몸을 굳히며 머리를 앞으로 내미는 것이 보였다. 창밖의 거리에는 아무도 없었다. 아까 두 사람은 아직도 현관 출입구에 웅크리고 있을 것 같은데 보이지 않았다. 주위는 조용하고 어둡기만 했다. 다만 맞은편 창문만 밝은 노란 불빛 속에 홈즈의 모습을 보여 줄 뿐이었다.

완전한 정적 속에서 숨을 들이마시는 나지막한 소리를 들었다. 그것은 홈즈가 심한 흥분을 숨기려고 낸 소리였다. 잠시 후에 그는 방의 가장 어두운 구석으로 나를 끌고 가서, 소리 내지 말라고 손으로 내 입을 막았다. 그 손가락은 떨고 있었다. 홈즈가 이토록 감정을 나타낸 적을 한 번도 본 적이 없었다.

창밖에 보이는 거리는 어둡고 쓸쓸했으며 움직이는 것은 아무것도 없었다. 갑자기 나보다 날카로운 홈즈의 감각이 이미 감지한 것을 나도 듣게 되었다. 은밀하게 움직이는 희미한 소리가 내 귀에 들렸다. 그 소리는 베이커 가 쪽에서 나지 않고 우리가 숨어 있는 집의 뒤쪽에서 들렸다. 문이 열리고 닫히는 소리가 들렸다. 잠시 후에 사람의 발소리가 복도를 통해 우리 쪽으로 다가왔다. 발소리를 내지 않으려고 했지만 빈집이라 소리가 울려 퍼졌다.

홈즈가 벽에 기대어 몸을 웅크러서 나도 권총을 단단히 쥐고 그의 행동을 따랐다. 어둠 속을 지켜보고 있으니 검은 문에 사람의 모습이 더 검게 나타났다. 그는 그곳에 잠시 서 있다가 몸을 구부린 채 위협적인 모습으로 살금살금 안으로 들어왔다. 그는 우리 앞 3미터쯤 이내로 다가왔다. 나는 이미 상대할 태세를 갖추었지만, 그는 우리가 있다는 사실을 모르는 듯했다. 그는 우리 바로 옆을 지나 창문으로 살금살금 다가가서 창문을 소리 없이 15센티쯤 들어 올려 열었다. 그가 열린 창문만큼 몸을 낮추자 창밖의 가로등 불빛이 그의 얼굴을 정면으로 비추었다.

그도 흥분으로 제정신이 아닌 모양이었다. 두 눈은 별처럼 반짝반짝 빛났고 얼굴은 꿈틀꿈틀 경련이 일어났다. 나이가 꽤 들었으며 가늘고 오뚝한 코에 이마가 높았고 반백의 굵은 콧수염을 기르고 있었다. 오페라 모자를 뒤로 젖혀 썼고, 열려 있는 외투 앞섶으로 하얀 야회복 셔츠가 보였다. 검고 수척한 얼굴에는 잔인해 보이는 주름살이 깊게 새겨져 있었다. 손에는 지팡이 같은 걸 들고 있었는데 그것을 바닥에 놓자 금속 소리가 났다.

그는 외투 주머니에서 부피가 큰 물건을 꺼내 작업에 열중했다. 이윽고 스프링이나 볼트가 제자리를 찾는 것 같은 찰칵 소리가 났고 그제야 일이 끝난 것 같았다. 그는 계속 바닥에 무릎을 꿇고 앞으로 몸을 굽혀 무슨 지렛대 같은 것에 온몸의 무게를 실어 힘을 가했다. 그러자 무언가 돌아가는 듯 삐걱거리는 소리가 났고, 다시 한 번 찰칵 소리가 크게 들렸다.

그런 다음 그는 몸을 일으켰는데, 이상한 모양의 개머리판을 댄, 총으로 보이는 것을 들고 있었다. 그는 총열을 꺾은 다음 총신에 무언가를 넣고 총열을 닫았다. 그런 다음 바닥에 쭈

그리고 앉아 총신 끝을 열려 있는 창턱에 걸쳤다. 그리고 총을 조준했는데 기다란 콧수염이 개머리판에 닿았고 눈은 광채를 내뿜었다. 그는 만족스럽다는 듯이 작은 한숨을 내쉬고 총대를 어깨에 대고 조준했다. 그가 노리는 것은 놀랍게도 밝은 창문에 비치고 있는 홈즈의 검은 그림자였다.

그는 잠깐 꼼짝도 하지 않다가 방아쇠를 당겼다. 쉿 하는 이상한 소리가 들리더니 곧장 유리창이 깨지는 소리가 길게 울려 퍼졌다. 그 순간 홈즈는 호랑이처럼 저격자의 등에 달려들어 그의 얼굴이 바닥을 향하도록 메다 붙였다. 그러나 그는 즉시 일어나서 무서운 힘으로 홈즈의 목을 움켜잡았다. 내가 권총의 손잡이로 그의 머리를 후려치자 그는 다시 바닥에 쓰러졌다. 나는 즉시 놈에게 몸을 던져 꼼짝 못하게 했고 홈즈는 날카롭게 호루라기를 불었다. 즉시 거리를 달려오는 발소리가 들리고, 경관 두 명과 사복형사 한 명이 방으로 뛰어들었다.

"레스트레이드, 당신이군요."

홈즈가 말했다.

"홈즈 씨, 내가 직접 이 일을 처리하기로 했습니다. 런던에서 다시 뵙게 돼서 반갑습니다."

"당신에게 비공식적인 도움이 필요할까 싶어 제가 나섰지요. 미궁에 빠진 사건이 일 년에 세 건이나 생기면 곤란하니까요. 당신은 몰세이 사건을 당신답지 않게… 아니, 내 말은 훌륭하게 처리했단 말이지요."

우리는 모두 일어섰고, 우리에게 잡힌 남자는 건장한 두 경관 사이에서 숨을 몰아쉬고 있었다. 밖에는 구경꾼들이 벌써 몇 명 모여 있었다. 홈즈는 창문을 닫고 커튼을 쳤다. 레스트레이드가 초 두 자루를 켜고 경관들이 갖고 있던 랜턴의 덮개를 벗기자 내 눈에 붙잡힌 남자의 얼굴이 보였다.

그의 얼굴은 놀랄 만큼 남성적이었고 사악했다. 철학자 같은 이마와 호색한의 턱을 갖고 있는, 대단한 악인 아니면 선인으로 보였다. 그러나 냉소적으로 보이는 잔인한 푸른 눈, 무섭게 공격적인 코, 깊은 주름이 새겨진 위협적인 이마를 보고 있으면 두려움을 느끼지 않을 수 없었다. 그는 우리를 거들떠보지도 않고 증오와 경탄이 섞인 눈으로 홈즈를 쏘아보았다.

"너는 악마야!"

그는 계속 중얼거렸다.

"이 사악하고 교활한 악마 같은 놈!"

홈즈는 흐트러진 남자의 칼라를 고쳐 주면서 말했다.

"대령, 옛날 연극 대사에서 '나그넷길의 끝은 애인과의 만남이다'라고 했던가? 내가 라이헨바흐 폭포 중간에 있을 때 나를 공격한 이후로 처음 만났군."

대령이라 불린 남자는 얼이 빠진 사람처럼 홈즈를 멍하니 보면서 '너는 간사한 악마야! 악마야!'하고 겨우 중얼거릴 뿐이었다.

"당신을 아직 소개하지 않았군요."

홈즈가 이어 말했다.

"이 분은 세바스찬 모런 대령으로 한때는 우리 대영제국 인도군의 장교였지요. 또한 맹수 사냥에서는 대영제국의 동방 여러 나라에서 가장 훌륭한 명사수였습니다. 호랑이 사냥에 있어서는 아직도 당신의 기록을 깬 사람이 없지요, 대령?"

사납게 생긴 남자는 아무 말도 하지 않고 홈즈만 노려보았다. 사납게 부릅뜬 눈과 뻣뻣한 수염의 노인은 마치 호랑이처럼 보였다.

"내 간단한 책략에 당신 같은 노련한 사냥꾼이 걸려들다니 이상하군."

홈즈가 계속했다.

"이런 책략은 당신도 많이 썼을 거야. 나무 아래에 어린양을 미끼로 붙들어 매 놓고, 호랑이가 나타날 때까지 총을 갖고 나무 위에서 기다린 적이 있었겠지? 이 빈집은 내 미끼였고 당신은 내 호랑이였소. 그런 경우에 당신은 호랑이가 여러 마리 나타나거나 그럴 가능성은 적지만 혹시 호랑이를 맞추지 못했을 때를 대비해서 예비로 다른 총을 준비했겠지요?"

그는 우리를 가리키며 말했다.

"이들이 내 예비 총이었소. 당신이 호랑이 사냥 때 준비한 예비 총이나 이 사람들이나 같은 역할이오."

모런 대령은 분노의 욕설을 퍼부으며 홈즈에게 덤볐지만 경관들이 그를 제지했다. 노기를 띤 그의 얼굴은 무시무시했다.

"솔직히 말해서 나도 놀란 점은 있소."

홈즈가 또 말했다.

"당신이 직접 이 빈집과 이 편리한 창문을 이용하리라고는 생각하지 못했소. 나는 당신이 집 밖에서 조종할 줄 알았어. 그래서 내 친구 레스트레이드와 그의 동료들이 밖에서 기다리고 있던 거요. 그 점만 빼면 모든 것은 내 예상했던 대로 되었소."

모런 대령은 레스트레이드에게 말했다.

"당신이 나를 체포할 정당한 이유가 있는지 모르지만, 내가 이 남자의 빈정거림을 참아야 할 이유는 없어. 나를 체포했다면 법대로 합시다."

"이치에 닿는 말이군."

레스트레이드가 말했다.

"이 사람을 데리고 가기 전에 더 할 말은 없습니까, 홈즈 씨?"

홈즈는 바닥에 있던 강력한 공기총을 들고 살핀 다음 말했다.

"훌륭하고 진기한 무기군. 대단한 힘을 가졌을 뿐만 아니라 아주 조용한 무기야. 죽은 모리아티 교수가 독일의 폰 헤르데르라는 시각장애 기술자에게 만들도록 한 것이지. 이 총이 있다는 것은 알고 있었지만 실물을 보는 것은 처음이오. 이 총과 총알을 조심해서 관리하세요, 레스트레이드."

"그 점은 믿어 주십시오. 홈즈 씨."

경관들이 모두 출입구 쪽으로 향하자 레스트레이드가 말했다.

"다른 하실 말은 없습니까?"

"대령을 무슨 죄로 연행하는지 그 점을 알고 싶군요."

"무슨 죄를 졌느냐고요? 그야 물론 셜록 홈즈 씨 살인 미수 죄이죠."

"그렇지 않아요, 레스트레이드. 나는 이 일에 이름을 드러내고 싶지 않아요. 경감이 참여한 대령 체포에 대한 모든 명예는 경감에게 갈 것이오. 경감 혼자서 대령을 체포한 것입니다. 그래요, 레스트레이드, 축하합니다. 언제나 그랬듯이 경감의 교묘하고도 대단한 행동이 놈을 체포한 거요."

"체포해요? 누구를 체포했다는 말입니까, 홈즈 씨?"

"경찰이 온 힘을 기울이면서도 아직 못 잡고 있는 범인 즉, 지난달 30일에 파크레인 427 건물 3층 앞쪽의 열려 있는 창문을 통해 공기총으로 목표를 맞추어 오너러블 로널드 아데어를 사살한 범인, 세바스찬 모런 대령을 말하는 거요. 이 사람의 진짜 죄명은 그것이오. 왓슨, 유리창이 깨져 바람이 들어오는 것을 참을 수 있다면 내 서재에서 시가를 피우면서 30분쯤 보내는 것도 자네에게는 유익한 즐거움이 될 거야."

과거의 우리의 방은 마이크로프트 홈즈의 감독과 허드슨 부인의 관리 덕분에 옛날 모습 그대로였다. 방에 들어간 순간 전과 다르게 지나치게 정리되었다는 느낌이 들었지만, 중요한 것은 모두 옛날 그대로의 장소에 있었다. 구석에는 산으로 더러워진 테이블과 화학실험설비. 선반 위에는 많은 런던 시민이 태워버리고 싶어 하는 스크랩북과 참고 서류. 도표, 바이올린케이스, 파이프걸이, 담배를 넣은 페르시아 슬리퍼에 이르기까지.

방을 둘러보니 모든 것이 눈에 들어왔다. 방에는 손님이 두 명 있었다. 한 사람은 허드슨 부인으로 우리를 싱글싱글 웃는 얼굴로 맞아주었다. 또 한 사람은 오늘 밤 모험에서 아주 중요한 역할을 한, 홈즈와 똑같이 만든 밀랍인형이다. 인형은 홈즈의 옛날 가운을 입고, 작은 받침대 위에 놓여 있었다. 길에서 보면 틀림없이 진짜 홈즈처럼 보일 것이다.

"지시대로 잘했어요, 허드슨 부인."

홈즈가 말했다.

"말 한대로 무릎으로 걸었지요."

"좋아요. 정말 잘했어요. 총알이 어디에 맞았는지 보았나요?"

"보았죠. 이런 훌륭한 인형을 망가뜨리다니. 어쨌든 머리를 뚫고 벽에 맞았어요. 카펫에 떨어진 것을 주어두었습니다. 봐요, 이것이에요!"

홈즈는 손에 들고 나에게 보여주었다.

"왓슨, 역시 리볼버 탄이야. 정말 천재적이군. 공기총에서 이런 탄환이 날아간다고는 아무도 생각하지 않을 거야. 허드슨 부인, 정말 수고했어요. 왓슨, 옛날처럼 그 의자에 앉겠나? 몇 가지 얘기할 게 있네."

그는 초라한 프록코트를 벗더니 인형에게 입혔던 쥐색 가운을 입고 옛날 홈즈로 돌아왔다.

"노련한 사냥꾼은 배짱도 날카로운 눈도 옛날 그대로군."

홈즈는 밀랍 인형의 부서진 이마를 보고 웃으면서 말했다.

"후두부 정중앙에 명중해서 뇌를 날려 보냈군, 인도 최고의 사격 명수답게. 런던에서도 그와 겨룰 사람은 없을 거야. 그의 이름을 들은 적이 있나?"

"아니."

"그래, 명성이란 그런 거야! 자네는 금세기 최고의 두뇌를 가진 사람 중 하나인 제임스 모리아티 교수의 이름도 몰랐어. 그 선반에서 내가 만든 인명록을 꺼내줘."

그는 의자에 깊이 파묻혀, 담배연기를 내뿜으며 페이지를 넘겼다.

"M 항목은 정말 장관이야. 모리아티만으로도 화려한데 그 위에는 또 어떤가? 독살마 모건이 있고, 생각하기만 해도 기분이 나빠지는 메리듀도 있어. 그리고 채링크로스 역 대합실에서 내

왼쪽 송곳니를 부러뜨린 매튜스, 그리고 마지막으로 오늘 밤, 모런! 정말 대단한 얼굴들이군."

홈즈가 인명록을 넘겨주어서 나는 그것을 읽어보았다.

"모런, 세바스찬, 대령, 무직. 벵갈군 제1공병대 소속, 1840년 런던 출생. 아버지는 페르시아 공사로, 배스 훈작사 오거스터스 모런 경. 이튼 교와 옥스퍼드 대학에서 공부. 죠와키, 아프가니스탄 양 전투에 참가, 챠라시압(수훈자보고서에 이름을 올리다) 셔풀, 카불에 전전. 저서《서부 히말라야의 맹수 사냥》(1881),《정글의 3개월》(1884). 주소 콘듀잇 가. 소속 클럽, 앵글로 인디언 클럽, 탱커빌 클럽, 바가텔 카드 클럽."

여백에 홈즈의 글씨로 '런던에서 두 번째 위험인물'이라고 쓰여 있었다.

"놀랍군."

내가 인명록을 홈즈에게 돌려주며 말했다.

"군인으로서 훌륭한 경력을 갖고 있어."

"그대로야. 어느 시기까지는 잘하고 있었지. 원래 강철 같은 신경을 가진 사람으로 식인 호랑이를 쫓아 배수구를 기어간 이야기 등은 지금도 인도에서 화제가 되고 있어. 왓슨, 어느 높이까지는 곧바로 뻗다가 갑자기 추하게 구부러진 나무를 본 적 있나? 인간도 때때로 그런 경우가 있지. 개인은 성장하면서 조상으로부터 받은 모든 인자를 재현하는 것 같아. 선과 악, 어느 쪽으로 향하든 그런 변화는 혈통에 흐르는 강력한 인자에서 생기는 거야. 즉 개인은 일가 역사의 축도라고 할 수 있어."

"어쩐지 공상적인 이야기 같군."

"나도 고집할 생각은 없어. 어쨌든 모런 대령은 나쁜 방향으로 가기 시작했지. 겉으로는 아무 스캔들도 없었지만 인도에 더는 살 수 없게 되었지. 전역한 후 런던에 돌아왔지만, 다시 나쁜 평판이 나기 시작했지. 이때 모리아티 교수를 만났고 한때는 보스 역할까지 했어. 모리아티는 그에게 아낌없이 돈을 주고, 보통 악당이 할 수 없는 최고급 일만 시켰지. 1887년에 로더에서 스튜어트 부인이 죽은 사건을 기억하겠지? 생각나? 그것은 분명히 모런의 짓이었는데 증거를 잡을 수 없었어. 전혀 증거를 남기지 않기 때문에 모리아티 일당이 괴멸했을 때도 그는 죄를 면했지. 언젠가 자네의 방을 방문했을 때, 내가 공기총을 두려워하며 덧문을 닫았던 걸 기억하지? 자네는 나의 망상이라고 생각했겠지만 나는 당연히 경계를 했어. 그 무서운 총의 존재를 알고 있었고, 세계에서도 손꼽는 사격의 달인이 그것을 사용하고 있는 것도 알고 있었기 때문이야. 우리가 스위스에 갔을 때도 그는 모리아티와 함께 우리를 쫓아왔어. 라이헨바흐 바위에서 나에게 공포의 5분을 맛보게 해준 것도 그가 틀림없어.

그를 감옥에 넣을 기회가 있나 하고 프랑스에 있을 때도 계속 주의해서 신문을 읽었지. 그가 활개치며 런던을 돌아다니는 한, 나로서는 살아 있는 느낌이 아니었어. 밤이나 낮이나 그의 그림자에 위협당하다가 언젠가 꼭 당할 거라고 생각했지. 그러면 어떻게 하면 좋을까? 발견하자마자 그를 쏘아 죽일 수도 없었어. 그렇게 하면 내가 피고석에 서야 하기 때문이지. 치안판사에게 하소연해도 소용없는 일이야. 확실한 증거가 없는데 법의 힘을 행사할 수는 없었지. 결국 어떻게 할 수도 없었어. 하지만 언젠가는 내 손으로 잡을 수 있으리라고 믿고, 범죄 뉴스를 열심히 체크했지. 그런데 로널드 아데어 살인사건이 일어났어. 드디어 기회가 온 거지! 모든 정보로 판단해보면 모런 대령의 짓이 틀림없었지. 그는 아데어와 카드를 하고 클럽에서 집까지 뒤를 쫓아와, 열린 창으로 쏜 거야. 의심의 여지가 없어. 증거품인 탄환만으로도 그를 충분히 교수대로 보낼 수 있었어.

나는 런던으로 돌아왔지만 감시자에게 발견되었어. 대령은 내가 돌아온 것을 곧 알았을 거야. 그리고 나의 갑작스런 귀국을 자신의 범죄와 연결시켜 생각하고 당황한 것이 틀림없어. 그는 곧 나를 말살하려고 계획하고 그 목적을 위해 다시 그 무서운 총을 사용하려 했지. 나는 창에 멋진 표적을 준비하고 만일에 대비해 경찰에도 응원을 요청했어. 그런데 왓슨, 자네는 그 문에 있던 경관들을 알아본 것 같더군. 나는 감시하기에 아주 좋은 장소를 선택할 생각이었는데 설마 그가 같은 장소를 저격지점으로 선택하리라고는 꿈에도 생각하지 못했어. 왓슨, 아직 내가 더 설명할 것이 있어?"

"있어. 모런 대령이 오너러블 로널드 아데어를 살해한 동기에 대해 아직 아무 설명도 하지 않았어."

"그것은 아직 추측할 수밖에 없어. 지금 단계에서는 아무리 논리적인 두뇌를 가진 사람이라도 정확히 알 수 없지. 현재의 증거를 근거로 가설을 세워 보면, 자네나 나나 답을 맞힐 가능성은 동일해."

"자네는 벌써 생각했어?"

"사실의 설명은 그렇게 어렵지 않아. 모런 대령이 아데어와 같이 많은 돈을 딴 것은 증언으로 알 수 있어. 모런이 속임수를 쓴 것도 틀림없어. 나는 전부터 알고 있었어. 사건이 있던 날, 아데어가 모런의 속임수를 눈치챘을 거야. 그래서 아데어는 모런과 둘이서 이야기를 했겠지. 즉 모런이 자발적으로 클럽을 탈퇴하고 앞으로 카드를 하지 않겠다고 약속하지 않으면, 부정을 폭로한다고 강하게 협박했을 거야. 아데어 같은 젊은 사람이 자신보다 훨씬 나이가 많고 유명한 인물의 스캔들을 갑자기 폭로하지는 못했을 거야. 아마 지금 말한 것 같은 행동을 했겠지. 한편 모런으로서는 클럽에서 추방당하면 파멸이야. 속임수 트럼프 수입으로 생활했기 때문이지. 그것이 아데어를 죽인 이유인데, 살해되었을 때 아데어는 돌려주어야 할 돈을 계산하고 있었어. 상대의 속임수로 딴 돈을 주머니에 넣을 수는 없었지. 방을 잠근 것은 어머니와 동생이 갑자기 들어와서, 종이에 쓴 이름과 현금을 보고 이유를 묻는 것이 싫어서였겠지. 자, 이제 됐어?"

"그래, 정말 그것이 진상이라고 생각해."

"사실 여부는 재판에서 밝혀지겠지. 어쨌든 모런 대령이 두 번 다시 우리를 괴롭히는 일은 없겠지. 폰 헤르데르의 유명한 공기총은 스코틀랜드 야드의 박물관을 장식할 거야. 셜록 홈즈는 다시 자유롭게 인생을 런던의 복잡한 생활이 풍요롭게 제공해주는 흥미 있는 작은 사건 수사에 바칠 수 있게 되었어."